Denmark Police's Mystery

懸案密碼

Denmark Police's Mystery

懸案密碼

BEST嚴選

奇幻基地出版

懸案密碼：4
第64號病歷

JOURNAL 64

猶希·阿德勒.歐爾森 著
管中琪 譯

Jussi
Adler-Olsen

BEST嚴選

緣起

在繁花似錦的奇幻文學花園裡，你或許還在門外徘徊，不知該如何抉擇進入的途徑；也或許你已經置身其中，卻因種類繁多，或曾經讀過不合口味的作品，而卻步、遲疑。

BEST嚴選，正如其名，我們期許能透過奇幻基地對奇幻文學的瞭解，以及對讀者的理解，站在出版者與讀者的雙重角度，為您精選好作家與好作品。

他們是名家，您不可不讀：幻想文學裡的巨擘，領域裡的耀眼新星。

它們最暢銷，您怎可錯過：銷售量驚人的大作，排行榜上的常勝軍。

這些是經典，您務必一讀：百聞不如一見的作品，極具代表的佳作。

奇幻嚴選，嚴選奇幻。請相信我們的眼光，跟隨我們的腳步，文學的盛宴、幻想世界的冒險，就要展開。

各集媒體及名人好評

粉絲們別惋惜「千禧三部曲」僅只曇花一現，一部規模宏大但架構縝密的北歐驚悚作品已經問世。

——美國《科克斯書評》

新一代北歐犯罪小說家。

——英國《泰晤士報》

作者吊足了讀者胃口，總是差了那麼一腳就能破案，讓讀者不由自主一頁翻過一頁。這就是歐爾森高明之處。

——《漢堡晨間郵報》

深入人心、緊扣心弦的一本書。警告：請小心上癮！

——Dr. Soul心靈集團負責人莊凱迪

綁架案為犯罪類別中最具指標性之案件，《籠裡的女人》深刻描述被害人與歹徒間之錯綜複雜，猶如一份眞實的犯罪偵查報告，而不只是單純的犯罪小說。

——新北市副市長侯友宜

對讀者而言，系列小說最煎熬的並不是書的厚度，而是出版的速度。看完《籠裡的女人》後，一定會讓讀者們有種欲罷不能的渴望，期待早日看到「懸案密碼」第二集的上市，看來，出版社眞要加把勁了！

——新聞評論員范立達

偵辦過程中沒有流一滴鮮血，但卻刺激得讓人喘不過氣。

——《上帝的黑名單》作者盧春如（RUBY）

《籠裡的女人》精彩之處，在於將難以破解的懸案，透過細心的辦案及犯罪偵查技巧，掌握加害者的心理及被害人的背景，達到發掘眞相的目的，是一本値得推薦的好書。

——前中央警察大學校長蔡德輝

以陰暗晦澀的氣氛爲基礎，夾雜著無可名狀之驚悚感，爲一流暢好讀之作。

——推理文學愛好者余小芳

丹麥不僅有童話，也有引人入勝的犯罪推理小說。

——推理小說作家藍霄

此案之「懸」不只是出自調查者先前的束手無策或此刻的重新展開，還包括了受害者同樣莫名所以的茫然疑惑，間接得靠警方的調查爬梳出雙重眞相。

——推理評論人冬陽

追求公平正義和討厭虛僞的北歐靈魂，讓北歐的警探推理作品比起英美系冷硬派作品來的更有人味。

——超人氣部落格作家總幹事黃國華

獻給我的雙親

卡倫—瑪格麗特與亨利・歐爾森

以及我的姊妹伊莉莎白、瑪莉安娜與薇波

序幕

一九八五年十一月

拿在手裡的香檳杯沁涼得舒服，周遭的聲音揉合成一陣低沉的嗡嗡聲，丈夫的手輕輕擺在她的腰際，而她幾乎全心沉醉其中。除了熱戀那陣子，遙遠的童年時期與此刻相比顯得渺小而微不足道，那時耳邊傳來祖母的呢喃低語，還有早已消逝那些人壓低的笑聲，讓她能安穩入睡。

妮特（Nete）緊抿著雙唇，以免被感覺所淹沒。

她直起身，目光滑過時髦雅致的衣裳與纖細頎長的背影。一群名流顯貴受邀參加大北歐醫學獎得獎者的慶祝晚會，與會的全都是研究家、醫生與社會頂尖人士。她並非出身這個圈子，不過幾年下來，她也逐漸感覺自在，游刃有餘。

她深深吸了口氣，愉快的輕嘆一聲。就在這時，她驀地感覺到一股明確的目光，越過頂著時尚髮型的女士與身穿晚禮服的男士，直直黏附在她身上。那股目光激發出莫以名狀的熾熱，令人不安。那是懷有惡意的眼神。她本能往旁邊一退，將手放在丈夫手臂上，宛如被追獵的動物想在灌木叢中尋找掩護。她的雙眼一邊在錦衣華服與水晶吊燈間來回逡巡，一邊努力在臉上擠出一抹微笑。

有位女士忽地大笑，她的頭往後一仰，大廳的視野頓時開闊無礙。

那男人就站在牆邊。

高大的身形像座突出的燈塔，即使微微佝僂著身子，仍如一隻巨大的猛獸，雙眼像探照燈般

第64號病歷
Journal 64

掃過人群直射而來。

她身體每個細胞都感覺到他窺伺的目光。她知道若不馬上採取行動，自己的人生轉眼間將崩毀瓦解。

「安德列，我們可以離開嗎？我覺得不太舒服。」她邊說邊撫摸汗濕的脖子。

無須再多說一句話。只見她丈夫已抬起黝黑的眉毛，向一旁的人點點頭，然後握著她的手離開。她愛他這種姿態。

「謝謝。很抱歉，頭痛的老毛病又犯了。」她說。

他點點頭。這種情況他自己也非常熟悉。只要在昏暗的空間中度過漫漫長夜，偏頭痛就會找上門來。夫妻兩人都有這種毛病。

才剛走出宴會廳，來到階梯旁，牆邊那位巨漢已在不知不覺中從旁潛近，在兩人面前站定。

她發現那男人老了。曾經炯炯有神的眼睛如今已變得黯淡，頭髮也今非昔比，將近三十年的歲月在他身上烙下了痕跡。

「妳在這裡，妮特？我萬萬沒想到會在這種地方遇見妳。」

她拖著安德列試著繞開，但對方不願輕易放手。「妳忘了我嗎，妮特？」聲音從後面傳來，「不對，妳記得的。我是寇特・瓦德（Curt Wad），妳一定記得。」

這對夫妻已在階梯上走到一半，男人仍不死心追了上來。

「妳是羅森導演的婊子嗎？飛上枝頭當鳳凰了？誰想得到有這麼一天啊。」

她把丈夫拉走。但是安德列・羅森素來不是畏首畏尾、逃避麻煩的人。

「可以請你不要打擾我的妻子嗎？」他的目光中壓抑著怒火。

「原來如此，原來如此。」那個人往後退了一步。「妳果然手到擒來，捕獲安德列・羅森這條大魚啦，妮特。」他努力不露出敷衍的冷笑，不過她很了解他。「我之前完全沒有注意到。妳也知道，我不常到這附近，更不看八卦雜誌。」

接下來的一切宛如慢動作般發生。她看見自己的丈夫蔑視的搖了搖頭，感覺他的手抓住她，將她拉在身後離開。她有好幾秒的時間呼吸不到空氣，兩人的腳步聲彷彿是同一個脈衝所傳來不同步的回音：離開就對了！

他們走到衣帽間時，身後又響起那人的聲音。

「羅森先生！你或許完全被埋在鼓裡，不知道你妻子是個妓女吧？她對史葡格島（Sprogø）比其他人還要熟悉。我想說的是：感化院……她是個對誰都可以大張雙腿的女人，低能的大腦分辨不出眞實與謊言，而且……」

安德列猛然轉過身時，她的手腕關節順帶被拉扯了一下。許多客人叫那個男人住嘴，不要破壞隆重的氣氛，兩個年輕一點的醫生甚至挺身而出，威嚇擋在那個龐大傢伙的前面，明顯表示他在此不受歡迎。

「安德列，算了！」她大叫，但是丈夫充耳不聞。他心中的權威甦醒過來，開始標記自己的領域。

「我不知道你是誰，但是我建議等你學會了恰當的行爲舉止再現身公眾場所。」他說。

被人群團團包圍的男子仍高出其他人一個頭，他繃緊了雙肩，下巴外突，衣帽間附近好幾雙眼睛全部緊盯著他乾涸的嘴唇。櫃台後面保管貂皮大衣和外套的女服務生、路過附近的過客，還有等在大門旁的私人司機——所有人全部轉向他們。

接著，不應該說出口的話，就這麼脫口而出。

「要不然你問妮特，她在哪裡結紮的，羅森先生。你問她做過幾次墮胎手術；問她在監牢裡

第64號病歷
Journal 64

關了五天感覺如何。你親口問她。別搬出那套爲人處事的道理，安德列．羅森。需要學習的人不是我。」

然後寇特．瓦德讓到一旁。「我走就是了！」他忿恨大喊，「而妳，妮特！」指著她的手指因爲憤怒而顫抖。「滾回妳的地獄去吧！」

彈簧門一在他身後關上，四下轟然響起紛亂的竊竊私語聲。

「那個人是寇特．瓦德。」有個人在他們身後低語。「他和今天的獲獎者是大學同學，這也是他唯一值得拿出來說嘴的事了。」

而她也赤裸裸成爲眾人議論的中心。

大家圍在四周打量她，眼神停留在似乎會暴露妮特眞正自我的部位上。衣領會不會低了點？臀部、嘴唇會不會太庸俗了？

就連衣帽間的女服務生把外套遞給他們時，呼出的溫暖氣息都讓妮特覺得像句惡毒的話：「妳也沒有比我們尊貴到哪裡去。」

這一切發生得太快。

她低垂雙眼，挽著丈夫的手，沒有勇氣迎視摯愛另一半的目光。

她傾聽著規律低沉的引擎聲，兩人一路上都沒開口說話，只是默默並肩坐著，愣視著雨刷在幽暗的秋夜裡不停擺動。

或許他在等她矢口否認。但是她說不出口。

或許她在等他安撫她，等他幫她脫去纏在身上無形的束縛，等他凝望著她說一切都不重要，只有他們共度的十一年才有意義。

然而他只是打開收音機，讓充斥在車內的聲響拉開兩人間的距離。史汀的歌聲陪著他們往南行經西蘭島、莎黛和瑪丹娜兩人則陪他們駛過法爾斯特島與古博松。這一夜，年輕歌手輪番上陣，聲音清新獨特。唯一將兩人聯繫在一起的只有歌聲。

其他一切都消失了。

就在距離布嵐斯村不到幾百公尺，距離大莊園約莫還有兩公里左右時，他忽然將車開到路肩停下來。

「好，說吧。」他望著車外漆黑一片。沒有安慰，不帶情感，只是簡簡單單的「說吧」。他甚至沒有喚她的名字。

她閉上雙眼。過了一會兒，才吞吞吐吐說起以前發生了一些事情。她可以解釋一切，以往的不幸遭遇都要怪罪方才侮辱她的那個男人。

即使如此，她不得不囁嚅低聲承認，他說的是眞話。

一切都是眞的。

好一陣子只聽見丈夫的呼吸聲，氣氛沉悶煎熬。然後，他轉過來陰鬱的看著她。「這就是我們沒有孩子的原因。」他說。

她先是點點頭、緊抿雙唇，接著才娓娓道來。是的，她沒有說出原因是她不對。這點她坦承不諱。年輕時，有人把她帶到了史葡格，但錯不在她，而是職權濫用、專横獨裁、不容違抗等環環相扣造成的結果，是一連串判決不公後的下場。這是唯一的理由。沒錯，她確實墮胎多次，最後還被結紮，但是剛剛遇見的那個可怕男人……

這時，丈夫把手放在她的手腕上，手上的冰冷寒氣像道電流般蔓延她全身，讓她僵立無法動彈。

第64號病歷
Journal 64

然後他踩下離合器，將車子打到一檔，慢慢駛向前去，穿梭在連綿草地之間。前方出現黝黑的大海時，他加快了速度。

「我很遺憾，妮特。但是這麼多年來，妳讓我盲目的以爲我們會有孩子，這點我無法原諒妳。我絕對辦不到。而且其他的事情也讓我作嘔。」

丈夫說完便閉口不語。她感覺到太陽穴變得冰涼，頸子僵硬緊繃。

最後，他蠻橫的抬起頭，就像他在協商當中感覺對方不值得尊敬時所做的那樣。

「我會收拾好行李搬出去。」他一字一句說得清清楚楚。「直到妳找到住處。我給妳一個星期時間，妳可以從杭苟莊園拿走想要的東西，我不會讓妳有所匱乏。」

她不可置信的瞪視著他，然後緩緩轉過頭去凝視大海。她稍微開了點窗，海水的味道迎面襲來，墨黑的大海似乎終將攫獲住她，就如同當年在史葡格島上度過的日子那般絕望孤獨，滔滔白浪總是不斷誘惑她結束自己悲慘的生命。

「我不會讓妳有所匱乏。」彷彿那很重要似的。

有好一段時間，她只是盯著車鐘上的日期：一九八五年十一月十四日。她感覺自己的嘴唇抖個不停，再度將臉轉向他。

丈夫的眼神空洞無物，目前的他，只對眼前的道路和下一個轉彎感興趣。

於是，她慢慢把手伸向方向盤，一把抓住。就在他要開口責問時，她使出全身的力氣猛然轉動方向盤。

下一秒車子隨之打滑，街道也消失在他們後方，車子衝撞在斜坡上的撞擊聲蓋過了丈夫最後的話語。

當他們翻落大海時，感覺就像回到了家。

第一章

二〇一〇年十一月

車子自位於阿勒勒的住家開往警察總局的路上，卡爾從警用無線電得知昨晚發生的攻擊事件。事實上，此案屬於風化案件，一般不會引起卡爾興趣，不過這次狀況不一樣。

件遊服務公司的經營者在位於英園路上的自家住宅遭人潑硫酸襲擊，事發後被送到王國醫院。燒燙傷中心看來有得忙了。

警方正積極尋找目擊證人，不過目前仍無斬獲。

有幾個立陶宛人被逮捕，並且經過一夜的偵訊，逐漸釐清可能只有一人涉嫌，但是警方苦無證據。受害者在送醫途中說她無法指認凶手的身分，所以最後不得不將其釋放。

這件事似乎感覺很熟悉？

他在警察總局停車場遇到市警局的布朗度．伊薩克森，人稱「哈爾托夫冰柱」。

「又要去找人麻煩了嗎？」卡爾經過他身邊喃喃了一句，沒想到那個白痴竟然停下腳步，像是卡爾邀請他講話。

「這次遭殃的是巴克的妹妹。」伊薩克森冷冷的說。

卡爾一臉困惑看著他。這傢伙在講什麼鬼話？「眞倒楣。」這是陳腔濫調，不過某種程度上也適用。

「你聽說夜裡發生在英園路上的傷人案了嗎？受害者是巴克的妹妹艾絲特，她的情況不太樂觀。」伊薩克森繼續說：「你和巴克的關係如何？熟悉彼此的狀況嗎？」

卡爾把頭往後一退。柏格．巴克？他們是否熟悉彼此的狀況？他和凶案組那個申請留職停薪、卻藉此胡搞退休的副警官？那個虛情假意的僞君子？

「我和他的交情就像我和你一樣好。」卡爾不經意脫口而出。

伊薩克森覷起眼，點點頭。只需蝴蝶翅膀輕輕一拍，便足以拂走兩人對彼此的好感。

「你和巴克妹妹有私交嗎？」他問。

卡爾望向迴廊，蘿思正信步走過，肩上背了一個大如行李箱的粉紅色手提包。她打算幹什麼？休假嗎？

他察覺伊薩克森順著他的目光望去，然後又把眼睛瞥向別的地方。

「我沒見過她。不過，她不是有家妓院嗎？那屬於你部門的職責範圍，不是我的。所以別拿這件事來煩我。」

伊薩克森的嘴角往下垂。「你應該心裡有底，巴克或許會想插一手進行調查。」

卡爾懷疑這件事不會眞的發生。巴克之所以不幹警察，不就是因爲痛恨他的工作、痛恨到警察總局上班嗎？

「吶，歡迎光臨了。」卡爾回答說。「不要到下面找我們就好。」

伊薩克森順了順烏黑的頭髮。「我當然不會下去。光是要搞她就夠你忙了。」

他把頭撇向正走上階梯的蘿思。

卡爾搖搖頭。伊薩克森眞是他媽的鬼扯淡。搞蘿思？倒不如到布拉提斯拉瓦的修道院閉關算了。

「卡爾。」三十秒後警衛室裡的員警叫住卡爾。「那個叫夢娜．易卜生的心理醫生留了這個給你。」員警手裡拿了灰色信封，滿懷期待從敞開的門口對卡爾晃了晃，彷彿裡頭藏了座樂園。

卡爾愕然打量著信封，或許眞的有座樂園也說不定。

値班員警坐回椅子上說：「我聽說阿薩德總是早上四點就來上班，老天啊，他眞的在地下室花了很多時間處理自己的事情。該不會是計畫對總局發動恐怖攻擊吧？」他仰頭大笑，但一看卡爾拉下了臉，隨即噤聲正色。

「你自己去問他吧。」卡爾不悅嘀咕了一句，腦中想起了那個在機場只因提到「炸彈」而被逮捕的女人。無心說出的話語，往往會帶來意想不到的結果。

但是，手邊的狀況更加嚴峻。

才剛踩到地下室樓梯的最後一階，卡爾便發現蘿思今天心情不錯。撲鼻而來的濃郁丁香及茉莉香味，讓他想起東布朗德斯勒夫那個老是在路過的男人屁股上捏一把的老太婆。一旦蘿思身上散發出如此氣味，別人就頭痛了，更遑論她心情不好時會帶來的麻煩。

阿薩德認爲她的味道與生俱來，其他人則認爲這麼甜膩噁心的香味，一定能在某家對散客的興趣大於老主顧的印度商店找到。

「喂，卡爾，過來一下！」她從辦公室裡喊說。

卡爾嘆了口氣。現在又有何貴幹了？

他拖著腳步走過阿薩德亂七八糟的工作間，將頭探進蘿思像醫院般乾淨的辦公室。第一個映入眼簾的是她剛才甩在肩上的超大手提包，一大疊檔案從裡面露出來。那景象和香水味道一樣讓人不安。

「哎……那是什麼？」卡爾手指著那堆文件，小心翼翼問道。

第64號病歷
Journal 64

抹著濃厚煙燻妝的雙眼所透射出來的眼神，在在表明了他即將大禍臨頭。

「幾件舊案，去年擺在警察總長辦公桌上積灰塵，沒有在第一時間交給我們。若說有誰對這種草率馬虎作風最熟悉，那個人肯定非你莫屬。」

最後那句評論伴隨著喉頭一陣咕嚕脫口而出，聽起來像是某種笑聲。

「那堆檔案被錯送到國家調查中心去了，我剛去拿回來。」

卡爾眉頭緊蹙。這代表懸案組有更多的案件必須調查，看在老天的份上，那有什麼好笑的？

「是的，是的，我知道你在想什麼。這眞是今日的壞消息啊。」她搶先開口說。「不過你還沒看過這份檔案。這不是從國調中心拿回來的，我來的時候就已經擺在我桌上了。」

蘿思遞給他一份破舊的檔案夾，顯然希望他當場打開閱讀。但是她失算了，開始一整天工作之前得先抽根菸！一切都要按照順序來。

卡爾搖頭走回自己的辦公室，將檔案夾丟在桌上，大衣則拋向角落的椅子。

辦公室裡的空氣滯悶難聞，天花板上的日光燈忽明忽滅。星期三永遠是最難熬的。

他給自己點了根菸，走向阿薩德那間窄小的辦公室，那兒似乎永遠不會改變：空氣中瀰漫著帶有強烈桃金孃氣味的水蒸氣，跪毯仍鋪在地板上，收音機傳來的樂聲宛如鯨魚交配的哀鳴，搭配福音合唱團的背景音樂，伴奏的是七弦豎琴。

當然少不了伊斯坦堡大餐伺候。

「早安啊。」卡爾出聲打招呼。

阿薩德緩緩將臉朝向他。科威特日出時滿天的豔紅也沒有這男人的大鼻頭紅亮。

「老天爺！阿薩德，情況看起來不太樂觀。」卡爾緊急後退了一步，在這間拱頂地下室裡還缺的就是流行感冒。

「昨天開始的。」阿薩德吸吸鼻子說，原本像小狗一樣濕潤的雙眼已不復見。

「回家去，立刻離開。」卡爾命令說。但這只是白費口舌，阿薩德根本不會聽他的。

他迅速轉身走回安全的領地，將雙腳架在桌上，生平第一次慎重考慮是否該強迫自己報名前往大加納利島（注1）的旅行團，在洋傘下做十四天的日光浴，身旁躺著薄紗輕掩的夢娜，就該這樣，對吧？讓流行感冒在哥本哈根作客吧。

一思及此，他拿起了夢娜的信打開。光是氣味就讓人心猿意馬！嬌嫩又性感，和寫信的人一模一樣，足以把蘿思對同事發射的猛烈砲火抵擋在數萬公里之外。

「親愛的寶貝。」開頭這樣寫著。

卡爾的嘴角不由得泛起微笑。自從那回他躺在布朗德斯勒夫醫院，身上縫了六針，割下的盲腸被裝進放在床頭桌上果醬瓶裡，就再也沒人對他叫得這麼甜了。

親愛的寶貝，

今晚七點半到我家吃馬丁鵝（注2）？穿休閒一點的西裝，帶瓶紅酒來。我準備了驚喜。

吻你，夢娜

卡爾感覺臉上一陣熱。這是個什麼樣的女人啊！

他閉上眼睛深深吸了一口菸，稍微想像一下會是什麼樣的「驚喜」。在他腦海中快速翻飛的

注1 Gran Canaria，位於北大西洋的小島，隸屬於西班牙拉斯帕爾馬斯省。

注2 Martinsgans，十一月十一日聖馬丁節吃的食物。

畫面絕對是青少年不宜。

「你幹嘛坐在這兒傻笑？」他背後響起一個聲音。「你不看我剛才給你的檔案嗎？」

蘿思雙手抱胸站在敞開的門旁，微微低著頭，想必在他有所回應之前，她絕對不會善罷甘休。何況她兩隻手還緊緊纏在一起。

卡爾捻熄菸蒂，一把抓起檔案夾。他最好還是乖乖聽話。

檔案夾有十張泛黃的約林法院文件，文件第一頁便讓人了解相關事由。

他媽的，這件案子怎麼會跑到蘿思桌上？

他遲疑的瀏覽著文件內容，其實早已對文句的順序熟稔於心。一九七八年夏天，一家機械製造大廠的老闆在北川溺斃，死者平時熱愛釣魚，也參加許多相關社團。事發後，現場的釣魚椅四周發現了四雙剛印下的清晰腳印，和一只裝了高級釣魚裝備的破舊袋子，但沒有任何東西遺失。此外，那天氣候良好，解剖時並無異常，不是心臟瓣膜有毛病，也不是血栓，單純就是溺水死了。

若非案發現場的河水深度不到七十五公分，很有可能被歸為不幸的意外事件結案。不過，蘿思之所以對此案大感興趣，原因顯然不在於死亡案件本身，也不是此案尚未偵破。這個案子會落到地下室他們這個專門調查懸案的小組頭上，是因為檔案夾中有一疊照片，其中夾了兩張卡爾的相片。

卡爾嘆了口氣。溺斃的死者名叫畢格．莫爾克，是他的親叔叔。畢格生前和藹親切，人又慷慨大方，不僅兒子羅尼敬愛他，卡爾也對他仰慕尊崇，因此很喜歡和他們一同出遊。那一天，畢格原本打算露兩手釣魚的訣竅和技巧給他們看，但是兩個來自哥本哈根、騎單車環遊丹麥的女孩，剛好在那時候一身香汗淋漓的往目的地斯卡恩前進。

而卡爾和堂哥羅尼一看見兩個金髮尤物踩著自行車奮力向前，即刻拋下手中釣竿，跟在女孩後頭飛奔追去。

兩小時後他們回到河邊，腦海中深深烙印著女孩的緊身薄衫，而畢格已經身亡。

卡爾和堂哥一開始被懷疑涉有重嫌，但經過反覆偵訊，約林警方最後也不得不放棄。雖然他們沒有找到那兩位精力充沛的哥本哈根美女，驗證年輕男子的不在場證明，但是案子最後也無法起訴。卡爾的父親因數月未能破案氣憤、傷心不已，不過這案子最後仍不了了之。

「你當時看起來還不賴嘛，人模人樣的。那時候你幾歲？」蘿思始終站在敞開的門旁邊。

卡爾將檔案夾丟到桌上，滿心不願意回想當年的事情。

「幾歲？我十七歲，羅尼二十七。」又嘆了口氣。「妳知道這檔案為什麼會出現在此嗎？」

「為什麼？」她用削瘦的指骨敲敲自己的額頭。「哈囉，超人氣王子，清醒一點呀！我們這兒的業務是什麼呢？不就是挖掘懸而未解的陳年謀殺案嘛！」

「是的，沒錯。不過，一來這件事最後歸檔為意外事故；其次，檔案夾不會無緣無故自己跑到妳桌上，對吧？」

「或許我應該詢問一下約林警方為何檔案會送到我們這兒？」

卡爾皺起雙眉。是啊，何不問問看呢？

蘿思轉身離開，啪噠啪噠走回自己的地盤。卡爾不需要開口說半個字，她一切了然於心。

卡爾陷入沉思。媽的，為何非得翻出這樁舊案不可？它引起的愁苦還不夠多嗎？

他再看了一眼羅尼和自己的合照，然後將檔案夾塞進一堆其他案件中。那已是昨日白雪，事過境遷，眼前還有更實際的事情要處理。四分鐘前他還讀著夢娜的信，信上寫著「親愛的寶貝」，事情總得分出個輕重緩急。

他嘴角漾起笑容，從褲子口袋掏出手機，但不一會兒又氣惱的瞪著狹小的按鍵。如果他想發則簡訊給夢娜，從開始到結束大概要花上十分鐘，若是直接打過去，等她接起電話，免不了也要耗掉同樣的時間。

他輕嘆一聲開始輸入訊息。研發手機按鍵的人肯定是個手指和義大利麵一樣細的矮子，對一般身高的北歐人來說，按鍵就是河馬在彈奏豎笛一樣。

接著，他審視自己努力鍵入的成果，懶得修改打錯的字。反正夢娜了解他的意思：她的馬丁鵝找到了伯樂。

他把手機擱到一旁，這時有人把頭探進了敞開的辦公室門。

從前在光禿頭頂上小心梳整、不捨掉下半根的稀疏頭髮如今竟然剪短了。不過，臉部表情依舊乖僻頑固。

「巴克？他媽的你到這兒來幹嘛？」卡爾脫口而出。

「別裝作不知道。」巴克不假思索的反唇相譏，眼睛四周爬滿睡眠不足的疲累。「我簡直快瘋了，所以才會來這兒！」

巴克無視卡爾拒絕的手勢，在對面的椅子重重坐下。「我妹妹艾絲特再也不是以前的她了。那個豬玀朝她的臉潑完硫酸，不知道躲到哪個破舊的半地下室店舖張狂大笑。對一個退休的警察來說，自己的妹妹經營妓院並不光彩，可是，難道就這麼眼睜睜看著幹出這一切的混蛋逍遙法外嗎？」

「我搞不懂你為什麼要來找我，巴克？你對處理程序不滿，去找市警局的警察、找馬庫斯，或是隨便哪個組的組長啊。你明知道我不負責風化案件。」

「我希望你和阿薩德跟我一起去逼出那個王八蛋的口供。」

卡爾感覺自己的眉頭皺上了髮根。這男人喝醉了嗎？

「你應該察覺你們收到了一樁新案子吧，」巴克繼續說，「那是我拿來的。約林一個老同事幾個月前把檔案寄給我，我昨晚放到蘿思辦公桌上。」

卡爾打量著巴克，腦中忖度著自己有什麼選擇。斟酌之下有三種可能：一，起身賞這白痴的頭一記；第二是踹他屁股一腳。不過，卡爾決定使用第三個選項。

「是的，檔案就在那兒。」他指著眼前桌上那堆該死的檔案說。「你爲什麼不直接拿來給我？那不是比較親切嗎？」

巴克哼笑一聲。「什麼時候我們之間的親切互動會有結果啊？不行、不行。我必須確定檔案不會無故消失，要有人看到那件案子才算數。」

前兩個選項現在又重新取得優勢。感謝老天恩賜，這蠢蛋不再每天出現在警察總局了。

「我爲了等待正確時機保留這份資料。你懂嗎？」

「一個屁也不懂。什麼樣的時機？」

「我需要你幫忙！」

「你別以爲拿三十年前的舊案在我面前晃來晃去，我就會去教訓一個可能的嫌疑犯。你知道原因是什麼嗎？」

接下來，卡爾每說出一個理由，就舉起一根手指。

「第一點：案子早已超過法定時效；第二：那是樁意外事故，我叔叔是溺斃身亡。他明顯因爲身體不適而墜入河中，警方人員也得出同樣結論；第三：意外發生時，我人不在現場，我堂哥也一樣。第四點：我和你不同，是個奉公守法的警察，不會隨便對嫌犯動粗。」

講到第四點時，卡爾猶豫了一下。不過據他所知，巴克不可能打聽到這方面的事，況且從他臉部表情看來也沒有透露相關訊息。

「還有第五點！」卡爾張開五根手指，隨即握成拳頭。「即使我要揮舞鐵拳，也是朝向某個自以爲必須再次追捕犯人的退休警察。」

巴克表情一沉，臉也拉了下來。「好。不過我要告訴你，約林有個老同事很喜歡去泰國，十四天在曼谷幹點有的沒的。」

這跟我有什麼關係？卡爾心想。

「你堂哥羅尼顯然也是如此。他還喜歡喝兩杯。」巴克又說。「你知道嗎，卡爾？羅尼只要喝得酩酊大醉，就會掏心掏肺的說個沒完。」

卡爾忍住沒發出嘆息。羅尼那個笨蛋！他又鬼扯了什麼？距離他們上次見面至少是十年前的事了。自從在歐德爾參加某次堅信禮儀式鬧得不愉快後，兩人便失去聯絡。羅尼當時賴在吧台一杯接著一杯，毫不節制，還毛手毛腳與女服務生調情嬉鬧。若非其中有個女服務生不太喜歡他的行徑，恰好又是受洗青少年的未成年姊妹，這件事恐怕不會引人關注。不過儘管醜聞最後沒有鬧大，卻成了歐德爾那邊親戚的心頭疙瘩。羅尼眞是個不折不扣的笨蛋。

卡爾抬起手阻止巴克往下說，羅尼的事情與他何干？

「唉，巴克，如果你眞要張開狗嘴跟人聊聊，去找馬庫斯吧。不過你也知道他的個性，他的回答絕對和我一樣。沒人會毆打嫌犯，更不會拿這種老舊案件威脅前同事。」

巴克好整以暇靠向椅背。「有人在泰國酒吧裡親耳聽見你堂哥吹噓自己殺了他的父親。」

卡爾瞇起雙眼。這話聽起來一點也不可信。

「啊哈，他這樣說呀，一定是喝得失去理智了。既然他都招供了，你想檢舉他請便。我知道他沒有殺害自己的父親，因爲他當時和我在一起。」

「羅尼堅持你也在場。你那個堂哥真是個伶俐的小伙子啊。」

卡爾深鎖的眉間瞬間抹平，接著縱身彈起並深吸口氣，全身原本已經分配不均的重量這時更加集中在肩上。「阿薩德，過來一下！」他對著巴克的臉大吼道。

不一會兒，鼻子阻塞的阿薩德立即出現在門口。

「阿薩德，麻煩你這個飽受感冒之苦的可憐蟲，朝這個白痴的臉用力咳嗽。記得先大大深吸口氣後再咳，懂嗎？」

「新送來的檔案中還有什麼值得注意的案子嗎，蘿思？」

好一會兒的時間她看起來像是在考慮將所有的檔案全丟給他。不過卡爾早就摸透了她的脾氣，有一兩件案子應該引起了她的注意。

「昨晚應召站老鴇的攻擊事件讓我想起一件剛從科靈轉過來的案子，就放在我從國調中心拿來的檔案裡。」

「妳知道妳所謂的應召站老鴇攻擊事件，被害人是巴克的妹妹嗎？」

蘿思點點頭。「實際上我不認識巴克這個人，但是這件事已經在局裡傳得沸沸揚揚了。剛才來找你的那個人就是他吧？」她擦上黑色指甲油的手指敲敲最上面的檔案夾，然後將檔案打開。「現在好好洗耳恭聽了，卡爾，否則就自己想辦法讀完報告內容。」

「好啦、好啦。」卡爾目光掃過蘿思黑白極簡風的辦公室，幾乎有點懷念由她另一個雙胞胎自我伊兒莎所打造的粉紅地獄了。

「這件案子牽涉到一位名叫莉塔·尼爾森（Rita Nielsen）的女子，她的『藝名』是露易絲·西科尼。」蘿思講到「藝名」時，兩手在空中比了個引號。「八〇年代，她在三角區的眾多夜總會籌備所謂的『情色舞會』時，」引號又出現了，「使用的就是這個名字。她曾經先後因為詐欺、拉皮條和經營應召站而被判刑。七〇和八〇年代，她在科靈有家伴遊服務公司，一九八七年前往哥本哈根後從此下落不明。警方的搜尋行動首先設定在中于特蘭的色情業，但是三個月後卻中止了調查，因為他們推斷她自殺的可能性相當高。報告上說，警方手邊有其他更緊急的案件需要處理，所以無法將人力投注在莉塔·尼爾森的案子上。」

她將檔案夾放在桌上，臉一垮，露出嗤之以鼻的表情。「中止。我敢打包票，昨晚艾絲特·巴克的案子最後也會落得如此下場。你看見局裡有誰像發瘋一樣迫切揪出攻擊那個可憐女子的傢伙嗎？」

卡爾聳聳肩。他今早唯一看見的瘋子是七點被他罵起床，催促快點去根措夫特參加畢業考準備課程的繼子賈斯柏。

「根據我的看法，這案子裡看不出任何自殺意圖。」蘿思繼續說道。「莉塔·尼爾森坐進她那輛五〇〇豪華白色賓士車，緩緩駛離住所，隨後在兩個小時內從地球上消失，就這樣。」她從檔案夾抽出一張照片丟給卡爾，照片上是輛停靠在路邊的賓士車，車體幾乎被掏空。

這輛車太酷了吧！他的勤務車相較之下寒酸多了！維斯特布洛從事相關行業的女人起碼有一半可以披著辛苦掙來的人工皮草在引擎蓋上伸懶腰。

「她最後一次被人看到是一九八七年九月四日，那天是星期五。我們可以從信用卡消費紀錄回溯她的路線。她早上五點從科靈的住家出發後，先在當地加了油，然後前往菲英島，搭上渡輪橫越大帶海峽，最後抵達哥本哈根。十點十分左右在諾勒布羅街上的一間雜貨舖買了包菸，之後便銷聲匿跡不見蹤影。她的賓士車幾天後在卡本路被發現，已經拆得七零八落，皮座椅、備胎、汽車音響、錄音機和其他東西全被偷走，甚至連方向盤也沒倖免於難，全車只剩置物箱裡幾卷錄音帶和小冊子。」

卡爾搔搔下巴。「當時有信用卡刷卡機的商店並不多，就算有，付款程序也相當繁瑣。要把卡刷過某種程度像是蒼蠅拍的機器，事後還得簽名。沒想到諾勒布羅上的一家雜貨舖竟然有這種東西，更令人匪夷所思的是，她特地使用了信用卡付款，那還眞需要一點耐心，而且不過只是買一包爛香菸。」

蘿思聳了聳肩。「也許她手邊剛好沒現金；也許她討厭碰錢；也許她寧願把錢存在銀行生利息；也許她只有一張大鈔，雜貨舖老闆找不開；也許……」

「停、停、停，夠了。」卡爾不耐煩的擺擺手。「不過，我想知道的是，自殺的論點從何而來？她病入膏肓嗎？還是財務有困難？所以才會拿信用卡付香菸的錢？」

蘿思又一次聳了聳肩，肩膀隱藏在鬆垮垮的深棕色毛線衫底下。那件毛線衫大概是伊兒莎編織的。「哎，好問題，確實不太尋常。又名露易絲．西科尼的莉塔．尼爾森是個貨眞價實的富婆，並且從不太令人羨慕的經歷研判，她並不是個容易被擊倒的女人。她手下那些科靈『女孩』形容自己老闆的個性冷酷粗暴，是典型的生存者。有個女孩甚至認爲莉塔寧可殺光地球一半人口，也不會損害自己一根寒毛。」

「嗯！」一股明確的感覺在卡爾體內蔓延開來，不過他卻感到有些惱火，因爲那表示此案引起了他的興趣。啓人疑竇的問號頑固的在眼前彈現，還有，此事與香菸有關，有人在打算結束自己的生命之前去買包菸嗎？唉，也不是沒有所謂「死前一根菸(注)」啦。

媽的該死，腦中的機器開始運轉了！有誰求他這麼做嗎？他若不趕緊關掉，很快會無可救藥

注 死刑犯伏法前抽的最後一支菸。

的陷入調查工作，每次都是如此。

「換句話說，妳的看法和大部分同事相左，認爲這是椿犯罪行爲囉?但是，究竟有什麼跡象指出這件案子牽扯到殺人或是謀殺呢?」他頓了一下，留點時間讓問題發酵。「更別說這案子並未結案，只是中止了調查——妳打算如何著手進行?」

寬大毛線衫底下的肩膀聳了聳。看來她也不清楚。

卡爾凝視著檔案夾。在那張被迴紋針固定住的照片上，莉塔顯得神采奕奕，精力充沛。這個女人的臉龐下半部瘦削單薄，腮幫子明顯突出，無論是驕傲自信的目光，抑或一副隨時戰備的神情，都顯示出她完全不把拿在胸前的犯人名牌放在眼裡。這絕對不會是警方幫她拍攝的第一張檔案照片。不可能，吃牢飯對這類女人來說根本無關痛癢。就像手下那些女孩所形容的，她徹徹底底是個生存者。

像這樣的女人爲什麼會自行了斷生命?

卡爾拿起檔案夾再度翻開，故意忽略蘿思嘴角揚起的笑容。

這個穿得一身黝黑的傢伙果眞弄來了一件新案子!

第二章

二〇一〇年十一月

綠色貨車依照約定時間在十二點半準時出現。

「我今天在西蘭島還有五個地方要跑，瓦德先生。」

這個叫作米凱爾的男人是個不錯的傢伙，十年前受僱至今，從沒出過任何差池。他的外表整潔清爽，待人彬彬有禮，正是「界線明確黨」樂意推向大眾的人。這種男子能激起別人與他加入同一個黨派的欲望。此外，米凱爾的性格可靠誠實，棕色瞳眸裡盈滿親切與友善，淡金色捲髮梳理得整齊有型，即使處於棘手的尖銳狀態也能保持一派淡定謹慎。例如一個月前在哈易斯勒夫一場黨派成立大會所發生的騷動，有九位抗議人士手持寫滿仇恨標語的橫幅，阻擋其他人走近他們這些勇敢的人。

警方出現時，場面已經控制下來，而這一切都要歸功於米凱爾這一類的男人平息了風波。那些抗議人士從此應該不會再來騷擾。

寇特．瓦德打開位於庭院的倉庫門。倉庫中有面牆邊放著一個冷凍櫃，他將冷凍櫃上方的老舊黃銅板子移向一邊，隨即露出一個螢幕，接著在螢幕上輸入九位數的密碼，等了一會兒後，後面的牆壁傳來熟悉的聲響，中間部分向旁邊滑開。

隱藏於牆後面的巨大空間中，存放了與志同道合的同志有關的物品：冷凍櫃、非法墮胎取得的胚胎、卡片櫃、會員清單、在會議上使用的筆記型電腦，以及他父親流傳下來的舊筆記，也是他們所有工作的基礎。

寇特掀開冷凍櫃，拿出一個裝著許多塑膠袋的箱子，遞給司機米凱爾。「胚胎都在這兒，拿去吧，我們自行火化處理。希望車裡的冷藏櫃還有空間。」

米凱爾微微一笑。「有的，還有很多空間可放。」

「那些郵件是要給我們的人。你可以在上面看見署名給誰。」

「是的。」米凱爾一一瀏覽信封上的姓名。「可惜我要到下個星期才會到弗雷登斯堡。我昨天已經完成西蘭島北區的部分了。」

「那不要緊，重要的是你會前往歐胡斯。你明天過去，對吧？」

米凱爾點點頭，瞄了一眼塑膠袋裡的東西。「這些我會全部脫手。我們還有要給格洛斯楚普火葬場的胚胎嗎？」

瓦德將牆上那扇隱藏暗門關起來，走向前面那個完全不會引人懷疑的冷凍櫃。

「有，在這兒。」他掀開冷凍櫃的蓋子，取出另一個箱子。

他將箱子放在地上，從冷凍櫃上方的架子拿了一個塑膠套。「這些是相關文件。」他將文件遞給米凱爾。「一切都辦妥了。」

米凱爾一一比對袋子和運貨清單，然後說：「沒問題，不會落人話柄。」他把所有物品放上貨車，兩個箱子內的東西放在各自的迷你冰櫃中，內部通知則置入不同協會的格子，最後手碰了碰帽子，告辭離去。

瓦德道別的手仍舉在空中，但車子已沿著布勒畢爾斯特路駛去，消失在視線外。

我這把年紀還能做這種事，全是上帝的恩賜。他心想。

他常聽見別人說：「不會吧，你八十八歲了？真是難以置信啊。」他們說得沒錯，他自己照鏡子時，也覺得別人很容易誤以爲他的年紀頂多七十三歲，比實際年齡少了十五歲。而他心知肚明原因何在。

「人生中最重要的，是與自己的理想達成一致。」這是他父親的座右銘，而他也確實奉行。只要對頭腦有益，對身體自然也有益，不過，天下沒有白吃的午餐。

瓦德穿越花園從後門進入屋內，每次遇到診療時間他都這麼做。他的接班人看診時，屋子的前半部便得供他使用，至少目前情況是這樣。成立政黨有許多事情等著他處理，負責將未出生的胎兒扼殺於腹中已是陳年往事，何況他的接班人同樣做得又好又徹底。

他把咖啡機移近一點，再用手指將量匙上的咖啡粉抹平。畢雅特的胃最近變得很敏感。

「咦，瓦德，你怎麼會在廚房這兒？」

他的接班人卡爾－約翰．海寧克森站在門口，就像以前的瓦德一樣，海寧克森也最喜歡穿上剛洗過且熨燙好的白袍。因爲病人通常將穿著白袍的人視爲權威，即使她們完全不認識他們，也會安靜鎮定的將自己的生命交到對方手中。眞是一群白痴女人。

「我的胃不太舒服。」海寧克森從櫥櫃拿出一個杯子時說。「熱騰騰的栗子、奶油和紅酒雖然美味可口，卻容易讓人消化不良。」

他自嘲的笑了一下，在杯子裡裝滿水，倒入一包薩馬林胃粉。

「剛才司機來過了，兩個冷凍櫃現在都已清空，海寧克森，你可以再裝東西進去了。」

瓦德只對他的學生微微一笑，因爲出言鼓勵純屬多餘，海寧克森可能比以前的他還要來得有效率。

「好，等下就可以動手了。我今天還有三個墮胎手術，其中兩個是例行手術。」海寧克森也露出笑容，眼睛看著胃粉在水杯裡冒著泡沫。

「另外一個病人是誰？」

「來自塔斯魯普莊園的索馬利亞人，是從班特．林塞那兒轉診過來的，聽說懷了雙胞胎。」

他揚起眉毛，喝下杯子裡的藥水。

對他們這個黨派而言也好、執行祕戰的實際工作也罷，卡爾－約翰．海寧克森都是位相當優秀的人才。

「我的漂亮寶貝，妳今天不太舒服嗎？」他拿著藥走進客廳時，低聲細問。

畢雅特最後一次開口說話已是十多年前的事了，不過她仍有微笑的能力。即使日漸衰弱枯萎，青春的美貌與靈魂早已棄身體的主人而去，瓦德仍不認爲自己有一天——或許這天很快就會來臨——會失去她而獨自活下去。

但願畢雅特能活到我們在科靈議事堂的講台上提及她的姓名，感謝她所做的奉獻的那一天。他心想，將她纖細無力的手執在手中。

他傾身在她臉上輕輕印上一吻，感覺到她的手微微顫抖。這樣就夠了。

「來，親愛的，」他將杯子靠近她唇邊，同時溫柔的吹了吹液體表面，「不會太燙，也不會太冷，完全是妳喜歡的溫度。」

她努起曾經親吻過他和兩個兒子，如今已然癟塌的嘴，緩緩喝下咖啡，沒有發出一點聲音，但從眼神看得出來她很滿意。那雙眼睛看了許多浮雲滄桑，他有一、兩次心中浮現罕見的疑惑時，目光也會深陷在那雙眼睛裡。

「畢雅特，我待會兒必須去上電視，林柏格和卡思柏森也會一起。那些人想要牽制我們，但絕對不會得逞。相反的，我們數十年來的心血今天終將收成，並且聚集民意選票。畢雅特，是和我們一樣心聲的民意。那些新聞記者最好把我們當成三個老頑固。」他哈哈大笑。「呵，我們確實也是。他們會認爲我們腦袋不清，廢話連篇，毫無邏輯可言，絕對能一把扳倒我們。」他輕撫她的頭髮。「我把電視打開，妳可以全程收看。」

雅各柏．朗博格是個精明幹練的新聞主播，事前總會做好功課，沒有任何事情能影響他，尤其是批評他的訪談缺乏一針見血內容的負面言論。比起老闆，聰明的主播更在意收視觀眾，而朗博格聰明又機靈。他公開犀利批判頂尖政客，大膽無畏戳穿有錢有勢的高官權貴、不負責任的經理人、暴徒流氓、搖滾樂手和罪犯的西洋鏡。

因此瓦德對於能接受朗博格的採訪感到非常興奮，朗博格這次絕對無法如願抨擊他的來賓，而那將在丹麥這個小王國掀起軒然大波。

朗博格和來賓在工作人員準備播報下一節新聞的辦公室見面，兩方客氣的寒暄招呼，但還來不及結束握手，準備上戰場的時候便已來臨，接著他們繃緊神經，各自緊張的走向攝影棚。

「您不久前通知了內政部，界線明確黨已經取得足夠的連署簽名，得以參加下次的議會選舉。」朗博格主播沒有特別吹捧，稍微簡短介紹來賓後直接導入正題。「恭喜您，不過我同時也想請教，您認爲界線明確黨能帶給丹麥的男性選民什麼樣的新氣象呢？與現有的政黨又有何區別？」

「男性選民？您說男性選民？您想必應該知道，女性選民的數量比男性還要多吧？」瓦德微笑說，對著攝影機點了點頭。「不，坦白說，丹麥選民除了拒絕投票給那些舊有黨派之外，還有其他選舉形式嗎？」

朗博格審視著他。「今天坐在我對面的來賓絕對不再屬於年輕的一代，三位的平均年齡七十一歲，而高齡八十八歲的您，寇特．瓦德先生，毫無疑問拉高了平均值。因此說句良心話，您難道不認為自己如今想要左右丹麥政壇，或許晚了四、五十年嗎？」

「我若沒記錯的話，目前丹麥最有影響力的男人還比我年長十歲。」瓦德回覆道。「全國的丹麥人民仰賴他的瓦斯取暖，到他開設的商店購物，店內的商品還是他的船隊運來的。倘若您有通天的本事能夠邀請到這位優雅的老先生來上節目，譏諷他年事已高的話，歡迎您再度邀請我，提出同樣的問題。」

朗博格點點頭。「我只是難以想像一般的科靈居民，是如何看待代表他們的候選人比自己年長一或兩個世代。畢竟人們不會購買過期一個月的牛奶，是吧？」

「完全正確，朗博格先生，但是人們也不會購買未成熟的水果。我們最好中止食物的比喻，而我們三人也不是科靈地區的候選人。我們的黨綱規定得相當清楚，一旦達到法定的簽署人數，將會召開黨代表大會，到時候才會選出代表科靈地區的候選人。」

「提到黨綱，上頭首要規定的觀點與道德規範，不由得讓人聯想起沒有人願意回首的往日時光，聯想起以前特意打壓社會弱勢、精神障礙者、少數民族和社會邊緣人的政權。」

「我不明白您為何對我們說這些話，我們的黨綱和您說的內容毫無關係，事實上反而大相逕庭。」林柏格打斷他的話。「我們重視的是拋開陳腔濫調與僵化思考，強調的是個人能適時適地擁有獨立自主的評斷，採取負責任、吻合人道主義的行動。因此，我們明明白白貫徹黨的主張為『改變，以求進步』。當然了，這裡所謂的改變，與您剛才所指涉的一切無關。」

主播莞爾一笑。「聽起來相當了不起，但目前問題在於你們是否有辦法取得相關的影響力。現在再回到我先前的重點：媒體不斷提及貴黨黨綱帶有濃厚的納粹種族理論色彩，世界人口由不同種族組成，優越者與低劣者陷入永恆對抗的偏執見解……」

「沒錯、沒錯，一旦與較劣等的民族融合，該種族便沉淪了。」卡思柏森打斷他，「聽得出來您利用網路查詢了許多國家社會主義的資料，非常好，朗博格先生，就像某些媒體同事一樣。」他繼續說：「但是，與之前的國家社會主義和現今的新納粹主義不同的是，我們的黨綱不僅與種族歧視、不公不義、非人性等風馬牛不相及，反而背道而馳。我們只想傳達，人不該留戀會妨礙自己過一個有尊嚴生活的事物。與可能涉及強制送醫和後續治療的情事，必須有所界線；加諸在家人身上的痛苦，必須有所界線；只因爲政客到處插手卻不清楚自己涉入的後果，導致苛求國家的言論四處喧囂，同樣也必須有所界線。」

他們又談論了一會兒，接著開放觀眾打電話進來，各種與自身相關的問題接踵而至：強制將罪犯和因精神問題或智力不足而無力照養下一代的人絕育；子女眾多的大家庭許多津貼被撤銷，造成社會重大事件；嫖客犯罪刑案增多；禁止未受教育的移民遷入丹麥……

節目現場辯論熱烈，有些打電話進來的觀眾異常激動憤怒，有些人則能保持冷靜與客觀。

離開攝影棚後，瓦德、林柏格和卡思柏森一致認爲此次錄影對他們而言價值連城。

「擁護我們信念的人，未來將取得影響力了。」卡思柏森回程時歡呼說。

「唉，不過世事難料。」林柏格回答說。「我們只能期待今天鋪設了一條好路。」

「我們確實辦到了。」卡思柏森大笑說。「瓦德，你朝水裡投下了一塊石頭。」

瓦德明白他話中的意思。主播先前詢問過他，多年來與法律多有牴觸的作法是否有待商榷。瓦德內心怒火中燒，但表面仍不動聲色，只是回答雙手靈巧、頭腦聰明的醫生，必然在人生道路上某個時刻會衝撞到某種道德規範。若是他從未遇過這種事情，實在有愧擁有一雙上帝之手。

林柏格笑了笑。「沒錯，朗博格驚訝得下巴都要掉了。」

瓦德沒有回以笑容。「我的答覆破綻百出，他沒有針對個別事件繼續追問，純粹是我運氣好。我們必須密切追蹤後續發展。你們應該懂吧？媒體只要聞到一絲血腥味，就會搞得腥風血雨。你們尤其要留心，除了黨內同志，我們沒有所謂的朋友。我們目前的處境正如當年不受人重視的進步黨和丹麥黨，現在只能期待媒體和政客像對待這兩個政黨一樣，能給我們同樣的時間茁壯鞏固。」

卡思柏森蹙起雙眉。「我衷心相信下一次選舉我們就能進入科靈了。即使不擇手段也要成功。但是你們了解我的意思，爲了祕戰，犧牲我們實際的工作也在所不惜。」

瓦德審視著他。每個群體裡總會存在著一個猶大。卡思柏森身爲律師和地方政客，因爲工作關係結識了不少重要人士，擁有豐富的組織經驗，是他們不可或缺的同志。然而一旦他開始數起銀幣，就不再是自己人了。關於這點，瓦德不得不開始未雨綢繆。

沒有取得瓦德的同意，誰也不准碰觸祕戰的工作。

電視機前畢雅特的姿勢仍和他出門前一樣。社工只幫她換了尿布，給她喝了點東西。他站在不遠處凝望著自己的妻子。吊燈的光線灑落在她頭上，讓髮梢閃耀著光澤，五官透出一股輕鬆神色，和她第一次爲他而舞一樣。也許她做夢了，夢到了他們的生命仍大有可爲的那時候。

「妳看過節目了嗎，我的天使？」他細聲問道，免得嚇到她。

畢雅特臉上閃過一絲笑容，然而她的眼神飄渺遙遠。他明白她清醒的時候不多，腦出血將畢雅特的靈魂隔絕於她的周遭世界之外，不過即使如此，他仍能感覺她或多或少有所察覺。

「我現在帶妳上床，畢雅特。時候不早了，比平常還要晚了。」

他高高抱起畢雅特羸弱的身軀。年輕時，他能抱著她旋轉如雪花紛飛，後來上了年紀，他的力氣已舉不起成熟女性的豐滿身體，如今他又能將她抱在手中，彷彿輕如無物。

也許他該開心自己能再度抱起她，但實際上他沒有半點喜悅之情。他顫抖著將她抱到床邊，她的頭尚未碰到枕頭便已閉上眼睛，速度快得讓人心驚。

「我看到了，親愛的。生命正逐漸逝去。」

他回到客廳關掉電視，走向餐具櫃給自己倒了杯白蘭地。

「畢雅特，我向妳承諾，十年後我仍舊會活著。」他喃喃自語。「我們再次相會之前，我會兌現我們的所有願景。沒有人，親愛的，絕對沒有人可以阻止我。」

他點點頭，然後仰頭將杯子裡的酒一乾而盡。

第三章

一九八五年十一月

妮特一開始感覺到的是鼻子裡的陌生物品，然後是上方低沉卻字正腔圓的聲音，清晰又溫柔。她的眼珠在緊閉的眼瞼下轉動，彷彿在尋找隱藏著偉大頓悟的幽微角落，接著她再度沉入夢鄉，在黑暗中安靜的吸吐。亮晃晃的夏日時光和快樂無憂的嬉戲景象閃現而逝。

忽然間，脊椎中間傳來一陣劇痛，劇烈痙攣燒灼著下半身。

她的頭猛然往後一仰。

「再給她五劑。」有個聲音說，但隨即隱入霧裡。妮特再度墜入醒來之前的空虛之中。

妮特是父母受殷切期盼所誕下的掌上明珠，備受寵愛的老么，雖然家境貧困，卻是手足中唯一衣食無缺的人。

她母親有雙溫柔靈巧的雙手，那雙手撫慰孩子，勤作家事，而妮特的樣貌宛如是她的翻版。一個穿著漂亮衣服，農莊上什麼趣事都要插手的冒失小女孩。

妮特四歲的某天，父親滿臉笑容帶著一匹牡馬回來農莊，由她的大哥牽著牡馬走過磚石路。當這匹龐大的動物騎上她心愛的莫莉，壓著下半身不住抖動著生殖器，而她那對雙胞胎哥哥在一旁怪聲尖笑時，她不由自主往後退。

妮特想要大叫制止牠們停下來。父親卻只是大笑說，再過不久家裡將會因爲多了一隻牲畜而變得有錢。

妮特很快便明白，生命的初始往往如同結束時一樣戲劇化，而處世的訣竅則是在生死兩端之間，盡情享受一切。

「這傢伙這輩子算過得不錯了。」父親每次拿尖銳的長刀對準活蹦不安的豬仔脖子刺下時，總把這句話掛在嘴邊。就連妮特母親過世躺在棺木中，他也這麼說，而那年她才三十八歲。

妮特在醫院的病床上清醒過來，那句話還在腦中迴盪。

她的眼前一片晦暗，四周光線忽閃忽滅，儀器嗡嗡響個不停，在恍惚間她不知道自己置身何處。她轉向一側，但身體只轉了一半，疼痛驟然吞噬全身，於是她把頭倏地轉正，肺部因為大力吸氣而膨脹，聲音此起彼落炸開。

她不知道自己發出了慘叫，因爲腿部的痛楚掩蓋過了一切，但她耳邊仍聽見了喊聲。

病房門被大力打開，昏暗的光線落在她身上，接著眼前的一切宛如壞掉的燈光般閃爍明滅，好幾雙果斷的雙手忙著處理她的身體狀況。

「請您冷靜下來，羅森太太。」一個聲音響起，緊接著是一連串安撫的話語，然後有人幫她打了一針。

「我在那兒？」她問道，一股暖意流過她的下半身後又消逝不見。

「羅森太太，您在尼科賓．法爾斯特的醫院受到良好的照護。」

她從眼角瞥見護士正和同事交頭接耳，眉毛抬得老高。

這一刻，她心裡明白發生了什麼事。

他們移走了她鼻子裡的氧氣管，將她的頭髮梳理一番，彷彿希望在宣布生命即將結束這個最後的判決時，讓她看起來美麗優雅。

主治醫生的眼珠是灰色的，眉毛修整過。他在說明時，另外有三個醫生站在她的床腳。「羅森太太，您的先生當場不治，」他一開口便說，「我們感到很遺憾。」良久之後才又說出這句話，而背後的原因只是要在正確的情境中闡述正確的事實罷了。車子發生衝撞時，汽缸很可能擠壓進駕駛座，導致安德列．羅森當場斃命，於是救難人員放棄沒有生還希望的羅森先生，轉而傾力將妮特從車子裡救出來。急難救助隊全力以赴，表現得可圈可點，堪稱典範。他把這些話說完，好似現在輪到她露出微笑了。

「我們保住了您的雙腳，羅森太太。您大概會終身跛行，不過總比另一種可能性好多了。」

這時的她已經聽不進任何話語。

安德列死了。

他離開了人世，卻沒有帶著她一同前往彼岸，從今而後，她得獨自一人活下去了，身邊沒有世界上她唯一鍾愛的人，唯一能給她完整感的人。

她殺死了他。

「她又昏睡過去了。」有個醫生說。但他錯了。她只是沉入自己的世界，前往一個交融著絕望、失敗與其他仇根源的地方。在那裡，寇特．瓦德的臉如地獄之火般燃燒閃耀。

若是沒有他，她的生命將是另一種風景。

若是沒有他和其他那些人。

妮特強忍住淚水，不讓自己放聲尖叫。她暗自發誓，在闔上雙眼前一定要讓那些人親自嘗嘗欺騙她的代價。她聽見那群醫生離開房間。他們才一腳踏出門，便已經將她拋在腦後，思緒搶先進入了下一個病房。

妮特母親的喪禮結束後，家裡說話的語調都變了，上帝的話語和戒律只屬於星期日，在農莊的一般日子裡找不到棲身之所。當時才五歲的妮特學會了其他女孩要到年紀稍長後——若有必要的話——才會認識的詞彙。那些爲德國人工作、在歐登瑟修理裝備的叛國賊，叫作「糞桶」；而準備去幫德國人工作的人叫作「發臭的屁眼」。在家裡，大家講話向來直言不諱，若想說些什麼文雅的措辭，最好到別的地方去。

於是妮特第一天上學就嘗到巴掌的滋味。班上六十五個學生在教室外列隊站好，妮特站在最前面。「他媽的，怎麼這麼多孩子啊。」她大聲嚷嚷。說時遲那時快，老師的右手馬上甩過來一巴掌，並且從此對她厭惡反感。

在妮特臉頰上的紅腫消退，泛起一片瘀青後，有些受過堅信禮的少年逮住了她。她殷勤的將哥哥們講過話對他們複述一次：只要不斷前後搓揉包皮，就能讓老二射精。

那天傍晚，她在房間裡哭著向父親解釋臉上的瘀青。

「妳自己活該。」父親只說了這句話。對他來說，事情就算解決了。自從她大哥在比克爾塞的農莊找到工作，兩個雙胞胎哥哥北上到白沙港當船員後，他每天凌晨三點就得起床幹活兒，累得要命。

從此之後，校方常常抱怨妮特的種種行徑，但是她父親不了解事情的嚴重性，不當一回事。而小妮特再也無法理解這個世界了。

事故發生一個星期後，有位年輕的護士來到床邊問她有沒有要通知的人。

「您是住院病人中唯一沒有訪客的患者。」她說。看得出來她應該是好心想打破妮特躲在自己世界裡的沉默，然而這樣的嘗試只是讓牆築得更高。

「沒有，沒有要通知的人。」妮特說完後，請護士讓她一個人靜靜。

當天傍晚有個來自馬利堡的年輕律師來訪，自稱是羅森先生的遺囑執行人，說明不久之後需要她簽署一些文件，以利後續執行。他完全不關心她的傷勢。

「妳是否考慮過將羅森先生的事業經營到何種程度呢？」他問話的口氣好似這個話題先前已討論過了。

她搖搖頭。他怎能提出這樣的問題？她是個研究員，遇到她丈夫的時候就是在做研究工作，僅止於此罷了。

「妳明天有辦法出席葬禮嗎？」他又接著問。

妮特緊咬下唇，呼吸停頓，整個世界彷彿陷入寂靜。天花板上的燈光頓時顯得異常刺眼。

「喪禮？」她只擠得出這句話。

「是的，妳的大姑和我們事務所共同處理一切喪葬事宜。妳先生生前留下了詳盡的指示，明天下午一點將在史托吉馬克教堂舉行喪禮。根據他的遺願，只會邀請最親近的人舉辦安靜的儀式。」

她再也無法、也不願意聽下去了。

第四章

二〇一〇年十一月

阿薩德辦公室裡的新電話眞的很特殊。像波西米亞鐘琴的鈴聲響徹雲霄，喧囂震天，如果阿薩德沒有趕快接起電話，那麼在鈴聲斷掉前，可有好一陣子的樂子可享了。卡爾已經告訴過這個同事兩次，請他把那東西弄走。但是阿薩德認爲警察總局的電話鈴聲就是如此，而且既然他有電話了，爲何不好好利用呢？

所以當現在電話又鈴鈴作響時，卡爾忍不住心想：「最棘手的敵人藏身在你的朋友裡。」他疲累的將擱在辦公桌下層抽屜上的腳挪下來。「可不可以讓這魔音穿腦停一停啊？」他吼道，然後察覺阿薩德的聲音從他那個小隔間辦公室裡傳來。

「你聽到我剛才說的話了嗎？」卡爾一看見阿薩德圓滾大頭探進來，便開口問道。

沒有回答。難道鼻涕堵塞了他的耳道了嗎？

「剛才是巴克打來的。」阿薩德報告說。「他說他現在人在艾斯基德街一家半地下室商店門口，那個攻擊他妹妹的立陶宛人就躲在裡面。」

「什麼？柏格·巴克！他媽的眞該死，你馬上把電話掛了吧？」

「沒有，他先掛了。不過掛上電話前，他說如果我們不趕快過去的話，你的麻煩就大了。」

「我的麻煩？媽的很好，那麼他幹嘛打電話給你？」

阿薩德聳了聳肩。「昨晚他把檔案放在蘿思桌上時，我還沒下班。他的妹妹遭到攻擊，你應該知道吧？」

「當然知道。」

「他說他知道是誰下的手，然後我告訴他絕對不能吞下這種屈辱。」

卡爾瞪著阿薩德因爲發燒紅腫的黝黑雙眼。搞什麼屁，這傢伙究竟在想什麼？腦袋裡塞滿了駱駝毛嗎？

「老天爺啊，阿薩德！巴克已經不是警察了！他要我們一起跟著調查，這種行徑在丹麥叫作私刑，而動用私刑得受法律制裁。你知道那是什麼意思嗎？那代表很長一段時間可以免費住進大牢旅館，等你回到外頭什麼也撈不到，什麼也沒得吃。永別了，我的朋友（Adios, Amigo）(注)。」

「我沒聽過那個旅館，卡爾，而且我也不願意去想食物。我被風傷得很嚴重，一口也吃不下。」

卡爾不禁搖了搖頭。「是傷風，阿薩德。那種病叫作傷風感冒啦。」病毒連他腦袋中僅有的詞彙也奪走了嗎？

卡爾伸手抓起電話，撥了凶殺組組長的號碼，但話筒那端響起的聲音帶有濃重的鼻音，也不似往常那般生龍活虎。卡爾向馬庫斯．雅各布森報告巴克來電一事。馬庫斯說：「嗯、嗯。巴克今天早上八點就站在我辦公室門口，要求重回工作崗位。等一等……」

卡爾一共數了八個噴嚏，才聽到可憐的馬庫斯開口講話。又一個必須迴避的受感染區域。

「巴克說得沒錯，那的確是個問題。那個叫作李納斯．維斯洛瓦司的立陶宛人曾經在維爾紐斯因爲類似案件被判刑。此外，他專在紅燈區收保護費這點也無庸置疑，只可惜我們無法證明。」馬庫斯繼續說。

「我從警用頻道聽見巴克的妹妹說她沒辦法描述攻擊她的人。難道她跟他哥哥說了嗎？」

「沒有，巴克再三申明她沒這麼說。不過，她曾經和這個維斯洛瓦司有些過節，這點巴克非常確定。」

「巴克已卸下勤務，現在卻在維斯特布洛扮起警察來了。」

馬庫斯又連打了好幾個嘖嘖。「哎，所以你現在得趕快動身去阻止他啊，卡爾。這是我們該對一個老同事做的事，不是嗎？」

「是這樣嗎？」卡爾立刻反擊，但是馬庫斯不想再談下去，顯然已經對這個話題感到厭煩。

「現在怎麼辦，卡爾？」後面傳來阿薩德的聲音，好像他沒料到會有這種結果。然而他早已穿上宛如陵墓的羽絨衣杵在那兒蓄勢待發。「我跟蘿思說我們會外出幾個小時，不過她什麼也沒聽進去，滿腦子都是莉塔·尼爾森。」

這個阿薩德眞是個怪咖！依他現在這種身體狀況，怎麼還會想在濕漉漉的十一月天氣外出？難道他的沙漠基因被天氣給搞瘋了嗎？

卡爾嘆了口氣，拿起掛在椅背上的大衣。

「還有一件事。」走在地下室樓梯時，卡爾說：「你今天爲什麼一大早就來上班了？我聽說你四點就到了。」

卡爾預期會聽到明確的回答，不外乎：「我和叔叔Skype，那個時間對他比較恰當。」卻沒料到竟看見閃避的鬼祟眼神。

「這件事不能隨便算了嗎？」阿薩德回說。卡爾可不吃這套。「隨便算了」這種狗屎詞彙往

注 此句爲西班牙文。

往透露著事情絕對不能善罷甘休了。卡爾對「隨便算了」之類言語的感冒程度和以「沒錯，所以」開頭或以「沒興趣」結尾的句子是一樣的。

「阿薩德，你如果希望我們的談話順利，就把耳蝸給我打開，仔仔細細聽清楚了。一旦我開口問，就不能隨便算了。」

「把什麼打開，卡爾？」

「老天啊，只管給我一個滿意的答案！」卡爾氣沖沖的將手穿進大衣袖子裡。「你那麼早到辦公室來幹嗎？家裡有什麼事嗎？」

「是的。」

「聽好了，阿薩德。你和太太鬧得不愉快與我無關；你要和叔叔或者不管是誰Skype也請便，不過非得一大早嗎？早起的鳥兒才有蟲吃嗎？況且還一定要在辦公室？你家裡沒電腦嗎？」

「那和早起的鳥兒與蟲有什麼關係，卡爾？」

卡爾這時正把另外一隻手穿進袖子。「拜託，那只是句諺語，總之就是清晨的意思。你家裡難道沒電腦嗎？」

阿薩德聳了聳肩。「沒有，目前沒有。說來話長，卡爾，我們不是應該趕緊去看看巴克的狀況？」

早年卡爾還戴著白手套大清早在維斯特布洛衰敗的這一區巡邏時，總可見三五成群的人攀在窗邊，大聲用哥本哈根方言朝他嚷嚷一個該死的于特蘭傢伙到他們這兒幹什麼，要他最好穿著木鞋滾回那個爛港口去。當年他常氣得手癢難耐想揍人，不過今日又回到此區，竟興起懷念感。往日時光彷彿已有數光年之遙。

技術拙劣的建築師籠絡了滿腦子稻草的政客，說服他們在這兒建設發臭的水泥大樓，如今若有居民仍留在此地多半是因別無他法。若想在伊斯德街旁的巷弄中找到有窗台和煙囪燻成黑色的純正磚造房舍，勢必要花上一段時間，不過，若是要找傻大個、穿著運動衫的毒蟲或是難以接近的寡言男子來這兒就對了。不管是奈及利亞裔的皮條客還是東歐來的騙子，在此皆能如魚得水，即使是最異常詭異的犯罪行為也能找到容身之處。

巴克還待在凶殺組的時候曾在此區執勤，認得各式各樣的詭計陷阱，所以他當然也很清楚絕對不能在沒有同事支援的情況下隻身進入一處封閉空間。

卡爾和阿薩德在傾盆大雨中抵達了指定的地址，卻不見巴克的蹤影。換句話說，他已經獨自闖入險境了。

「他說會在這兒等我們的。」阿薩德指著一家門上有磨砂玻璃的半地下室商店說。

「你確定地址沒錯嗎？」

卡爾看著貼在門框旁邊的褪色紙條，紙條上寫著：「考納斯貿易中心及李納斯．維斯洛瓦司」。看起來像家正派公司，不過這類公司消失的速度通常與設立時一樣快，老闆的身分和行為模式往往像赫茨哈斯港口的海水一樣諱莫如深。

先前來此地的路上阿薩德說明了維斯洛瓦司的犯罪紀錄，這傢伙曾多次到警察總局接受審訊，但警方最後往往不得不讓他離開。他被形容為寡廉鮮恥的瘋子，擁有無法置信的高超技巧，能夠說服天真的東歐人拿出自己微薄的財產，接收他那家不正當公司的債務。西部監獄（注）裡這類傢伙早已人滿為患。

注 Vestre Fængsel，一八九五年建於哥本哈根的監獄。

卡爾壓下把手將門推開，門上的鈴鐺叮噹作響，在他眼前是一個長形空間，除了屋主擺放在地上的包裝材料和紙團之外空無一物。接著，他們聽見後面房間傳來一聲悶響，像是拿拳頭揍人的聲音，卻沒有聽到一般會跟著傳來的呻吟聲。

「巴克！」卡爾大喊。「你在裡面嗎？」他將手放在槍套上，準備拔槍打開保險裝置。

「我沒事。」刮痕累累的門後響起巴克的聲音。

卡爾小心翼翼推開門，躍入眼簾的景象眞是値回票價。兩個男人各自掛了彩，不過短小精悍的立陶宛人傷勢較爲嚴重。他的脖子上纏繞著龍的刺青，頸部四周的血腫瘀青讓那尾龍看起來栩栩如生。

卡爾的臉皺成一團暗自心想，幸好我不用頂著那樣一張臉到處跑。

「他媽的，你在幹什麼，巴克？你還好嗎？」

「他拿刀子攻擊我。」巴克的頭往地上的刀一撇，刀尖上血跡斑斑。那是把該死的蝴蝶刀，只要甩一下，刀刃就會應聲彈出。卡爾痛恨這玩意兒，要是被此種刀戳傷，肯定會大量失血。

「你眞的沒事嗎？」他又問了一次，巴克點了點頭。

「只是手腕被劃了一刀，但在我的算計之中，你可以在報告裡寫我因自我防衛而受傷。」說著又一拳準確揍向立陶宛人的鼻梁，把阿薩德嚇了一跳。

「幹！」那傢伙滿嘴捲舌口音咆哮道，卡爾迅速擋在兩人中間。「你們看見了，我什麼也沒幹。這個人忽然闖進來，二話不說就打。我應該怎麼辦？」這個立陶宛人不會超過二十五歲，但是整個人的狀態糟糕透頂。

他操著不熟練的語言說明自己是無辜的，他不知道什麼妓院發生的什麼攻擊事件，也不認識被攻擊的人。這件事他已經向警方講過幾千遍了。

「放開他，巴克，我們得離開這裡，現在就走！」卡爾說話的當下，巴克又揍了那傢伙一拳，打得他踉蹌後退。

「不，不能便宜了這傢伙！我妹妹被他傷得面目全非耶！」巴克轉向卡爾，整張臉不停顫抖。「你知不知道她有隻眼睛喪失視力了？有半張臉以後只剩瘢痕組織（注）？不行，卡爾，絕不能饒過這混蛋。」

「你若是不馬上住手，我就要呼叫市警局的小伙子來了。到時候有麻煩的人會是你，巴克。」卡爾的口氣冷漠，巴克最好相信他是認眞的。

阿薩德搖搖頭。「等一下。」他繞過卡爾後抓住巴克，大力將他從立陶宛人身上扯開，只聽見巴克那件傳奇皮衣的縫邊綳裂一聲。接著，阿薩德又猛然將立陶宛人一揪，粗暴的把他推向後面另一道門。立陶宛人扯開喉嚨大叫：「別讓這個白痴黑鬼接近我！」

立陶宛人怒氣沖沖，口中爆出一連串威脅咒罵，難聽髒話更是不絕於耳，要是不趕快逃開，很可能會被那些話語開腸剖肚，罵得人頭落地。他甚至警告他們最好把威脅聽進去，因爲他這種人說到做到，光是那些恐嚇的字眼便足以讓他鋃鐺入獄。

阿薩德用力抓住立陶宛人的衣領，讓他所有話語全卡在脖子裡說不出來，之後便逕自走向通往後面房間的門，將那傢伙拖了進去，再一腳把門踢上，留下卡爾和巴克兩人在原地面面相覷。

「阿薩德，別殺了他！」卡爾爲了安全起見叫了一聲。

門後的靜默令人憂慮不安。

巴克露出微笑，卡爾對這個笑容心裡有數。巴克很清楚自己不需要擺動手槍，而且卡爾也不

注 發生在燒傷或新植皮膚上的無彈性組織，以細小、不規則的膠原纖維所形成。

會打電話給市警局，因爲他不會讓助手惹上麻煩。

「卡爾，現在你再叫囂啊。」巴克故意用力點點頭，然後翻起袖子查看手腕上的傷勢。看來免不了要縫幾針了。他從褲袋裡拿出老舊的手帕綁在傷口上，若換作卡爾絕對不會這麼做，但是無所謂，那不是他的手臂。巴克若是罹患敗血症，下次便能學點教訓。

「卡爾，我不是不知道你的過去。你和安克爾比誰都擅長讓那些混蛋招供。你們是兩個瘋狂的傢伙，如果哈迪沒有加入你們，誰知道事情會不會失控。別裝出一副正人君子的樣子。」

卡爾目不轉睛盯著那道後門。他媽的，阿薩德究竟在做什麼？然後他轉身看著巴克。「你眞是一點概念都沒有，巴克。你的推論到底怎麼來的？總而言之，你錯得太離譜了。」

「我稍微打聽了一下，你沒接到懲戒訴訟眞是個奇蹟。話說回來，你們的審訊成效相當出色，不得不承認你們眞的有兩把刷子。哎，或許這就是原因吧。」他又把袖子放下來。「我想要回警察總局，你必須幫我。」他又繼續說下去。「我心裡明白馬庫斯不贊成我回鍋，但是我同樣很清楚他會把你的話聽進去。只有老天才知道爲什麼。」

卡爾搖搖頭。如果人對事態發展眞的存有天生敏感度的話，巴克的基因中絕對少了這一塊。

接著他走向後門，一把將門拉開。

眼前是一片異常祥和的景象。立陶宛人坐在桌緣，著魔似的看著阿薩德，先前臉上憤怒乖張的表情變得嚴肅認眞。身上的血跡已經清理乾淨，肩膀也不再緊繃高聳。

阿薩德點了點頭，立陶宛人便站了起來，經過卡爾和巴克身邊時看也沒看他們一眼。他沉默拿起運動袋，走到櫃子前面拉開一個抽屜，取出衣服、鞋子和一小綑鈔票，全部丟進袋子裡。

阿薩德鼻子紅腫，像小狗一樣濕潤的雙眼盯著兩公尺之外那個男人的行動，但臉上卻不是一副會讓人嚇得屁滾尿流的神情。

「可以給我了嗎？」立陶宛人指著阿薩德的手問。

他們交換了兩張照片和一個錢包。

立陶宛人打開錢包，檢查裡面的夾層，白花花的鈔票和多張信用卡露了出來。

「還有駕照。」他說。但是阿薩德搖搖頭，兩人顯然已經就此討論過了。

「那麼我走了。」立陶宛人說。巴克想要出言阻止，不過阿薩德再次搖了搖頭。這事由他處理。

「你只有三十個小時的時間，懂嗎？」阿薩德冷靜的說，只見立陶宛人點頭回應。

「喂，老兄，他媽的你在幹什麼？你不可以就這樣放他走！」巴克憤怒大喊，但是一看到阿薩德轉過身一字一句清楚的說：「從現在起他是我的人了，巴克，你難道看不出來嗎？忘了他吧。」之後便噤聲不語。

巴克刷白的臉色維持了好一會兒，最後總算慢慢恢復血色。阿薩德的魄力像顆隨時會爆發的氫彈，令他接受此案已被人奪走的事實。

立陶宛人打開門，跌跌撞撞走出半地下商店，匆忙中差點掉了一隻鞋，刺在頸部上那尾龍是三人最後看見的畫面。事情的發展簡直急轉直下，立陶宛人凶狠的模樣消失無蹤，成了一個爲了保命而急於奔逃的二十五歲青年。

「你可以告訴你妹妹已經幫她報仇了。」阿薩德吸吸鼻子說。「我敢保證，你們再也不會看見他了。」

卡爾雙眉緊皺，但是在走向停放在人行道旁的勤務車之前，他始終不發一語。

「剛才是怎麼回事，阿薩德？」他終於問道。「你對他做了什麼？三十個小時是什麼意思？」

「我只是緊緊抓著他的衣領，對他說了幾個名字，告訴他若是不立刻離開這個國家，那些人很可能會追殺他和他的家人。我還說，他現在要什麼做與我無關，不過他最好給自己找個隱密的藏身處。」阿薩德點點頭。「只要那些人願意，他們一定會找到他的。」

巴克長久累積的猜疑，在瞪視阿薩德的目光中清楚表現出來。

「那些傢伙只尊敬一種人，那就是俄國黑幫。」巴克喝斥道。「別告訴我你拿那個威脅他。」他等著阿薩德回話，不過阿薩德吭也沒吭一聲。「明擺在眼前的事實是，你讓那個傢伙跑了，你這個白痴。」

阿薩德微微把頭偏向一邊，紅腫的雙眼注視著巴克。「就像剛才說的，你可以轉告你妹妹一切都沒有問題。而我們，卡爾，應該要回局裡去了，我需要一杯又濃又熱的茶。」

第五章

二〇一〇年十一月

卡爾的目光在他的辦公桌和牆上的液晶電視來回游移，但兩者都引不起他的興趣。電視正播報著外交部長踩著細尖高跟鞋奔波的新聞，雖然她努力讓自己看起來具有威嚴，不過散發光彩的雙眸卻讓眼前十幾個溫馴的新聞記者不住的奉承猛點頭，至於他面前的辦公桌上則躺著記錄一九七八年他叔叔溺斃的檔案夾。

這無疑是叫他在瘟疫和霍亂之間抉擇。

他撓撓腮幫子，然後閉上眼睛。這天眞是糟透了，與他期待中的清閒悠哉截然不同。有一整櫃的新案件要處理，其中兩件蘿思已經著手調查，那樁在哥本哈根發生的老鴇失蹤案她辦得尤其起勁，更別提阿薩德在走廊另一邊每七秒就擤一次鼻子，將病毒散播在空氣中。這次的感冒來勢洶洶，但不到一個半小時前，他卻仍能讓一個不知悔改的罪犯俯首稱臣，像隻膽怯的小鹿逃之夭夭，就連卡爾那個擅長製造他人恐懼的老同事安克爾也未必辦得到。

雪上加霜的還有以前那件案子。卡爾相當肯定叔叔畢格．莫爾克死於溺斃，但是堂哥卻在泰國的酒吧碎嘴說自己的父親並非死於意外。羅尼葫蘆裡究竟在賣什麼藥？爲何堅持自己殺了父親？那明明百分之百不可能。畢竟案發時，他和卡爾人站在通往約林的路上，入迷的盯著哥本哈根的兩對胸部。據巴克的白痴朋友所說，羅尼甚至堅稱自己是與卡爾一同犯案。

卡爾搖搖頭關掉電視，抓起話筒。

他打了四通電話，但全部徒勞無功：一通打到市公所查詢，毫無所獲；三通打到居住地址，同樣沒有結果。羅尼天生具有消失在社會糞坑中的本領。

但不管他漂泊到世界哪個角落，麗絲一定有辦法幫他揪出這傢伙。

卡爾聽著鈴聲響了半分鐘，然後掛斷電話站起身，心裡升起一把怒火。該死，祕書處爲何沒半個人接電話？

走向三樓的路上，他意外發現許多同事鼻頭紅通通的、眼睛無神，臉上掛著難過的表情，全身虛弱乏力。看到同事這副模樣，他不由自主的拿右手摀著臉，那姿勢明示說：「流行性感冒，離我遠一點！」

整個凶殺組一片死寂。難不成所有的同事全翹辮子了嗎？或者被他們多年來抓到的凶手拿病菌武器來個絕地大反攻？

櫃台後面風情萬種、美麗可愛的麗絲不在位置上，更讓人訝異的是，就連索倫森也不見蹤影，那個蠢婆娘平常只有要上廁所才會從座位上站起來。

「所有的人都死到哪兒去了？」他的吼叫聲震得玻璃格格作響。

「哎呀，卡爾，給我住嘴。」走廊中間一道敞開的門後傳出了抗議聲。

卡爾將頭探進那個辦公室，裡頭堆積如山的文件和破舊磨損的家具讓他覺得自己的辦公室簡直宛如郵輪上的豪華客艙。

他向埋在一堆混亂當中的那人點了點頭，正要提出問題，就只見泰耶·蒲羅抬起頭來，也是一臉得了傷風感冒的模樣。

「你可以透露一下所有的人都到哪兒去了嗎？全被流感搞死了嗎？」

但蒲羅連打了五個噴嚏，外加鼻水直流，在在清楚說明了一切。

「好！」卡爾這個字說得特別用力，接著馬上後退了幾步。

「羅森．柏恩和一個組員在會議室裡，馬庫斯外出洽公了。」蒲羅抽著鼻子回答說。「不過你來得正好，卡爾，我們找到了『釘槍事件』的新線索，我正想打電話給你。」

「啊哈。」卡爾的目光開始游移不定，不再盯著蒲羅的紅鼻子。他、安克爾和哈迪在亞瑪格島上遭遇槍擊至今過了很長一段時間，難道他得一再被迫回憶當時的狀況嗎？

「在你們發現喬治．麥德森腦袋插了根釘子，隨後遭人槍擊的那棟小木屋，今天早上被拆除了。」蒲羅從容不迫的說。

「也該是時候了。」卡爾將手插進褲子口袋裡，兩隻手感覺冰冷。

「他們使用了推土機，辛苦的挖穿了地層。」

「然後呢？他們找到了什麼？」卡爾問。他聽夠了，恨不得馬上離開。這樁該死的老案子。

「用釘槍組合的木箱，裡頭有一大堆屍塊，屍塊的腐化狀況不盡相同。他們一個小時前發現了木箱後即刻報警。鑑識人員和馬庫斯趕到現場去了。」

他媽的要命。他和哈迪的平靜日子結束了。

「木箱中的屍塊毫無疑問和喬治．麥德森的謀殺案，以及兩起發生在索羅、同樣是以釘槍致死的命案有關。」蒲羅說完用手帕擦拭濕潤的眼睛，那張手帕應該在專業人員的監督下被燒毀才對。

「你們的依據是什麼？」

「屍體頭顱裡的釘子非常長。」

卡爾點點頭，就像其他屍體上的釘子一樣。這是個合理的推論。

「我希望你半小時後能和我一同前往現場。」

「我非去不可嗎?你們要我去那兒幹嘛?那已經不是我的案子了。」

蒲羅的表情就像是聽到卡爾說自己從現在起要穿上粉紅色駝毛的毛線衫,只偵查與三腳大丹狗有關的案子。

不過蒲羅只丟出一句話,就讓卡爾乖乖住嘴了:「馬庫斯不這麼認爲。」

顯然那仍是卡爾必須負責的案子。太陽穴上的粉紅傷疤每天都提醒他這一點。那是該隱的標誌、罪惡的象徵,是他生命關鍵時刻中,儒弱與無所作爲的見證,甚至可能是最重要的一刻。

卡爾的目光掃過蒲羅辦公室,牆壁上犯罪現場的照片夠裝滿一個中型箱子了。

「好的。」他咕噥一聲,然後又把聲音降低八度補充說:「不過我要自己開車去!」他才不想像個盲目的乘客困坐在蒲羅布滿細菌的攪拌機裡。若要如此,他寧願選擇步行。

之後,卡爾再次經過祕書處櫃台,腦子裡正充塞著那件奪走安克爾性命、導致哈迪終身殘廢的不幸事件。「很高興看見你。」索倫森的聲音忽然響起。

什麼?沒聽錯吧?這個老太婆對他這麼親切?她吃錯東西了嗎?這個聲調柔軟和氣,一點也不見威嚇感。爲了保險起見,卡爾轉過身去,準備反唇相譏。

索倫森臉上的表情明顯與平日不同,雖然她只站在兩公尺外,卻不禁讓卡爾覺得彷彿有個陌生的物體站在百來公尺遠的地方。

那種不同的感覺並非是她的衣著與平常有異,她身上仍然穿著自己矇著眼睛在二手店胡亂選購的衣服,不過那雙眼睛和最近剪得超短的黑髮的確讓他稍微安心一點。那一頭短髮宛如在宮廷舞會上閃閃發亮的漆皮鞋,還有她臉頰上那兩坨腮紅,不僅看起來血液循環良好,還提醒眾人她身上蘊含的活力超乎你所想像。

我的媽啊,她剛才說:「很高興看見你。」感覺超不現實的。

「噢。」卡爾回了一聲。誰還有膽子說別的？「妳知道麗絲躲到那兒去了嗎？她跟別人一樣生病了嗎？」他問得戒慎小心，做好會面對一頓責罵的心理準備。

「她在會議室那兒做報告，之後會到樓下的檔案室一趟。要請她順道去找你嗎？」

卡爾呑了口口水。她眞的講了「順道去找你」這句話嗎？她以前那種無禮隨便的說話方式上哪兒去了？

卡爾滿心困惑，在這狀況下他除了朝她的方向發送一個扭曲的笑容之外，不知道自己還能做什麼。隨後，他一股勁兒的走向樓梯。

「是的，老大。」阿薩德不斷吸著鼻子。「你想要和我談什麼？」

卡爾覷起雙眼。「很簡單，阿薩德。你得告訴我在艾斯基德街發生了什麼事。」

「發生了什麼事？沒有啊，只是那個男人終於控制住自己，能好好聽人講話罷了。」

「是的、是的，我知道。但是原因呢，阿薩德？你拿什麼威脅他？波羅的海的罪犯可沒那麼容易被安徒生的童話故事嚇得驚慌失色。」

「哈，童話故事眞的能把人嚇得不知所措呢，想想那個毒蘋果的故事……」

卡爾不禁嘆口氣。「阿薩德，那是〈白雪公主〉，而且也不是漢斯．克里斯．安徒生（注）寫的。說吧，你怎麼威脅他，你要派誰追殺他？」

阿薩德猶豫了好一陣子，然後深深吸了口氣，直視著卡爾的眼睛。「我只說要把他的駕照傳

注 Hans Christian Andersen，丹麥詩人、作家。因童話作品而聞名於世。他最著名的童話故事包括〈拇指姑娘〉、〈賣火柴的小女孩〉、〈醜小鴨〉等，其作品已經被譯爲一百五十多種語言在全球陸續發行出版。

眞給以前和我一起共事的人，他最好回家去，收拾行李帶著家人離開，因爲這些人若是聽說他們這夥人還待在丹麥的話，很有可能拿火炬燒毀他的小屋。」

「火炬？阿薩德，我想那不是我們這兒會用的工具。」卡爾特地停頓了一下，但是阿薩德仍然迎視他的眼神。

「那個男人相信了嗎？」卡爾繼續說。「但是爲什麼呢？爲什麼他會因此退卻了？收傳眞的是哪個惡名昭彰的人，能讓立陶宛人嚇得屁滾尿流？」

阿薩德從袋子裡拿出一張紙，將紙攤開。紙上寫著「李納斯·維斯洛瓦司」，下面有張醒目的照片，和那個立陶宛人雖然有點神似，但是沒有那麼好看，最底下還有幾個日期和用另一種無法理解的語言所寫下的東西。

「我們出發前去和他『談談』之前，我弄到了一些資料。」阿薩德用手指在空中比了個雙引號。「我從卡納斯幾個有管道取得警察檔案的朋友那兒拿到的。」

卡爾蹙起眉頭。

「你說的該不是立陶宛的情報人員吧？」

阿薩德點了點頭，鼻尖跟著落下。

「那些朋友在電話中將資料翻譯給你聽？」

鼻子再度落下。

「阿哈，我猜他們應該不是出於善意或親切才這麼做的吧。所以你用祕密警察或者隨便怎麼稱呼那些人，威脅維斯洛瓦司會報復他的家人？他眞有理由相信？」

阿薩德聳聳肩。

卡爾傾身越過桌面拿起一個塑膠檔案夾。「你來我這兒報到那一天，外事處就送來你的資料，現在我終於要打開好好仔細閱讀了。」

卡爾感受到那雙黑眸的視線。

「就我所看到的，檔案中關於你的背景資料，和你自己告訴我的完全一模一樣。」他抬起頭打量他的助手。

「是的，怎麼了嗎，卡爾？」

「但是資料僅僅如此。沒有記載你來丹麥之前做過什麼事，你爲什麼有資格申請在此停留，又是誰在短時間內許可你的避難申請。此外，資料上也沒有注明你妻子和孩子的出生日期或者任何能證明他們存在的資訊，只有名字，其他什麼都沒有。這堆文件既反常又不完整，幾乎可以確定有人上面動了手腳。」

阿薩德又聳了聳肩。看來肩膀是身體語言的基石，具有細微多樣的表達方式，取之不盡，用之不竭。

「現在再加上你在立陶宛的情報處有朋友。你只需要拿起電話，他們就能給你可靠的資訊。你知道那是什麼意思嗎，阿薩德？」

他又聳了個肩，但是眼神變得更加警醒。

「那表示你能輕而易舉辦到丹麥警察情報處處長做不到的事。」

又一個聳肩。「很有可能，卡爾。你想說什麼？」

「我想說什麼？」卡爾站起來啪一聲將檔案夾摔在桌上。「我想說的是，我要知道你怎麼會有這些能耐？我從資料上解讀不出來。」

「卡爾，仔細聽著，難道我們處得不好嗎？爲什麼一定要挖出這些事呢？」

「因爲你越界了，你的行爲越過了一般好奇心應有的分寸。」

「什麼越界？」

「他媽的，可惡！你就不能簡單告訴我你曾經在敘利亞情報局工作，犯了一些蠢事，如果你回國的話，他們會取你項上人頭；或者你曾幫助過本地的警察情報局或軍事情報局，還是其他有的沒的組織做事，所以他們基於禮貌將你安置到警察總局的地下室，讓你能有一份合理的薪水。為什麼你不能直接把所有的事情告訴我？」

「可以啊，如果事情就像你所說的那樣，我當然可以告訴你，但是情況不盡然如此，卡爾。不過有件事你倒是說對了，我確實為丹麥做了點事，所以才會來到這兒，也才因此什麼都不能說。不過，以後或許會有機會。」

「你在立陶宛有人脈、有朋友。那麼你總可以告訴我哪裡還有朋友吧？如果我心裡有底的話，說不定哪天能派得上用場，是吧？」

「只要時機成熟，我會說的。」

卡爾的肩膀垮了下來。「好吧，阿薩德。」他努力對著罹患感冒的助手擠出笑容。「不過你以後若沒先舉起手指報備一下，絕對不可以做出今天這樣的行動，好嗎？」

「什麼叫舉起手指？」

「就是暗示、提示的意思。你採取行動之前，必須先讓我知道你的計畫，清楚嗎？」

阿薩德努了努下唇，點點頭。

「還有一件事，阿薩德。你可以告訴我一大早在警察總局裡做什麼嗎？為什麼要偷偷摸摸的，難不成又是件我不能知道的事？還有，我為什麼不能到你位於國王路的家拜訪？你又為什麼要對同樣來自中東的人動武？你和洛德雷警局的薩米爾．迦齊怎麼老是一見面就幹架？」

「那是私事，卡爾。」

阿薩德回話的語氣粗暴生硬，卡爾不免在心裡顫抖了一下。那就像明確築起一道防線，將人拒之在外，不管兩人關係多緊密仍無法再向他靠近一步。說穿了，卡爾完全不允許進入阿薩德的世界，通關密語是信任，而阿薩德沒有信任。

「我還真沒想到會看見你們兩個甜心舒適地坐在一起閒聊啊。」一個熟悉的聲音響起。麗絲嫣然燦笑，站在敞開的門口對著兩人拋媚眼。這時機還真不湊巧。

卡爾望向阿薩德。他已經切換成悠閒的姿態，開心的咧嘴微笑。

「啊，我可憐的寶貝。」麗絲走進來摸摸阿薩德青黑色的臉頰。「你也感冒啦？你幾乎無法正常喘氣啊！卡爾，你還讓這個男人工作嗎？你沒看見這個可憐蟲有多無助嗎？」她轉向卡爾，藍色的瞳孔譴責的瞪著他。「蒲羅要我轉告你，他會在亞瑪格島等你。」

第六章

一九八七年八月

直到走到寇斯街，坐在屋前栗子樹下的長凳上眺望貝林爾湖，她才終於感覺擺脫掉了他人不以爲然的鄙夷目光和自己身體的重擔。

街上來來往往的都是漂亮勻稱的身軀，至少她眼裡看到的是如此。而這點讓她很不好過，尤其是今天這樣的日子。

她閉上雙眼，搓揉著小腿，接著把指尖放在突出的膝蓋骨上，心裡唸著那句老咒語：「我很優秀。我很優秀。」但是不管她強調的是哪個字詞，今天似乎都不太靈驗。這句話最後一次出現效用已是許久之前的事了。

她微微傾身，雙手環抱住膝蓋，兩隻腳像鼓槌般擺動。這麼做對大腿惱人的刺痛很有效。

出門到戴爾百貨一趟再回到貝林爾－多瑟林的過程，總是讓人疲累耗神，全身痠痛。她可以感覺曾經斷裂的脛骨向內壓迫腳掌；足踝因爲要平衡變短了幾公分的大腿而費力；臀部爲了要放鬆反而導致疼痛。

但這些還不是最慘的。她走在君梅爾街上，眼睛盡量直視前方，還有，雖然心裡明白不太可能，但前進的時候仍盡可能使勁不讓自己一跛一跛的。要接受這種事不容易，兩年前她還是個風姿綽約的女子，如今她只覺得自己像個陰影。

她始終相信如陰影般的生活就應該在陰影底下才能如魚得水，所以大都市又比平淡無奇的鄉村更加適合自己。不到兩年前她搬到了哥本哈根這一區，遠離羞愧與悲傷與羅蘭島居民的冷酷無情。

她搬離杭苟莊園，希望遺忘一切。

可是現在卻仍發生了這種事！

兩個聊得正開心的年輕女子推著嬰兒車經過她身旁，妮特緊緊抿住雙唇。她移開目光，卻看見牽著一隻凶狠狗兒的年輕小伙子趾高氣昂走過，隨後目光又轉向湖上一群水鳥。

究竟是怎樣永無止盡的夢魘啊！四十五分鐘前，在戴爾百貨電梯裡的二十秒撼動了她生存的根基，短短的二十秒便決定了接下來的命運。

她闔上眼睛，先前的一切再度浮現腦海。她在電梯裡按下目的地五樓的按鈕，想到電梯門再度開啓前只要等上個幾秒，她就鬆了口氣。

然而隨後發生的事情卻如有毒的刺扎進她體內。

她選錯了電梯。要是她搭的是百貨公司另一端的手扶梯，她的人生將會如常持續運轉，往後還有好幾年的時間能夠穿梭在諾勒布羅區的無名大樓和街道迷宮中。

她搖搖頭。轉眼間一切全變了樣，最後僅存的妮特．羅森轉瞬間消失，如今她又成了妮特．赫曼森（Nete Hermansen），那個待過史葡格島上的女孩。

車禍意外發生八週後，院方讓她出院，當時並沒有什麼感人的送別場面。之後幾個月，她獨自一人住在杭苟莊園，往來的只有因處理她丈夫遺留下的龐大資產而忙碌不堪的律師，還有街邊和樹叢中伺機等待的攝影師。丹麥經濟動活動中最重要的人物之一若是發生車禍意外喪生，這樣的新聞刊在頭版，銷售量絕對高過報導愁眉苦臉拄著拐杖、一夜致富的寡婦。不過，妮特還是拉上了窗簾。她很清楚別人心裡的想法：她這個睡上了老闆的實驗室無名小卒不配擁有現在的位置。這些人全是因爲她丈夫和金錢的關係，才會對她卑躬屈膝，而她自己連無足輕重的角色都排不上。

這種感覺至今始終揮之不去。即使是到家裡照護的護士，有些也是一臉輕蔑，不過這種人很快就會被她換掉了。

那幾個月，安德列・羅森的車禍死亡事件由於目擊證人的說辭和謠言傳得沸沸揚揚，而過去亦宛如套索糾纏著她。她被帶到馬利堡派出所時，村民幸災樂禍的站在窗邊圍觀。村裡的人都知道，在車子衝出斜坡、掉入海裡前，住在事發地點對面的居民曾經看見車裡有人大打出手。不過妮特並未因此垮掉，她沒有在村民和警方面前承認錯誤。只有在內心招認。

沒有，他們沒有讓她動搖崩潰。妮特老早學會即使面對最強勁的風，也要抬頭挺胸站好。於是她自始至終保持沉默，站得筆直挺拔，最後也安然離開了，將一切拋諸腦後。

從臥室的窗戶看出去，湖光景致盡收眼底。她緩緩脫掉衣服，坐在鏡前的小凳子上，恥骨上方的疤痕導致陰毛不再濃密叢生，一道淡紫色痕跡清晰可見。那道痕跡劃開了幸福與不幸，劃開了生存與死亡。那是結紮手術留下的傷疤。

她咬著牙搓揉無法生育的肚子，搓到皮膚灼熱，雙腿顫抖，呼吸越來越急促，腦海中的念頭一一飛掠。

四個小時前，她坐在廚房翻閱「一九八七年秋季型錄」，看中了第五頁一件淺紅色的毛衣。寫著「高級針織時尚」的廣告詞顯眼醒目，讓人心動。她盯著那件淡紅色藝術品，在咖啡因的刺激下，心想自己若穿著這麼一件針織毛衣，搭配一件有墊肩的相稱襯衫，或許可以陪伴她邁入新生活。雖然她悲傷難抑，但是眼前還有許多年要過。在發生車禍後她很快便意識到這一點。

因此兩個小時前她拿著購物袋搭上電梯，心裡期待萬分，然而就在一個小時五十九分鐘前，電梯門在四樓滑開，一個高大的男子走進來，緊挨著她站立，她不由得聞到他身上的氣味。

男子沒有瞧她，但是她屏住氣息打量著對方。忽然間，她手足無措的退到角落，兩頰因憤怒而潮紅，心裡暗自希望他不要轉過身，或是從鏡中認出她來。

男子給人志得意滿的印象，彷彿一切都在他掌控之中，不管是自己的人生還是未來——雖然他年紀已經一大把了——永遠在他的控制之下。

這個豬玀！

一個小時五十八分又四十秒前，他在三樓邁出電梯，妮特留在電梯裡雙拳緊握，大口喘氣。接下來漫長的數分鐘裡她喪失了感受，完全不曉得電梯是往上還是往下，也不理會別的顧客憂心忡忡詢問她是否安好，只全心全意穩定自己的脈搏和念頭。

等她最後來到街上，手中的購物袋早已不見。她的人生要前往之處，哪裡需要淡紅色毛衣和有墊肩的襯衫？

在身心受創後，她赤身裸體坐在自家位於五樓的公寓裡，思索天衣無縫的報復計畫，亟欲對付陷害她的那些人。

她短促的哼笑了一聲。或許倒楣的人不是她，而是那個被命運帶到她面前，促使兩人生命再次交會的怪物。

寇特．瓦德又一次踏入她生命之後，她就這麼過了兩個小時。

夏天一到，堂哥泰格（Tage）總會來住上一陣子。他舉止粗魯、沒有教養，無論是學校還是阿森的街道，沒有一處能馴服得住他。叔叔說他是：「頭腦簡單，四肢發達。」不過他每次來訪，妮特都會特別開心，因爲接下來好幾個禮拜有人可以幫她幹活。餵雞的工作很適合小女孩來做，但並非每個小女孩都適合，而泰格即使把手伸進大便裡，也會高興得手舞足蹈，很快就把豬圈和牛棚當作自己的地盤。泰格到他們家來的日子，妮特晚上才能好好睡一頓，不會四肢痠痛得難以入眠。妮特很愛泰格。甚至愛得有點過頭了。

「是誰教妳這些亂七八糟的行徑？」暑假過後，老師斥責她說。沒錯，暑假結束後妮特最常挨打受罵，因爲泰格最愛掛在嘴邊的「操」和「幹」等字並不會出現在孤獨女老師的世界裡。某種程度上，這些字眼和泰格雀斑底下不在乎的神情，是將妮特推往寇特．瓦德世界的第一步。

妮特把衣服穿上，在腦子裡列出清單。一想起列出的人名，她不禁血脈賁張、脈搏狂跳。那些人完全不配活著卻仍在外頭自由行動，那些人只懂往前看，從不會回頭。這種人她認識好幾個，問題只在於該怎麼對付他們。

她踏上狹長的走廊前往餐廳，餐廳裡那張桌子繼承自她的父親。

她在這張餐桌上用餐不下數千次，父親總是憤世嫉俗坐在一旁沉默不語，生活和痛楚令他疲倦乏力，將頭低垂在盤子上方。他很少抬起頭對她微笑，因爲他沒有足夠的力氣這麼做。

若不是因爲她還在，他早就拿條繩索結束生命，痛風、孤寂和失敗讓他飽受折磨。

妮特先撫摸著黑色桌緣——父親總是把雙肘枕在這兒——然後將手指滑到餐桌中央，自從一年多前她搬進來，那只棕色信封始終躺在這兒。

她經常打開來看，信封已經變得又皺又舊。

上頭寫著：「研究員妮特．赫曼森小姐，奧胡斯技術學院，赫姆司德街，奧胡斯北區。」郵政人員還用紅筆補上街名、門號和郵遞區號。這一點她始終銘感於心。

她小心翼翼輕撫著郵票與郵戳。信封抵達她的信箱已是十七年前的事，似乎是一段非常久遠前的時光了。接著，她打開信封拿出信紙，展信讀了起來。

親愛的妮特，

從妳在布雷德布洛火車站一臉嫣然走上火車，對我們揮手道別之後，我便輾轉反思妳的生活該怎麼繼續下去。

妳不知道我獲悉了妳過去六年的生活有多麼高興。

妳現在明白妳很優秀了嗎？妳的閱讀缺陷不再是無法克服的障礙了，世界上也有妳的容身之處。那是多麼美好啊！親愛的妮特，我爲妳感到自豪。在專科中學以最優異的成績畢業，在奧本羅科技學院又是研究班第一名，現在馬上就要成一位研究員了！眞是了不起。妳一定納悶我怎麼會知道這些事。妳想看看，泛實驗貿易公司一月一日僱用了妳，那家公司是我的朋友克利斯多福·哈爾開設的，他的兒子丹尼爾甚至是我的教子啊！我們經常碰面，上一次就在基督降臨節第一個星期日的家族聚會。妳再想想看，我詢問我的朋友最近忙些什麼，他告訴我收到一大堆履歷，才剛挑選完沒多久，然後他將決定好的人選履歷讓我過目。沒錯，妳可以想像我看見妳的名字有多驚訝嗎？我閱讀妳的履歷時——請原諒我的輕率——說實話，我不由得喜極而泣。

但是，親愛的妮特，我不希望拿老人家的感動來打擾妳。妳只要知道，妳現在能夠頂天立足於世，對這個世界呼喊我們多年前想出來的小句子：「**我很優秀！**」瑪麗安娜和我有多麼爲妳開心！

想想那句話，我的小女孩。

第64號病歷
Journal 64

我們衷心祝福妳一帆風順，未來的日子幸福美滿。

獻上誠摯的問候
瑪麗安娜和艾力克．漢司德宏
布雷德布洛，一九七〇年十二月十四日

她把信讀了三次，在「我很優秀！」那句話徘徊了三次。

「我很優秀！」她忽然大聲說，艾力克那張布滿皺紋的臉龐隨之浮現眼前。她第一次聽到這句話時才二十四歲，而今她已經五十歲了。這些年的時光溜到哪兒去了？眞希望在還來得及的時候，仍和他保持聯絡。

她深吸一口氣，頭微側一邊，牢牢記住字母的每一個筆畫和艾力克的鋼筆留下的痕跡。然後她又從信封抽出第二張紙，淚水開始在眼眶裡打轉。她後來取得了許多文憑和證照，但握在手中的是第一份，而且是最重要的一份。那是艾力克幫她做的，他眞的很偉大。

「大學文憑」四個娟秀的粗體字書寫在上方中央，底下分成三行寫著：「可以讀懂這些字的人不是文盲」。

她擦去眼角的淚水，嘴唇緊抿。她怎會如此目光短淺又自私，從來沒有寫信給他。若沒有他和妻子瑪麗安娜，自己的生命會變成何種面貌？現在都太遲了。三年前她在訃聞公告上看見他因爲臥病多年過世了。

臥病多年，那是什麼意思？

她曾經寫過信慰唁瑪麗安娜．漢司德宏，但被退了回來，當時還心想或許她也已經不在人世。這世上除了那些毀掉她人生的人，還剩下誰呢？

沒有半個人。

妮特將信與文憑摺好，一同放回信封裡，然後從櫥櫃拿出一個錫盤，將棕色信封放上去。她劃開火柴點燃信封，煙霧裊裊上升，在天花板的石膏雕飾下蔓延開來。自從車禍意外發生後，這是她第一次不再感覺到羞愧。

火焰熄滅後，她將餘燼搗成了灰，拿著錫盤走到客廳窗台邊。窗台邊種有某種帶有黏性纖維的植物，她盯著植物看了好一會兒。這個時節，植物的氣味聞起來並不會很濃烈。她將灰燼灑進花盆裡，然後轉身走向寫字檯。

寫字檯上放了一疊信封和同款式花紋信紙。那是她這個女主人準備的一點小禮物。她拿了六個信封，在餐桌旁坐下，然後在每個信封一一寫上名字。

寇特·瓦德、莉塔·尼爾森、姬德·查爾斯（Gitte Charles）、泰格·赫曼森、維果·莫根森（Viggo Mogensen）與菲力普·諾維格（Philip Nørvig）。

每個名字代表她一個生命階段，在那些生命階段中，事情全朝錯誤方向發展。

這些名字如今躺在她眼前，看起來一點也不重要。沒錯，那些名字對她幾乎毫無意義，用支筆就可以一筆勾銷，將他們劃出她的生命之外。只可惜現實不是如此。在現實中，這些名字的主人若還活著，肯定像寇特·瓦德一樣自由無拘，而且從未懂得回首過去，也從未留意自己的作爲所引起的絲毫痛苦。

不過，她將會負責阻止他們，逼他們回頭看。而且是依照她的條件。

她拿起話筒，撥電話到市公所。

「您好，我叫作妮特·赫曼森。可否麻煩您幫我查詢幾個人名，我手邊只有他們以前的舊地址？」

第七章

二〇一〇年十一月

狂風呼嘯，卡爾遠遠就聞到瀰漫在秋日潮濕空氣中的屍臭味。幾具怪手的機械手臂垂放下來，穿著白色工作服的凶殺組組員站在後面，和法醫的鑑識人員討論事情。

看來他們差不多可以將屍體送去解剖了。

蒲羅腋下夾著公文猛吸菸斗，馬庫斯則拿著菸用力吐雲吐霧，但這麼做也無濟於事。被不恰當手法埋在此處的可憐男性屍體已腐爛多時，惡臭熏天，好在大部分在場人員的呼吸器官都不靈光，也稱得上是種幸運。

卡爾縮著鼻孔走近一點看，幾乎裸露在外的木箱仍然躺在土裡，上頭箱蓋已經打開，箱子長度約莫七十五公分，小得令人驚訝。但是用來放置被切割的屍體碎塊卻綽綽有餘。箱子打造得非常堅固，是拿上過油的舊木地板拼製而成，有可能埋在土裡很長的時間也不會腐朽。

「爲什麼不直接埋進土裡就算了？」卡爾站在洞穴旁問。「爲什麼偏偏選在這個地方？」他指著周遭說：「這兒又不缺擺放的空間。」

「我們檢查過木地板了，是從棚屋拆過來的。」凶殺組組長將皮夾克衣領上的圍巾拉得更緊，然後指著幾個穿著橘色工作服的建築工人後面的木材說。

「已經確認過是哪一處的地板。」馬庫斯繼續說。「就在靠南邊的牆壁旁邊，位置接近角落。鑑識人員說，有人在那邊使用過電動圓鋸，時間距今不會太久，大約還不到五年。」

卡爾點點頭。「好。也就是說，受害者是在別的地方遇害分屍後，才搬運過來的。」

「是的，情況確實如此。」馬庫斯吸著鼻子說。菸霧在他頭部周圍繚繞飄升。「或許是為了警告喬治．麥德森，若不想像躺在這兒的可憐傢伙一樣，就不要輕舉妄動。」

蒲羅點點頭。「鑑識人員認為箱子埋在客廳底下。根據我從報告中草圖推斷……」他指著文件裡的平面圖，「就在你們發現喬治．麥德森腦中插了根釘子坐著的椅子下方，也是你們遭遇槍擊的地方。」

卡爾直起身。整體看來，眼前沒有必須馬上處理的當務之急。明擺在眼前的是，他們將花上數百個鐘頭進行調查，無止盡的挖掘卡爾恨不得遺忘的事件。若是可以作主，他會馬上掉頭離開，開車到機場的販售部買份熱狗堡，還要淋上一堆番茄醬，然後安安靜靜的看著指針轉動三、四個小時，差不多就該回家換衣服準備去夢娜那兒吃馬丁鵝。

蒲羅審視著他，彷彿能讀出他的心思。

「好吧。」卡爾終於開口說。「所以我們知道這個男人在別的地方被殺害，而且很有可能是在喬治．麥德森知情的狀況下被埋在家中客廳底下。還漏了什麼細節嗎？」

然後他抓抓耳朵，自己說出了答案。「好吧。我們必須釐清作案動機，找出死者身分，追查凶手。小意思！你應該反掌之間就能解決了，不是嗎，蒲羅？」卡爾嘟囔說著，一股不舒服感爬滿全身。

兩年前他差點在這裡喪命，救護人員也在這裡將安克爾的屍體和身受重傷的哈迪抬走。卡爾背棄了他兩個同事，像隻驚弓之鳥躺著無法動彈。隨著這個小木箱馬上就要送到法醫面前檢驗，踏上它最後一段旅程，到時候所有的鑑定結果應該能解決當年的事件了。不過，這想法既正確也是錯的。

「是的，沒錯，很有可能是在喬治·麥德森知情的前提下進行的。但是如果埋這具屍體的目的是爲了警告，顯然喬治·麥德森完全沒放在心上。」馬庫斯聲音乾澀的說。

卡爾的目光從凶殺組組長移向打開的箱子上。

一顆頭顱側躺在裝著其他屍塊的黑色塑膠袋上。根據頭顱尺寸、下巴狀況與鼻梁曾經斷裂過研判，死者生前並非過著安逸的生活。他的嘴裡沒有牙齒，頭部皮膚潰爛，頭髮黏膩成團，一根亮晃晃的堅硬鐵釘直直刺入頭顱內。那根鐵釘顯然與插在喬治·麥德森和索羅兩個汽車工廠的技工頭上的釘子是一樣的。

凶殺組組長脫掉身上的防護衣，對拍照人員點點頭。「幾個鐘頭後箱子就要送到法醫那兒，到時候看看是否有東西能讓我們找出死者身分。」他總結說完後轉過身，邁出步伐，走向他停在人行道旁的車子。

「蒲羅，報告你來寫！」他轉頭叫了一聲。

卡爾往後退了兩步，拚命吸進蒲羅菸斗飄散的氣息，想要藉此擺脫屍臭味。

「你到底爲什麼要把我拖來啊，蒲羅？」他問道。「你有什麼目的？想看我崩潰嗎？」

蒲羅疲累無力的看著他。卡爾有沒有崩潰關他屁事。

「我若是沒記錯，鄰居的棚屋就位在隔壁。」蒲羅指著另一塊地。「木箱被拖進木屋裡，對方一定聽見或是看見了什麼。何況若喬治·麥德森的地板被鋸開，也會發出隆隆聲不是嗎？你記不記得鄰居是否提過這類的事？」

卡爾苦澀的笑了一下。「親愛的蒲羅，首先，喬治·麥德森被謀殺時，鄰居才搬過來住了十天，所以他們彼此不認識。而就我和鑑識人員從發臭的狀況判斷，屍體至少在五年前就埋進了土裡，換句話說是在喬治．麥德森死前三年。所以鄰居能知道什麼？再說當初我被送進醫院之後，接手調查工作的人不是你嗎？你難道沒找那個鄰居談談嗎？」

「沒有，當天晚上我們還在處理現場時，那個男人就因爲心臟病發，倒在那邊的人行道旁一命嗚呼。謀殺案和突如其來的大批警力讓他驚嚇過度，心力交瘁。」

卡爾下唇噘起。那個釘槍事件的畜生要爲一堆死者負責了。

「哎，看來你毫無頭緒。」蒲羅從袋子裡拿出一疊檔案資料。「那麼你應該也不知道我們不久前收到荷蘭傳來的對照資料。去年五月和九月的時候，他們在鹿特丹外圍的斯悉丹一棟大樓住宅區發現兩個同樣遭到釘槍處決的男人。我們收到了幾張照片。」

他打開檔案夾，指著有兩個頭顱的多張照片，警方用封鎖線保護了現場。

「荷蘭兩名死者的頭顱上各自插著九公分長的鐵釘，和西蘭島的受害者如出一轍。之後我會把資料影本送去給你。等到法醫的報告出來，我們再來討論這件案子。」

好吧，卡爾心想。到時候哈迪的灰色小細胞又有事可忙了。

回到地下室的時候，他發現麗絲正在蘿思的辦公室裡，雙手抱胸聆聽她發表普通生活與地下室生活有何不同的高論，還一邊點頭附和。他聽到了一點零星片段，例如「惡劣的關係」、「墓室般的氣氛」和「裝腔作勢的可笑老大姿態」，差點忍不住點頭稱是時，才發現自己是話題中的主角。

「嗯哼。」卡爾清了一下喉嚨，希望嚇嚇蘿思，但是她看都沒看他一眼，只是說：「上帝的神蹟顯現成人形了。」然後遞來一疊文件。「留意我在莉塔．尼爾森案中的標示之處。算你運氣好，其他同事在外頭世界到處跑時，還有人堅守這個洞穴。」

噢，老天，又來了嗎？她一出現這種情緒反應，離那個假想的雙胞胎姊姊伊兒莎現身此地的時候就不遠了。

「你到樓上找我了嗎？」在他們把蘿思留在她那間黑白王國後，麗絲開口問道。

「我花了點力氣要找出我堂哥羅尼的下落，但是徒勞無功，於是我想……」

「噢，這件事啊。」她似乎有些失望。「巴克說了一些。眞是莫名其妙！我會盡力去做。」

麗絲媚惑的嫣然一笑，卡爾的膝蓋頓時柔弱得像果凍一樣。然後她頭一轉便要走向檔案室。

「再等一下。」卡爾攔住了她。「那個索倫森發生什麼事了？她忽然間變得好……好吧，我不得不用『熱心』來形容她。」

「噢，沒錯。卡塔琳娜．索倫森，我說的是卡塔，她最近去參加NLP課程。」

「NLP課程？那究竟是什麼……」

卡爾的手機忽然響起，螢幕上顯示來電者是「莫頓．賀藍」。他的房客這時間打電話來幹嘛？「喂，莫頓？」他對著手機說，一邊向麗絲點了個頭，祕書便扭腰擺臀走開。

「打擾你了嗎？」話筒傳來小心翼翼的聲音。

「當年冰山打擾鐵達尼號了嗎？布魯圖難道會打擾凱薩大帝（注）嗎？怎麼了？哈迪出事了嗎？」

「某種程度他的確有事。說眞的，鐵達尼這個哏眞讚。言歸正傳，哈迪想和你講話。」

卡爾聽見話筒滑到哈迪的枕頭上。這是哈迪和莫頓新養成的壞習慣。以前哈迪和卡爾的聊天只限於夜晚坐在床緣的時刻，但是現在看來不再是如此了。

「聽得到我的聲音嗎，卡爾？」卡爾幾乎可以看見莫頓把電話壓在哈迪這個身材龐大的癱瘓傷者耳邊，他半閉著眼，眉頭深鎖，嘴唇乾澀，聲音中透露出壓抑不住的擔憂。他鐵定和蒲羅通過話了。

「蒲羅打過電話來。」他說，「你應該知道爲了什麼事。」

「知道。」

「好。卡爾，你可以告訴我究竟怎麼一回事嗎？」

「當初射殺我們的人是冷血無情的凶手，他們不擇手段的維護自己所訂下的秩序與原則。」

「你很清楚我要問的不是這個。」接著是一陣停頓。讓人不舒服的停頓，往往會演變成對峙。

「你知道我的想法嗎？我的想法是，安克爾涉入太深了。我們出發到那兒之前，他早已知道木屋裡有個死人了。」

「啊哈，你的立論依據是什麼，哈迪？」

「我就是知道。他變了很多，比以前更需要錢，性子也像變了個人。還有，他那天完全沒有按照流程辦案。」

「你的意思是？」

「我們還沒進入喬治．麥德森的房子，他就先去找鄰居問話。他究竟從何得知房子裡躺了個死人呢？」

「鄰居報了案。」

「拜託，卡爾，這類報案早已司空見慣了。到頭來往往會發現死的是動物，或者只是電視或廣播傳出的噪音。平常安克爾找鄰居問話前，總會先進屋確認是不是誤會一場，但是那天並非如此。」

注 羅馬共和國末期傑出的軍事統帥、政治家。被布魯圖所領導的元老院成員暗殺身亡。

「你爲什麼偏偏挑這時候要告訴我這些？你不覺得以前有一大把時間可以說嗎？」

「你記不記得安克爾被妻子趕出來時，米娜和我收留過他？」

「不記得。」

「時間很短，不過當時安克爾惹了很大的麻煩。他嗑藥。」

「我後來也知道了，那個被夢娜找來的白痴心理醫生克里斯告訴過我，不過在那之前我並不知情。」

「有天晚上他在城裡和人鬥毆，回來後衣服全是血。」

「然後？」

「不是只有血跡而已，整件衣服都被血浸濕了啊，卡爾。因爲實在太多血了，衣服最後不得不丟掉。」

「你認爲我們目前發現的屍體和當年的鬥毆案有關嗎？」

又是一陣沉默。哈迪當年仍舊行動自如時，曾是最優秀的調查人員。對於自己優異的表現，他總是歸納於「經驗和本能」。去他媽的本能。

「我們等驗屍報告出來再看看吧，哈迪。」

「木箱裡的頭顱，嘴裡沒有牙齒，對吧？」

「沒錯。」

「屍體也被徹底肢解？」

「是的，差不多如此。沒有像泥巴一樣稀爛，但也相去不遠了。」

「而且警方對於死者身分還是毫無頭緒。」

「我們不是第一次碰到這種情形，哈迪。」

「你說得倒輕鬆，卡爾。身體上插著管子，日以繼夜瞪著天花板看的人不是你。如果安克爾眞的手腳不乾淨且牽涉其中的話，那麼我今日會躺在這兒都是他的錯。所以我才打電話給你，卡爾。密切關注這件案子，好嗎？要是蒲羅辦案草率，你就有責任幫你的老夥伴好好教訓他一番，聽到了嗎？」

電話最後在莫頓的抱歉聲中收了線，這時卡爾才發現自己坐在辦公椅的邊緣，蘿思剛才遞給他的檔案此時放在大腿上。他完全沒意識到自己怎麼走進辦公室的。

他將眼睛閉上，試著在腦海中回想安克爾的影像，但這位前夥伴的五官卻變得模糊不清。他要怎麼想起安克爾的眼眸、鼻孔、聲音和其他暗示他濫用毒品的一切呢？

第八章

二〇一〇年十一月

「卡爾，你看了蘿思在莉塔．尼爾森的檔案中標示注解的地方了嗎？」

卡爾抬起目光，差點笑出來。阿薩德站在他面前，手中揮動著某份文件，顯然他想到了一個好辦法來對付流個不停的鼻水：用棉花塞住鼻孔。他原本含糊不清的唇齒音現在更加模糊難辨。

「她標示了什麼？」卡爾忍著不發笑。

「這是在哥本哈根失蹤的老鴇莉塔．尼爾森的檔案。」他將一疊文件丟到桌上。「蘿思正在四處打電話，她要我們這段時間好好研究一下。」

卡爾拿起文件，指了指棉花。「如果你不把那東西拿出來，我沒有辦法集中精神。」

「我會流鼻水啊，卡爾。」

「那就流吧，小心不要滴到地上就行了。」看見阿薩德把棉球丟進垃圾桶，他滿意的點點頭，然後望向文件。「好，你說的標示在哪裡？」

阿薩德向前傾身——這個姿勢有點危險——翻了幾頁文件，指著幾行用紅筆畫起來的地方說：「這裡。」

卡爾瀏覽著檔案，內容與莉塔．尼爾森那輛賓士車有關，蘿思特別標示出置物箱裡的物品清單：北義大利旅遊指南、一包潤喉糖、一包紙巾、兩本介紹佛羅倫斯的書，此外還有四卷瑪丹娜的錄音帶。

看來當年瑪丹娜並不屬於諾勒布羅銷贓市場中的音樂潮流。卡爾注意到蘿思將「《那女孩是誰》錄音帶盒裡沒有發現東西」那一行額外圈起。眞有趣的說法。卡爾笑著心想。沒有發現東西，瑪丹娜的錄音帶盒經常發生這種事。

「是啊、是啊。」他嗟呼一聲，「果然是大新聞，阿薩德。瑪丹娜一卷錄音帶盒裡的東西不見了，我們不是應該馬上召開記者會嗎？」

阿薩德滿臉困惑看著他，又說：「下一頁也記錄了重要的內容。對了，文件頁數的順序有點顚倒。」

他指著其他的標記：有人在一九八七年九月六日打電話報案莉塔·尼爾森失蹤了。報案者是科靈一個叫作駱娜·拉絲慕森的人，她負責幫莉塔·尼爾森接聽來客電話，登記應召小姐服務。她對莉塔·尼爾森沒有如期在星期六回到科靈感到很驚訝，上面還注明，駱娜·拉絲慕森因爲多次賣淫和毒品前科成爲派出所的常客。

蘿思又把一段文字標示起來：「駱娜·拉絲慕森非常肯定莉塔·尼爾森在星期日有安排計畫，因爲她在按摩沙龍——駱娜·拉絲慕森稱之爲「應召女郎辦公室」——的月曆上這一天和接下來幾天都畫上了紅線。」

「好吧。」結尾那個字卡爾說得特別用力，然後才又繼續讀下去。換句話說，莉塔·尼爾森在她失蹤之後的那幾天原本是有約會的，然而調查人員卻不知道是什麼約會。

「我想蘿思正在打電話找這個駱娜·拉絲慕森。」阿薩德說話時鼻音很重。

卡爾嘆一口氣。事發距今二十三年前，根據駱娜·拉絲慕森的身分證字號判斷，她今年大約七十五歲，對一個有這類過往經歷的女人來說，算是相當長壽。但是，即使她至今仍然活著，能提供的資訊肯定不多。這麼多年過去後還能補充什麼呢？

「卡爾，你看這裡。」阿薩德翻頁後指著一句話，用鼻音很重的沙啞聲音唸著：「莉塔·尼爾森消失第十天後，警方搜索她的住所時發現了一隻羸弱不堪的貓，由於貓實在太虛弱了，最後不得不讓牠安樂死。」

「眞是太慘了。」卡爾說。

「是啊，還有這個。」阿薩德指著頁面最下面的地方。「沒有找到可能引發犯罪的證物，也沒有相關的個人文件、日記或筆記，足以說明尼爾森正面臨嚴重的危機。尼爾森的屋子裝潢風格有點幼稚，擺設了大量的飾品、雕像，還不尋常的收集了許多從報章雜誌剪下來裝在相框裡的瑪丹娜照片，但卻也布置得井然有序。總之，沒有任何能讓人推斷她會有自殺念頭、遑論被謀殺的物證。」

「裝在相框裡的瑪丹娜照片」的句子底下被蘿思畫了兩條紅線。卡爾揉揉鼻子。他的鼻子也在鬧脾氣了嗎？不會吧，一定沒什麼。可惡，他今晚可不需要感冒這種東西，尤其是要吃馬丁鵝的時候。

「我實在摸不著頭緒，爲什麼蘿思那麼在意瑪丹娜的事情。」卡爾說。「不過，話說回來，那隻貓確實有點蹊蹺。」

阿薩德點了一下頭。單身女子與寵物之間的關係往往緊密到不可思議的地步，如果女子養了一隻貓，那麼再自殺或做其他比較激烈的事情前，通常會先將貓安頓好。若不是帶著貓共赴黃泉，就是託付給別人照顧。

「不過我認爲我們科靈的同事應該考慮過這一點。」卡爾說，只見阿薩德搖頭不贊成。

「沒有。他們推測莉塔·尼爾森純粹是臨時起意要了斷自己的生命。」

卡爾點點頭。當然也不能排除這個可能性，畢竟莉塔·尼爾森出事的地方離自己的家和貓有好一段距離，會有什麼想法誰也不知道。

蘿思的聲音從走廊傳來。「你們兩個來一下，現在立刻過來！」那是命令的口吻嗎？難道她現在又沒能力決定他們應該偵辦哪件案子了嗎？該是讓她知道分寸的時候了，就算會破壞地下室的氣氛，換成伊兒莎來上班也無所謂。蘿思的第二個人格雖然沒有那麼靈光，但也不算笨。

「來吧，卡爾。」阿薩德拉著他的袖子說。顯然他被訓練得比較好。

蘿思從頭到腳像個煙囪工人一樣漆黑，她站在辦公室裡，手中拿著話筒。

「是駱娜．拉絲慕森。」她低聲說著，完全不理會卡爾緊瞇著眼，不以爲然的目光。「你們應該一起聽，我之後再解釋。」

然後她把聽筒放在桌上，按下擴音鍵。

「好的，駱娜，現在我的組長卡爾．莫爾克和他的助手在我旁邊，可否麻煩妳把剛才告訴我的話重複一次？」

很好，她稱呼他爲組長。算她識相，知道在辦公室裡誰才握有主導權。卡爾對她贊許的點頭。她找到了駱娜．拉絲慕森，挺不賴的。

「好的──」電話那頭的回應有點遲緩，唯有毒蟲才會有這種無精打采的沙啞聲音。聲音的主人聽起來不老，只是身體各處已耗損過度。「你們聽得到我說話嗎？」

蘿思給她肯定的回覆。

「好的，我剛才說她愛死那隻蠢貓了。有次一個妓女，我忘了她叫什麼名字，應該要去照顧那隻貓，但是她忘了，莉塔氣得火冒三丈，把她送進了地獄。之後只要莉塔外出，餵貓的責任就落到我身上。拿罐頭裡的東西餵。但是如果莉塔只出門一、兩天的話，她會放貓單獨在家。噢，還有，那隻貓到處拉屎，莉塔還是很有耐心的清理乾淨。」

「所以妳的意思是，除非有人照顧，否則莉塔不會把貓獨自留在家裡太長時間。」蘿思幫她補充省略之處。

「對，沒錯！眞是奇怪，我不知道貓獨自被留在家裡，而且也沒有鑰匙，莉塔不會隨便把鑰匙給我。要不然我一定會注意到那隻可憐的小畜生正在挨餓呀。你們應該了解的，對吧？」

「是的，駱娜，我們了解。不過妳剛才還說了一件事，和瑪丹娜有關，也請妳再說一次。」

「這件事啊，好。莉塔對她非常著迷，簡直是迷得神魂顚倒。」

「妳剛說莉塔愛上她了。」

「媽的，沒錯。雖然她沒提過，但我們所有人心裡都很清楚。」

「也就是說莉塔．尼爾森是女同志囉？」卡爾打岔問道。

「那是什麼？是個男人的聲音！」駱娜沙啞的聲音嘎嘎笑說。「哎呀，只要是會走、會站的，莉塔都能上啦。」她的話語忽然中斷，電話那頭響起一陣飲料滑過乾燥喉嚨的咕嚕聲，迴盪在蘿思如清教徒般的辦公室裡。「如果你們問我，我想當年的莉塔不會否認。」駱娜又呑了幾口飲料後接下去說。「她是爲了錢而工作。」

「所以妳不認爲莉塔會結束自己的生命嗎？」卡爾問。

「見鬼了！她才不會！」接著一陣沙啞的笑聲爆發開來，持續了好一陣子。

「妳有沒有概念到底發生什麼事了？」

「完全沒有概念，一切眞是他媽的莫名其妙。但是這件事和錢有關。莉塔大部分的財產都存在銀行裡，如果我沒搞錯的話，在遺產終於解除管制之前，大概存了八年。」

「她在遺囑中規定，死後要將錢和房子贈送給『愛貓之友』，不是這樣嗎？」

蘿思打斷她的話說。

又是貓，卡爾心想。沒錯，這樣一個女人絕不會坐視她的貓挨餓不管。

「對啊，眞是氣人。要是我，就會好好利用那幾百萬。」電話另一頭又響起駱娜的聲音。

「好的。」卡爾說，「我現在把事情總結一次：莉塔星期五開車前往哥本哈根，預計星期六返家，所以妳也不需要去幫忙照顧貓。妳認爲莉塔星期天前一晚睡在科靈的家中，隨後幾天將前往某個地方，到時候妳可能必須去餵貓，但是無法確定。這樣說正確嗎？」

「是的，差不多是這樣。」

「以前也發生過類似的事情嗎？」

「嗯，莉塔很喜歡出門幾天，到倫敦或是其他地方。她很喜歡看歌舞劇之類的。話說誰不喜歡呢？哎，再說她也負擔得起。」

最後幾句話越來越模糊不清，阿薩德專注的神情全寫在臉上，眼睛瞇成一條縫，彷彿置身沙塵暴中。不過卡爾倒是聽得一清二楚。

「還有一件小事。莉塔被人看見的最後一天，在哥本哈根刷卡買了一包菸。妳可以說明一下，她爲什麼不直接使用現金嗎？畢竟金額不大。」

駱娜．拉絲慕森哈哈大笑。「我們國稅局的老兄逮到她在家裡抽屜藏了幾十萬鈔票。相信我，她被罰了一大筆錢，因爲她沒有辦法解釋錢是打哪兒來的。所以從那時候開始，她就把所有的錢存在銀行裡，一毛也不領出來，買任何東西都用信用卡付帳。當然，很多店因此不能去，不過莉塔無所謂。她特別留心不讓同樣的事情再次發生，事實上也確實沒再發生了。」

「好的。」卡爾覺得差不多可以結束通話，事情都搞清楚了。「很遺憾妳沒能繼承她的財產。」這句話幾乎是肺腑之言。雖然擁有大批錢財可能導致駱娜．拉絲慕森完蛋，不過至少速度會快一點。

「哎呀，不過我繼承了她的家具和房子裡所有的擺設，因為『愛貓之友』沒有興趣接收。那也挺不錯的，畢竟我自己的東西只是一堆破銅爛鐵。」

卡爾想像得出來。

他們向她致謝之後，掛斷了電話。駱娜最後還說他們隨時可以與她聯絡。

蘿思注視著她兩名同事，她很清楚他們現在會願意偵辦此案了。眼前的案子的確值得深入調查。

「妳腦子裡還有別的事，蘿思。」卡爾察覺到。「來吧，說出來。」

但她只回了一句。「你對瑪丹娜所知不多，對吧，卡爾？」

他不帶感情的看著她。蘿思那雙眼睛並不像他見過許多世面，眼神中透露出這個人三十歲以後顯然活在自己的圈子裡；四十歲以後將老氣橫秋，年華不再；五、六十歲或年紀更大以後，這雙眼睛會用什麼樣的眼神觀看他人呢？

卡爾聳了一下肩，雖然自己有點年紀，瑪丹娜的事情還是知道一點。他過去某任女友愛聽〈拜金女孩〉的程度差點把他逼瘋；或者維嘉一絲不掛裹在羽絨被裡扭腰擺臀，怪聲怪氣唱著〈爸爸別說教〉等。這些往事當然與蘿思無關，也不值得拿來說嘴炫耀。

「哎，多少知道一點。」卡爾說。「她最近變得比較虔誠，對吧？」

然而這句話並未讓蘿思感到驚訝。「莉塔．尼爾森一九八三年在科靈設立了她的應召中心和按摩沙龍，在當地的情色業使用露易絲．西科尼這個藝名。你有什麼看法？」

阿薩德豎起一根手指。「西科尼，這東西我吃過，是加了肉的義大利麵，對吧？」

蘿思惡狠狠瞪了他一眼，那眼神簡直是想毀了他。「瑪丹娜的本名叫作瑪丹娜．露易絲．西科尼。駱娜·拉絲慕森告訴我，莉塔·尼爾森的按摩沙龍只播放瑪丹娜的唱片，而且她本人經常模仿瑪丹娜的妝容和髮型。她失蹤時，正頂著一頭瑪麗蓮夢露的金黃色捲髮，就像瑪丹娜在『拜金女孩』巡迴演唱會上的裝扮。就是這種！」

她在滑鼠上按了兩下，螢幕上立刻出現瑪丹娜性感迷人的側影。這位知名歌星穿著網襪、黑色緊身衣，麥克風垂掛在輕鬆擺盪的手臂上，臉上化著八〇年代的漂亮妝容，配上兩道黝黑的濃眉和一頭淡金髮色。卡爾記得這個造型，那彷彿不過只是昨天的事。

「駱娜說莉塔·尼爾森當時就是打扮成這個樣子，擦著深色眼影和豔紅唇膏。駱娜還說她年紀是大了點，但是仍然很時髦。」

「沒錯！」阿薩德說，不論他回答的對象是什麼。

「我特別重視她置物箱裡的東西。」蘿思繼續說下去。「她收藏了瑪丹娜所有的錄音帶，一卷也不少，包括《那女孩是誰》的電影原聲帶。雖然這卷錄音帶不見了，但我認爲一定是放在被偷走的錄音機裡面。此外，還有兩本關於佛羅倫斯的書，以及一本北義大利旅遊指南，這些東西應該彼此有關，所以我有了個想法。你們看。」

她點擊螢幕桌面上一個圖示，隨即出現同樣一張瑪丹娜的照片，只不過這張上頭標注了一堆日期和相關資料。她指著那堆資料說：「六月十四日和十五日，日本大阪希宮球場。」阿薩德唸出那串字。眞瘋狂，沒有人的發音比他更像日本人了。

「嗯，我找到的資料顯示那球場實際上叫作西宮（注），不過那不重要。」一抹優越感在蘿思的嘴角泛起。「但是，你們若是看到清單最後，一定嚇得眼珠子都會掉出來。」

注 瑪丹娜當年的演唱會宣傳資料上將西宮的英文拼寫「Nishinomiya」誤植爲「Nashinomiya」。

卡爾聽到阿薩德繼續唸了下去。「九月六日，義大利佛羅倫斯市政體育館。」

「好。」卡爾說，「要我猜哪一年嗎？莫非是一九八七？」

蘿思點了點頭，現在她可得意了。「沒錯，那就是莉塔在日曆上用紅筆標示起來的日期。如果你們問我，我認為她要去參加瑪丹娜最後一場巡迴演唱會。百分之百確定。她只消從哥本哈根回家，收拾行李立刻出發，便不會錯過偶像在佛羅倫斯的表演。」

阿薩德和卡爾面面相覷。佛羅倫斯的書、找人照顧貓、對於搖滾明星的狂熱，一切都契合了。

「我們或許可以查出她是否訂了一張一九八七年九月六日從比隆機場出發的班機。」

蘿思失望的看著他。「早就這麼做了，只不過他們沒有保留那麼久以前的紀錄，在她的屋子也沒找到相關資料。但我們可以認定她失蹤時身上帶著機票和演唱會門票。」

「這麼一來，這件案子幾乎不可能和自殺扯上關係。」卡爾簡單扼要的做了總結，然後在蘿思的肩膀輕輕拍了一下。

卡爾瀏覽著蘿思對於莉塔．尼爾森所做的說明，心想蘿思在追蹤這名老鴇的豐功偉業過程中應該沒遇到太大的阻礙，因為莉塔從小便流轉於育幼院、青少年福利機構、警察局、醫院和戒護所等各個相關公立機構，由不同的組織陪伴她成長。她出生於一九三五年四月一日，母親也是個妓女，生下她後仍繼續賣淫維生。莉塔在社會最底層的家庭環境中成長，五歲那年第一次在商店偷竊被逮，六歲在學校念書就已成了小罪犯，十五歲第一次賣淫，十六歲懷孕、墮胎，最後因為行為失調與學習障礙而受到監管。她的家庭很早以前就分崩離析了。

在寄養家庭住了幾個月後，莉塔又重操舊業，隨後住進派爾林一間小療養所一段時間，在那兒被診斷出罹患輕微的神經衰弱。她曾經多次嘗試逃跑，也經常出現暴力行爲，最後被送到史葡格島上的女子感化院。在那之後，莉塔再次被寄養家庭收留，但是惡性不改又犯下幾起違法情事。一九六三年夏天到七〇年代中期沒有莉塔的消息，這段時間她似乎在歐洲不同的大城市中以跳舞爲業。

之後她在奧爾堡設立按摩沙龍，但因爲拉皮條攬客被判刑，表面上，這件事讓她學到了點教訓沉寂下來，其實她在不牴觸法律的情形下，藉著按摩沙龍和應召中心累積了不少財富。她乖乖報稅，遺留下三百五十萬克朗的財產，後來至少增值了三倍。

看完檔案後，卡爾心裡另有想法。若說莉塔．尼爾森神經衰弱的話，那麼他本人也認識好幾個這樣的人。接著，他將手肘支在桌上，忽然感覺到濕濕的，這才發現自己的鼻子不聲不響流了好一陣子的鼻水。

「可惡，他媽的！」卡爾仰頭大罵一聲，一邊摸找著可以擤鼻涕的東西。

兩分鐘後他站在走廊上，看見最小一塊的木纖板貼著莉塔．尼爾森案的檔案影本，蘿思和阿薩德將檔案貼在那兒

卡爾望向釘在蘿思辦公室和阿薩德那間小儲藏室之間牆上的木纖板，上面每張文件各自代表從懸案組成立以來就被交付到他們手上的陳年懸案。所有案件按照年代編排，若是發現案子間可能有所關聯，便用有顏色的繩子牽起來。這個系統是阿薩德發明的，原理很簡單，藍白色的繩子代表兩件或多件案子出現類似情況，紅白繩即顯示案子之間確實相關。

目前上頭有條藍白色的繩子，但是不見紅白繩，而阿薩德亟欲改變這種狀況。

卡爾的目光在不同的案件上游移，到目前爲止，牆上已經累積了上百張紙，其中有幾件根本不屬於這兒。要解決這些案子無疑是大海撈針，而且還得將線穿過針頭。

「我要回家了。」卡爾宣布說。「阿薩德，我想我體內感染了和你一樣的鬼東西。你們打算繼續待在這兒嗎？那就去把莉塔失蹤那幾天的報紙找來。我建議找出一九八七年九月四日到十一日的報紙，到時候我們再來看看那段日子發生的事情，我自己現在是一點也想不起來了。」

蘿思站在他身邊，臀部一擺。「你不會認為我們眨眼間就能查到當年爬冰臥雪也找不出來的東西吧？」

她剛才說「爬冰臥雪」，從年輕人的嘴裡聽見這種形容詞還眞詭異。

「當然不是。我現在除了在赴馬丁鵝之約前先回家休息兩小時，其他一點想法也沒有。」說完這句話便拍拍屁股離開。

第九章

一九八七年八月

妮特的母親總是說她有雙靈巧的手，從不懷疑女兒的雙手能爲她贏得高度肯定。除了聰穎的頭腦之外，靈巧的雙手是上帝送給人類最重要的工具，而在母親過世後，妮特的父親也讓她的雙手做了許多工作。

豎起倒塌的籬笆樁、塡補破損的餵食槽、釘東西，甚至有必要的話，還得將東西折斷劈開，做這些工作的人全是妮特。

在史葡格時，靈巧的手同樣也成了她的詛咒。田野上的灌木叢長得又高又密，總是會將她的皮膚刮得血痕斑斑。她天天辛勤工作，卻沒有得到任何回報。至少沒有得到好的回報。

在後來生活改善之後，她的雙手終於得以歇息，而現在，這雙手又有事要忙了。

妮特拿著裁縫用的捲尺仔細測量餐廳大小。餐廳位於房子最後面，就在走廊的底端。她詳細記錄餐廳空間的長、寬、高，在平面圖上畫出窗戶和門等，然後整理起需要添購的明細：施工用具、顏料、塡泥料、矽、木板、好幾綑的透明塑膠薄膜、密封帶、地板、隔音棉。

諾勒布羅街上的建材行承諾隔天下午將貨送到。事情進行得如此順利是好事，因爲她沒有時間等待了。

一旦隔天材料送到家裡，她便會開始將餐廳隔離起來。她只能趁白天樓下房東去上班、隔壁鄰居去購物或者到湖邊散步遛狗的時候動工。

她不想讓別人聽到五樓左邊的住戶在裝潢，不想讓人看到她手中拿著鐵鎚和鋸子，而好奇上門來打探狀況。她隱姓埋名在這兒住了兩年，希望能夠持續保持下去，直到生命終了。

因此，絕對不能讓人察覺她的計畫。

餐廳終於完工後，妮特站在門邊，滿意的觀看自己的成果。將天花板鋪上隔音棉是最困難的部分，不過也最重要。此外，她還把地板墊高，在地毯底下鋪了兩層透明的塑膠薄膜與隔音棉。門上當然也做了手腳。所以地板上雖然鋪著地毯，門仍能像以前一樣向內開啓。

除了和走廊有細微差異之外，裝潢後的餐廳絲毫沒有啓人疑竇之處。這場宴會的房間已經準備好了。塗上填泥料後的門縫十分嚴實，門板也新刷上了油漆，內部擺設依舊和之前一模一樣：牆上掛著畫，窗台擺滿各種小擺飾，餐桌中央鋪著針織布墊，一旁擺了七張椅子，只有最前方那張有扶手。

妮特環視房間一圈做最後的檢查，然後她走到窗台的植物邊，在手中小心搓揉一片葉子。味道有點刺鼻，但也不至於難聞。天仙子的氣味給了她安全感。

姬德．查爾斯一九五六年搭著郵輪到史葡格來，引起島上女孩間一陣竊竊私語。有人說她是受過專業訓練的護士，但那應該是錯誤不實的消息。她或許是個護士助理，但絕對不是貨眞價實的護士。除了院長之外，島上沒有一個工作人員接受過任何專業訓練，這點妮特心裡有數。

不過引起女孩們騷動的原因是，島上終於有個漂亮的人出現了。姬德搔首弄姿揮舞著手，走起路來搖曳生姿，有個女孩說她讓人想起葛麗泰．嘉寶（注1）。姬德和其他那些來到這個詛咒之地，無他處可去的老處女、寡婦與離婚婦女等憤世嫉俗的女人南轅北轍，相當與眾不同。

姬德走起路來抬頭挺胸，生著一頭和妮特一樣的金髮，總是將頭髮在後腦杓高高盤起。但是院長不允許這種髮型。這種髮型能突顯女人味，看起來風姿綽約，妮特和其他女孩也很想梳綁一次。

沒錯，女孩看著姬德的目光裡有嫉妒，偶爾甚至還帶點貪婪。但是，她們很快便發現在姬德柔美的外表下，隱藏著凶暴的性格。除了莉塔之外，所有人都和她保持距離。

大家都叫她查爾斯，而不是姬德。當查爾斯在莉塔那兒受挫不開心後，便把眼光轉到妮特身上，答應每天幫忙她的勞務，保障她的安全，甚至可能有機會讓她離開這座島。

查爾斯說，一切只取於妮特有多麼順服、聽話。妮特若是不小心洩漏兩人之間的行徑，而她又愛惜自己生命，喝東西的時候最好小心一點，因爲飲料裡面或許摻了天仙子。

說完這句令人反感的威脅之後，查爾斯這個護士助理對妮特解釋起什麼是天仙子，以及它可怕的特性。

「天仙子學名是*Hyoscyamus niger*。」查爾斯用誇張的語氣緩緩說著，似乎是要強調事態的嚴重性。光是聽到這個名字，妮特就起了一身雞皮疙瘩。「據說巫婆會使用天仙子飛到布羅肯峰（注2）。女巫一旦被人抓住，神父和劊子手審問她時也同樣會使用天仙子藥草麻痺她的感官。所以天仙子又叫『女巫的仙丹』，我警告妳最好小心一點。這樣妳還敢不乖乖聽我的話嗎？」

注1 Greta Garbo，瑞典電影女演員。曾四度入圍奧斯卡獎，並與奧黛麗．赫本等女星被美國電影協會評選爲「時代最傑出女星」。

注2 Blocksberg，位於德國北部，爲哈茨山脈最高峰。相傳有許多女巫聚集，素有女巫小鎮之名。

妮特因此好幾個月對她唯命是從。從各方面來看，那段時間是她在史葡格島最悲慘的日子。每當她眺望海洋，眼裡看見的不只是能將她帶離島嶼迎向自由的波浪，也看到了會將她往下拖曳到誰也無法傷害她的黑暗深淵。

妮特終於離開史葡格的那天，天仙子的種子是她唯一帶出來的東西。經過了四年的辛苦勞動和折磨，那些種子就是全部。

後來她完成了研究員進修，無意間聽說在一處修道院區的挖掘工程中挖出了天仙子的種子，數百年後依舊能夠播種。於是她把自己以前帶出來的種子撒到花盆裡，搬到有陽光的地方。種子彷彿浴火鳳凰一般，短時間內從土裡發芽、長成強壯的綠色植物。妮特向植物點點頭，彷彿它是個長時間外出旅行之後，終於回到家鄉的老朋友。

她在杭苟莊園的土地種下第一株植物，而那植物的後代正在哥本哈根諾勒布羅區的屋子裡茁壯。她將島上的植物乾燥，等到有機會逃離時藏在身上的衣服裡。剪下的枝葉、圓莢、乾燥後的莖，以及曾分布著深色紋理的花瓣、中央有芽眼的白花，是另一段人生的遺物。妮特還收集了兩袋子的有機物，對於它們的用途非常熟悉。

或許是天仙子未被探究的祕密改變了人生的方向，開啓她的研究之路；或許她才因此投身化學領域。總之，等到她習得了關於各種藥材及其功效的新知識，她才明白大自然在史葡格島上長出了什麼樣不可思議的致命毒素。

如今她在自家五樓廚房，成功萃取出這植物最重要的三個活性成分，並且已經在自己身上試驗過三種成分的微小劑量。

天仙子鹼會讓人完全無法排便、口乾舌燥、臉龐和口腔輕微腫脹、心律不整，不過她倒是沒有因此生病。

她比較害怕莨菪鹼，只要五毫克就能致命，即使是更少的劑量也會造成麻痺，但同時又能引起興奮快感。難怪第二次世界大戰時，莨菪鹼會被拿來當作「吐眞劑」，在那種麻木遲鈍的狀態中說什麼都無所謂了。

接著還有顛茄鹼，也是茄科植物中的生物鹼。妮特在服用顛茄鹼時沒有像其他兩種那樣拿捏好劑量，服用後出現視力障礙、幻覺、發燒，幾乎無法開口說話，皮膚灼熱滾燙，她還一度害怕自己會失去知覺。

由三種成分調配成高濃度的毒品雞尾酒毫無疑問能致人於死。製作方法很簡單：只要將汁液調和成濃茶一般，再將百分之九十五的水分蒸餾掉就可以了。

她剛完成蒸餾，手上拿著的瓶子裡裝著數量可觀的萃取物，屋內所有的玻璃都蒙上一層霧氣，苦味飄散在房間裡，空氣凝滯。

接下來，就只差找出適合各個身體的正確用量。

妮特搬到哥本哈根後，從未使用過丈夫留下來的電腦。有什麼用的理由呢？她沒有想寫信的人，也沒有想寫的事情，更別說不用簽發帳單或處理公司信件往來。那些時光已然消逝了。

然而在一九八七年八月的某個星期四，她重新打開了電腦。一聽見電腦運作的嗡嗡聲，看見螢幕上逐漸轉變成綠色，她忽然覺得全身一陣發麻。

寫完信寄出後，就再也不能回頭了。妮特眼見自己的人生道路即將趨於狹隘，甚至最後不可避免走入死胡同，而她也希望結局能夠如此。

她草擬了各種版本的信件，最後決定了一版可以根據收信者而將內容調整爲較私密或較正式的信：

親愛的某某女士/先生，

上次惜別至今已經多年，這些年裡我衷心感謝生命對我厚愛有加。

我利用這段時間好好思考了自己的命運，得到的結論是，一切會走到今天這個地步，都是上天注定，而且我也理解自己並非完全沒有責任。

因此，以前發生的事情、無情的話語與種種誤解再也不會折磨我，令我痛苦萬分。相反的，回顧以往後，我明白自己克服了萬般艱辛。認知這一點為我帶來了寧靜與祥和，而如今，和解的時候到了。

您或許從媒體上得知我與安德列．羅森結婚多年，繼承了他的遺產，變成了一位富婆。可惜命運捉弄，在醫院接受一段長時間的診治後，確定我得了不治之症，使我無緣享用遺產，於是決定將剩下的財產與那些曾經與我人生道路交錯的人一起分享。

我誠摯邀請您於一九八七年九月四日星期五，XX時到我位於哥本哈根貝爾林—多瑟林路三十二號的家中。我的律師也會一同出席，在場確認一千萬克朗轉匯於您。

當然，獲得這筆贈與之後，您必須繳交相關的稅款，不過律師會處理一切事宜，您毋需為此操心。

在那之後，我們可以聊聊彼此寬裕的生活。可惜我來日不多，不過我仍有機會聽聽您對於未來的規畫，一想至此，我不由得感覺喜悅與安心。

我希望您的身體健康，也準備好和我見上一面。

此行安排得有點倉促，但是無論您那天是否已有其他計畫，我想您絕對不會後悔這一趟小小的旅行。

我請求您接受我的邀請，並於約定的時間準時光臨，因為我的律師和我在那一天還有其他的約會。

信中附上兩千克朗的劃線支票，支付這趟旅費所需。

我期待與您的相見，那將能讓我、或許也能讓您感到寧靜。

獻上誠摯的祝福。

妮特・赫曼森

一九八七年八月十七日於哥本哈根

這封信寫得非常優秀，她心想。她將信存成六個不同的檔名，每一封信的內容皆根據收信對象做了些調整，並在上面加上了她的頭銜與地址等相關資料，最後將信列印出來，簽上自己的名字。

她的字跡秀麗，但是透露著自信、生氣勃勃。那六個收信人從來沒有見過她這樣的簽名。六封信——寇特・瓦德、莉塔・尼爾森、姬德・查爾斯、泰格・赫曼森、維果・莫根森與菲力普・諾維格。她忖度了好一會兒，思索著要不要也寄給還活著的雙胞胎哥哥，不過很快又打消念頭。他們兩個當時年紀還小，幾乎無能為力，何況這段時間也出海去了。不用，沒有什麼好苛責他們的。至於她大哥馬茲則早已不在人世了。

因此只有六個信封躺在她面前。原本應該有九封，但是死神先她一步奪走了三人的性命，屬於他們的人生篇章已然終止。

三個被死神帶走的是她的國小老師、主治醫生與史葡格島上的院長。被他們逃掉了。與妮特打算加諸在他們身上的相較，受到法律的制裁或許還比較輕鬆。這三個人處事不公，犯下可怕的錯誤，卻一輩子深信自己不僅能對社會產生正面影響，還能為他們遇到的窮人創造幸福。

正是這一點折磨著妮特。

「妮特，立刻過來！」她的老師扯著喉嚨吼道。一發現妮特猶豫不決，就過來拉扯她的耳垂繞過校舍，所到之處揚起一片灰塵。

「妳這個無恥的畜生！愚蠢笨拙的小孩！妳怎麼敢那麼做？」老師一邊大喊，一邊用瘦骨嶙峋的手朝妮特的臉打下去。妮特哭叫著不知道自己為什麼要被打時，老師又給她一拳。

妮特躺在地上，看見老師憤怒的臉俯視著她，但她心裡只想著衣服要是弄髒了，一定會惹爸爸生氣，因為那件衣服並不便宜。她想要藏在從蘋果樹飄落的葉子底下，想要躲進在頭頂上盤旋的雲雀歌聲背後，逃向校舍另一邊同學們肆無忌憚的笑聲裡。

「結束了，我再也不想聽到妳任何事，妳這個沒有教養的人，聽懂了嗎？妳這個冒犯上帝的放蕩傢伙！」

但是妮特完全不知道自己犯了什麼錯。她和男孩子一起玩時，他們問她能不能把衣服掀開。她大笑著照做，露出了繼承自母親的粉紅色大內褲。男孩們沒想到輕而易舉便達到目的，開心得放聲狂笑。直到老師擠進他們之間，一人賞了一巴掌，一夥人才瞬間鳥獸散，只剩下妮特一個人留在原地。

「妳這個小賤人！」她咆哮道。妮特懂得「賤人」的意思，立即回嘴說罵她是賤人的人，自己或許才是賤人。

女老師聽到這句話的反應，簡直只能用抓狂、失控來形容。

她在校舍後頭狠狠毆打妮特，將沙子灑到她臉上，命令她從這一刻起不准踏進學校一步，罵她做出那種下流行徑不配擁有美好的生活，又說她絕不讓她的所作所爲有彌補的機會。

後來，也確實如此。

第十章

二〇一〇年十一月

再三個半小時，卡爾就得梳理乾淨，穿著熨燙好的襯衫出現在夢娜家門前，表現得像個令人渴望共度春宵的男子。但是，當他把車子停在阿勒勒自家那排連棟別墅前的停車場，從後照鏡看見一張灰白的臉時，這個願望頓時變得渺茫遙遠。

如果我躺個兩小時，應該會有點幫助。在卡爾如此心想的同時，瞥見蒲羅的身影從他家出來，彎進停車場。

「你來這兒做什麼，蒲羅？」他下車對著他大叫。

蒲羅聳了一下肩說：「你知道的，就是釘槍事件。我得親自聽聽哈迪的版本。」

「你至少聽過五次了。」

「是的，不過事態有了新的進展，或許哈迪能因此想起別的事情。」

蒲羅這隻老警犬顯然嗅到了什麼，這點不容小覷。他在警察總局裡屬於細心謹慎的類型，除了他，沒人會爲了尋找一小綑能夠重新點燃懷疑之火的乾枝，特地奔波三十五公里。

「然後呢？哈迪想到了什麼嗎？」

「或許。」

「媽的，『或許』是什麼鬼東西？」

「你自己問他。」蒲羅用兩根手指敲敲太陽穴說，接著就離開了。

才剛進到走廊，莫頓．賀藍就莽莽撞撞迎面衝向他。和這個房客住在一起，很難擁有自己的隱私。

莫頓看著時鐘說：「卡爾，你今天這麼早回來實在太好了，眞是老天保佑。家裡發生了太多事情，我甚至不確定自己是否全都記得住。」整句話講得支離破碎，上氣不接下氣。

「噢、噢、噢！」卡爾說，但這種簡短的抗議根本壓不住一個重達一百二十公斤的肉球，更何況卡爾的聲帶還遭到感冒襲擊。

「我和維嘉足足講了一個小時的電話，眞令人抓狂。她要你馬上打電話給她。」

卡爾的頭驀地一垂。就算他剛才沒被傳染，現在也鐵定要生病了。看在老天的份上，這個多年沒有同住一個屋簷下的女人，怎麼還能嚴重左右他的免疫系統？

「她究竟說了什麼？」他的語氣虛弱乏力。

但莫頓只是擺動兩手不說話，顯然要他自己去問維嘉。

卡爾重重嘆了口氣。

「除了蒲羅剛到這兒來之外，還有什麼事嗎？」他必須強迫自己提出這問題。在他昏過去之前，最好一口氣解決所有的事情。

「賈斯柏打電話回來，他說他的皮夾被偷了。」

卡爾無奈的搖搖頭。這個煩人的繼子！賈斯柏在阿勒勒中學的高中部苦撐了三年，卻在最後兩次畢業考前被打回票。他的成績實在慘不忍睹。後來這傢伙在根措夫特參加兩年制的畢業考準備課程，如今已經念到第二年。爲了表示抗議，他老是在維嘉的花園小屋和卡爾的連棟別墅間搬來搬去，每兩天就帶不同的女孩子回房間，不然就是舉辦一堆派對，搞得家裡烏煙瘴氣，讓人心煩。現在又來了，卡爾心想，不得不認命。

「被偷了多少錢？」卡爾問。

看莫頓的睫毛亂眨一通的模樣，應該是不小的數目。

「哎，他會沒事的。」卡爾丟下這句話後便走進了客廳。

「哈囉，哈迪。」他靜靜說道。

或許病床上沒有絲毫動靜才是今天最糟糕的事情吧。就像現在床罩文風未動，底下也沒有露出一雙能讓人握著的手。

卡爾像平常一樣，摸摸全身癱瘓的朋友的額頭。那雙望著他的湛藍眼睛若不是只能一直望著身邊的景致的話，會露出什麼樣的光彩呢？

「哈，你在看《丹麥新知》。」卡爾對著角落的液晶電視撇了撇頭。

哈迪嘴角往下垂。除此之外，他還能做什麼？「蒲羅剛才來過。」他說。

「嗯，我在停車場遇到他了。如果我的理解正確，他認爲你或許可以貢獻一點新的說法。」

卡爾覺得自己鼻子發癢，於是往後退一步。他必須忍住打噴嚏的衝動。「抱歉，我最好和你保持距離，我想我感冒了。警察總局的人全都病了。」

哈迪試圖擠出微笑。他對「生病」一詞並沒有興趣發表意見。「蒲羅說了一些今天發現屍體的情形。」

「是的，屍體的狀況很糟，被肢解成好幾塊，裝在好幾包小垃圾袋裡。垃圾袋雖然減緩了腐化過程，但是屍塊仍然早已腐爛。」

「蒲羅提到他們發現了一個處於類似眞空狀態的袋子，」哈迪說，「至少裡面的屍塊保存得比較好。」

「啊哈，那麼他們一定能從中找到可用的DNA，或許我們終於離破案又近了一步，哈迪。我相信那對我們兩個很有用。」

哈迪目不轉睛看著他。「我告訴蒲羅務必要查出死者的種族。」

卡爾頭偏向一側，發現自己又流鼻水了。「你的根據是什麼？」

「有天安克爾渾身是血的跑來找我和米娜，告訴我說他和一個該死的外國人幹了一架。但那次沒有像我之前告訴過你的鬥毆那般慘烈，至少和我知道的結果不同。」

「要命，那和案子有何關係？」

「我也問自己這個問題。但是某種直覺告訴我，安克爾深陷在爛泥之中。這一點我們已經討論許多次了。」

卡爾點點頭。「我們明天再談，哈迪。我現在得上床睡個兩小時，好把他媽的病毒趕出體內。我今晚受邀到夢娜家享用馬丁鵝，她說要給我一個驚喜。」

「嗯，那祝你玩得愉快。」哈迪的語氣有點苦澀。

卡爾重重跌坐在床上，腦中想起一種帽子療法，父親生病時都會使用它。

程序很簡單，他記得父親說：「躺在有兩根床柱的床上，在一根床柱上放頂帽子，然後拿起先前就該放在床頭櫃上的燒酒，慢慢啜飲，直到看見兩根柱子上都有帽子。我向你保證，隔天起來你的病就好了。或者你覺得他媽的無所謂也行。」

沒錯，帽子療法次次奏效，但是兩個小時後就得開車的人該怎麼辦？還有，如果他不希望自己滿身酒臭呢？夢娜絕對不願意擁抱一個酒氣沖天的人。

卡爾自憐自艾的嘆了好幾口氣，最後還是拿起杜拉摩威士忌灌了幾口。只喝幾口不礙事。

第64號病歷

Journal 64

然後他拿起手機按下維嘉的號碼，深吸口氣後屏息等待。那樣做能讓他鎮靜下來。

「啊，你能打電話來眞是太棒了。」他的前妻嘰嘰喳喳的說。

一聽到聲音，他馬上知道大事不妙。「說吧，維嘉，我沒有力氣陪妳閒扯淡。」

「噢，你生病了！那麼我們最好改天再談。」

一堆廢話！維嘉分明知道他看出她不是眞心的。

「和錢有關嗎？」他問。

「哎呀，卡爾！」噢，老天啊，那聲音聽起來讓人有點著迷。卡爾趕緊拿起瓶子又灌了一口威士忌。

「古咖瑪向我求婚了。」

卡爾那口威士忌立刻從鼻子噴了出來。他咳個不停，不斷拿手擦掉噴出來的鼻涕，沒空理會奪眶而出的眼淚。

「但是維嘉，妳這麼做可是犯了他媽的重婚罪啊！妳已經和我結婚了，沒忘記吧？」

她嬌笑連連。

卡爾下床把瓶子放好。

「說眞的，妳是想藉此請求離婚嗎？妳腦中究竟在想什麼？爲什麼我得在某個星期三聽妳向我解釋我的世界就要分崩毀壞，而且還要坐在床上開懷大笑？該死，維嘉，妳知道我沒有辦法負擔離婚的費用。我們只要一分配財產，我便保不住現在住的這棟房子，也就是妳的兒子和兩個房客的家。妳不可以要求離婚，維嘉。妳和妳那個什麼古咖啡的不能同居就好嗎？爲什麼一定要結婚呢？」

「我們的阿南德·卡拉支婚禮儀式會在帕蒂亞拉（注1）舉行，他的家人住在那兒。是不是很棒啊？」

「等等、等等，維嘉，妳沒聽到我剛才說的話嗎？那和離婚有什麼關係？我們不是同意彼此不分割嗎？此外，妳剛提到另一種咖哩又是什麼意思？我完全聽不懂。」

「你這個笨蛋，阿南德·卡拉支不是咖哩，是我們在錫金聖典前叩頭，公開宣布我們結婚的地方啦。」

卡爾的眼睛迅速轉到臥室牆上，那兒還掛著一張當年維嘉醉心於印度教和峇里島神祕宗教儀式時買的小壁毯。這些年來，究竟有沒有一種宗教沒有令她一頭栽進去？

「我實在搞不懂，維嘉。妳眞的衷心希望我雙手端上三、四十萬白花花的銀子，讓妳和一個頭巾底下的頭髮長達一公里半的人結婚，每日每夜壓迫妳嗎？」

她現在笑得像終於如願以償，可以穿一堆耳洞的中學女生。

他伸手從床頭櫃抽出一張面紙想擤鼻涕，但是怪異的是竟然沒有鼻水。

「卡爾！你眞的對那納克宗師（注2）的教導一無所知耶。錫克教贊成平等與冥想，教人服務生命，與窮人共享，賦與工作崇高的價值，所有信奉錫克教的教徒都必須貫徹教義。」

「好吧。不過，若是一定要和窮人分享，古咖啡可以先從我開始。就說定十萬克朗好了，我們兩個互不相欠，一乾二淨。」

話筒另一端又是那種笑聲，似乎沒有停歇的打算。「輕鬆一點，卡爾。你給我錢之前可以先向古咖瑪借，利息很低，不用擔心。關於房價，我已經詢問過不動產仲介公司。羅稜霍特公園旁

注1 Patiala，位於印度旁遮普邦境內。

注2 Guru Nanaks，被奉為錫克教的創始人，在印度極具影響力。

第64號病歷
Journal 64

屋況和我們家一樣的連棟別墅，目前售價是一百九十萬。我們還欠銀行六十萬的貸款，因此你可以分得剩下的一百三十萬的一半。此外，你還能保留所有的家具。」

一半！六十五萬克朗！

卡爾躺回床上，關掉手機。

突如其來的驚嚇驅逐了感冒病毒，取而代之的是胸腔深處彷彿被人塞了三十二個鉛錘。

門尚未打開，他已察覺到她身上的香氣。

「進來吧。」夢娜挽著他的手走進屋內。

然而幸福感只持續了三秒。接著夢娜轉進餐廳，而他的面前則站著一個身穿超短緊身黑色洋裝的陌生女子，正俯身深點燃餐桌上的蠟燭。

「這是莎曼珊，我最小的女兒。」夢娜說，「她很期待見到你。」

這位年輕二十歲的夢娜翻版看起來一點也不開心。莎曼珊飛快掃過卡爾髮際線後退的額角、有點走樣的身材和突然之間變得很緊的領帶結。顯然不怎麼喜歡眼前所見的畫面。

從那句「哈囉，卡爾」可以明白她對母親邀請到家中的男子有何觀感。

「妳好，莎曼珊。」卡爾費了很大的勁張開嘴巴，試圖擠出一個熱情開心的微笑。眞該死，夢娜究竟怎麼向女兒形容他的，她的臉上爲什麼刻著深切的失望？

可惜即使有個小男孩手持塑膠劍忽然衝進餐廳，一邊攻擊卡爾的膝蓋，一邊尖聲大喊：「我是可怕的強盜。」也沒有讓情況好轉。這個有著一頭金色捲髮的小怪物叫作路威。

這次見面把感冒驅趕得一乾二淨。或許這類驚嚇再多來幾次，他就會恢復健康了。

他半瞇著眼，臉上掛著從電影上看了許多次後學來的李察·吉爾式微笑，好不容易用完了前菜，但是鵝才一端上桌，路威頓時睜大了眼，眼珠子差點掉出來。

「你的鼻水滴進醬汁了啦。」他指著卡爾的鼻子說。莎曼珊看見此景，一陣反胃欲嘔。

小男孩接著問起卡爾太陽穴上的疤痕，說看起來很噁心，而且打死他也不相信卡爾身上有槍，還一副隨時準備反擊的模樣。

拜託祢，卡爾翻著眼睛看向上方，在心底說。如果祢現在不伸出援手，十秒後小男孩就要被痛打一番了。

但是出手救他的，既不是美麗外婆忽然察覺情況不妙，或是年輕母親突然冒出的責任感，而是後褲袋傳來的震動。謝天謝地，危機終於結束了。

「不好意思。」他伸出一隻手向兩位女士致歉，另一隻手去拿手機。

「是的，阿薩德。」他從手機螢幕上看到來電者的名字。這一刻，不管是多麼微不足道的小事他都接受。重點是，他終於能脫身離開這裡了。

「很抱歉打擾你，卡爾。不過，你可否告訴我丹麥每年通報失蹤的人口有多少？」

問題真詭異，看來給個模稜兩可的答案也沒問題。太棒了。

「一千五百名吧，我想。你現在在哪裡？」好的答辯永遠是最重要的。

「蘿思和我還在地下室這兒。那麼，你認爲這一千五百名到年底還有多少人依舊行蹤不明？」

「要看狀況。我想頂多十個。」

卡爾站起身，特意讓自己看起來一副狂熱投入工作的模樣。

「出現新的發展了嗎？」他問。這也是個優秀的應答。

「這個我不清楚。」阿薩德回說：「這點應該由你告訴我才對。因爲光是在莉塔·尼爾森失蹤的那個星期，有另外兩個人也被通報不見，接下來那個星期還有一個，這幾個人後來都沒再出現。你不覺得很怪異嗎？短短幾天內就有四個人失蹤，卡爾，你有什麼看法？那差不多是丹麥半年的失蹤人口了。」

「老天，我馬上過來！」這個結辯眞是絕妙好辭。阿薩德被卡爾的反應嚇了一跳，他上次這麼雷厲風行是什麼時候的事？

卡爾轉身面向餐桌。「很抱歉，請你們見諒！你們應該早就發現我今晚有點心不在焉，一方面是因爲我感冒嚴重，不希望傳染給幾位。」他吸吸鼻子，故意強調自己絕無虛言，但卻發現現在鼻子不再流鼻水了。「嗯，二來是我們手邊除了有四樁失蹤案外，還有一樁發生在亞瑪格島上不尋常的凶殘謀殺案。我眞的覺得很抱歉，我現在必須先離開了，否則很可能會出問題。」

他的視線落在一臉擔憂的夢娜身上。她在幫他心理諮商時，從未用那樣的眼神看著他。

「和你牽連在內的那樁舊案有關嗎？」她問道，完全沒有理會他讚美今晚有多美好。「小心點，卡爾，你知道這一切對你的影響有多深。」

他點了頭。「是的，正是這件案子。不過別擔心，我沒有打算給自己惹麻煩。沒問題的。」

她蹙起眉頭。

該死，這下他和夢娜的關係肯定後退了！這場家人引見會眞是糟糕透頂。女兒不喜歡他，而他討厭那個孫子，更別說他幾乎沒有吃到鵝，還把鼻水滴進醬汁裡。現在夢娜又提起那件該死的爛案子，她保證會派那個自以爲是的心理學家克里斯對付他了。

「至少相較之下問題不大。」他最後說，然後對著小男孩比出手槍的手勢，假裝扣下扳機。

下一次他最好事先了解夢娜所謂的驚喜是什麼。

第十一章
一九八七年八月

泰格聽到信箱的蓋子喀噠一聲，隨即連聲咒罵。自從他在上面貼了「婉拒廣告信件」的標示後，就只收過國稅局的信件，而收到這種信件通常代表沒什麼好事。他們為什麼不能放過他靠著修補輪胎、刷淨年輕小伙子輕型機車的火星塞，或者清潔汽化器賺來的微薄幾塊錢呢？他怎麼也想不透。難道他們寧願他在米德法特靠救濟過日子，還是成天爛醉和其他年輕人搜刮史高普魯海濱的夏日別墅？

他隨便抓起一瓶放在床鋪和用來充當床頭櫃的啤酒箱之間的酒瓶，看看前一晚有沒有裝東西進去，接著把酒瓶放到褲襠尿了一泡尿，在棉被上擦了擦手，最後才慢慢起身。他逐漸對玫特·許梅爾住進來感到厭煩，因為廁所在主屋，也就是她的房間後面。他現在住的這個地方是主屋前面的工作間，木板已經腐朽，風不斷從縫隙中呼嘯灌進來。轉眼之間，冬天又來臨了。

他四下張望。過期的《週刊報導》攤在地上，衣不蔽體的少女在胸前拿著車軸潤滑油，此外汽車輪軸、輪胎和輕型機車的零件四散各處，水泥地上的機油汙漬斑斑可見。眞不是一處值得人驕傲的地方，但卻是屬於他的。

他的手向上伸，從一個小角架上拿下塞滿菸屁股的菸灰缸，從中找出最好的一支，點燃後靜靜吞雲吐霧。菸頭的炙紅將最後一公分香菸吞噬殆盡，眼看要燒到他滿是機油味的手指，他才把菸捻熄。

然後他穿好內褲，踩著冰冷的地板走到門口。他只消往外走一步，便能搆到用木板做的信箱，信箱蓋早已膨脹成兩倍大。

他左顧右盼的觀察街上的動靜。他可沒興趣讓人抓住話柄，申訴他大腹便便、內褲髒汙，站在葡雷登魯普中心的街道上。他總是對海濱的小伙子說，那些頭腦狹隘的賤女人受不了看見英姿颯爽的健壯男子。他很喜歡亂用「頭腦狹隘」一詞，感覺亂有氣質一把。

他從信箱拿出信，驚訝的發現信並非裝在國稅局或是市公所使用的信封裡，而是普通的白色信封，角落還貼著郵票。他已經幾百年沒收過這種信了。

他直起身子，彷彿寄信人可以目睹這重要的一刻，或者信本身有眼睛，能夠辨別收信人是否有資格承接它。

他不認識信上的字跡。他的名字以繁複的花體字寫成，秀麗的筆跡在紙張的襯托下顯得更加優美高雅。他很喜歡。然後他將信封翻過來，體內的腎上腺素也倏地飆升。他像個墜入情網的男孩，感覺自己滿臉漲紅，眼睛如獵物般瞪得老大。

眞是出人意料！這封信是妮特寫來的。他的堂妹妮特．赫曼森。信封底下一字不漏的寫上了地址等資料。妮特，他不敢相信自己能再次聽到她的消息，而他會這麼想當然是有道理的。

他深深吸了好幾口氣，思索了一下要不要直接將信塞回信箱。冷天與寒風，甚至連同信箱在內都使他的精力耗盡，彷彿要將他從雙手中解脫出來，毋須面對信中的內容。

妮特的大哥馬茲從父親的農莊裡學到人類的行爲模式與其他生物並無二致，以及人類大抵可以分成兩個群體：雄性與雌性。他很快便參悟到不需要知道更多知識，其他的事情自然而然會從中得到解釋。職場、戰爭、孩子的教育、家務等等，一切都已經安排妥當，不是要男人負責，就是要女人操勞。

因此有一天，馬茲將所有弟弟妹妹和堂弟泰格叫到庭院來，脫下褲子指著老二說：「有這個人，屬於一類；這個地方有道縫的人，則屬於另一類。就這麼簡單。」他的弟弟連同泰格哈哈大笑。接著，妮特也脫下自己的褲子，天眞的向哥哥們展示某種理解及向心力。

泰格覺得這件事很有意思，因爲他住的那個地區沒有人會公然裸露。而且說實話，他當時也不太清楚男人和女人的差別。

那是泰格在叔叔家度過的第一個暑假。待在這裡勝過和其他青少年在港口或小巷中無所事事的晃盪，幻想將來有一天能出海踏上偉大的旅程。加上這裡有和他心意相通的妮特，雖然那對雙胞胎兄弟也很有趣，但他最喜歡的還是妮特，即使她比他小了八歲。她單純又天眞，泰格光是努起嘴便逗得她樂不可支；他只要說一個字，她就可以做出最瘋狂的事。

這是他長這麼大以來第一次被人崇拜，泰格開心得不得了，所以他心甘情願幫妮特完成她該做的勞務。

馬茲和雙胞胎離家後，妮特身邊只剩下父親，而夏天的時候則還有他。當年她艱辛的生活仍令他印象深刻，尤其是被村民攻訐，或是她父親脾氣乖張，偶爾行爲不合理的時候。

妮特和他並沒有陷入愛河，只是非常親密的朋友。但在這樣的親密關係中，男女之間如何產生火花，又該如何彼此相待的問題，就在某天忽然施展誘惑。

於是，泰格成了教導妮特了解人類性交的人；於是，他在半強迫的情況下奪走了她的一切。

他把自己重重拋在床上，望向工作檯上的酒瓶，忖度著是要先把信看完再喝櫻桃酒，還是先喝再看比較好。

這時客廳傳來房客玫特的咳嗽聲和忙活的聲響。從聽到的聲音判斷，一般人不會和這樣的女人有所牽扯，但是他已經習慣了，在嚴寒的冬日裡和她一起窩在棉被中也不錯。不過重點仍然在於，市公所絕對想不到這兩個人會在領取社會救濟的時候耍花招作假。

他在手裡掂掂信的重量，然後抽出信紙。那是張漂亮的信紙，折成三摺，紙上還印有花紋。他展開信紙最上面那部分後，詫異的發現信不是手寫的，而是機器印出來的。爲避免等待煎熬，他迫不及待的飛快把內容瀏覽一遍。當他看到只要在特定的時間前往哥本哈根某個地方，就能獲贈一千萬克朗時，忍不住猛然灌下一口櫻桃酒。

手中的信也飄落到地上。

信落地完全展開後，泰格才發現信件底下用迴紋針別了一張支票，支票受款人寫著他的名字。下一秒他看到了上面注明要給他的金額，兩千克朗。

他這個月手裡還沒拿過那麼多錢！這一刻，他腦中只感覺一切是如此不眞實，一千萬元、妮特的疾病，還有其他所有一切。

支票上白紙黑字寫著兩千克朗！他以前出海工作，一個月也拿不到那麼多錢。而在拖車工廠搬到北艾比，他因酗酒問題被開除之前，也從未領過那麼多錢。

他拿下迴紋針上的支票，幾乎是硬扯下來。

沒錯，媽的要命，一切都是眞的。

妮特幽默風趣，性情開朗，而泰格身強力壯又健康。那次當種牛爬上農莊唯一的母牛身上，妮特問他是否也能像種牛那般堅挺持久時，泰格馬上展現給她看，妮特因此笑得花枝亂顫，差點喘不過氣，彷彿這只不過是那對雙胞胎兄弟一直以來經常開的玩笑。還有，他們兩人接吻時，她完全不在意，也沒有生氣，這點讓泰格很高興，更加大膽的在她身上摸索。雖然她的身材才剛開始發育，但泰格無時無刻不想著她。他穿著藍色制服，船形帽塞在肩章底下，風度翩翩、身形頎長，再加上種牛和母牛的推波助瀾，兩人似乎不可避免會走到這個地步。

妮特覺得泰格像個成熟的大人，所以當他把她找去閣樓，要她脫掉衣服逗他開心時，她未顯一絲遲疑。爲什麼要遲疑呢？所有人都說那是正常的，男女生之間本來就會如此。

由於沒有人出面制止，他們有時便會一再重複學習到的事情：兩個軀體能帶給彼此的愉悅無可比擬。

妮特十五歲那年發現自己懷孕了，當她開心的告知泰格他們這輩子能永遠生活在一起時，卻被他拒絕了。如果妮特肚裡雜種的父親確定是他的話，他麻煩就大了。因爲她尚未成年，而他會爲此吃上官司。不行，他可不想因爲這種該死的事情被關進監牢。

妮特的父親原本相信她的說法，但是在他死命痛毆泰格，泰格仍矢口否認後，他才轉而相信姪子，因爲他自己的兒子根本挨不過這種拳頭。

從那時候起，泰格再也沒見過妮特，但他輾轉得知關於她的一些消息，也對自己的行徑感到相當可恥。

儘管如此，他最後還是決定遺忘掉一切。

他花了兩天的時間準備。一開始是用潤滑油浸泡雙手，又是磨又是揉，直到龜裂的皮膚再度變得柔軟有彈性；之後他在一天之內刮了好幾次鬍子，整張臉變得乾淨光滑；去理髮時，美髮師像撿回走失的孩子似的幫他又洗又剪，盡心盡力吹整出帥氣的髮型，還灑上大量香水；最後，他甚至用蘇打粉刷了牙，刷到牙齦出血。等到一切都打理妥當後，他看著鏡中的自己，彷彿又回到

第64號病歷
Journal 64

當年意氣風發的模樣。如果此行將得到一千萬克朗，他就該打扮得體面一點，如此一來禮數才周到。他要讓妮特以爲他過的是有尊嚴的生活，把自己視爲能令她開懷大笑的人。她應該尊重他。一想到這裡，他不由得全身顫抖。在人生即將邁入五十八歲的時候，他終於要從谷底翻身了，終於能像個堂堂正正的人，迎視同胞的眼光，不必畏懼輕蔑鄙視。

這一晚，他夢見了他人尊敬與羨慕的眼光，夢見遷入新環境後明亮愉快的時光。拿到錢之後，他是否還要待在這個將他視爲瘟疫的糟糕住所？他是否想在人口只有一千四百人、連鐵道也腐鏽的地方日漸消沉萎靡？還是在一個以擁有拖車工廠自滿的小鎮裡終老？事實上工廠早已遷離，換成一座連名字都讓人覺得病病懨懨的大學——「北歐和平大學」。

他特意到博恩瑟最大的男子服飾店，買了一套光澤筆挺有藍點的西裝，據店員介紹說是最新款式，即使已經打了很大的折扣，價格仍舊昂貴無比，剩下的錢只夠爲他的輕型機車買下二行程混合油和一張從艾比到哥本哈根的車票。

他跨上電動自行車揚長而去，這一刻是他生命中的重要時刻。他從未感受過別人的目光是如此可愛，從未感覺在某處等待著他的美好人生是如此容易接近。

第十二章
一九八七年八月

自八〇年代開始，寇特．瓦德便心滿意足的看著右傾的思潮在人民當中逐漸發酵，到了一九八七年的八月底，幾乎所有的選前預測都認爲右翼此次可能再度贏回選舉。

當前時機對寇特．瓦德和他的同志而言非常完美。進步黨批鬥外國人的聲浪不斷，社會上出現越來越多基督教團體和強調國家至上的組織，最終聚焦在擁護國民權利，並且精明機智的煽動家身上。他們個個鼓舌如簧，反對普遍道德淪喪、擅用人權原則。

這類煽動家的宗旨如出一轍：人類生來就擁有不同的能力和機會，因此不能一視同仁。所有人最終必須接受此一現實，並且貫徹到底。

是的，情勢看來對於寇特．瓦德和他主張的理想格外有利。他的思想漸漸深入國會殿堂，也使「草根運動」往下紮根，引起迴響，同一時間，捐款紛紛湧進界線明確的帳戶，實現了瓦德的心願。

他戮力結合眾多地方團體的力量組成正式政黨，在國會取得席次。社會的道德觀念逐漸鬆動變化，幾乎返回到三〇、四〇與五〇年代，而不是令人反感的六〇和七〇年代。那時候的年輕人在街上無所事事，崇尚自由性愛與社會主義，成天戴著粉紅色眼鏡觀看社會沉渣，將反社會行爲怪罪於國家與社會的崩壞。

謝天謝地，那種情況不會再出現了。如今在八〇年代，每個人要負責打造自己的幸福，許多人事實上也做得非常出色，因爲有許多正直的市民與各式各樣的基金會日復一日捐款給瓦德的政治組織。

由於這個現象並未出現減緩的跡象，他們已僱請了兩位女性員工管理帳務，發送資料，九個地方團體中每週至少四個有新成員加入。

是的，對於同性戀、毒癮鬼與年輕罪犯的不滿日益明顯，反對外國人、難民與雜交的聲浪也廣泛蔓延。現在再上加上愛滋病，不禁令人想起基督教中所謂的「上帝的旨意」。

今日不需要像五〇年代一樣放大這個核心問題，畢竟當年能採取的對抗手段寥寥可數。

如同先前所言，時機已然成熟。即使界線明確從未清楚表達「低劣血統不可混合優秀血統」的中心思想，他們所擁護的社會觀念仍迅速蔓延。

寇特．瓦德的組織目的是保持血統的純淨，維護丹麥人的價値觀，自四十年多前成立以來更換了三次名稱，在四〇年代叫作「反淫亂委員會」，接著是「丹麥社會」，如今確定爲「界線明確」。

由菲英島上一個執業醫生發想，並由他的兒子發揚光大的事業，如今已不再屬於瓦德的私人事務。組織裡累積了兩千名會員，他們願意支付高額的會費，全是値得尊敬的市民。其中包括律師、醫生、警察，以及護理人員與傳教士，這些人從日常生活中看見了許多値得非議的事情，憤而決定採取反對行動。

瓦德的父親若還在人世，見到兒子持續推動他的思想，徹底貫徹他的精神遺產，一定會感到驕傲非凡。從前父子倆的話題不外乎只有「祕戰」，如今參與祕戰的同志逐漸增加，共同從事目前法律尙不允許的事情，但是未來的「界線明確」會將之合法化。在祕戰中，他們認爲人類應該審慎挑選下一代，分成有資格生存和沒有資格生存兩種。

瓦德剛才透過電話接受電台訪問，陳述界線明確組織的中心思想。那時，妻子將一疊信放在一束照在橡木桌上的日光中。

那樣一疊信往往混雜著各色信件。

沒有寫上寄信者的信件，瓦德直接丟到垃圾桶裡。此類信件大概占了三分之一。

接著是一般恐嚇信和仇恨信。他會記下寄信人的資料，然後將信歸類到公文夾，再拿到辦公室給員工處理。倘若員工注意到寄信人是慣犯，瓦德將會致電地方團體的發言人，讓對方設法阻止此類信件繼續出現。他們自有解決的方法。大多數人總有一些不想公開的事情，而界線明確組織底下有律師、醫生、當地的教士，很容易取得相關的檔案。或許有人會把他們的方式稱爲壓榨勒索，但瓦德認爲那不過是自我防衛。

當然也有人會來信希望加入組織，但正因如此，他們必須更加謹慎小心，否則若是有心人士滲透進來，很可能導致嚴重後果。有鑑於此，這類信件瓦德都會親自拆閱。

其他的信件有致上敬意的，有怨天尤人的，也有表達憤怒的，涵蓋各式各樣的內容。

在最後一小疊信件中，瓦德發現了妮特·赫曼森的信。他看到寄信者的名字時，不由自主露出笑容。在他執業這麼多年來，像她如此成功的個案區區可數。他一共阻止了這個小賤人兩次不道德的分娩。

這女人又想拿什麼來煩他了？眼淚或是斥責？一定是其中之一。不管以前或者現在，妮特·赫曼森對他都毫無意義。上回兩人偶然在宴會中相遇，她那個白痴丈夫當晚便死於車禍意外，而她從此也孑然一身，對此瓦德也頂多聳了聳肩罷了。

她沒有資格享有更好的生活。

那封信拆也沒拆，直接被丟到不重要的信件堆裡，完全沒興起他一絲好奇。而那和當年的情形截然不同。

寇特．瓦德第一次聽到妮特．赫曼森的名字，是學校代表到他父親診所來的時候。學校代表來訪的原因，和一個掉到磨坊水道導致下體出血的女孩有關。

「有許多跡象顯示，出血很有可能是流產的關係。」學校代表說。「謠傳學校有幾個男學生要對女孩落水負責，但是謠言不該輕信，那純粹只是意外。老瓦德醫生，您若被請到那戶人家發現女孩身上有外力痕跡時，那一定是女孩掉到水道時造成的。」

「女孩多大？」他父親問道。

「剛滿十五歲。」

「那麼如果那個女孩懷孕，便會惹來麻煩。」

「那女孩確實也是個麻煩精。」學校代表縱聲大笑。「她幾年前因爲幾樁暴力行爲被學校開除了。她在校時，行爲不檢，愛挑逗男生，嘴巴不乾淨，思想簡單，對同學甚至老師使用暴力。」

聽到這些話，寇特．瓦德頓時了然於心，把頭一抬說：「哈，看來她是屬於資質駑鈍的類型，我完全想像得到。」

「沒錯。」

「或許會因爲這窮孩子坐上被告椅的優秀男學生中，代表先生認識其中一位？」

「是的。」學校代表回答，接著在道謝後，拿起一支整齊排放在菸盒中的香菸。「其中一個男孩是我哥哥小姨子最小的兒子。」

「原來如此。」寇特．瓦德說。「我想這是社會不同階層間產生了激烈的碰撞，對嗎？」

當年寇特．瓦德三十歲，已經接手父親大部分的診療工作，不過還未見過像這女孩的病患。

「那女孩在做什麼？」他開口問，父親老瓦德醫生在一旁贊同的點點頭。

「啊，詳情我不太清楚，我猜想應該是在農莊裡幫忙父親做事。」

「她父親是誰？」提問的人是老瓦德醫生。

「我記得他的名字是拉森．赫曼森，一個強壯、平凡無奇的傢伙。」

「我相信我認識他。」老瓦德醫生說。他當然認識他，那女孩還是他幫忙接生的。「那男人一直有點古怪，自從妻子過世後更是變本加厲。他是個在各方面都封閉不易親近的怪人，也難怪女兒不太正常。」

談話就此結束。

老瓦德醫生果然一如預期的被請到農莊去，確認女孩是因爲自己笨拙掉落磨坊水道，又在湍急的水流中不慎撞到水底下的石塊。如果她的說法不是這樣，一定是驚嚇過度的關係，很遺憾女孩因此出血，但她有沒有可能懷孕了？老瓦德醫生問她父親。

寇特．瓦德當時也在場。他還清楚記得拉森．赫曼森聽到問題後臉色頓時刷白，然後才慢慢搖頭。

她父親說不需要叫警察來。

於是這件事最後便不了了之。

這一晚，組織又確定了許多活動，寇特．瓦德非常開心。

接下來，他還要接見三個與右翼政黨關係匪淺的熱心會員，不過這些都沒有聯合司法部、內政部裡的官員們重要。那些官員並不樂見國家移民政策和家庭重聚（注1）發展，他們不論是參與界線明確組織或者其他右傾團體，全都抱持一致的想法：有太多外來元素、太多不受歡迎的人潛入這個國家。

社會上到處流傳著丹麥人因此受到威脅的說法，瓦德相當認同。一切都是基因問題，結實健康的高大金髮男孩和女孩所組成的景象，因斜眼棕膚的外來者蒙上了一層陰影。泰米爾人（注2）、巴基斯坦人、阿富汗人和越南人本就該限制入境，毫無例外。

今晚他們針對界線明確組織應該採取何種切入手段討論了良久，會面結束後有兩個人離開，和瓦德最熟的那個人留了下來。他是位傑出人士，和瓦德一樣是個醫生，在哥本哈根北邊擁有一家不錯的診所，收入可觀。

「瓦德，我們談過了幾次祕戰。」他說。久久注視瓦德好一陣子後，才又接著說下去。「我在歐登塞的醫院工作時，就認識了你父親，他引領我了解我的責任，是個優秀的人。我從他身上學習很多，包含專業領域以及倫理問題。」

兩人向彼此點頭。他父親以九十七歲高齡壽終正寢至今已經三年，時間過得眞快，瓦德非常欣慰他到六十二歲時父親還一直陪伴在身邊。

「你父親提過，我若希望積極參與活動的話，直接來找你。」瓦德的客人繼續說，接著又停頓了一段時間，彷彿知道接下來將一腳踏入重重陷阱和嚴重問題當中。

「我很高興你來找我。」瓦德終於說話。「不過，是否方便告訴我爲什麼挑現在這個時間點呢？」

客人挑高眉毛，不急著回答。「原因當然很多。我們今晚的談話是其一，另一個原因是北西蘭島批准許多外國人移居。那些移民擁有血緣關係，卻經常近親結婚。如同我們知道的，那種關係生出來的孩子常常不健康。」

瓦德贊同的點點頭。然而那些人又特別會生小孩。

「因此，我希望對這些事貢獻一己之力。」客人輕聲說。

瓦德又點了點頭。他的團隊即將要多一位能幹正派的人了。

「你是否清楚你所要參與的事務不可告訴他人？除非是經由許可一同參與工作的夥伴。」

「是的，這點我考慮過。」

「祕戰所執行的任務內容幾乎不能曝光，這點你想必已經明白。我們冒著很大的危險。」

「是的，我知道。」

「若是被人發現你沒有管好舌頭，或者執行任務時不謹慎，很可能有許多人會不擇手段讓你從地表消失。」

他點頭。「這點無庸置疑。我很篤定自己不會出問題。」

「換句話說，你願意加入我們，根據組織內的主張，找出必須終止懷孕的女人嗎？那些經由評估之後有必要進行結紮的女人？」

「我願意。」

「任務有自己專門的術語，還有我們編列了名冊，進行人工流產的方式也經過特別研究。一旦教會你之後，你就是眞正的成員了，清楚嗎？」

注1 指將在寄養體系內的孩童接回與其原生父母同住，或廣義的來說，指安置在外的孩童重新與其家人（未必限於原生父母）聯絡，協助他們達到最合宜的聯結程度。

注2 來自南亞次大陸的民族之一，最古老的泰米爾聚落分布在南印度和斯里蘭卡東北部。

「清楚。我必須做些什麼才能加入你們？」

瓦德默不作聲，靜靜注視著他好一會兒。這男人的意志堅強嗎？若是必須面對監牢和侮辱，那雙眼睛還能如此冷靜嗎？他是否有足夠的骨氣承受外在壓力呢？

「絕對不可讓你家人知情，除非他們積極參與我們的任務。」

「我妻子對我的工作完全不感興趣，這點你可以安心。」他的客人笑說。這個笑容正是瓦德此刻所期待的。

「好，那麼現在到我的診間去，我要從頭到腳檢查你身上有沒有竊聽器，之後你必須寫下一些自己絕對不願意公開的資料。我相信你和大部分人一樣，也藏著見不得人的祕密，對吧？其中一些和你的醫生工作有關。」

他的客人點頭承認。很少人像他如此坦承。

「我明白你們必須掌握我不光彩的祕密，以便我一旦心生膽怯打算退出的話，手中就有對付我的工具。」

「是的。應該有一些可寫的？」

他又點了點頭。

「很多。」

瓦德爲客人搜身並且看著他寫下自白，接著便開始履行自己的義務。首先是警告他務必忠於他們的所作所爲和基本思想，不得洩漏隻字片語，在確認對方沒有因此被嚇跑後，瓦德簡短傳授了如何在不引人注意的情況下，自然導致流產的方法，並解釋這類手術應該間隔多長時間，才不會讓同事察覺或是驚動警方。

客人道謝後隨即離去。瓦德情緒高亢的留在原地，他又爲祖國福祉貢獻了一份力量。

他倒了一杯白蘭地，在橡木桌旁坐下，回想自己積極參與任務的次數。他已經完成了許多案例，其中之一就是妮特·赫曼森。他的目光落在她的信上，那封信躺在一堆信件最頂端。他滿足的閉起眼睛，讓記憶回到他第一件、同時也是最值得回憶的案子上。

第十三章

二〇一〇年十一月

陰鬱暗沉的十一月夜晚，警察總局牆上的窗戶燈火通明，幾乎讓人心生親切。總局辦公室總有人在工作，因爲解決案件刻不容緩，即使是夜闌人靜的時刻，城市始終齜牙咧嘴、危機重重。若非妓女被施暴，便是原本一起飲酒作樂的人隨後卻刀口相向，或者幫派聚眾鬥毆、錢包被搶等等。當街燈亮起，奉公守法的市民沉睡在夢鄉時，卡爾在這棟建築內不知道度過了幾千個小時。不過那也是好久以前的事情了。

夢娜的晚餐之約若是沒讓人那麼不舒服就好了。如果不是享用晚餐，而是坐在夢娜床緣，深情脈脈看著她的棕色眼眸該有多棒！這麼一來，他也不會那麼晚還去查看是誰打電話給他。只可惜事與願違，阿薩德的來電成了他的救生圈，讓他不得不跑一趟。卡爾搖搖頭走向地下室，看見阿薩德和蘿思正站在走廊上。

「媽的，你們兩個究竟在這兒做什麼？」他邊問邊從兩人中間擠了過去。「阿薩德，你知不知道自己在這棟建築物裡窩了十九個小時啊？」

他又回頭看。蘿思正邁著有氣無力的步伐。「還有妳，蘿思，妳爲什麼還在這兒？你們以爲這樣能補假一天嗎？」他走進自己的辦公室，將大衣丟到椅子上。「爲什麼莉塔．尼爾森的案子不能等到明天再處理？」

阿薩德揚起粗黑的眉毛，底下那雙紅腫的雙眼把卡爾嚇了一大跳。「這是我們看過的報紙。」他將一疊報紙丟在卡爾辦公桌的桌角。

「哎，我們也沒看得那麼仔細。」蘿思進一步補充道。

才怪，卡爾了解蘿思，阿薩德嘴角的笑容也說明他們早把報紙翻爛了，這兩人絕對已查閱過警方檔案中一九八七年九月的失蹤人口申報資料。他對兩位屬下瞭如指掌。

「那段時間，報紙上沒有提到任何販毒事件，或是發生在那區與強暴有關的單一案件。」

「到底有沒有人思考過，莉塔．尼爾森可能把她的賓士車停在別的地方呢？其實不是她自己把車停在卡本路？」卡爾問。「或許我們根本不必往哥本哈根找人。倘若停車的人不是她，那麼她很可能消失在航行於大帶海峽前往哥本哈根的渡輪上。」

「有的，這點調查過了。」蘿思說。「我們至少可以確定，她當天上午出現在諾勒布羅，雜貨舖的老闆對於她記憶猶新，因為她問能不能使用信用卡。」

卡爾抿了抿嘴唇。「不過，她為什麼一大早就出門了？你們斟酌過這點嗎？」

只見阿薩德點頭。「因為她和人有約，只有這個理由。至少我是這麼認為。」

卡爾也持同樣的想法，他認為那是她大清早離家的原因。若是沒有充分的理由，沒有人會在凌晨五點出門，尤其莉塔．尼爾森從事的是越夜越忙碌的工作。如果她破曉動身不是為了要趕上哥本哈根商店星期六開門營業的時間，那麼除了和人有約之外，還有什麼好考慮的？

「她若在哥本哈根和人有約，對方會比我們清楚她失蹤的始末，或者莉塔根本沒有抵達那兒。不過無論如何，應該都會有人注意到才對。」卡爾猜想。「你們認為當初的調查工作是否夠徹底？」

「是否夠徹底？」阿薩德望向蘿思，她同樣一臉茫然回望他。經過漫長一天的工作，這兩個人已經快不行了。

「嗯，至少徹底到和她曾有聯繫的人都知道她失蹤了。」蘿思說。「雖然我們的同事花了三天挨家挨戶展開地毯式調查，雖然當地的報紙、甚至跨區的報紙全報導了這件案子，雖然警方透過電視、廣播在全國發布尋人啓示，但除了雜貨舖老闆之外，沒半個人有回應。」

「所以妳的意思是，有人知道她失蹤的消息，卻不想出面。因爲那些人很可能必須爲她的失蹤負責？」

蘿思倏地雙腳併攏，把手抬到假想的帽子邊緣說：「是的，閣下。」

「省省吧。你們說那三天還有很多人失蹤，後來也沒再出現。是這樣嗎，阿薩德？」

「沒錯。我們剛才又發現了另一個至今仍下落不明的人。」他回答說。「於是我們申請了那個星期之後的報紙，確保在警方內部的名單之外，沒有遺漏掉其他東西。」

卡爾還在消化前一個句子。「所以說，包括莉塔在內，我們手上……有五個行蹤不明的人？五個在兩個星期內消失得無影無蹤的人，是嗎？」

「是的。在我們集中調查的那十四天內，一共有五十五樁失蹤人口案，十個月後還沒被找到的有五人，而且直到二十三年後的今天依舊沒結果。」蘿思點點頭。「我想短短幾天內出現那麼多失蹤人口，幾乎可以說是破了丹麥的紀錄。」

卡爾想要弄清楚她眼下的那團黑是什麼？是疲勞的痕跡？或者只是糊掉的睫毛膏？

「讓我看看。」他的手指滑過他們名單上的名字，然後拿起原子筆在其中一個名字下畫線。

「這個人可以刪掉了。」他指著一個女子的年紀和她失蹤時的情形。

「嗯，我們也覺得她太老了。」阿薩德同意說。「不過我姑姑比她還大四歲，聖誕節她就八十五歲了，卻還是每天砍柴勞動。」

廢話一堆，卡爾心想。「聽好，阿薩德，這個女人頭腦痴呆，何況是從療養院失蹤的，所以我不太相信她還能砍柴。不過名單上其他人的情形又是如何？你們調查過了嗎？他們的失蹤和莉塔．尼爾森是否有關？」

兩人不約而同露出詭異的笑容。

「哎，說吧，你們查到了什麼？」

阿薩德戳了一下蘿思的腰。所以查到的人是她。

「菲力普．諾維格。諾維格與旬納司高律師事務所的律師，這間事務所位在高薜。」她說。「諾維格在女兒最重要的手球比賽前一天對她說，雖然很早以前答應會坐在觀眾席幫她加油，但很遺憾他不能去了，她得和母親去參加比賽，因爲他必須前往哥本哈根參加一場非常重要的會面，可惜會面無法延期。」

「然後他便不見了？」

「對。他那天從黑斯森林搭火車，預計在中午十二點半抵達中央火車站，之後行蹤不明，彷彿被地表給吞沒了。」

「有人看見他下火車嗎？」

「有，兩個從高薜搭火車來的人認出了他。他在當地的業務很多，所以有些人認得他。」

「啊，我似乎有點印象。」卡爾說，故意忽略正在流鼻水的鼻子。「轉眼間消失無蹤的高薜市知名律師。沒錯，當年新聞喧騰一時。後來不是在哥本哈根某個河道發現他的遺體了嗎？」

「沒有，他始終下落不明。」阿薩德說。「你一定弄錯了。」

「這件案子有貼在我們外面的板子上嗎，阿薩德？」

阿薩德點點頭。那麼它一定和莉塔．尼爾森的案子用藍白繩連接起來了。

「蘿思，我看見妳那邊的文件還有關於這案子的訊息。關於諾維格，上面寫了什麼？」

「寫他出生於一九二五年。」她才說了這句，就硬生生被卡爾打斷。

「一九二五年，他媽的！一九八七年他已經六十二歲了，當個打手球的青少女父親未免太老了吧！」

「卡爾，打斷我之前先聽我把話聽完！」蘿思罵道，無力的眨了眨眼後繼續說下去：「他生於一九二五年，一九五〇年在歐胡斯通過國家司法考試後，在一九五四年之前都在維倫斯貝克的羅森與龐德事務所擔任助理。一九五四年以後，諾維格在高薛執業，一九六五年進入地方法院。在私生活方面，他一九五〇年與莎拉．尤麗結婚，生了兩個小孩，一九七三年與妻子離異，一九七四年，迎娶祕書蜜耶．韓森，同年生下女兒西西莉亞。」

這時，她的目光從文件移到卡爾身上，意味深長注視著他。她上述所言解釋了諾維格這把年紀還有個青少年女兒的原因。和女祕書有一腿的律師，亙古不變的題材。菲力普．諾維格顯然對自己追求的東西一清二楚。

「他多次參與當地聯合協會的主席選舉，當選過三次，還是教會管理委員會主席，一直擔任至一九八二年。後來他的事務所被指控欺騙委託人，被迫卸下職務，事情鬧上了法院，但由於缺乏證據最後沒有遭到起訴。不過他因為此事失去了許多客戶，在失蹤前五年，資產急速減少，最後負債累累。他甚至還因為酒後駕車被吊銷駕照。」

「嗯。」卡爾又噘起下唇，心裡渴望來根促進身體健康與靈活思考的香菸。

「不行，卡爾，你現在不准抽菸，門兒都沒有！」蘿思搶先他一步。

卡爾下巴掉了下來，驚愕的看著她。她究竟怎麼……

「我不知道妳為什麼說這種話，蘿思。」他清清喉嚨，現在連脖子也開始癢起來了。「那個，阿薩德，你的銅茶壺裡會不會剛好還有茶啊？」

阿薩德的棕色雙眼倏地一亮，但立刻又回復無神疲累。「沒有。不過我可以幫你泡一杯好喝的咖啡，你覺得如何？」

卡爾嚥了一口唾液。那眞的會把感冒病毒給嚇死。

「好，但是不要太濃，阿薩德。」他的聲音透露出懇切。上次那杯咖啡害他差不多用掉了半捲衛生紙，他不想再冒一次險了。

「好，兩案唯一的相似之處在於兩個人消失時的狀況雷同。」卡爾開始總結。「尼爾森也好，諾維格也罷，都必須在那天到哥本哈根去。我們尚未得知尼爾森的理由，不過諾維格挑明了是要與人會面。這樣的線索並不多，蘿思。」

「你忘了還有時間，卡爾。他們在同一天消失，時間幾乎也差不多，這點値得注意。」

「不行，蘿思，還需要更多線索才能說服我。名單上另外兩件失蹤案又是什麼情況？」

她看著文件。「有一個失蹤者叫作維果．莫根森，不過我們對他一無所知。在他無聲無息消失之前，最後被人看見他出現在倫納堡的港口，駕著船航行在大帶海峽上。」

「他是漁夫嗎？」

「哎呀，那只是艘小船，他曾經擁有過一艘眞正的漁船，不過後來報廢拆掉了。大概是因爲某種惹人生厭的歐盟規定吧。」

「有人發現了他的船嗎？」

「是的，在瓦倫明德發現的。船在兩個波蘭人手中，但他們堅稱把船順手牽羊前，那艘船已經在于林漂流很久。所以他們認爲那不叫偷竊。」

「于林港口的人怎麼說？」

「他們說事實並非如此，那邊並沒有看見船隻。」

第64號病歷
Journal 64

「所以是波蘭人偷走船，然後將莫根森丟下海裡。」

「不，不是這樣。一九八七年八月到十月之間，那兩個波蘭人正好在瑞典工作，莫根森失蹤時，他們根本不在丹麥。」

「那艘船多大？有可能放在某處而不被人注意到嗎？」

「關於這個，我們也發現了一點線索。」門邊傳來聲音，阿薩德手裡端著精美的鍍銀雕花托盤走進來。一看見托盤上的咖啡杯，卡爾心中升起一陣驚慌，通常杯子越小越恐怖，而眼前的杯子小得不能再小。

「乾杯，卡爾。」阿薩德說。他的眼睛火紅閃爍，整個人彷彿需要進行人工呼吸搶救。

整杯咖啡一大口就乾掉了。也沒有那麼糟糕嘛，卡爾心想。可惜那感覺只維繫了四秒，接著他全身起了反應，好似喝下的是硝化甘油和重油的混合液。

「好喝吧？」阿薩德問道。

難怪他的眼睛燒得如此火紅。

「好。」卡爾哼了一聲。「維果．莫根森的案子先放到一邊。我的嗅覺告訴我，他的事情和尼爾森案無關。莫根森的檔案有沒有貼在我們的木纖板上，阿薩德？」

他搖搖頭。「這件案子最後以意外結案，研判應該是溺斃。順帶說一下，莫根森是個快樂的人，喜歡熱鬧，也喜歡小酌，但絕不是個酒精鬼。」

「是酒鬼，阿薩德，那種人叫作酒鬼，不過現在別問我爲什麼。我們手上還有什麼資料？」

他望向蘿思的文件，極力壓抑吞下咖啡後胃部泛起的不適。

「我們還有這個人。」蘿思指著第五個名字。「姬德．查爾斯，一九三四年出生於托爾斯港市，是企業家阿利斯托．查爾斯之女。她父親的公司在戰後破產，接著雙親離異，父親回到亞伯丁，姬德、母親和弟弟搬到威爾勒。姬德曾修習護士課程，但是沒有完成學業，隨後在派爾林一家精神病院工作。她在桑索安頓下來之前，曾遊走全國做過各種不同的照護工作。」

蘿思唸出資料時，一邊緩緩點頭。

「接下來是典型的失蹤者會發生的狀況。」她說。「一九七一年到一九八〇年間，她任職於桑索的查內畢爾醫院，雖然有過幾次酒醉上班的紀錄，仍舊受人喜愛，甚至受同事幫助解決酗酒問題，一直以來相安無事。直到有天被人逮到偷飲醫院的酒精，那時大家才明白她無法控制自己的酒癮，立刻被攆出醫院。後來她做了幾個月的家庭看護，醉醺醺的往來老人和病患之間，可是又被人發現她偷東西，遭到解僱。一九八四年到失蹤之前，她失業沒有工作，靠救濟金過日子。不是什麼光耀門楣的職業生涯。」

「自殺嗎？」

「據推測是如此。有人看見她搭上往卡倫堡的渡輪，然後下船。據說她精心打扮，穿著時髦，但是沒有人和她攀談。這件案子最後被束之高閣。」

「所以我們外面的板子上沒有這件案子？」

阿薩德搖了搖頭，說了一句：「我們生活的世界眞是怪異。」

沒錯，卡爾心有戚戚焉，而讓他同樣感覺怪異的是，他的腸胃哀求著老天饒命，感冒卻似乎有好轉的跡象。

「抱歉，又來了。」他才咕噥一句，人已經夾緊臀部，小碎步往廁所跑去。他發誓這絕對是他最後一次喝那個鬼東西！

卡爾把褲子褪到腳上，額頭抵住膝蓋，坐在馬桶上自問爲什麼一小口的液體卻能引起這麼嚴重的腹瀉。

他拭去額頭上的汗珠，盡量讓自己想點別的事。那些案子全記在他的腦子裡，只要叫出來就好。菲英島的漁夫、看護、科靈的妓女、高薛的律師，這四起案件如果相關，他就不叫卡爾・莫爾克！當然從統計學上來看確實事有蹊蹺。但是，在同一個週末，四個毫無交集的人無緣無故失蹤，也不是什麼天方夜譚。有什麼不可以呢？無巧不成書。偶然往往發生在最不經意的時候，這就是萬物的本質。

「卡爾，我們有所發現了。」廁所門外一陣喧譁。

「再等一下，阿薩德，我快好了。」雖然絞痛未停止前，他還不打算離開馬桶，不過還是吼了回去。只要危機暫時解除就好。

卡爾聽見外面廁所大門關上的聲音，繼續坐了一陣子，配合緩慢深呼吸後腹部的蠕動緩和了下來。剛剛阿薩德說：「我們有所發現了。」

卡爾感覺頭在冒煙。他很清楚腦袋裡有某種東西在蠢動著，而且相當篤定和姬德・查爾斯有關。只不過是什麼呢？

忽然間，他察覺到四件案子之間有「一個」共通之處，那就是失蹤者的年紀！莉塔・尼爾森失蹤時五十二歲，菲力普・諾維格六十二歲，姬德・查爾斯五十三歲，維果・莫根森五十四歲。這不太像是會無故失蹤的人生階段。如果是早於這個年紀的人，或許會因年少輕狂，多愁善感而消失；晚於這個年紀的人，若疾病纏身、孤單寂寞、對人生失望的話也會。可是這四個人既不年輕，年紀也不算太老，剛好處於中年。不過，從這點也推不出結論。就像他方才的想法，統計不是這麼簡單。

卡爾至少減輕了兩公斤的體重，在進廁所半小時後終於繫上了皮帶。

「阿薩德，你煮的咖啡太濃了。」他抱怨著，然後將自己拋到辦公椅上。

那傢伙竟一臉賊笑看著他。

「不是咖啡的問題，卡爾。你和我們一樣，咳嗽、流鼻涕、肚子像機關槍一樣拉不停，或許還要加上紅眼睛。症狀全數發作通常要兩天，不過你好像快了一點。警察總局裡所有人都黏在馬桶上下不來，只有蘿思例外，她一定擁有如單峰駱駝般的健壯身體，把氫彈或伊波拉病毒丟進那畜生的嘴裡，只會讓牠的咽喉更粗厚。」

「她在哪裡，阿薩德？」

「上網找資料。等一下就過來了。」

「你們發現了什麼？」卡爾對阿薩德那番肚子絞痛的解釋半信半疑，因為他光是看到咖啡杯便湧上一股噁心，忍不住拿張紙將杯子遮住。阿薩德對此驚訝不已。

「對，是姬德·查爾斯的案子。我們發現她從事過和精神病患有關的工作。」

卡爾頭歪向一旁。「然後呢？」他問道，然後聽見走廊響起很有個性的高跟鞋聲。

蘿思衝進辦公室，滿臉目瞪口呆。「我找到莉塔·尼爾森和姬德·查爾斯之間的關聯了，在這裡。」她的手指朝一張黑白列印的地圖指去。

上面是史葡格島。

第十四章

一九八七年八月

她文風不動坐在長椅上，眺望寇斯街旁的大戰監獄，那個毒蟲牽著雜種狗不時從旁走過。那隻雜種狗叫作「撒旦」。名副其實的名字。昨天牠咬住了一隻可卡犬，一個年輕人見義勇爲追打撒旦，讓牠放開了可卡犬，反倒遭到毒蟲要揍扁他、放狗咬他的恐嚇。不過後來什麼事情也沒有發生，而妮特和其他路人一樣，只是在一旁觀看。

不行，那隻野狗沒有資格在城裡到處亂跑，她心想，最後思考出一個兩全其美的方法。

她在香腸上噴了適量的天仙子濃縮液，放在老舊的水泥防空洞前。雜種狗時常在那兒嗅來嗅去，隨便抬腿撒尿，這種野狗若有機會吞下一頓大餐，誰也別想從牠嘴裡搶下食物。妮特也不相信牠的主人有興致那樣做，他根本不理會自己寵物的乖張行爲。

她只等待了幾分鐘，便聽到那隻狗的吠叫聲，不一會兒狗主人拉著牽繩，和狗一起出現在貝林爾－多瑟林路。還不到十秒的時間，妮特就看見牠聞了聞香腸，隨即一口吞下，連嚼都沒嚼。狗和主人走過身邊時，她看了手錶一眼。接著，她不動聲色起身，一拐一拐的走在他們後頭。

她很清楚那隻毒蟲不會繞一大圈，把四座湖都走完，頂多只繞著貝林爾湖走，根據他的速度，走完貝林爾湖一圈大概要十五分鐘。這個時間已足以讓她的濃縮液發揮作用。

走在朵琳－路易斯橋上時，那隻狗的方向感似乎開始有點錯亂，毒蟲得一再拉扯牽繩，讓頑固狗兒的頭回到另外一邊，不過成效有限。

過了橋後，那傢伙打算將狗拉向橋下水邊的人行步道，但是野狗死命反抗，於是主人朝狗破口大罵。但是，他下一秒卻馬上住嘴，因爲野狗竟齜牙咧嘴的朝他狺狺低吼。

人和狗就這麼僵持了一或兩分鐘。妮特倚在堂皇典雅的橋欄杆旁，好似沉醉在眼前延伸到哥倫魯斯街湖濱亭閣那兒的美麗湖畔風光。

實際上，她沉醉的表情來自於眼角偷覷到那隻狗兒忽然重重跪下，然後不知所措四下張望，彷彿完全喪失了方向感。狗兒的舌頭長長懸在嘴外，她知道那是中毒的典型症狀。

牠馬上就會衝到水邊了，她心想。不過，時機已然錯過。

雜種狗氣喘吁吁縮成一團，倒臥在地，最後一動也不動，繩子另一端的白痴主人這時才驚覺事態嚴重。

他驚慌失措的拉扯著牽繩，不斷大聲叫道：「起來，撒旦，趕快起來！」但是撒旦不再乖乖聽話了。天仙子香腸徹底發揮了功效。

她用收音機聆聽了一個小時的古典音樂，那往往能帶給她思考時需要的寧靜。今早她親眼見證過天仙子的效用，所以不擔心濃縮液無法發揮作用，現在只消她的客人準時在規定的時間應邀前來。她並不懷疑他們會吞下誘餌，一千萬克朗這個數目或許會讓人心生疑竇，但是在丹麥王國裡，無人不知她富可敵國。不會有問題的，沒人會拒絕那麼一大筆錢。

廣播接著播報新聞，沒有引人注意的聳動內容，除了有個部長訪問東德，卻因爲洩露有關原子武器的機密情報而遭到起訴。

妮特站起身，想到廚房弄點東西吃，結果忽然聽到寇特．瓦德的名字。

她吃驚的程度像是被人捅了一刀，本能的屏住呼吸。

他的聲音依舊和兩年前一樣狂妄傲慢、字正腔圓、自信滿滿。不過他談論的主題倒是頭一次聽見。

「界線明確組織非但反對軟弱的移民懷柔政策，還致力解決社會邊緣族群的生育問題。社會弱勢和遺傳基因有問題的父母所生下的孩子，絕對得爲我們每天疲於奔命、耗費大量公帑的麻煩負起大部分責任。那些天生才智低下的孩子、會產生不同疾病的孩子，以及和父母親一樣無法融入社會的孩子。」他詳細解說，沒給主持人機會插話。「請您仔細想想，如果能剝奪這類罪犯父母生育子女的權利，我們將能省下多少費用？社會救濟將有剩餘，監獄可能會空無一人。或者想想，那些失業移民非但遊手好閒，還將家人接進丹麥、讓不懂本國語言與風俗習慣的孩子擠滿我們的學校，這些人若沒有了孩子，會是何種光景。請您再想想，這些子孫眾多的家庭仰賴國家資助、放任後代墮落，若是他們失去毫無節制生育子女的資格，又代表了什麼意義。那些無法自力更生的孩子……」

妮特跌坐在椅子上，目光移往窗外大栗子樹的樹冠上，腦中的思緒翻騰洶湧。他以爲自己是誰，竟敢自詡爲判定生與死的法官？

當然，他是寇特．瓦德。

有一會兒時間，她覺得自己要吐了。

妮特站在父親對面，從未看過他的臉色如此陰鬱。陰鬱又愁苦。

「妳還在學校念書的時候，應該知道我有幫妳說話吧，妮特？」

她點點頭，這點她心裡有數。他們好幾次被叫到學校昏暗的教室去，父親不斷反駁校長和老師的威脅，但到後來他也累了，只是安靜聽著他們抱怨，代替她說會改進。他當然希望她好好學習，敬畏上帝，不要口出粗言。是的，他會管束她放縱不羈的舉止。

但是妮特不明白的是，他自己為什麼能滿口髒話卻不用受到懲罰？為什麼談論男人和女人的事情是錯誤的，但是在農莊裡卻如同家常便飯？

「他們說妳頭腦愚笨，言詞下流骯髒，帶壞妳四周的人。」父親抱怨說。「他們把妳趕出學校，我必須花更多錢找家教，如果妳至少學會閱讀也就罷了，但是妳連認字也不會。別人因為我是個農夫看輕我，再加上有個讓村子蒙羞的女兒，神父、學校都拒絕了妳，也因此將我拒之門外。妳沒有受洗，現在又懷孕，還堅持那是表哥的孩子。」

「是他的，我們兩個在一起。」

「哎呀，妮特，別來這套！泰格說他和妳沒關係。說吧，對方是誰？」

「就是泰格和我，我們兩個啊。」

「跪下，妮特。」

「可是……」

「跪下！」

她照著父親的話做，眼睜睜看著他步履沉重走到桌旁，拿起袋子。

「這個！」他把約莫一個杯子分量的稻穀灑在她面前的地上。「吃下去！」然後又把一壺水放在旁邊。「喝！」

她四下張望，看向母親的照片。照片中的母親身形瘦削，穿著新娘禮服露出幸福的微笑。接著她看向擺放盤子的玻璃櫃，又望著牆上早已停擺的時鐘。這房間裡沒有東西能夠撫慰她，為她指示出路。

「快說，妳和誰上床，妮特。要不然就把稻穀吃下去。」

「泰格，只有泰格。」

「吃下去！」她父親大吼一聲，顫抖著手將稻穀塞進她嘴裡。她雖然喝了很多水，但是稻穀還是卡在喉嚨裡，勉強吞嚥更會帶來扎人的疼痛。地上銳利的稻穀就宛如一座小寶塔。

她的父親雙手掩面哭泣，懇求她說出究竟懷了誰的孩子。這時，她猛烈一躍而起，水壺應聲翻倒破裂，但她仍往前奔了四步，一溜煙穿過大門。到了外頭她便安全了，她動作敏捷跑得又快，而且比誰都熟悉附近地形。

她聽到父親在後頭喊叫，追趕的腳步聲始終沒有停歇。然而稻穀開始吸收胃酸和水分，胃部逐漸腫脹，她痛得抬起頭大口喘氣，最後不得不停下來。

「是泰——格！」她的吼叫聲穿過蘆葦與流經一旁的磨坊水道，接著跪倒在地，雙拳用力抵住腹部。疼痛稍微減輕了一點，但是胃部仍然不斷脹起，即使用手挖喉嚨，也無法將稻穀吐出來。

「是泰格啊，媽媽，告訴爸爸那個人是泰格！」她哭喊著，雙眼仰望天空。然而落在她身上的目光並非來自母親，而是五個拿著釣竿的少年。

「是她，吃屌妮特！」有個少年喊道。

「吃屌妮特、吃屌妮特。」其他人跟著鬼叫。

她閉上雙眼，一切是如此不對勁。過去從未感受到存在於體內的腹部與胃部，如今痛得她錐心刺骨，還有，這也是她第一次感覺眼睛後方和太陽穴的跳動，聞到自己的汗味。她在心中嘶喊著要把痛楚趕出體外，希望身體康復。

但是她喊不出來，也無法回覆男孩們要她撩起衣服，讓他們多看一點的請求。她聽得出這個請求背後隱藏的期待。這些傢伙不過是一群愚蠢無知的少年，受過堅信禮，總是乖乖遵行父親對他們的要求。可是她如果不回應，這五個男孩不僅會惱羞成怒，還會覺得尷尬丟人，而那對這種傢伙來說最糟糕不過了。

「骯髒汙穢的小賤貨！」有個人罵說。「把她丟到水裡洗一洗！」

少年們毫不猶豫抓起她的手和腳，將她丟到磨坊水道裡。所有人都聽到她掉進水裡，肚子撞到石頭的聲音，也都看見她拚命揮舞雙手，兩腿之間的水染成了紅色。但是沒有人採取任何行動，反而逃得不見人影。

是她父親聽到了叫聲，將她從水裡拉上來，拖回家裡。那雙強壯的臂膀轉眼間成了避風港。他也看見了鮮血，心裡明白女兒再也無法幫忙農場裡的事務。

他將她放在床上，用破布冷卻她的腹部，請求她原諒他暴躁的脾氣。但是她沉默不語。頭、肚子和胃都痛得要命，讓她吐不出半個字來。

父親不再執著孩子是誰的問題，因爲他很清楚她流產了。妮特的母親也曾經流產過，那不是祕密，何況她的症狀很明顯，妮特自己也明白。

那天晚上，妮特開始發高燒，父親不得不打電話給老瓦德醫生。一個小時後，老瓦德醫生和兒子寇特．瓦德一起現身，兩人對妮特的狀況似乎並不特別驚訝，但老瓦德醫生卻只說她運氣不好才會掉進磨坊水道。他是從別人那兒聽來的，根據眼前的狀況一定也是如此。雖然不幸，這便是造成她大量出血的原因。然後老瓦德醫生詢問父親妮特是否懷孕，他根本沒有花力氣檢查她的病況。

父親搖了搖頭，可是她看見他臉上的表情夾雜著惶恐和羞愧。

「那是犯法的。」他輕聲回答。「當然不是這樣。我們不需要報警，單純只是不幸事件。」

「妳會好起來的。」老瓦德醫生的兒子一邊說，一邊撫摸著她的手臂，指尖不經意碰觸到她的小胸部。

那是她和寇特．瓦德第一次見面，那時候她就對這個人在自己身邊感到很不舒服。

他們離開後，父親久久注視著她，接著猛地一動，做了一個毀掉她和自己生命的決定。

「我沒有辦法再把妳留在家裡了，妮特。我必須幫妳找一個寄養家庭，明天我就去找青年福利局的人談談。」

寇特．瓦德的訪談結束許久之後，妮特依舊僵坐在收音機前。巴哈的〈前奏曲〉和卡爾．尼爾森的〈菲英島之春〉也無法撫慰她。

這個可怕的男人竟然在廣播中大放厥詞！雖然主持人試圖提出其他問題阻止，他仍然善用了時間，用得非常巧妙。簡直難以置信！

他不僅闡述了當年就已擁護的信念，如今那些想法甚至更加尖銳激進，不由得令她驚慌失措。瓦德對他工作和奮鬥的目標直言不諱，而那分明就屬於另外一個時代的產物。那個時代只要一喊：「解脫」，行刑的斧頭便紛紛砍下；那個時代甚至有著某些人比其他人優秀的錯誤觀念，將生命分成值得和不值得兩種。

這個可怕殘忍的男人是否會接受她的邀請，忽然之間成了最迫切的事情。不管必須付出什麼代價，她一定要不擇手段將他弄到家裡。

她全身顫抖不已，翻找著他的電話。之後撥轉號碼盤時也試了好幾次，才正確撥完號碼。一直到第三次，電話才沒有占線。看來一定有很多人聽到瓦德的訪問後，馬上打電話給他。

但願那些人鄙棄他和他所擁護的理念，現在正加以撻伐。

但是瓦德終於接起電話時，聲音絲毫沒有受到侮辱的憤怒感覺。

「界線明確，我是寇特．瓦德。」他說得直接了當，無恥下流。

她報上自己的名字，他聽到後惱火的責問是誰允許她先是寫信、又是打電話，偷竊他的時間。

他正打算掛斷電話時，她鼓足全身的能量，聲音冷靜的說：「我罹患了不治之症，只是希望告訴您，我對於過去我們之間發生的事情已經釋懷了。我在給您的信中提到，我想要捐贈給您或是貴政治組織一大筆資金。我不清楚您是否讀了我的信，但是我認爲您應該盡快將信看過，好好考慮我的提議，因爲時間迫在眉睫了。」

然後她掛上話筒，望向裝著毒藥的瓶子，她的偏頭痛症狀似乎減輕了一點。

現在只剩下五天的時間。

第64號病歷
Journal 64

第十五章

二〇一〇年十一月

卡爾被一股異國風味的惡臭熏醒。一睜開眼，一張鬍子未刮的臉龐上有雙眼睛正在觀察他。

「喝下這個，卡爾。」阿薩德邊說邊遞給他一個煙霧裊裊升起的杯子。

卡爾出自本能的嚇了一大跳，頸部肌肉頓時抽筋，傳來一陣像被鉗子夾到般的刺痛。噢，那茶的味道眞臭。

他四處張望了一下，才想起昨天晚上因爲時間太晚，又覺得自己沒力氣開車回家，所以睡在辦公室裡。他嗅了嗅腋下的味道，對於昨晚的決定感到後悔。

「來自拉卡的道地茶飲。」阿薩德的聲音沙啞。

「拉卡。」卡爾重複了一次。「聽起來令人毛骨悚然。你確定那不是一種疾病嗎？某種讓人喉嚨沾滿黏膜的病？」

阿薩德笑說：「拉卡是幼發拉底河畔一座美麗的城市。」

「幼發拉底河？誰聽過什麼幼發拉底河茶？你方便告訴我這個拉卡在哪個國家嗎？」

「當然是在敘利亞啊。」阿薩德挖了兩湯匙的糖加到杯子裡，將杯子遞給卡爾。

「阿薩德，就我所知，敘利亞並不產茶葉。」

「是藥草茶，卡爾。你昨天晚上一直咳嗽。」

卡爾伸長脖子，想活動一下筋骨，結果反而適得其反。「蘿思呢？她回家了嗎？」

「沒有。她整晚幾乎在廁所度過，現在她也加入我們的行列了。」

「昨晚她還沒事。」

「現在她生病了。」

「她到底在哪裡？」希望蘿思與人保持距離，免得將感冒再傳染給別人。

「在國王圖書館查找史葡格的書。她昨晚除了黏在馬桶上，其他時間都窩在電腦前瘋狂上網研究那座島的資料。這兒是一些找到的結果。」阿薩德將一份釘好的列印稿遞給卡爾。

「可以允許我去洗把臉，提振一下精神嗎？」

「當然，請便。還有，你看資料的時候，可以吃點食物，同樣也是來自拉卡，很好吃的。」

卡爾懷疑的覷了食物一眼，包裝上印著阿拉伯文和一張餅乾照片。見到那餅乾的模樣，即使是乘船遇難者也會心生猶豫。

「謝謝。」他道過謝便往廁所走去，打算簡單盥洗一下，至於早餐他另有打算。麗絲在她三樓辦公室的抽屜裡總是放著美味的食物。

「你來啦，太好了。」麗絲拋送一抹令人窒息的微笑，露出有點歪斜的性感門牙。「我找到你堂哥羅尼了，雖然不太容易。相信我，這男人換住所就像其他人換睡衣一樣。」

卡爾眼前立即浮現兩件洗得褪色、被他拿來輪流當睡衣穿的T恤。「羅尼目前住在那兒？」他努力讓自己看起來冷靜沉著。

「他在凡洛塞租了一間房子。這是他的手機號碼。讓你知道一下，他用的是預付卡。」

怎麼有這種事！他每天開車都會經過凡洛塞，這世界眞小！

「我們那個牢騷滿腹的人上哪兒去了？不會生病了吧？」他指著索倫森的座位問道。

第64號病歷
Journal 64

「沒有，我們兩個沒那麼輕易被打倒。」麗絲又露出一個讓人無力抗拒的粲笑，指著只有小貓三兩隻的辦公室說。「和其他那些膿包不一樣。卡塔去上NLP課程了，今天是最後一天。」

卡塔？索倫森不就叫作卡塔？

「卡塔指的是索倫森嗎？」

麗絲點頭說：「事實上她叫作卡塔琳娜，不過她說比較喜歡卡塔這名字。」

卡爾搖搖晃晃沿著樓梯走回地下室。

看來三樓發生了很多事。

「你看過我列印給你的資料了嗎？」蘿思一發現卡爾劈頭就問。她穿著拖鞋腳步蹣跚，臉色活像個死神。

「抱歉，還沒。妳不覺得應該回家休息一下嗎，蘿思？」

「晚一點。我們得先談一談。」

「我早有預感了。和史葡格有關吧？」

「姬德．查爾斯和莉塔．尼爾森一起在那兒待過。」

「好，然後……」卡爾的聲音聽起來好似他完全不明白這段話的重要性，但事實上他非常清楚。蘿思的調查工作做得非常優秀，他們三個人心照不宣。

「她們彼此一定認識。」蘿思說。「查爾斯是工作人員，尼爾森則是被拘留在那兒。」

「被拘留，那是什麼意思？」

「卡爾，你對史葡格所知有限，對吧？」

「我知道那座島位於大帶海峽上，介於西蘭島和菲英島之間。後來建蓋好的大帶橋經過島上，將它和兩座大島連接起來，不過，早期還需搭乘渡輪橫越大帶海峽時，就只能從船上看見那座島。島中央有座燈塔，其他就只有山丘和一大片草原。」

「沒錯，但還有幾棟房子吧，卡爾？」

「是的。如今在橫越史葡格的大帶橋上可以看見建築物，尤其從西蘭島方向過來時更加明顯。建築物不是黃色的嗎？」

這時，阿薩德走了進來。他已盥洗乾淨，頭髮梳得整整齊齊，但臉上卻也刮破了好幾處傷口。買一把新的刮鬍刀看來不會是個錯誤的投資。

蘿思的頭歪向一側。「你知道島上有座女子感化院嗎，卡爾？」

「知道啊。不就是把行為放蕩不檢的女子安排到那兒住一段時間嗎？」

「對，差不多是這類的人。我快速把事情說明一遍，聽好了，卡爾。也包括你，阿薩德。」她像個國小老師般舉起一根手指，熟練的動作看起來經驗頗為豐富。

「整件事情要從一九二三年某個叫作克利斯提昂．凱勒的人談起，他是丹麥社會救濟組織的主治醫生，長年在派爾林擔任幾家療養院的院長，照護智能不足患者，這些療養院又稱為凱勒療養院。他盲目認為自己擁有評判旁人的權力，甚至將人分類。根據他的看法，某些人不應該在丹麥社會中有容身之處，他的理論奠基於他那個年代的優生學和社會衛生觀念，也就是瞎扯一堆什麼劣等遺傳基因、衰弱的孩子和諸如此類的鬼話。」

阿薩德譏笑說：「優生學，啊，就是那種切掉少年睪丸，藉此提高他們唱歌的音域，對吧？在東方，古老的蘇丹後宮中就有這種人。」

「那是閹伶，阿薩德。」卡爾糾正說，然後才注意到阿薩德調皮的表情。

「只是開個玩笑啦，卡爾。我昨晚已經查過『優生學』的意思了，這個詞來自希臘，表示

『血統優良』。這個學派的信徒認爲人民的『遺傳物質』必須改善，所以全力擁護血統優良的人類，摒棄出身血統不好的人。」他像個同袍似的在卡爾肩上拍了一下。他絕對比卡爾還了解這方面的事，這點無庸置疑。

接著，阿薩德臉上笑容盡失，一臉正色的說：「我痛恨有人認爲自己比別人優秀，屬於優越的種族，你知道我的意思。」他注視著卡爾。這是阿薩德第一次談論這類話題。

「不過只要是人，免不了會遇見這樣的事，對吧？」阿薩德接著說。「比別人優秀，是所有人努力的目標。」

卡爾點點頭，看來阿薩德被人歧視過。他完全不懷疑自己的屬下曾有過這種經歷。

「那些醫生施行的完全是庸醫之術，」蘿思續道：「也就是說他們根本沒有任何具體事證，只要有個女人不合群、反社會，馬上會受到撻伐監視，尤其是那些所謂的『輕浮少女』。他們胡扯什麼低下的性道德，說那些女人會散播性病，生出墮落退化的孩子，而史葡格島就成了擺脫掉這種女人的地方。那些醫生公開宣稱自己有權利，甚至有義務這麼做，因爲他們認爲自己代表著道德規範，而那些女人都是病態反常的。」

蘿思停了一會兒，讓自己接下來要講的話更顯重要。

「我的看法是，那些醫療人員只不過是悲慘的江湖郎中，不過那卻無損於他們的自以爲是與自戀。只要某個村子或是城鎮想要趕走違背居民道德觀念的女人，他們馬上就會挺身而出。他們八成以爲自己擁有類似神的能力。」

卡爾點點頭，補充說：「或者說類似惡魔的能力。不過說實話，我一直以爲島上的女人只是『智能不足』，就像當年傳聞的那樣，不需要接受加諸於她們身上的治療。」

「呿。」蘿思譏諷的噓了他一聲，打斷他的話。「『智能不足』，沒錯啊，當年是這麼說的。依照那些醫生白痴低級的智力測驗來看，她們或許如此。但是那些允許自己稱呼女人『智能不足』的人，又他媽的是哪根蔥？那些女人終其一生或許沒受過什麼教育，大部分都仰賴社會救濟，但讓她們被當成罪犯或是劣等人醫治？當然，當中一定也眞的有白痴或是天生愚笨的人，可是並非所有人都如此。就我所知，愚蠢在丹麥並不是種犯罪行爲！否則當今要約束管制的政府官員還不少！不行，他們奉行的觀念完全讓人無法接受，至少歐洲人權法院和國際特赦組織沒有授與他們獎章。除此之外，目前也不能斷定這類事情是否在國內已經根絕。想想看，那些女人被皮帶綁住，被迫灌下藥物之類的爛東西，搞得意識不清，最後在島上自生自滅。她們只因回答不出某些狗屁問題，就無法擁有公民權！」講到最後一句時，蘿思簡直像是在破口大罵。

她是睡眠不足，還是月經來了？卡爾心裡納悶著，手從口袋裡掏出麗絲給他的餅乾。他遞了一塊給蘿思，但是她搖頭拒絕。啊，對了，他想起來了，她的腸胃不舒服。於是他拿給阿薩德，不過阿薩德也不想吃。那好，他自己一個人可以多吃點。

「卡爾，女人只要上了史葡格島就出不來了。那座島根本像是地獄的前院。她們被視爲病人，卻沒有得到任何治療，因爲那兒根本沒有醫院；也沒有監獄，可是卻得無限期住下。有些人一輩子沒和家人、甚至是外界聯絡，這種情況持續到一九六一年。該死，卡爾，這件事發生在你的年代，你到底有沒有概念？」蘿思體內的不滿顯然被喚醒了。

他想要開口辯駁，但是她說得有理。那件事發生在他生長的年代，而他對此卻是全然的無知和驚訝。

「好吧。」他點了點頭。「所以說，克利斯提昂．凱勒將他認爲不適合正常生活的女人送往史葡格？而那個莉塔．尼爾森到那兒去了？」

「媽的，沒錯。我整晚窩在這裡研讀那些噁心傢伙的資料，也就是凱勒和他的後繼者，一個叫作維登思科夫的小子。這兩人從一九二三年到一九五九年間管理著派爾林的凱勒療養院，在長達將近四十年的時間裡，他們利用職務之便運送了一千五百位女人到史葡格島。她們生活艱困，待遇差，從事粗重的勞動，而島上的工作人員非但訓練不足，還將那些女人視爲低等人，日以繼夜折磨、監視她們。送過去的女人被稱爲『女孩』，女孩們若是不聽話，就會被關進懲戒室，隔離好幾天；一旦有女孩想要離開史葡格島，必須先結紮才行。強迫結紮耶！卡爾，她們被剝奪了性生活和性器官！」蘿思頭一甩，往牆壁撞去。「媽的，該死，多麼卑鄙下流啊！」

「蘿思，妳沒事吧？」阿薩德小心翼翼將手放在她的手臂上。

「那是超乎人類想像，最惡劣的權力濫用。」她氣得面目猙獰，卡爾從來沒見過她這個樣子。「被人判決送到島上，在孤獨的島上終老腐朽！我們丹麥人並不比那些讓我們氣憤的人優秀！」她火冒三丈怒罵著。「我們就像那些拿石頭砸死不忠女人的人，或者是殺死精神病患和肢障者的納粹！史葡格島的政策可比蘇聯爲政見不同者所建造的精神病院，或者羅馬尼亞的『兒童古拉格』勞改營。沒錯，當然可以！我們絕對沒有好到哪兒去！」

話一說完，蘿思馬上轉身衝向廁所。看來她的肚子問題還沒搞定。

「呼。」卡爾呻吟了一聲。

「從昨晚開始她就是這副模樣。」阿薩德低聲說，以免有被蘿思聽見的危險。「嗯，我覺得她對這件事涉入太深，希望她不會因此把伊兒莎送來。」

卡爾瞇起眼睛。之前他偶爾會出現這種猜疑，而現在感覺又來了。「阿薩德，你覺得蘿思是否接受過類似的治療？你認爲有沒有那種跡象？」

但他的同事聳聳肩說：「我只能說她體內有某種像鞋裡石頭一樣的東西刺痛著她。」

卡爾看著電話好一會兒後拿起話筒，按下羅尼的號碼。

電話響了很久沒人接，他掛斷電話，等了二十秒後再撥打一次。

「喂？」那頭響起一個因爲年紀、酒精和不正常作息而導致的疲累聲音。

「哈囉，羅尼。」卡爾說了一句後沒再接下去。

對方沒有反應。

「我是卡爾。」

還是沒有回應。

於是卡爾大聲說了一次，接著又再把音量放大一點。電話另一頭終於傳來輕微的聲響，可以說是鼾聲，也可能是菸抽多後引起的慢性咳嗽。

「誰啊？再說一次。」

「你的堂弟卡爾，羅尼。」

又是一陣猛咳。「你怎麼挑這種時候打來。現在幾點了？」

卡爾看看錶。「九點十五分。」

「九點十五分！可惡，你瘋了嗎？我十年沒你的消息，你卻在早上九點十五分打來！」他咆哮叫道，然後喀一聲將電話掛了。

果然太陽底下沒有新鮮事。卡爾眼前清晰浮現羅尼的影像：身上除了從不脫下的襪子一絲不掛；指甲長得嚇人，鬍渣亂冒；整個人又肥又壯。還有，不管他在世界哪個角落，向晚的昏暗天光永遠是他感覺最舒服的時候。如果他眞的很喜歡去泰國，也不會是因爲想做日光浴的緣故。

卡爾等了十多分鐘，才又再打一次電話。

「你這是什麼號碼，卡爾？你從哪兒打的電話？」

「警察總局辦公室。」

「見鬼了。」

「我聽到你一些傳聞，羅尼，我們必須談一談。好嗎？」

「什麼樣的傳聞？」

「你在地球另一端的可疑酒吧裡談論你父親的死因，還把我扯了進去。」

「他媽的，誰隨便亂放話？」

「一個同事。」

「他頭腦不正常。」

「你可以過來一趟嗎？」

「到警察總局？你腦袋燒壞了嗎？還是年紀大了？不，要見面的話，就約在外面好好玩樂一番。」

下一秒他馬上建議了幾項要花錢的娛樂，打算大肆買醉，付錢的當然是卡爾。

「你不介意我們在蒂沃利大廳買瓶啤酒，啃點東西吧？」

「我不知道那地方。」

「布拉沃餐廳對面，你一定知道，就在史東街轉角。」

既然他知道卡爾清楚布拉沃餐廳的位置，爲什麼不建議那兒就好？眞是耍寶。

他們約好時間，掛了電話。卡爾靜靜坐了一會兒，思索著要和那個白痴講些什麼，他才能把話聽進去。

接著電話響起。一定是夢娜，卡爾心想。九點半，她有可能在這時候想到打電話給他。光是想到這裡，他的腹部就一陣翻湧。

「是的。」他故意用低沉的聲音說話。可是電話那端並非夢娜，更不見她的性感嗓音。他感覺好像被人比了中指。

「你可以立刻上來一趟嗎，卡爾？」是湯馬斯．勞森。勞森是位能幹的前鑑識人員，曾經在西蘭島服務，後來因爲厭倦職場，又中了樂透，於是辭去工作。但是彈指之間，獎金很快化爲烏有。卡爾聽說他現在是五樓員工餐廳的管理者，工作表現非常出色，也差不多是再到樓上去的時候了。

擇日不如撞日，何不現在就去？

「有什麼事，勞森？」

「是關於昨天亞瑪格島發現的屍體。」

餐廳空間一如往常的狹隘擁擠，那是前陣子警察高層進行改建後留下的唯一痕跡。「近來怎麼樣？」卡爾問矮小結實的餐廳主廚，對方只點了點頭代替回答。

「我昨天下定的法拉利沒辦法那麼快付清。」勞森大笑說，然後把卡爾拉到廚房去。一進廚房，他臉上的笑容隨即消失。「你有沒有概念來這兒大快朵頤的人聊天聊得多大聲，卡爾？」他壓低聲音說。「至少我來上班之前並不知道。」

他打開一瓶皮爾森啤酒推過去給卡爾。

「聽著，卡爾。我聽說你和巴克因爲亞瑪格島上那件案子弄得不愉快，這是眞的嗎？」

卡爾喝了口酒，他現在需要好好喝一杯。

「不是因爲那件案子。幹嘛問這個？」

「巴克昨天對一些老同事暗示說你們在棚屋遭受攻擊，安克爾命喪當場，哈迪身受重傷，只有你安全脫身，整件事情詭異不單純。他還說你是故意假裝被襲擊的，否則額頭擦傷不可能讓人昏厥過去，而且要在近距離捏假造那種射擊簡直輕而易舉。」

「那個混蛋！這件事絕對發生在我幫忙處理他妹妹的案子之前。那個不知感恩的傢伙！還有誰在餐廳大嚼舌根散播這件蠢事？」

勞森搖搖頭。他不想洩漏散播謠言的人。

在餐廳裡用餐，應該讓大家能暢所欲言，無須提心吊膽。要不是他們在背後閒話的對象是卡爾的話，他才不會理會。

「我擔心有些人確實會那樣想。不過，這還不是全部，卡爾。」

「還有什麼？」他將啤酒罐放在冰箱上。待會下樓去找凶殺組組長大發雷霆時，他可不想滿身酒味。

「法醫在昨天發現的屍體的口袋中找到幾件重要證物，其中一是硬幣。講得清楚一點，是一克朗的硬幣。他們總共在口袋裡發現了五枚硬幣，不過有一枚是最新發行的。」

「什麼時候？」

「時間不久，二〇〇六年，所以屍體頂多是四年前埋在地底下。但是事情不僅如此。」

「嗯，我並不意外。還有什麼？」

「口袋中有兩枚硬幣被包在保鮮膜裡，上面發現了指紋，來自兩個不同人的右手食指。」

「好。有什麼發現嗎？」

「有的，指紋相當清晰。硬幣被包起來，很可能正是爲了這個目的。」

「指紋是誰的？」

「一枚是安克爾．海寧森的！」

卡爾雙眼倏地睜大，腦中浮現哈迪那張猜疑的臉龐。他彷彿可以感受到哈迪訴說安克爾吸食古柯鹼時，聲音中流露出的痛苦。

勞森又遞了一瓶啤酒給卡爾，目不轉睛直視著他。

「而另外一枚指紋是你的，卡爾。」

第十六章

一九八七年八月

瓦德拿起妮特的信在手中掂了掂，最後才無關緊要的將信拆開，彷彿是某家藥廠寄來的廣告。

簡單的說，妮特．赫曼森屬於會受到欲望驅使，踰越界線的人，後來也出現過好幾起類似的案例。有什麼理由必須和這個農夫之女糾纏不清呢？難不成她的觀點和想法還能引起他的興趣？

他把信讀了兩遍，臉上露出笑容，將信擺到一旁。

這個小賤人，完全出乎他的意料。信中提到了恩賜和寬恕，但是他有什麼理由相信她的話？

「幹得好，妮特．赫曼森。」他大聲說。「我得來探探妳的底細。」

他將辦公桌最上層抽屜往後推，一個桌角隨即發出喀噠一聲。他稍微掀起桌板，讓它滑到一邊，露出幾公分高的空間，裡面放著不可或缺的重要地址與電話簿。

他翻開前面幾頁，撥打一個號碼，報上了自己的名字。

「您可以幫我找一個身分證號碼嗎？對方叫作妮特．赫曼森，也可以用她的夫姓羅森查詢。住所登記在哥本哈根，諾勒布羅的貝林爾－多瑟林路三十二號五樓。是的，正是她，完全正確。您記起她了嗎？是的，雖然我認爲這男人最近幾年對某些事情的判斷力薄弱不足，但是他確實能幹出眾。您找到號碼了嗎？哈，動作眞迅速。」

他記下妮特．羅森的身分證號碼後道謝，並且告訴對方，若有必要，他很樂意找機會表達他的萬分謝意。這就是兄弟情誼。

接著瓦德又找出另一個電話號碼，最後將電話簿放回原來的地方，桌板也推回原處，直到又聽見喀噠聲爲止。

「喂，史凡，我是寇特．瓦德。」瓦德聽見線路那端有人接起電話後說。「我需要妮特．羅森的資料，我手邊有她的身分證號碼。根據我已有的資訊，她曾經住院治療過，我想請你幫忙查證一下。是的，應該是在哥本哈根。你需要多少時間調查？好，如果今晚能讓我知道結果，我會非常高興。你努力看看？太好了！謝謝你。」

接著他舒服的靠在椅背上，又把信看了一遍。這封信寫得流暢通順，用字毫無謬誤，標點符號也下得相當精準，找不出累贅多餘的地方。一定有人幫助她。她以爲瞞得了他嗎？

他微微一笑。很可能是律師。信中不就載明瓦德若是接受邀約，會面時律師也會在場嗎？

他忽然縱聲大笑。眞是荒誕無稽的想法！

「你似乎很開心啊，寇特。」

他轉身面對妻子，輕輕搖了搖頭。

妻子走到他身邊，瓦德環住她的腰說：「我只是心情不錯。」

「嗯，你是應該感到快樂，親愛的，畢竟最近一切進行得很順利。」

瓦德點點頭，他確實感到心滿意足。

瓦德在父親退休後接手了診所和病患，以及所有的病歷表和「反淫亂委員會」和「丹麥社會」兩個組織的人員名冊。對瓦德來說，那些是重要的資料，若是不小心落入反對者的手裡，將會成爲奪命炸彈。然而那些資料的爭議性，尙不及「祕戰」任務的一半。

第64號病歷
Journal 64

他們的任務不僅要將懷了不值得存活胎兒的孕婦送上診療椅，也戮力爭取符合資格且具備專業知識的新夥伴，無論發生任何事情，那些人絕不能洩漏他們祕密組織的情報。這是件勞心耗神的事情。

瓦德在菲英島的診所曾充作任務聯絡處好幾年的時間，但是隨著墮胎手術日漸集中在首都一帶，他毅然決然搬到布隆得比。哥本哈根附近一個不太迷人的郊區，但卻位居重要戰略位置：臨近好幾家醫院，附近全是最優秀的家庭醫生與專科醫生，更遑論祕戰要對付的當事人。

六〇年代中期，他就在這個郊區遇見了畢雅特。她是個舉措優雅的女人，更重要的還是個護士，具備了優良基因、民族觀念，而且擁有對瓦德大為有利的動人特質。

他在婚前透露自己的工作，解釋祕戰的目標。他預期會遭遇某種反彈，至少是激動不安。然而出人意料的是，她不但充分理解，甚至還積極參與活動。沒錯，聯繫護士和助產士的人就是她。不到一年，她至少替組織招募了二十五名新成員加入。從那時候開始，他們的運動步上了正確的軌道，甚至建議結合政治掩護他們的實際工作，並且將組織取名「界線明確」的人，也是畢雅特。

她無疑是女人和母親的完美典範。

「畢雅特，妳看。」他把妮特的信遞過去。看信時，她臉上露出了嫣然笑靨，兩個傑出優秀的兒子也遺傳了同樣的笑容。

「這簡直是在說教嘛。你決定怎麼回覆她，寇特？是真的嗎？她真的那麼富有？」

他點頭。「毫無疑問。不過妳也可以相信她並非真心送錢給我。」

他站起來，走到一大面拉上的布簾前，將其中一片拉到一邊，露出五個金屬製的墨綠色檔案櫃。櫃子雖然使用多年，卻保存良好，再過四個星期，等到倉庫中的大型防火櫃完成後，所有檔案都會搬過去。除了核心人員之外，所有人皆不許進入。

「我甚至還記得病歷號碼。」他嘲諷的笑了笑，打開第二個櫃子中的一個抽屜。「這裡。」他將灰白色的檔案夾丟到她面前桌上。

上次拿起這份檔案已經是久遠前的事。他看到檔案封面，頭一抬，暫時陷入了回憶中。祕戰計畫的前六十三個病歷是瓦德和父親一起處理的，但是妮特．赫曼森是他第一個獨立負責的案子，也是他貢獻給祕戰的第一個成績。

「第六十四號病歷」，檔案夾上注明著。

「一九三七年五月十八日出生。嗯，所以她的生日只跟我差一個星期。」他妻子說。

他笑咪咪回答：「妳們的差別在於，妳現在是位看起來像三十五歲的五十歲女子，而她卻可能像是個六十五歲的五十歲女人。」

「我看資料寫著她待過史葡格。她的文筆怎麼會如此流暢？」

「可以假設大概有人幫助她。」

瓦德把妻子拉過來，緊握她的手。他說的話不盡然正確。事實上，畢雅特和妮特長相神似，兩人都能引起他的興趣。她們都是金髮藍眼的典型北歐女人，身材穠纖合度，肌膚光滑，紅豔朱唇不由得令人大口喘息。

「你說你有理由相信她並非真心要送你錢，爲什麼呢？檔案裡記載你一九五五年幫她做了刮宮手術，那聽起來沒什麼大不了。」

「妮特．赫曼森患有多重人格，會根據狀況表現出最適合當下情境的性格。她現在這麼做，絕對是精神錯亂、自我感知出了問題。我當然能夠對付，不過我寧願先採取預防措施。」

第64號病歷
Journal 64

「什麼樣的措施？」

「我打電話給組織查詢了一下。她是否眞如信中所寫生了重病，很快就會眞相大白。」

瓦德隔天上午便得到答案，證實了他的推測。

羅森夫婦一九八五年十一月發生車禍以來，沒有人持這個身分證號碼在公立醫院或是私人診所看診。除非她住進了尼科賓．法爾斯特的醫院，或者分別在兩個地方進行半年檢查，一次在尼科賓．法爾斯特醫院，一次在哥本哈根的王國醫院。

這個妮特．赫曼森究竟在打什麼主意？他媽的爲什麼要說謊？她滿口甜言蜜語，顯然想用可信的說法引他入甕，可是爲何偏偏還在這個時候？他若是依約前往，她葫蘆裡會賣什麼藥？懲罰他嗎？或是試圖引蛇出洞，揭發他的眞面目？難道她以為他沒有能力保護自己？以爲能引誘他坦承某些事，拿錄音機乘機錄下來嗎？

他哼了一聲。

荒謬至極的想法，幼稚無知的女人！她怎能以爲自己有能力揭穿他當年的所作所爲？遑論諾維格律師早已擺平了那些事。

瓦德忍不住朗聲大笑。他隨時能夠在十分鐘內動員一群心向丹麥的健壯年輕人，若有必要，那些人也會變得凶狠異常。如果他接受邀約，星期五出現在妮特家門前，身後還帶上幾個這樣的男人，到時再來看被懲罰的是誰，而誰又會受到驚嚇了。

非常誘人的想法。然而星期五哈士騰幾個新的地方團體舉辦了成立大會。還是任務重要，只能放棄這項消遣了。

他將她的信推過桌緣，讓信掉到底下的垃圾桶裡。她若是再拿別的藉口糾纏不休，他會讓她徹底明白究竟誰落在誰的手中。然後他走進診間，穿上醫生白袍。一身潔白的他最能展現威嚴與才幹。

他在玻璃桌旁坐下，拿起行事曆檢查約診狀況。今天應該不會很忙碌。一個轉診過來的人工流產手術，三個受孕諮詢，接著又是一個轉診病人，最後則是祕戰要處理的案例。

第一個病人是個漂亮害羞的年輕女子。根據之前醫生的轉診單，她身體健康，受過教育，雖然已經完成高中學業，但是被男友拋棄，傷心沮喪之餘決定拿掉孩子。

「妳叫蘇菲嗎？」他微笑注視著她問。

她緊抿雙唇。看樣子患者的情緒已在崩潰邊緣。

瓦德凝望著有雙水靈藍眸的少女，她的顴骨高聳秀氣，柳葉眉，雙耳緊貼頭部，手如柔荑。

「蘇菲，男友離妳而去，妳一定很難過。妳顯然很喜歡他。」

她點點頭。

「因爲他一表人才，討人喜愛？」

她又點了點頭。

「不過他選擇了最簡單的解決方式，毫不回頭轉身離去，是否也表示他有點愚笨呢？」

她出言抗議，正如他所預料。

「不是的，他不才笨。他在大學裡念書，我也打算上大學。」

瓦德輕輕側著頭。「妳不是很喜歡來這兒，蘇菲，我說對了嗎？」

她低下頭，又點了點頭，淚水在眼眶裡打轉。

「妳目前在父母的鞋店工作，那不是很好嗎？」

「只是暫時而已，原本已計畫上大學了。」

第64號病歷
Journal 64

「妳父母對於妳要墮胎有什麼想法，蘇菲？」

「他們沒說什麼，只說那是我的決定，他們不會干涉。至少不會鬧得很難看。」

「所以是妳自己的決定嗎？」

「是的。」

他站起來，坐到她旁邊的單人沙發上，握住她的手。「請聽我說，蘇菲。妳是個健康的年輕女子，而妳打算拿掉的孩子在這一刻將因妳的決定犧牲性命。我很清楚，若是妳改變決定，未來一定能提供他美好的生活。我如果打電話給妳的父母聊一聊，聽聽他們眞正的想法，情況會如何呢？我感覺妳有一對明理的好父母，蘇菲，他們不希望逼妳倉促做出決定。妳不認爲我應該聽聽他們說些什麼嗎？妳有什麼看法？」

她彷彿被人按下按鍵般立刻將頭轉向他，臉上露出警覺、抗拒以及滿心困惑的神情。

瓦德沒再多說一句。他知道這種時候不可再咄咄逼人。

「寇特，今天的看診狀況如何？」畢雅特又幫他斟了半杯茶，她稱那是「三點的下午茶」。診所和住家在同一個地方，眞的很方便。

「不錯。今天上午我說服一個漂亮聰明的女孩打消進行人工流產手術的念頭。我向她解釋她的父母無論如何一定會全力支持她，女孩一聽到我這麼說整個人徹底崩潰了。我告訴她應該安心把孩子生下來，先在父母的鞋店工作，到時候他們會幫忙撫養孩子，絕對不會影響到她的求學之路。」

「聽起來很棒，寇特。」

「是的，她是個美麗優秀的女孩，非常典型的北歐人。不久後又會有一個漂亮的孩子誕生，為丹麥的福祉貢獻力量了。」

她粲然一笑。「下一個約診呢？我想應該是南轅北轍的病例。現在坐在候診室裡的病人是林柏格醫生轉來的吧？」

「妳馬上就看出來了啊？」他笑了笑。「沒錯，妳說對了。林柏格對我們的任務貢獻良多，是個優秀人才，不到四個月就轉來十五個類似案例。親愛的，妳帶進組織裡的人全都效率卓越噢。」

十五分鐘後，瓦德坐在診間裡看轉診單，這時門被開啓。他抬起目光，向病人和她男友親切點頭，同時將眼前所見與剛才讀到的內容做一比較。

轉診單上的描述很簡單，不過含意深遠：

卡蜜拉．漢森，三十八歲，懷孕五周。已生產六個孩子，分屬四個不同的父親，靠領取社會救濟金過活。有五個孩子接受特殊矯正課程，老大目前被安置在療養院。她肚子裡孩子的父親叫作強尼．胡寧內能，二十五歲，同樣接受社會救濟。因爲偷竊、吸毒、服用美沙酮而三次被捕入獄。兩人只完成國小教育，沒有接受過職業訓練。

過去幾個星期，卡蜜拉出現排尿疼痛，原因是性病感染，不過這點沒有告知病人。我建議採取手術。

瓦德點頭贊同。林柏格醫生在各方面都恨優秀。然後他抬起頭，打量眼前不相稱的情侶。

女性的體重過重、害羞內向、頭髮油膩沒有梳理，純粹是台生產的機器。蠢婦一個。她以爲他會幫她接生第七個毫無價値的孩子嗎？以爲他能允許兩個低等人生下的孩子占據哥本哈根的街道嗎？那麼他們就是自欺欺人了。

那對情侶神情愚蠢，露出不整齊的醜牙回應他親切的表情。他們甚至沒辦法好好微笑，眞是可悲、低賤。

「卡蜜拉，妳排尿會痛是嗎？我們必須好好檢查一下。強尼，請你到候診室稍坐。如果你想喝咖啡的話，我相信我妻子很樂意端一杯給你。」

「我想喝可樂。」他回答說。

瓦德在內心偷笑。他當然可以喝可樂，等他喝了五、六瓶之後，就能帶回他的卡蜜拉了。淚眼婆娑的卡蜜拉，因爲醫生不得不幫她進行刮宮手術。除此之外，她完全不會知道自己是最後一次懷孕了。

第十七章

二〇一〇年十一月

卡爾得知在腐爛屍體口袋發現的硬幣上有他的指紋，整個人目瞪口呆。從震驚中稍微恢復之後，他抓住勞森的手臂請求說，若再出現這類事情時一定要告訴他；一旦鑑識部門找到新線索，但有隱瞞不讓他知道的可能，也請勞森一五一十轉告；此外也別遺漏了同事到樓上餐廳用餐時高談闊論的評論等等。卡爾希望知道關於此案的一切。

他到三樓去，口氣粗暴衝著麗絲問：「馬庫斯在哪兒？」

「正和兩個小組的人員開會。」她是否閃躲他的目光？或者純粹是他自己胡思妄想？然後她抬起頭，狡黠的看著他。「哎，你昨晚有沒有好好享用馬丁鵝大餐啊？」她露出一種在五〇年代的電影中會被審查機關剪掉的曖昧笑容。

好了，她的思緒仍圍繞在他是否經歷一段美妙的性愛，看來硬幣上有他指紋的事應該還沒有成爲這個部門的優先話題。

卡爾用力推開會議室的門，忽略在場三十雙像吸盤一樣黏在他身上的眼睛。

「很抱歉，馬庫斯，」他對臉色蒼白、體力虛弱的凶殺組組長說，還故意放大音量，讓所有人都能聽到。「有幾件事情必須先澄清一下，以免日後一發不可收拾。」

他轉向在場其他人。有幾個人因腸胃型感冒顯得虛軟無神、面頰凹陷、眼睛紅腫，看起來簡直充滿攻擊性。

「警察總局裡流傳著我在亞瑪格島槍擊案中的角色，因此我必須針對此事提出抗議。我只說一次，希望之後不會再聽見那些謠言。對於屍體口袋裡的一克朗硬幣爲何會有我和安克爾的指紋，關於這點我毫無頭緒。不過，你們要是動動發燒的大腦仔細思考一下，便會明白這兩枚硬幣，是故意讓你們在發現屍體的時候找到。到這裡爲止都聽得懂嗎？」

他審視著眼前的男人們，完全沒人有任何反應。「好吧。不過你們應該也同意屍體很可能被埋在其他地方，對吧？例如就埋在這棟樓底下，但是事情並非如此。一切跡象指出，屍體本身並不重要，主要目的是要將調查人員導向錯誤的方向！」

仍然沒人打算點頭或是搖頭。「唉，眞該死！我很清楚你們一直胡亂推測當初亞瑪格島上的槍擊案究竟是怎麼回事？爲何我從此以後不願意再與此案有所牽連？」他直勾勾瞪著坐在第三排的蒲羅。「蒲羅，我不願意再想起此案的理由很簡單，因爲我對那天發生的事情感到羞愧萬分。正因如此，所以哈迪現在躺在我家客廳，而不是各位家中。那是我的表達方式。我當初在亞瑪格島上本該採取行動，但卻束手無策。可是無論如何，我都沒從哈迪身邊逃開。」

這時，有幾個同事在椅子上動了動。終於有跡象顯示他們了解了，不過也有可能只是痔瘡發作而已。你永遠不會知道這些官員究竟怎麼回事。

「還有最後一項。你們到底知不知道忽然被兩個最要好的同事壓在身上是什麼感受？他們大量噴著血，而你自己還剛遭人射擊，被子彈打到？我認爲你們應該好好想一想。那是他媽的天大折磨啊！」

「沒人指控你。」蒲羅說。終於出現回應了。「此外，我們目前在此討論的也完全不是那件案子。」

卡爾環顧會議室一周。這些木乃伊的腦子裡在想什麼？有些同事打從心裡討厭他，不過這種厭惡也絕非單方面啦。

「好吧！不過你們最好閉上狗嘴，開口之前謹慎三思，操他媽的。就這樣。」

他用力摔上門，弄得整棟樓轟隆作響，接著便如暴風般衝向地下室，最後在他的辦公桌旁坐下，尋找該死的火柴，想點燃叼在嘴角抖個不停的該死香菸。

屍體的口袋裡發現有他指紋的硬幣，而他對於這一切完全沒有頭緒。眞他媽的狗屎！爲什麼、爲什麼、爲什麼？在他腦中的聲音嘈雜不休。如今不想插手這件案子都不行了。操，他的處境非常不利。他咬緊牙關，深深吸氣、吐氣，感受到脈搏急速跳動。他媽的，他可不希望又倒在地上，但胸腔那股巨大的壓力足以將健康高大之人的生命一口氣榨乾。

將注意力集中在別的地方！他提醒自己，閉上眼睛。

現在只有一個人應該承受他心中洶湧咆哮的風暴吹襲，那就是柏格．巴克！

「我發誓要讓你終身難忘。沒人能散播有關卡爾．莫爾克的惡劣閒話，而不會受到懲罰。」他獨自咒罵著，一邊尋找電話號碼。

「怎麼了，卡爾？幹嘛自言自語。」阿薩德站在敞開的門旁，額頭上的皺紋像洗衣板一樣。

「沒事，不關你的事，阿薩德。我要踹死巴克，懲罰他在外頭胡亂散播我的閒話。」

「啊哈。不過在此之前，有件事你得先聽一下，卡爾。我剛才和警察學校一個叫作尼厄瑟的人談話，我們稍微聊了一下蘿思。」

卡爾哼了一聲。媽的，眞會挑時機！他正怒火中燒，打算好好發洩一番。難道要這麼輕易讓事情煙消雲散嗎？

「如果不能等就快說吧。他說了什麼？」

「你還記得蘿思第一天到這兒來時，馬庫斯告訴我們她開車像個筷子手一般橫衝直撞，所以沒有考過駕照，無法成為警官嗎？」

「是劊子手，阿薩德。沒錯，差不多是這樣。」

「她開車技術確實糟糕透頂。尼厄瑟說她滑出彎道，將三輛車撞得稀巴爛。」

「哎呀，三輛車？」

「是的，她開的那輛、一輛正在教授控制打滑的教練車，還有另外一輛停在旁邊。」

卡爾揣想當時的狀況。「真有效率，並且讓人印象深刻啊，不過我們倒也不必因此把警務車的鑰匙交給她。」

「好戲上場了，卡爾。在把車子移到路邊的一團混亂中，蘿思竟然變成了伊兒莎。」

「哈利路亞，中樂透了！」他放聲大叫。蘿思在這種狀況下變成了雙胞胎姊姊伊兒莎？這可不是開玩笑的事啊。那不僅是對現實的感受能力被扭曲，而是完全失去了現實感。

「嗯，情況不妙。警察學校的老師怎麼處理？」

「他們請來一位心理醫生，不過那個時候她又變回蘿思了。」

「希望你沒有和蘿思談過這件事，阿薩德，是吧？」

阿薩德失望的看著卡爾。他當然沒講。

「還有，卡爾，她調到我們這兒以前在市警局擔任內勤。你記得布朗度・伊薩克森怎麼說的嗎？」

「陰沉晦暗。大概說她回家的時候弄壞同事的車，還用沒有密封好的咖啡壺毀了同事的重要文件。」

「還有喝酒的事。」

「對，她在聖誕派對上開懷暢飲，和兩個同事胡搞。布朗度這個清教徒當時告誡我盡量讓她離酒精遠一點。」

卡爾有點哀傷的想起了麗絲，想起她沒有認識法蘭克之前的時光。若對象是麗絲的話，在聖誕派對上喝點酒完全無傷大雅。他不由得又露出了笑容。

「但是你不認爲布朗度只是嫉妒那兩個同事罷了，因爲蘿思只給他們看她特別隱藏起來的女性舉止？蘿思在聖誕派對上做什麼，完全是她和相關者的私事，和布朗度、和我或者是其他人都無關。」

「那當然，卡爾。我從沒聽說過什麼不正經的聖誕派對。我只知道蘿思在最後一次的員工聚會上發生類似的事情，又變成了伊兒莎。我也和市警局一個同仁談過，大家對這件事仍記憶猶新。」阿薩德的眉毛忽地挑起，接著又說：「至少那個人不是蘿思，他們說她講話聲音不一樣，行爲舉止像是另外一個人。不過，她也可能轉變成第三種人格，這點他們不太確定。」阿薩德結束了報告，眉毛又降回到原位。

保持冷靜。第三種人格，噢，老天啊！

卡爾察覺到內心那場原本要賞給柏格‧巴克的風暴已經隆隆遠去。眞是太蠢了，因爲巴克活該被刮一頓。

「你知道蘿思爲什麼會這樣嗎？」

「她沒有進過醫院，如果你要問的是這個。不過我拿到了蘿思母親的電話號碼，你可以親自打去問她。」

「蘿思的母親？」這個阿薩德頭腦還眞靈光，知道要回溯問題的源頭。

「幹得好，阿薩德！但是你自己爲什麼不打呢？」

「因爲……」阿薩德哀求的望著卡爾，「我就是不想打。這件事如果被蘿思發現，她找你發火算帳比較好，可以嗎？」

卡爾舉起雙手投降。今天發生的一切擺明不歸他掌控。

阿薩德將電話號碼遞給他，卡爾用一個表情示意他可以滾蛋了，然後便拿起話筒，撥下號碼。那是舊式的號碼，開頭不是四五，就他所知，應該屬於林比或威倫等地。

雖然今天很倒楣，不過另一端總算有人接起電話。

「伊兒莎·克努森。」

卡爾不敢相信自己耳朵所聽見的。「伊兒莎？」他頓時心生疑慮，但同時又聽到蘿思在走廊後頭的辦公室裡吼叫阿薩德的名字。所以說她人還在這裡。「很抱歉，冒昧打電話打擾您。」他繼續說下去。「我是卡爾·莫爾克，蘿思的主管。請問您是蘿思的母親嗎？」

「不是。」線路那頭傳來從某個深處湧出的低沉笑聲。「我是她姊姊。」

天啊，她的眞有個叫作伊兒莎的姊姊！聲音非常類似蘿思版本的伊兒莎，不過仍有些不同。

「蘿思的雙胞胎姊姊？」

「不是。」伊兒莎又大笑說。「我們有四個姊妹，但是沒有雙胞胎。」

「四個！」音量似乎太大了。

「是的，我、蘿思、維琪和莉瑟—瑪麗。」

「四個姊妹……我完全不知情。」

「嗯，不過我們彼此只差一歲。我的父母想要一口氣生完所有孩子，但一直沒有生男孩，所以我母親後來找一天結紮了。」她又哼哼笑了起來，和蘿思一模一樣。

「是的，不好意思。事實上我想和您母親談談。可以請她聽電話嗎？她在家嗎？」

「可惜不在。我母親三年前就不住這兒了。她和新任丈夫住在太陽海岸的房子顯然比較開心。」又冒出了鼻音笑聲，看來她是個生性樂觀的人。

「好的，那麼我直接切入正題。我可以私下和您聊聊嗎？我的意思是無論如何都不能讓蘿思知道我打過電話。」

「不行，您不可以這樣做！」

「所以您打算告訴蘿思？若是如此，我覺得很遺憾。」

「不是，我沒有這樣說。我們現在也很少碰到蘿思。但是我會告訴其他姊妹，我們之間是沒有祕密的。」

現在是什麼狀況？

「好吧。我請教您，蘿思的性格是否有缺陷，或者有人格障礙之類的問題？還有，她是否接受過相關的治療？」

「呃，什麼樣的治療？我不清楚應該如何回答。我父親過世時，她確實吞下了母親大部分的藥片。那陣子她意志消沉、對人破口大罵，也常藉酒澆愁。就某一方面來說，她算是接受了治療，自我治療。只是我不知道有沒有幫助。」

「對什麼有幫助？」

「她在狀況惡劣時會變成另外一個人，不再是她自己。蘿思會成為我們其他三人，有時甚至是另外一個人。」

「您的意思是她生病了，我這樣說對嗎？」

「生病？我不知道她有沒有生病，不過至少有點失常。」

這點卡爾也知道。「她一直都是如此嗎？」

「就我有記憶以來，是的，不過我們父親去世後更變本加厲了。」

「嗯。她的改變難道是有理由的？抱歉，我不是有意冒犯。我的意思是，您父親過世時的狀況是否不太單純呢？」

「是的，可以這麼說。我的父親死於工作意外，整個人被絞進機器裡，其他人最後不得不把屍塊收集在一塊塑膠布上。我有個朋友說，救護人員將遺體送到法醫面前時，他說了一句話：『你們能從中找出什麼嗎？』」

她敘說整個過程的語氣出奇平靜。嗯，甚至帶點嘲諷。

「我很遺憾，親人在這種情況下離開實在令人難受。我可以深刻體會您和您的家人遭受了可怕的變故，不過，蘿思顯然受到特別強烈的影響。」

「她當時就在軋鋼廠暑假工讀，眼睜睜看著他們把塑膠布拖過眼前。是的，蘿思受到的影響確實特別強烈。」

可怕的經歷。遇到這種事，誰不會夢魘連連呢？

「後來有一天她不想再當蘿思了，就是這麼簡單。她某天扮演龐克，隔天又變成優雅的女士，或是我們其中一個姊妹。我不知道她是否生病了，不過她轉變成我們其中一人時，莉瑟─瑪麗、維琪和我再也沒興趣和她住在一起了。這點您或許可以理解。」

「您覺得她爲何會變成這副模樣呢？」

「我之前已經說過了，她這個人有點失常。這點您一定也很清楚，否則不會打電話過來。」

卡爾點點頭。看來在蘿思家裡，她並非唯一擅長做出結論的人。

「最後還有一個，或者兩個問題，純粹滿足我的好奇心罷了。您是金色捲髮，喜歡粉紅色，愛穿百褶裙嗎？」

伊兒莎噗哧一聲。「老天呀，所以您也經歷過了。是的，金色捲髮沒錯，喜歡的顏色也是正確的，例如我現在的指甲油和唇膏便是粉紅色的。但是我已經幾百年沒穿百褶裙了。」

「是格子花呢的嗎？」

「是的，那件裙子很酷，但堅信禮後沒多久就不穿了。」

「您若是找個時間翻找衣櫃或是隨便哪個塞放裙子的地方，伊兒莎，您會發現那件裙子早已不翼而飛了。」

卡爾掛上電話後莞爾一笑。沒錯，基本上他雖然不熟悉其他姊妹，但是如果她們忽然換成蘿思的臉出現，也不會糟糕到他和阿薩德無法應付。

蒂沃利大廳果然位於布拉沃餐廳對面，但它其實上並非什麼大廳，至少他沒聽過天花板高兩公尺的地下洞穴可以稱之爲大廳。

卡爾的堂哥羅尼坐在靠街的座位，離廁所特別近。所以說除了廁所之外，他沒有其他趕著要去的地方，不過考慮到膀胱必須跟上龐大身體的嘴部活動倒也十分合理。

羅尼高舉著手，彷彿深怕卡爾認不出他來似的。他老了許多，也更胖了，不過其他部分完全沒變。頭髮上抹了一堆髮油，造型卻不是五〇年代時髦的搖滾風格，比較像是以貧窮鄉下婦女爲主要觀眾，阿根廷肥皀劇中的油頭小子。維嘉若是看到了，一定會直搖頭說眞丟人。他穿了一件耐用材質製成的閃亮黑手黨外套，以及和身上工作服不相稱、也不適合他的牛仔褲。龐大的屁股配上一雙細瘦的腿，或許對來自拿坡里的風騷女子有些吸引力，但是卻讓卡爾敬謝不敏，就連那雙帶釦的尖頭鞋他也不敢恭維。一言以蔽之：太誇張了。

「我已經點餐了。」羅尼指著兩個空啤酒瓶說。

「我想有一瓶應該是點給我的。」卡爾說，但是羅尼搖了搖頭。

「再來兩瓶！」他大聲點酒，然後靠向卡爾。

「看見你眞好啊，堂弟。」他想要握住卡爾的手，但卡爾即時把手縮了回去。其他客人看見了免不了要議論一番。

卡爾緊盯著羅尼的雙眼，把從巴克那兒聽到，有關羅尼在泰國酒吧大放闕詞的行徑，用兩三句話解釋清楚。

「是啊。」羅尼說。「然後呢？」這個人甚至連否認都不否認一下。

「你喝太多了，羅尼。要不要我幫你預約大花園戒酒中心的治療？如果你繼續在公眾場合大肆宣傳你殺害了自己的父親，而且我也有份的話，你最後很可能會住進一所漂亮監獄，無須付錢就能戒去酒癮。」

「他們才沒有權力這麼做！案件早已過了法律時效了。」羅尼向端著盤子和兩瓶皮爾森啤酒走過來的女服務生微微一笑。盤裡裝著鱈魚乾。

卡爾看了一眼菜單。這道菜要一百九十五克朗，絕對是菜單上最貴的菜餚。羅尼最好有心理準備得自己付帳。

「謝謝，啤酒不是爲我點的。」卡爾對服務生說，然後把啤酒推向堂哥。這樣就無須懷疑誰必須買單了。接著他轉向羅尼說：「在丹麥，殺人案沒有時效限制。」說明同時故意忽略服務生吃驚的表情。

「老小子，」等到服務生離去後，羅尼說，「沒有人能證明什麼，不要瞎操心好嗎？我父親是個混蛋，他或許對你很好，對我卻完全不是那麼回事，更別說帶我去釣魚了。我沒有騙你。他只有故意要欺瞞對手或是讓你父親心感佩服時，才會去釣魚。他根本不喜歡魚。只要我們去大街上追馬子，他就會舒服的窩在露營椅上，一手菸，一手拿著酒瓶，魚對他只是個屁。對了，卡爾，他『釣上來』的魚裡，」羅尼在空中比了引號，「有一些是從家裡拿來的。你不知道嗎？」

卡爾搖搖頭。那番話和他父親所敬愛、而他自己也從其身上學到許多的男人不相符。

「胡說八道，羅尼，那些魚都是剛釣上來的。驗屍報告上也清楚注明你父親沒有喝酒。爲什麼你要講這些蠢話？」

羅尼高高挑起眉毛，不過在他回答之前還是先嚼完了嘴裡的食物。「你眞是天眞的孩子啊，卡爾，只看見你想看的東西，就連現在還是一樣天眞。你若是不想聽眞相，就付了錢趕快滾蛋吧。」

「好吧，告訴我眞相是什麼。說明一下你如何殺了父親，而且還是和我一同犯的案。」

「你只要想想你房間裡那些海報就行了。」

那是什麼鬼答案？「什麼海報。」

羅尼放聲大笑。「別說你一丁點兒也想不起來。」

卡爾做了個深呼吸。這傢伙喝酒喝壞腦袋了嗎？

「李小龍、約翰·薩克森、羅禮士。」他邊說邊比畫空手道的招式。「砰、砰。卡爾，我說的是《龍爭虎鬥》、《精武門》那些海報。」

「空手道海報？我早就不貼那些海報，多年前也都不見了。再說，海報和這件事有什麼關係？」

「截拳道。」羅尼忽然放聲大笑，鱈魚乾從嘴裡噴了出來，把鄰桌的客人嚇得差點滑落手裡的杯子。「那是你內心的呼喊，卡爾。奧爾堡、約林、腓特烈港、諾桑比，只要這些地方放映李小龍的電影，你立刻衝去看。你連這個也不記得了嗎？沒人限制你只能看兒童電影以後，你馬上跑到這些戲院的售票口前。那些事情離現在也沒那麼久遠吧。我若沒記錯，分界點差不多是十六歲，而我老爸過世時你十七歲。」

「你在講什麼啊，羅尼？那些事和你父親的死有什麼狗屁關係？」

這時羅尼又靠向他堂弟。「你教過我怎麼使用手刀，卡爾。你發現了省道上的女孩後，頭也不回的追了上去，我就在那時候用手刀朝我老爸的脖子劈下去，完全照著你說的做：不要太用力，以免弄斷頸椎，但是施力仍要足夠。我拿老家農場上的羊練習了好幾次。也就是說，我瞄準頸動脈用力一擊，最後還用腳後跟踹了他一腳。過程差不多這樣。」

卡爾瞥見桌巾一端扯動著。他媽的，難道羅尼現在想重現當時的狀況嗎？

「冷靜一點，羅尼，別把鱈魚乾噴在我衣服上。你知道嗎？這些全都是蠢話。你爲什麼要胡說八道？我那天向你父親道別後，我們兩人還一起離開。莫非你父親對你造成嚴重的創傷，讓你必須捏造這種幻影，才能夠繼續活下去？老天爺啊，眞可憐。」

羅尼臉上露出笑容。「信不信隨便你。要吃甜點嗎？」

卡爾搖搖頭。「如果我再聽到你又造謠父親的死亡原因，一定會讓你嘗嘗什麼叫作截拳道。」

他邊說邊站起來，然後留下他堂哥和剩下的鱈魚乾轉身離開。這傢伙打算要別人付帳時，最好先弄清他要塞帳單的對象是誰。

現在他應該放棄甜點了吧。

「馬庫斯要你立刻去找他。」一走進警察總局，警衛馬上知會他。

卡爾走上樓梯時心想，等下若是挨罵的話，他的耐性鐵定被磨光。

「我就開門見山說吧，卡爾。」卡爾門還沒關上，馬庫斯劈頭就說。「請你誠實回答我的問題。比特．鮑斯威爾是誰？」

卡爾皺起眉頭。「我沒聽過這個名字。」

「今天下午我們接到匿名通報，與亞瑪格島那具屍體有關。」

「是嗎？我痛恨匿名通報。有什麼發現？」

「死者是個英國人，比特．鮑斯威爾，二十九歲，有色人種，有牙買加血統。二〇〇六年秋天，鮑斯威爾在投宿在特理東旅館，隨後失蹤，他受僱於一家叫作康達魯工坊的公司，專門買賣印度、印尼和馬來西亞的藝術品。你想起了什麼嗎？」

「什麼也沒有。」

「詭異的是，根據匿名通報，你、安克爾和鮑斯威爾在他失蹤那天約了見面。」

「約了見面？」卡爾感覺得到自己的眉毛緊皺在一起。「該死，我爲什麼會和一個進口家具和閃亮飾品的人有約？從我搬進現在的住處以來，家具始終沒換過。我沒有錢買新家具，就算眞有需要，也會上宜家家具去買。他媽的究竟搞什麼鬼，馬庫斯？」

「我也問自己這個問題。不過，我們再等等看吧。匿名通報通常不會只出現一次。」

然後馬庫斯結束了談話，對卡爾冒失打斷開會的事隻字未提。

第十八章

一九八七年八月

姬德．查爾斯就像一幅畫作，完成之初取悅了它的創作者，但是如今被擺在販賣舊貨商店的角落，畫作上的簽名已模糊難辨。她童年在托爾斯港市時，光是講出自己的名字便覺得有點與眾不同，因此她發誓長大後就算有個男人進入了她的生命，也絕不要放棄自己的姓氏。當初這個叫作姬德．查爾斯的孩子是自信、正直的女孩，即使姬德今日回顧以往，也覺得自己始終如一，只不過中間少不了有些變動。

父親忽然破產、拋家棄子，讓姬德的世界轉眼間崩裂，心中重要的期待全然破滅。母親、哥哥和她最後搬到威爾勒，從新房子往外望去，不見峽灣蹤影，也沒有港口風景。比起以前的房子，新屋雖然較不討人喜歡，但生活相對穩定。沒多久，三個人逐漸對彼此漠不關心，各自找尋出路，自從三十七年前十六歲離家後，她便再也沒見過他們。

幸好這兩人不知道她目前的處境。姬德心想，接著深吸了一口菸。從星期一到現在，她滴酒未沾，人也因此變得有些溫順。她並非有酒癮，但是存在於體內小小的搔癢、大腦的短暫停滯，還有舌頭上的燒灼感，都能讓她短時間內不覺得自己一無是處。只要她有錢——不過月底通常不是如此——一瓶琴酒即能增添生活的甜美滋味。她奢求得不多，也就是說她不是個酒鬼，只是恰好無酒可喝讓她覺得有些遺憾。

姬德思索著要不要跳上腳踏車，騎到查內畢爾，或許她以前當家庭看護的人家對她觀感不錯，說不定會請她喝杯咖啡，順便提供一杯櫻桃酒或利口酒。

她閉上眼睛，舌尖彷彿可以品嚐到酒的滋味。

是的，任何一種類似的飲料都行，只要能讓她消磨等待領取社會救濟金的時間。眞他媽的，領個救濟金爲什麼要等那麼久！

她曾經試圖說服社工人員每星期發放一次救濟金，但立即被否決。如果姬德想要每個星期拿到錢，他們必須上門四次，而非一個月一次。

她看得出來那純粹是要不要執行的問題罷了。她可不笨。

她的目光越過田野，眺望郵遞車從諾比教堂開到馬魯普教堂路。這個季節島上沒什麼活動，觀光客早已離開，幾乎擁有這兒一切的兄弟們再度投入農具機租賃事業，其他人則在家裡等待電視新聞，等待來年的春天。

她住在這棟拓建的農莊將近兩年，仍然不太認識屋子的主人，生活即使孤單寂寞，但是姬德習以爲常。從許多方面來看，她是個天生的孤島居民，比起在大都市那幾年雖然常在路上碰見其他人，彼此間卻毫無瓜葛，住在菲歐恩、史葡格、而今在桑索的日子遠遠要愜意多了。島嶼是爲了她這種人創造的，在島上，事情比較容易掌控。

郵遞車停在她的農莊前面，郵差拿著一封信下車。屋主是個農夫，很少收到信，他也是屬於那種會因爲收到馬魯普雜貨商店廣告傳單而滿足的人。

她愣住了。郵差剛才是把郵件丟到她的信箱裡嗎？他是不是搞錯了？

郵遞車一開走，她立刻裹著晨袍，穿上拖鞋用小碎步跑過去將信箱打開。

地址是手寫的。她已經好幾年沒收過這種信了。

她深深吸口氣，充滿期待將信封翻過來。一看到信底的名字，她驚訝得肚子陡然一沉。上頭

第64號病歷
Journal 64

寫著「妮特・赫曼森」。

她又把寄信人資料看了兩次，之後才在餐桌旁坐下，摸找著香菸。她坐著瞪視信封好一會兒，思索裡面可能寫了些什麼。

妮特・赫曼森。那是多久前的事了！

一九五六年夏末，剛好是她二十二歲的後半年，姬德滿懷期待，搭乘郵輪從高薛前往史葡格。對於這個未來好幾年可能會成爲她家的地方，幾乎一無所知。

她之前親自登門拜訪派爾林的主治醫生，想要了解史葡格島是否適合她。主治醫生厚重角框眼鏡背後的溫暖、睿智目光，即已說明了一切。他說，像她這樣年輕、健康又強壯的女孩，絕對能在史葡格島上發揮長才，於是事情就此拍板定案。

她看護過智能低下的病患，有些症狀相當嚴重，但大部分還算平易隨和。據說史葡格島上的女孩並不像她在派爾林的病人那麼愚笨，這點很合她的心意。

她們穿著格子長洋裝站在碼頭邊，臉上堆滿笑容，熱切的朝她揮手打招呼。不過姬德只覺得她們的髮型醜得要命，咧嘴嬉笑的樣子惹人討厭。她抵達之後才知道那位剛換班朝她走來的女子深受眾人痛恨，才明白女孩們天天數著郵輪抵達的日子，希望郵輪可以把那個女子帶走。

或許因爲如此，她們熱情的擁抱她，開心的拍拍她。

「哇，我喜歡妳！」有個體型比其他人大三倍的女孩叫道，用力將姬德緊緊一抱，讓她好幾天身上都是瘀青。那個人叫薇歐拉，她過分熱情的方式很快讓姬德吃不消。

所以說，她是島上女子眾所期盼的對象。

「我從妳的資料上讀到妳自稱『護士』。有一點必須讓妳了解：我不會支持妳使用這個稱謂，不過妳若要繼續如此稱呼自己，我也不會反對。我們這兒沒有受過訓練的工作人員，因此在其他人眼中，那樣或許多少能提昇他們工作的價值。我們就這麼約定了？」

在感化院院長面前不能隨便亂笑。不過窗外庭院中有些女孩縱聲大笑，私下又偷偷覷向姬德。她們的外表簡直像頂著馬桶蓋髮型的稻草人。

「文件資料沒有問題，但是妳的髮型可能會喚醒女孩的欲望，而那非我們所樂見。因此我請求妳，和她們在一起時，請將頭髮挽起，戴上髮網。我已經請人將妳的房間打掃乾淨，一切都準備好了。不過，我希望這些事以後由妳自己處理。妳必須了解，比起妳來的地方，島上更爲重視衛生與秩序，妳的服裝儀容務必保持整潔，女孩們也一樣，而且一定要遵循晨間衛生。」

她朝姬德點點頭，期待她同樣點頭回應。姬德確實也這麼做了。

兩個小時後，姬德在經過女孩們的食堂，被帶往隔壁員工餐廳時，第一次注意到妮特。她坐在窗邊眺望水波，彷彿周遭的一切並不存在，眼裡沒有開心喧譁的女孩身影，也聽不見薇歐拉大聲招呼姬德的聲音，即使是桌上的食物，也無法將她從夢境中拉回。陽光落在她臉上形成陰影，似乎那些最私密的想法都暴露在日光下。在那短短的幾秒鐘，姬德已被她深深吸引。

院長向大家介紹姬德，女孩們竊竊私語、擠眉弄眼，叫著她的名字。只有妮特和坐在她對面的女孩反應和其他人不同。妮特轉過頭來，直勾勾注視著她，宛如必須先穿透一道看不見的盔甲；坐在對面的女孩則是將她從頭到腳挑釁打量了一遍。

「坐在窗邊那個沉靜的女孩叫什麼名字？」姬德被領到員工餐廳的桌旁坐下時問道。

「妳說的是誰？」院長反問她。

「坐在目光挑釁的女孩對面那一位。」

第64號病歷
Journal 64

「莉塔對面？原來如此，那是妮特。」坐她隔壁位置的人說。「她總是窩在那個角落，瞪著海洋和把貝殼丟下來的海鷗。不過如果妳認為她是個安靜的女孩就大錯特錯了。」

姬德終於打開妮特的信閱讀，越往下讀，她的手顫抖得越厲害。當她看到妮特提及要贈與她一千萬克朗時，不由得大口喘氣，幾乎拿不住信。她在狹窄的廚房裡來回踱步走了好幾分鐘，就是不敢繼續看下去。後來她將茶壺調整好，桌子擦乾淨，仔細緩慢的把兩隻手在臀部上擦乾，才又看了信一眼。一千萬克朗，白紙黑字寫著。等她發現信中附了一張支票時，急忙抓起信封，終於相信信中所言屬實。她差點忽略了支票。

她重重跌坐在椅子上，蠕動著嘴唇，左右張望這個家徒四壁的房間。

「妮特寄來的信。」她自言自語了好幾次後，最後脫掉了晨袍。

支票上是兩千克朗，那比搭乘渡輪和火車來回哥本哈根的費用還要多。她不能在查內畢爾這兒的銀行兌現支票，因為她欠的錢遠超過兩千克朗。不過她可以去找屋主，拿支票和他換一千五百克朗，然後就可以拿著錢到馬魯普的雜貨商店一趟。

面對突如其來的狀況，她需要實質上的小小幫助，否則沒有辦法應付，而在雜貨商店選幾瓶酒將會是恰當的選擇。

第十九章

一九八七年九月

妮特將散亂在茶几上的小冊子收好，放在窗台上。那些小冊子介紹西班牙聖彭薩、安德列茲與克利斯托港上精美的三房住宅，以及桑維達和波耶卡上各一棟連棟別墅，最後是聖特爾莫的一個豪華閣樓公寓。這幾個選項品質不錯，價錢也合理。夢想已經排隊站好，即將要圓滿實現了。每當寒冬來臨，她總是渴望離開丹麥，馬略卡似乎是正確的選擇。她希望在美麗的景致中享受先生事業的成果，尊嚴體面的終老一生。

是的，這一切快要結束了。到時她將買一張飛往馬略卡的機票，在當地找一棟合適的住所，還不到一個星期，她人已遠走高飛。她又拿起名單，一行一行往下看，同時在腦海中將整個流程預先推演一遍，確保不會有意外發生。

名單上寫著：

莉塔．尼爾森：十一點至十一點四十五

*清理時間：十一點四十五至十二點半

泰格．赫曼森：十二點半至一點十五

*清理時間：一點十五分一點四十五

維果．莫根森：一點四十五至兩點半
＊清理時間：兩點半至三點
菲力普．諾維格：三點至三點四十五
＊清理時間：三點四十五至四點十五
寇特．瓦德：四點十五至五點
＊清理時間：五點至五點半
姬德．查爾斯：五點半至六點十五
＊清理時間：六點十五

她想像每個客人來臨時的情形，然後滿意的點點頭。沒錯，一切都在掌控之中。等他們一來，她按下對講機按鈕後，隨即會切斷門鈴電源，直到屋內的人無法再反抗才將門鈴的電源開啓。若是下一個人太早到達，而且響起電鈴，她會請那位客人先離開，待約定好的時間再上門；倘若有人來得太晚，她打算將他的約延到最後一個，並請他到湖濱亭閣那兒等待，一切花費掛在她的帳上。她會說服對方聽從她的建議，畢竟這攸關豐厚的報酬，不應等閒視之。

爲了避免客人們在大門前不期而遇，她盡可能將兩個不認識的人安排成前後順序。雖然寇特．瓦德與姬德．查爾斯很可能因爲具有社會救濟和醫院體系的背景彼此認識，不過瓦德這種男人遲到的可能性微乎其微。

把姬德放在最後一個的決定很妥當，她心想。沒人知道姬德會不會準時出現，她從來不認爲有遵守時間的必要。

是的，她的計畫天衣無縫，緩衝的時間也充足。還有，這棟房子的其他住戶也只會讓自己的訪客進門，這一切都要歸功於在布雷蓋德廣場遊盪的毒蟲和不良少年，畢竟可怕駭人的例子時有所聞。

等到一切完成之後，當天傍晚和深夜她會將剩下的事情清理完畢。現在她必須再次確定餐廳完全密不通風，做最後一次測試。

她從工具箱取出一把螺絲起子，並且拿起購物袋來到屋外的樓梯間，在自家門前跪下。固定門牌的一個螺絲釘有點歪掉，不過在稍微施加力道後螺絲順利被旋開，接著她拆下門牌放進購物袋，下樓走出戶外。

她決定先到布雷蓋德街上的修鞋配鎖行，之後再到諾勒布羅的藥妝店。

「除了姓氏之外，新的門牌要看起來和舊的一模一樣嗎？好，我試試看。」櫃台後面的店員說。「不過我得要一個鐘頭以後才有時間動工，還有幾雙鞋要修補。」

「我一個半小時後再過來。請幫我將字體做得和舊的一樣，名字也不要寫錯。」

這樣一來就快大功告成了，她走向藥妝店的路上時心想。樓下大門的電鈴旁仍然掛著「妮特．羅森」這個名字，她到時候會黏上一個小標籤，拿筆直接寫上新的姓氏。從現在起，她叫作妮特．赫曼森，信上簽的名字是這個，而且已經全數寄出去了。或許有一、兩個住戶看到不同的姓氏會覺得奇怪，不過她一點也不在意。

「我需要氣味強烈的東西。」她在諾勒布羅一家藥妝店向老闆說。「我是位生物老師，明天要教學生有關嗅覺的課程。我家裡已經有好聞的東西，另外還需要一些強烈、刺鼻的味道。」

老闆朝她怪異的笑了笑。「我們有松脂、氨水、煤油。我還推薦您煮兩顆蛋，順便買一瓶醋，就能讓孩子們淚水直流了。」

「謝謝。我就買那三樣東西，另外還要四到五瓶的福馬林。」

老闆把貨物交給她，兩人相視而笑。現在這件事也解決了。

兩個小時後寫著「妮特．赫曼森」的新門牌已經在大門旁旋好。她即將在那道門後展開報復，所以不應該掛上「羅森」的名字。

她進入屋內後將門鎖好，走到廚房，從櫥櫃裡取出八個深盤子，拿到走廊底端的餐廳。

爲了安全起見，她先在餐桌上鋪了報紙才將盤子一個個擺上去，再分別倒入散發香味或是惡臭的液體。古龍水、薰衣草、松脂、煤油、揮發油、醋、家用酒精和氨水。

忽然間，看不見的煙霧從盤子升起直衝她的腦門，鼻子黏膜和喉嚨立刻受到刺激。她急忙拔腿奔離餐廳，不過仍舊沒有忘記把門關緊。

她嗆得止不住咳聲，一邊趕緊跑進浴室，用冷水沖了好幾分鐘的臉。那味道刺激嗆鼻，不容易消散，燒灼感一路從鼻孔一路蔓延到頭部。

她腳步蹣跚走到各個房間，將所有窗戶打開，讓密閉餐廳逸出的煙霧或是附著在她衣服上氣味散去。

一個鐘頭後，她關上家中的窗戶，把福馬林瓶子放進櫥櫃下方的工具箱旁邊，然後離開屋子，走到海邊，在一張長凳坐下。

她忍不住露出了笑容。

事情將會進行得很順利。

一小時後，鼻子終於可以順暢呼吸，於是她也準備打道回府。夏天的微風帶走衣裳上的氣味，令她感覺心情舒暢，整個人充滿一股寧靜。

如果樓梯間或是屋子裡仍然聞得到一絲氣味，和她預期不一樣的話，就得再花整晚的時間強化餐廳的密閉功能。因為她無法預估使用福馬林的計畫是否眞能成功，所以餐廳絕對要隔絕得密不透風。否則她可能得放棄馬略卡之旅了。

她走進樓梯間，到處嗅聞。空氣中有一絲微弱的香水味，甚至還聞得到鄰居狗兒的味道，不過僅止於此。她靈敏的嗅覺始終值得信任。她在每層樓都用心聞過，結果都一樣。走到五樓後，她在自己門前蹲下，將鼻子探進信箱口也聞了一下。

沒有味道。她笑了笑。

屋子裡聞起來就和一個鐘頭前通風後一樣。由於關係到計畫成敗，所以她特地花了一點時間將注意力集中在嗅聞上。沒有，什麼也沒聞到。

她在屋子裡其他地方檢查了一個小時，確認沒有任何問題後，最後踏入了密閉的餐廳。還不到一秒的時間，淚水立刻奪眶而出。就像遭到神經毒氣攻擊似的，刺鼻的氣味彷彿侵入了身上所有未受到衣物遮蔽的皮膚毛孔。妮特用手摀住口鼻，瞇起眼睛摸找窗戶，找到後用力打開。

她將頭伸出窗外，邊咳嗽邊大口喘氣，宛如差點慘遭溺斃的人。

十五分鐘後，她將八個盤子裡的東西全部倒進馬桶，將馬桶沖了許多次，也把盤子徹底洗淨。向晚夕陽西下，她終於允許自己通過嗅聞測驗。

她在餐桌上鋪好一塊雅致的白色桌巾，用最精緻的瓷器、水晶杯和銀餐具擺飾桌面。每個位置旁放上用秀氣筆跡寫著姓名的卡片。

一切必須顯得喜慶隆重，因爲這本來就是場慶典。

之後，她望向大栗樹的樹冠，葉子已經轉黃。很好，她很快就要離開了。

上床之前，她關好餐廳的窗戶。明天起，只有爲了特定目的需要通風時，餐廳的窗戶才會在寒冷的夜晚再度開啓。幸好她租的是閣樓的房子。

第二十章

二〇一〇年十一月

卡爾的頭上烏雲罩頂，災難連連：讓哈迪心生懷疑的釘槍事件，如今在事發現場找到有他指紋的硬幣、維嘉的婚禮和她結婚一事對他財務的影響、阿薩德的過去、蘿思的多重人格、羅尼愚蠢的廢話，接著還有失敗的馬丁鵝之夜。從來沒有這麼多事一起聯手折磨他。事情發生之快，讓他根本還來不及把重心從左半邊的身體移到右半邊，下一個災難便已降臨。對一個服務國家、專門偵辦棘手犯罪案件的偵查員來說，實在不太適合面臨如潮水湧來的困境，搞不好專門成立一個部門來解決他的問題，還不見得是件賠錢的事。

卡爾深深嘆了口氣，抽出一支菸，打開電視將頻道轉至TV二，心想或許看看別人陷入更加淒慘的處境，能暫時轉移一下注意力。

他瞥了液晶螢幕一眼，馬上回到冷酷沉重的現實世界。五個成年男子正在談論政府搖擺不定的經濟政策，還有比這更無聊的事嗎？

他先前上樓找馬庫斯的時候，蘿思在警方調查報告上放了一張紙，寫著她對姬德．查爾斯的了解。用手寫的半張紙破破爛爛的，這眞是她對那個史葡格護士的調查結果嗎？

他讀到的內容一點也無法振奮精神。

蘿思四處詢問，桑索的家庭照護服務中心的人對姬德．查爾斯這個名字一點印象也沒有，也沒人記得當初有老人的東西被偷，至於查內畢爾醫院的調查同樣一無所獲，因爲醫院早已關閉，工作人員四散各處。姬德的家人中，她母親早就不在人世，兄長也移民到加拿大，幾年前客死異鄉。她與桑索生活唯一具體的聯繫是二十年前租給她馬魯普教堂路上一個房間的男人。

蘿思對那男人有鉅細靡遺的描述：「頑固難相處的肥胖老人。在姬德．查爾斯之後，他又將那個七坪不到的小房間租出去十五到二十次。他雖然對她記憶猶新，但是也沒能提供有用的重要資訊。標準的蠢蛋農夫。靴子上沾著屎，庭園中有輛生鏽的拖拉機，心裡認爲不需報稅的收入才是唯一實在的東西。」

卡爾將紙放回去，拿起警方針對姬德．查爾斯一案的調查報告，然而內容同樣乏善可陳。液晶螢幕上的畫面多次切換，國會大廳中有兩群男人快步疾走，接著出現兩張笑容燦爛的老人臉龐。一旁播報新聞的主播對於報導內容相當不屑。

「界線明確黨經過多次衝刺後終於成功連署，得以參加下一次的議會選舉。我們不禁要問，丹麥政治是否陷入了低潮？自從進步黨以來，沒有一個政黨如界線明確黨一般飽受爭議，也不曾有政黨的選舉訴求如此值得質疑。界線明確黨的創黨者，也就是因激進行徑時常受到撻伐的婦產科醫生寇特．瓦德，在今日的政黨成立大會上，向大眾介紹他們推舉的候選人。與當年的進步黨不同的是，雖然兩個政黨的候選人全是社會精英，事業傑出有成，但進步黨的候選人平均年齡約莫四十二歲，界線明確黨則多是白髮蒼顏的老人，與一些政治對手大相逕庭。例如瓦德便已屆八十八高齡，許多核心黨員也超過了退休年齡。」

這時，螢幕上出現一位蓄著滿臉白鬍鬚的高大男人，看不出來已經八十八歲，本人比起實際年齡年輕許多。在他臉部下方的螢幕打著：「寇特．瓦德、醫生、創黨者」。

「你看了我對姬德．查爾斯失蹤案的摘錄和警方調查報告了嗎？」蘿思站在門口發問。

卡爾轉過頭來。自從他和她眞正的姊姊伊兒莎通過電話之後，要正經看待這個人就變得不太容易。黑色衣著、濃妝和幾秒內能刺死眼鏡蛇的高跟鞋，這些全都只是種表象嗎？

「嗯，大概瀏覽了一下。」

「除了麗絲一開始給的警方報告之外，資料並不多。姬德失蹤後，警方找不到依據展開搜索行動。他們雖然了解姬德愛好杯中物，但令人訝異的是，她沒有明確被斷定爲酒鬼。不過即使如此，警方仍然懷疑她可能因酩酊大醉而不小心消失在某個地方了。由於她沒有家人，也沒有同事，事情很快被遺忘。姬德．查爾斯就此退場。」

「報告中提到，她登上了開往卡倫堡的渡輪。她是否可能墜入海中呢？」

蘿思臉色一沉，露出惱怒的表情。「不可能，卡爾，有人看見她下船，這點我已經說過了。我發現你眞的沒有花很多時間閱讀報告！」

他故意對最後一句話充耳不聞，他的強項在於提出反問。「對於她的失蹤，那個房東怎麼說？」他問道。「租金若是遲交的話，他一定會覺得奇怪吧。」

「不會，因爲租金直接由社會局支付，據說若不這麼做，她會將錢拿去買酒喝。也就是說，那個白痴房東沒有理由通報她失蹤。只要有錢拿，他才不管別人死活。報案者是當地雜貨商店的老闆。他說姬德．查爾斯八月三十一日帶著一千五百克朗來店裡，模樣跩得很。她告訴他，自己即將繼承一大筆錢，但必須到哥本哈根一趟，老闆聽完之後哈哈大笑，讓她覺得受到侮辱。」

卡爾雙眉緊皺。「妳說繼承一大筆錢？有可能嗎？」

「沒有，我已經向地方法院打聽過了，沒有什麼遺產。」

「嗯，如果姬德所說屬實，當時應該會造成轟動。」

「沒錯。不過你再聽聽這個。」她拿起桌上的警方報告，翻開到中間部分。「這裡。『雜貨商店老闆大約一個星期後向警方報案。據老闆說，姬德給了他五百元人鈔，告訴他如果她下個星

第64號病歷
Journal 64

期沒有帶著一千萬回來，他可以留下那筆錢；但她若是出現的話，他必須歸還鈔票，同時請她喝杯咖啡和威士忌。』這個老闆看起來不愛冒險，對吧？他最後接受了她的提議。」

「一千萬克朗！」卡爾吹了聲口哨。「好吧，她很可能喝到不省人事，沉醉在夢鄉裡了。」

「是啊。不過你再繼續聽下去。『當老闆一個星期後在港口發現她的自行車時，感覺整件事不太對勁。』」

「確實值得深思。五百元大鈔一直在他手裡，而她不是那種會隨便揮霍五百元的人。」

「鐵定不是。報告中寫道：『雜貨商拉瑟．畢格擔心姬德．查爾斯若非真正拿到一千萬元展開新生活的話，很可能遇到了嚴重的事。』接下來的話最爲關鍵：『對姬德．查爾斯而言，五百元是一大筆錢。她有什麼理由自動放棄？』」

「應該計畫到桑索走一趟，和雜貨商與房東談談，親自調查一下。」卡爾說，然後一邊心想，剛好可以藉此和令人不快的窩囊事保持點距離。

「沒有用的，卡爾。雜貨商住在療養院裡，嚴重痴呆。我則和房東談過，他眞是個混蛋，姬德的東西早被清理掉了。全讓那個蠢豬拿到跳蚤市場賤價處理掉，以換取現金。」

「所以說這條線索斷了。」

「斷得徹底。」

「好吧。我們還握有什麼訊息？我們知道姬德．查爾斯和莉塔．尼爾森彼此相識，而這兩個女子在同一天以同樣神祕的方式消失得無影無蹤。姬德．查爾斯什麼也沒留下；莉塔至少還有前員工駱娜．拉絲慕森保留了她一點東西。雖然對案情進展幫助不大。」這時，卡爾伸手打算去拿菸，但是蘿思冰冷的目光讓他的手指凍結在半路上。「我們可以考慮要不要去找駱娜，查看一下莉塔留下的東西。只是，誰會爲了這種事長途奔波到威爾勒啊。」

「她不住在威爾勒了。」蘿思說。

「那住哪兒？」

「提斯特德。」

「那兒更遠啊。」

「是的。但至少她不住在威爾勒了。」

卡爾一把從菸盒抽出香菸才剛要點燃，此時阿薩德走進辦公室，站在門邊揮舞雙手，彷彿是急著搧掉不存在的煙霧。天啊，這兩個人對香菸也變得太敏感了吧！

「你們在聊姬德的事嗎？」阿薩德問。

兩個人不約而同點頭。

「我這邊沒查到關於漁夫維果．莫根森的線索。」他繼續說。「不過對於菲力普．諾維格倒是有所發現。我和他的遺孀約了時間，她還住在黑斯森林的房子裡。」

卡爾的頭猛然一退。「約什麼時候？不會是現在吧？」

蘿思的眼皮疲憊的掛在眼珠上，一副身心俱疲的模樣。「你看看時間，活動一下你的灰色小細胞，卡爾。你不覺得我們在辦公室待太久了嗎？」

卡爾瞪視著阿薩德。「所以是約明天嗎？」

阿薩德舉起一根大拇指說：「我可以開車。」

那眞是太棒了。

「你的手機響了。」蘿思指著桌上正在震動的行動電話。

卡爾看了一眼螢幕。來電號碼他不認識，隨後將手機拿到耳邊。

「您好，請問是卡爾．莫爾克先生嗎？」一個聽來不是特別迷人的女生聲音。

「是的，我就是。」

「請您過來蒂沃利大廳一趟，付清您堂兄尚未結清的費用。」

卡爾在心裡數到十。「看在老天的份上，您爲什麼會打電話過來？」

「我手邊有張紙條，背後密密麻麻寫得像一部小說，我現在就唸出內容：『很抱歉，爲了不錯過班機，我不得不匆忙離開。我的堂弟卡爾．莫爾克是警察總局凶殺組副組長，他很快會過來結清帳單。之前和我坐在一起的人就是他。以防萬一，他請我留下他的手機號碼，您可以直接與他聯繫。』」

「什麼？」卡爾大叫一聲，之後便沒有力氣再多說一個字。

「我們去詢問他是否還要點其他東西時，在桌上發現了這張紙條。」

卡爾感覺一陣荒謬，就像當年他剛成爲童子軍時，小組長要他在滂沱大雨中行軍一點五公里，只不過爲了拿一把所謂的鏟子。

「好，我會過去。」他嘆口氣，決定回家時繞到凡洛塞，順道拜訪一下羅尼．莫爾克。

羅尼租的房子絕對說不上富麗堂皇，若要說優點，就是房子坐落在某個後院中的後院。一道通往大門、鏽跡斑斑的鐵梯搭在光禿牆壁上，最後在骯髒的水泥平台形成曲線，鋼製的大門約莫位於一層樓半的高度，讓人想起廢棄電影院的放映室入口。卡爾用力在門上搥了兩下，從裡頭傳來聲音到門鎖被打開花了大約三十秒。

至少羅尼這次穿得很有一致性：一尾張牙舞爪的龍呼嘯橫越過成套的內衣褲，其他部分什麼也沒穿。

「我已經開了啤酒了。」羅尼邊說邊將卡爾拉進一個煙霧瀰漫的房間，屋內的光源來自燈罩上有旋轉瀑布圖案的燈與繪製著粗野性愛主題的彩色紙燈籠。

「這位是小梅，至少我都這麼叫她。」羅尼指著一位亞洲女子說，他肥碩的身影大概是女子的三到四倍。

那個女子沒有轉身，一逕站在爐子前面忙碌，鍋裡的煙霧飄散整個房間，味道介於芭堤雅的郊區氣味和卡爾阿勒勒家的碳烤之間。

「哎，她忙著煮晚餐，等下就要吃飯了。」羅尼解釋說，然後一屁股坐在鋪著咖哩色紗籠布的爛沙發上。卡爾跟著在對面坐下，拿起烏檀木桌上羅尼推過來的啤酒。

「你欠我七十六克朗和一個解釋：爲什麼你在酒館猛吃一頓後，還能吞下一大堆食物？」

羅尼笑著敲敲肚子說：「這傢伙訓練有素。」泰國女子轉過身來，笑容燦爛，露出一口白牙，卡爾不由得打量了她好一會兒。和其他泰國女子移民不同的是，她已超過二十五歲，臉上也並非光華如鏡，鑄上了歲月的痕跡，生著笑紋和一雙善解人意的眼睛。

光是這點就該給羅尼加分。卡爾腦子裡冒出這個念頭。

「卡爾，是你邀請我的，我事先就在電話中說清楚了。你把我從工作時間中召去，理所當然應該付點費用。」

卡爾深吸口氣。「召去？工作時間？請問一下你做什麼工作啊，羅尼？內衣模特兒嗎？」

羅尼咧嘴大笑時，卡爾看見爐邊那個泰國女子的身體抖了一下。看來她不但懂丹麥話，顯然也有幽默感。

「乾杯，卡爾。」羅尼說。「很高興再見到你。」

「所以我別想拿回七十六克朗囉？」

「門兒都沒有。不過你可以嘗點最美味的Thom Kha Gai。」

「聽起來像毒藥。」

爐邊的泰國女子又抖了一下。

「是椰汁雞湯，加了辣椒、檸檬葉和薑。」羅尼解釋說。

「聽我說，羅尼。」卡爾嘆口氣。「你今天騙了我七十六克朗，不過這件事就算了，這是你最後一次得手。我本來就滿肚子不爽，現在又加上你來搗亂，我們今天的談話不禁促使我思考，你是打算勒索我嗎，羅尼？若是如此，那麼你和小梅兩個人有五分鐘的時間決定是要站上法院，還是坐上飛往Thom Kha Gai的班機，或者隨便飛到哪裡都可以。」

泰國女子這時轉過身朝羅尼說了幾句泰文。羅尼搖搖頭，只見他忽然火冒三丈，粗黑糾結的眉毛彷彿具有生命般，回話的口氣粗暴。

接著，他又轉向卡爾。「我要提醒你，第一，今天早上打電話給『我』的人是『你』。第二，我妻子梅音—泰哈．莫爾克剛才將你從訪客名單中剔除了。」

下一分鐘，卡爾已站在門外。泰國女子顯然熟知自己只要大幅揮動任何一種廚房用具，就能輕易讓別人迅速走避。

好吧，從今以後我們又分道揚鑣了，羅尼。卡爾想。但他心裡頭仍有種不確定感，彷彿自己可能搞錯了，此時口袋中的手機正好傳來震動，他沒看螢幕之前就知道是夢娜打來的。

「喂，親愛的。」他故意讓聲音聽起來像在感冒中，但沒裝得太嚴重，以免阻礙了另一次邀約的可能性。

「你有沒有興趣試試看再和我女兒與路威見一次面？明天你就有機會了。」她說。

夢娜顯然很看重這件事。

「當然很樂意。」他盡量讓自己的語氣自然不做作。

「很好，明晚七點到我家來。我還要轉告你，明天下午三點你得和克里斯在他辦公室見面，那兒你已經去過一次了。」

「我有嗎？我怎麼想不起來？」

「我沒忘記。卡爾，」她又接著說，「你需要過去一趟。我很清楚你的症狀。」

「但是我明天要到黑斯森林。」

「那就錯開三點。」

「夢娜，我沒事。釘槍事件已經不會再讓我感受莫名的恐慌了。」

「我和馬庫斯談過你今天在會議室中歇斯底里的行爲了。」

「我歇斯底里的行爲？」

「我必須確定會慢慢變成我固定伴侶的男人在精神上也同樣健康。」

卡爾拚命在腦袋裡思索該如何回答，但卻一片空白。拉丁美洲的踢踏舞最能表達他當下的情緒，前提是如果他會跳的話。

「你接下來將會面對一些狀況。馬庫斯要我轉告你，裝屍體的箱子中又發現其他東西。」

他心中的踢踏舞倏地中斷。

「他們在比特．鮑斯威爾的屍體底下找到了一張紙，一張包在保鮮膜裡的照片。照片上鮑斯威爾站在你和安克爾中間，他的雙手就搭在你們兩人肩上。」

第二十一章

二〇一〇年十一月

「你看起來很累，要不要我來開車？」隔天早上阿薩德問。

「我是很累沒錯，但是不用，不需要你來開車，阿薩德，至少我人坐在車裡的時候免談。」

「你沒睡好嗎？」

卡爾沒回話。他睡得很好，不過只睡了兩個小時，紛亂的思緒始終糾纏不去。昨天傍晚馬庫斯用電子郵件將比特．鮑斯威爾站在他和安克爾中間的照片傳過來，證實了夢娜稍早前的暗示。

「犯罪鑑識部門正在檢驗照片是否經過僞造，若證實如此，應該是最好的結果，對吧？」凶殺組組長在郵件裡寫道。

是啊，沒錯，若確認照片經過僞造自然最好，因爲事實本來就是如此。馬庫斯該不會是想誘導他坦承什麼吧？

該死，他根本沒在比特．鮑斯威爾身邊出現過，壓根兒不認識這個傢伙，可是即使如此，這件事仍舊令他寢食難安。犯罪鑑識部門假如無法證明照片經過人爲竄改，卡爾將面臨停職的處分。大家都知道馬庫斯會怎麼處置這種狀況。

前面一長串的塞車長龍似乎沒完沒了。卡爾咬緊下顎。要是事先想到晚半小時出發就好了。

「路上的車眞多。」阿薩德說。這男人的觀察力還眞不值得期待。

「是的，可惡的塞車狀況若不趕快消除，我們要十點才到得了黑斯森林。」

「哎，反正我們有一天的時間。」

「沒有，我三點前得趕回去。」

「啊，那我們必須立刻關掉這玩意兒。」阿薩德指著衛星導航器說。「從高速公路下去，馬上就會到了。我告訴你怎麼開，卡爾。我在地圖上研究過路徑了。」

這番話讓他們多耗了一個小時，抵達諾維格遺孀的家時，電視正好開始放送十一點新聞。

「寇特．瓦德位於布隆德的家門前聚集了大批示威抗議的群眾。」播報員說。「多個活躍團體共同組織了此次行動，目的要引起大眾注意界線明確黨的主張有多麼違反民主精神。寇特．瓦德表示……」卡爾關掉汽車引擎，下車踏上礫石車道。

「是的，若不是赫柏特……」諾維格遺孀向一位走進客廳、年齡與她相仿的男人點點頭，對方自我介紹是赫柏特．旬納司高。「若不是赫柏特，西西莉亞和我就沒辦法繼續住在這棟房子裡。」

卡爾向正要坐下的男人客氣打了聲招呼。

「對您而言，那段時間一定很難熬。」卡爾又轉向遺孀說。這個說法算含蓄了，畢竟她的丈夫不僅破產，後來還在一夕之間音訊全無。

「我就開門見山說了，諾維格夫人。」他直接導入正題。「您的姓氏仍是諾維格吧？」

她的手指尷尬的揉著另一手的手背。「是的，赫柏格和我沒有結婚。菲力普失蹤時，我整個人一蹶不振，身心崩潰，沒辦法馬上……」

卡爾擠出一個諒解的笑容，不過事實上這些人的婚姻狀況與他無關。

「諾維格夫人，您的先生是會逃避的人嗎？是否無法忍受太大的壓力？」

「不會，如果您暗指他是否會自殺的話。菲力普沒有那個膽。」這句話聽起來眞苛刻。或許她還寧願自己的丈夫拿根繩索到花園找棵樹自我了斷。

「不是的，我指的是遠走高飛，潛逃海外。您先生是否可能先將錢轉移到別處，再偷偷移居到某個陌生國度？」

她一臉驚訝看著他。她難道沒想過這個可能性嗎？

「絕對不可能！菲力普如果有什麼痛恨的事情，無非就是旅行。我很喜歡離開個幾天到處走走，例如搭公車到哈茲，但是菲力普完全沒興趣。他討厭陌生的地方。您以爲他爲什麼要將事務所設在這個落後的地方？因爲這裡距離他童年和青少年成長的環境只有兩公里。這就是原因！」

「好吧。或許事態的發展讓他除了躲起來之外別無選擇，阿根廷的草原或者是克里特島的山村很適合收容在家鄉惹了麻煩的人。」

蜜耶·諾維格哼了一聲，接著搖搖頭。對她來說，那完全不合情理。

這時，叫作赫柏特·旬納司高的男人打岔說：「請見諒，不過我或許能補充一下，菲力普和我大哥是同學，我大哥總是說菲力普是標準的懦夫。」他向他的情人拋了意味深遠的一眼，似乎是想要強調，自己和他前任競爭者相比之下顯然優秀許多。「有一次班級要搭車前往柏恩霍姆，菲力普卻拒絕一起同行，他說自己沒辦法理解那邊的人。雖然這麼做把老師惹火了，但他始終沒有改變想法。沒人能強迫菲力普做他討厭的事情，他就像驢子一樣頑固。」

「嗯，雖然我不覺得諾維格像個懦弱的人，不過事情或許不是這麼回事。好，我們就把假設擱一旁。沒有自殺，沒有遁逃到其他國家，那麼就只剩下意外事故和謀殺了。您覺得哪一種最有可能？」

「我相信是他加入的那個可惡組織殺害了他。」遺孀說著瞟了阿薩德一眼。

卡爾轉向阿薩德，他粗黑的眉毛高高聳起，把額頭擠出一道道皺紋。

「不是的，蜜耶，我覺得妳不能那樣說。」坐在沙發上的旬納司高又插嘴。「我們並不知道是否如此。」

卡爾目不轉睛盯著眼前的老婦人。「我不太理解您的意思。什麼樣的組織？」他問說。「警方的檔案資料中沒有任何關於組織的事。」

「是的，我也沒向警方提過。」

「好的，可否請您稍微深入說明剛才所影射之事？」

「組織叫作祕戰。」

阿薩德從口袋拿出記事本。

「祕戰，好戲劇化的名稱，聽起來和古老的福爾摩斯案件有關。」卡爾臉上雖然現出笑容，心裡卻升起截然不同的感受。「這個祕戰是什麼？」

「蜜耶，我覺得妳……」旬納司高又打岔，但是蜜耶．諾維格根本不理會他的抗議。

「我對這個組織了解不是很多，因為菲力普從來不提，他一定是被規定不准洩漏內容。不過，幾年來我多少知道了一點。您別忘了，我曾經是他的祕書。」她推開另一半放在她手臂上的手。

「您所謂的『一點』是什麼意思？」卡爾問。

「這個組織成員認為某些人有資格生育孩子，某些沒有。菲力普偶爾會幫他們將強制結紮手術的事情合法化。他顯然做了好幾年，然而那是在我進入事務所之前的事情了。瓦德每次來這兒時都會和菲力普談起很久以前一件案子，那是他們兩人第一次共同合作，稱之為『赫曼森案』。後來幾年，菲力普也充當醫生和其他律師之間的聯絡人，管理整個組織網絡。」

「是嗎？不過，當年的氛圍不是多少有此傾向？我的意思是，爲什麼您先生會因此陷入危險呢？強制結紮在當時並不稀奇，甚至是在政府當局的默認、同意下進行，例如針對精神病患者。」

「你說得沒錯。但是很多婦人並非殘疾人士卻也被迫結紮，還被送往療養院，只因爲別人認爲應該將她加以隔離。譬如吉普賽女子，或者是已經生過孩子且領取社會救濟金過活的女人。隸屬此組織的醫生一旦成功將此類婦女誘騙坐上診療椅，她們在離開診所時輸卵管往往會被縫住；若是懷孕婦女的話，那麼胎兒絕對已經不在肚子裡了。」

「請您再說明一下。如果我理解得沒錯，您是說他們採取非常激進的手段，對一些婦女非法進行手術嗎？而且對方毫不知情？」

蜜耶拿起湯匙攪動杯裡的飲料，這個舉動毫無意義，因爲咖啡早已涼了，何況那是杯黑咖啡。看來那就是她的答覆，他們顯然必須自行揣測她動作所隱含的意義。

「有沒有關於這個祕戰組織的文件？名冊、病歷表或訴訟檔案？」

「沒有直接相關的資料。不過我把菲力普的檔案和他收集的剪報存放在辦公室的地下室。」

「說實話，蜜耶，挖掘陳年往事對誰有好處？妳認爲那是個好主意嗎？」她的另一半問。

蜜耶沒有回答他。

反而是阿薩德表情痛苦，舉起一隻手說：「不好意思，請問可以借用一下廁所嗎？」

一般而言，卡爾不會去碰堆疊成山的檔案，因爲底下自有人會處理。只不過現在一個手下蹲在廁所裡，另一個陣守著他們的辦公室，所以這次他不自己動手不行了。

「我們應該從哪裡著手？」他在地下室中詢問站在一旁左顧右盼的蜜耶．諾維格，但是她對此地好像非常陌生。

卡爾打開兩個掛滿文件夾的檔案櫃，紙張資料一下子湧了出來，讓人眼花撩亂。他不禁嘆了口氣，眞想打道回府。

她聳了聳肩。「我幾百年沒查看過櫃子裡的東西了。自從菲力普失蹤以後，我極度不願意下來這兒，也想過把這一大堆東西丟掉，可是那全是私密的文件，沒辦法任意丟棄。唉，這一切很累人，所以我乾脆鎖上門，把這些東西逐出腦海，反正屋子裡有的是空間。」她停頓不語，又一次四下張望。

「是的，數量眞的不少。」旬納司高接著把話接下去說。「或許蜜耶和我先自己大概查看一番，若是找到您可能有興趣的資料再寄送過去。您只需要告訴我們要找什麼就行了。」

「啊，我知道了。」蜜耶大喊一聲，沒有接受愛人的建議。她指向一個淺色木材製成的大型捲簾櫃，櫃子大半都被百葉片遮住，上方擺放著許多制式印刷的信封、名片和表格。她旋開鑰匙，百葉片馬上像斷頭台上的刀片落下，檔案也跟著露出來。

「在那裡。」她指著一個藍色活頁剪貼簿，「那是菲力普的前妻莎拉·尤麗整理的。一九七三年她和菲力普離婚後，沒人繼續這項工作，剪下來的資料就這麼散放在裡頭。」

「不過您已經看過了？我說得沒錯吧？」

「當然看過了。後來我把菲力普要我剪的一些報紙也放了進去。」

「您想給我看的是什麼？」卡爾眼角瞥見阿薩德走了進來。他的臉色一點也不蒼白——假如可以用這個形容詞描述這類膚色人種的話。或許上廁所對他幫助很大。

「阿薩德，你還好嗎？」

「只是有點拉肚子，卡爾。」他按著肚子，表示接下來還可能出現無法控制的腸胃蠕動。

「這裡。文章寫自一九八〇年。這就是我提到的那個男人。」蜜耶指著一張剪報說，「寇特．瓦德。我不喜歡他。每次他到這兒來，或者和菲力普講完電話之後，菲力普都像變了個人。不對，這麼形容不正確。應該說他變得像顆石頭無情，用冰冷的語氣對我和女兒講話，而且毫無理由。平常他其實很可愛，所以只要遇到那種時候，我們之間往往會起口角。」

卡爾看了一眼剪報，標題寫著：「界線明確於高薛成立地方組織」，底下是張媒體照片。菲力普．諾維格穿著粗呢西裝上衣，他身旁的男子則是一身優雅的深色西裝，繫上了領帶。

「菲力普．諾維格與寇特．瓦德引導此次會見，威儀十足。」一旁的圖說寫道。

「眞是瘋狂！」卡爾忽然叫了一聲，然後抱歉的看著兩位主人。「最近經常聽見這個人名。沒錯，我也想起界線明確這個名字了！」

照片上是年輕一點的寇特．瓦德，一個高大時髦的壯年男子，蓄著黑色鬢角。旁邊的男人稍微瘦小一些，衣服熨燙出清晰的褶痕，臉上掛著不眞誠的職業笑容。

「就是他，寇特．瓦德。」她點點頭。

「他目前不是正設法讓界線明確黨進入國會嗎？」

她又點了點頭。「是的。已經不是第一次嘗試了，不過這次看樣子會成功。光是想就覺得可怕，這個人寡廉鮮恥卻又具有絕對的影響力，更別說他那些病態的理念。那些想法應該被消滅，不該繼續散播開來。」

「妳又不知道他的理念是什麼，蜜耶。」旬納司高打斷她的話。

哎，這個人還眞不屈不撓耶，卡爾心想。

「我當然知道一點。」蜜耶語氣激動。「你也知道！你和我一樣會留意新聞消息。只要想想路易士．派特森寫的文章就行了，我們還討論過內容。寇特．瓦德和他底下的婦產科醫生好幾年來一直進行結紮和人工流產，卻佯稱那是必要的刮宮手術，而那些受害的女人完全被蒙在鼓裡。」

旬納司高此時的反應更加激烈。「我妻子……就是蜜耶……有妄想症，認爲瓦德必須爲菲力普的失蹤負責。你們知道的，擔憂通常很容易……」

卡爾眉頭緊鎖，審視著旬納司高的表情，因爲蜜耶壓根不同意他的說法，彷彿早已聽膩了這個論點。

「拍下這張照片之後，菲力普開始不眠不休的花了好幾千個鐘頭爲界線明確做事，但是兩年後他們就將他踢出去了。這個人……」她指著寇特．瓦德，「親自過來這兒，毫無預警的把菲力普一腳踢開。他們宣稱他侵吞金錢，但那不是事實。菲力普同樣沒有欺騙他的委託人。他根本沒有做那些事，他只是對數字不太熟悉罷了。」

「我認爲妳不可以直接把菲力普的失蹤推給寇特．瓦德和這件事。」旬納司高又恢復了自制。「妳想想，那個人還活著啊。」

「我才不怕寇特．瓦德，我們已經談論過很多次了！」她上了妝的臉龐因爲氣憤而泛紅。卡爾帶著興味觀察兩人激動的反應。「別攪和，赫柏特。讓我把話說完，可以嗎？」

於是旬納司高退到角落。不過明顯看得出來，晚點等他們送走客人，勢必又會繼續討論此事。

「赫柏格，您不會也是界線明確的成員吧？」阿薩德忽然開口說話。

赫柏格下巴猛然一抽，不過很快又恢復原狀，沉默不語。卡爾一臉困惑的看著阿薩德，只見他往牆上一幅裱成框的證書一撇。卡爾往牆邊走近一步，看見上頭寫著：「榮譽證書。獻給菲力普．諾維格與赫柏格．旬納司高，諾維格與旬納司高律師事務所，高薛學術基金會贊助者，一九七二年。」

阿薩德覷起眼，打量著蜜耶．諾維格的另一半。

卡爾悄悄對他點了個頭。阿薩德的觀察力洞燭入微。

「您也是位律師？」卡爾意有所指的問了一句。

「噢，不是，已經不是了。」旬納司高回說。「我曾經是律師，不過二〇〇一年退休了。之前一直在地方法院工作。」

「但您是諾維格的合夥人，不是嗎？」

「是的，我們合作無間，成果卓越。但是我在一九八三年決定另立門戶。」旬納司高的聲音忽然變得低沉。

「那是在諾維格受到指控，並且與瓦德分裂之後的事情，沒錯吧？」

旬納司高眉頭緊蹙。這個微駝的退休老人長年來幫助客戶撤銷控訴，如今得將豐富經驗運用在自己身上。

「當然，我並不喜歡菲力普所做的事情，但是與他拆夥的原因在於實際問題，而非意識形態上的衝突。」

「是的，相當實際啊。您接收了他的客戶和妻子呢。」阿薩德酸了對方，會不會有點大膽躁進？「當年他失蹤時，您和他仍舊是朋友嗎？那時候您人在哪兒？」

「啊，我們現在要改變話題了嗎？」旬納司高轉向卡爾說：「我認爲你應該向你的助手說明，多年來我與許多警察人員互動頻繁，幾乎每天都得面對此類微不足道的影射與挑釁，而我目前並未遭人控告，以前也沒有，這點清楚嗎？此外，當時我在格陵蘭工作了半年，菲力普失蹤之後才回到這裡。我想大概是一個月之後吧。當然，我可以提出證明。」

　　旬納司高說完轉過來望向阿薩德，彷彿想要看看自己的反擊是否讓對方臉上現出了應有的愧疚表情。但是他什麼也沒發現。

　　「噢，這樣啊。所以那段時間菲力普．諾維格的妻子也恢復自由之身了囉？」阿薩德繼續窮追猛打。令人意外的是，蜜耶．諾維格對於阿薩德的無禮始終保持沉默。或者她心中也曾經升起過同樣的想法嗎？

　　「沒有，這話問得太過分了。」旬納司高轉眼間彷彿蒼老了許多，然而在那樣的外表下，仍舊潛伏著早年的尖酸刻薄。「我們敞開家門，親切招待來客的結果，卻只換來這樣的冷言冷語。今日的警察若是如此辦案的話，我或許應該撥空五分鐘，找出警察總長的電話號碼。你的名字是阿薩德？姓什麼呢？」

　　必須出面緩頰一下了，卡爾心想。這個時候不需要引起更多麻煩與不快。

　　「旬納司高先生，我的助手說得有些過分了，請您原諒。他是從另外一組借調過來的人手，之前較少接觸特別的當事人，說話方式也比較生硬粗魯。」說著，他轉向阿薩德。「阿薩德，麻煩你到車裡等我，好嗎？我隨後就到。」

　　阿薩德聳聳肩。「遵命，老大。不過你別忘了找找看抽屜中有沒有莉塔．尼爾森的資料。」他指著捲簾櫃。「那邊標注著L到N。」說完便轉過身蹣跚走出去，彷彿他騎了二十個鐘頭的馬。但也有可能是和廁所緣分未了。

　　「好的。」卡爾說完，轉向蜜耶．諾維格。「沒錯。請准許我查看櫃子裡是否有和您先生在同一天失蹤的女子資料，她的名字叫作莉塔．尼爾森。可以嗎？」

　　他沒等蜜耶回答，一把拉開L到N的抽屜，眼前隨即出現大批文件夾，裡頭有一大堆「尼爾森」。就在這時，旬納司高一個箭步從後面衝來，再度將抽屜關上。

「恐怕我得請你住手了。這些都是私密檔案，你應該清楚律師有保守祕密的義務吧？麻煩你離開。」

「看來不申請搜索令不行了。」卡爾回說，一邊從口袋拿出手機。

「是的，請便。但是在此之前，請先離開。」

「我不認爲那是個好主意。倘若裡頭眞有莉塔．尼爾森的檔案，一個小時後或許就不見了，誰知道呢？這類檔案有時候突然會自己長腳。」

「若我請你現在離開，你就必須離開。我表達得夠清楚了嗎？」沒有比這更冷峻無情的語氣了。「也許你能申請到搜索令，不過建議你最好三思而行。我懂法律。」

「胡說八道，赫柏特。」現在換蜜耶接手了。主控權歸終究掌握在她手上，若是把她惹火了，她可是能讓伴侶坐在電視機前一個星期都沒飯吃的。卡爾不由得心想，這件事再次證明，婚姻生活是人類最有機會實施制裁的互動形式。

蜜耶又把抽屜拉開，手指靈巧的挑找檔案，展現出她以前的專業技能。

「這裡。」她抽出一份文件夾說。「這是最接近莉塔．尼爾森的檔案，其他沒有了。」她把文件夾拿給他看，上面寫著「希格麗．尼爾森」。

「好的，謝謝，我們了解了。」卡爾向旬納司高點點頭，對方怒氣沖沖瞪著他。「諾維格夫人，可否麻煩您再幫個忙，尋找檔案中有沒有一個叫作姬德．查爾斯的女子和一個叫維果．莫根森的男子呢？之後我便不會再打擾您了。」

兩分鐘後，卡爾站在大門外。檔案櫃中沒找到姬德．查爾斯的資料，同樣也沒有維果．莫根森的文件。

「阿薩德，那個旬納司高還眞對你沒什麼好感啊。」卡爾在開車回哥本哈根的路上說。

「是啊。他表現得歇斯底里，但行爲舉止卻像吃了薊的飢餓駱駝，只敢小口咀嚼，沒膽大口咬下。你也看到他有多麼吞吞吐吐了吧？這個人很可疑。」

卡爾望了他身邊的同事一眼。那傢伙笑得嘴角都咧到耳朵了，從側面看得一清二楚。

「說吧，阿薩德，你眞的去上廁所了嗎？」

他大笑。「沒有，我乘機在客廳搜尋了一下，然後發現了這個。你看，裡面有很多照片。」接著掀開肚皮上的衣服，手伸進皮帶下方，抓出一個信封。

「看！這是我在蜜耶．諾維格的臥室櫃子找到的，就放在紙箱裡。那種箱子裡一般都收藏著有意思的物品。我把整個信封都拿來，比起只拿幾張照片，這樣做反而比較不讓人起疑。」他邊說邊打開信封。

邏輯眞奇怪，不過也算有其道理啦。

卡爾將車停在路邊。

第一張照片上的人似乎正在慶祝某種活動，手裡舉著香檳杯，面露微笑注視著攝影師。

阿薩德用手指敲著照片中央。「上面是菲力普．諾維格和另一個女子，大概是他的前妻。然後你看這裡。」他的食指稍微滑到一邊。「赫柏特．旬納司高和蜜耶並肩站在一起，年紀沒有現在這麼老。你不覺得他當時看起來就深深愛慕著她嗎？」

卡爾點頭附和。旬納司高的手臂摟著蜜耶的肩膀。

「再看背面，卡爾。」

他翻過照片，上面寫著：「一九七三年七月四日，諾維格與旬納司高，五年。」

「這是另一張照片。」

那張照片彩度黯淡，明顯不是出自專業攝影師之手。照片上是蜜耶和菲力普在高薛市政府前拍攝結婚照，蜜耶大著肚子，菲力普則是一臉勝利的笑容，在他們後面幾級階梯上方，站著一臉苦澀的旬納司高。鮮明有趣的對比。

「你現在懂我的意思了嗎，卡爾？」

他點點頭。「諾維格上了旬納司高的小女友，讓她懷了孩子。也就是說，這個祕書和兩個人都有一腿，不過最終贏得獎盃的人是諾維格。」

「是的，我們必須確認諾維格失蹤時，旬納司高確實在格陵蘭。」

「當然。不過我相信他的確在那兒，阿薩德。目前我比較感興趣的是，他爲什麼極力幫蜜耶恨之如瘟疫的寇特·瓦德辯護。而且坦白說，寇特·瓦德聽起來眞的不是什麼好東西。我認爲，我們應該根據蜜耶對於先生失蹤的直覺進行調查。這件事安排蘿思去做。我是說，如果她有興趣的話。」

他們開在高速公路上，行經路旁誘人的麥當勞招牌時，蘿思回了電話。

「你要我盡快向你說明那個寇特·瓦德的所作所爲，不是認眞的吧？拜託，那傢伙可是幾百歲了耶。而且我向你保證，他這一路上活得可精采了。」

她的聲調提高了不少，看來最好趕緊中止這個話題，安撫一下她煩躁的情緒。

「不是、不是，蘿思。我只需要大概的重點，日後若眞的有必要再深入研究細節。告訴我像剪報這種能概括寇特·瓦德經歷的訊息就行了，例如他與媒體和法律的關係、工作範圍等等。就我從之前聽來的資訊所能理解的，他勢必會遭受一些評論。」

「你若要找有關寇特·瓦德的評論，應該去和一個叫作路易士·派特森的記者談談。他將所有的資料全部整理過了。」

「沒錯，我今天也聽到了這個名字。他最近寫了什麼嗎？」

「唉，沒有。他的文章大部分是五、六年前發表的，然後就停筆了。」

「那麼他對於案件沒有幫助了吧？」

「我相信還是有。無論如何，有許多記者拿著放大鏡檢視寇特·瓦德的活動。不過，這個路易士·派特森卻寫出了一些真正的大新聞。」

「好的。派特森住在哪裡？」

「在霍貝克。問這個做什麼？」

「給我他的電話號碼，麻煩妳。」

「什麼東西？你剛才說了什麼？」

卡爾原本想開個玩笑，但飛快思索了一會兒後還是作罷。話說這麼短的時間內，他也想不出什麼有趣的笑點。「我說：『麻煩妳。』」

「哈利路亞！」蘿思高聲尖叫後說出號碼。「如果你打算找他談的話，試試艾洱街四十二號的韋瓦第。根據他妻子提供的訊息，他應該在那裡。」

「妳從何得知的？難道妳打電話到他家裡了？」

「當然囉！你以爲你在和誰講話啊？」接著喀一聲電話便被掛斷。

「媽的。」卡爾指著衛星導航說：「阿薩德，輸入霍貝克的艾洱街四十二號，我們要到韋瓦第小酒館去。」然後他準備打電話給夢娜，告訴她自己得推掉與克里斯的約會。夢娜的臉龐不由得浮現眼前。

他原先以為韋瓦第是一個不見天日，莫名受到落魄記者青睞的小酒館。但是實際情形恰好相反，完全不是如此。

「你不是說小酒館嗎？」他們駛近大街上那棟附有小塔樓的建築物時，阿薩德問道。

酒館裡人滿為患。卡爾置身在擁擠的人群中，才想起自己根本不知道那個人的長相。

「打電話給蘿思，要她描述派特森的特徵。」卡爾說著一邊四下逡巡，尋找可能的對象。這間酒館的裝潢出眾、燈光柔和、天花板上的石膏裝飾十分精美，除了設有高級椅凳外，其他細節也設計得雅致非凡。

我敢打包票一定是那個人，卡爾尋思著。他看見有個男子身處一群不再年輕的人之間，坐在酒館中間稍高的地方。男子臉上帶著自命不凡的典型表情，面容和那雙不斷四處游移的眼睛顯得萎靡憔悴。

卡爾看向一旁聽著手機的阿薩德，他點了點頭。

「阿薩德，是誰？那個人嗎？」他指著剛挑出來的候選人。

「不是。」阿薩德眼睛迅速掃描餐廳裡的客人，有享用沙拉的年輕女子、越過卡布其諾咖啡杯雙手交纏的熱戀情侶，以及桌上擺著未喝的啤酒瓶、拿著報紙閱讀的獨身客。

「我想應該是他。」阿薩德指著一個髮色金紅的年輕人。他坐在窗邊角落的紅色長椅上，和一個同齡男子正在下雙陸棋(注)。

就算讓我猜一百年也猜不到，卡爾心想。

他們直接站到那兩個男人的桌邊，對方不為所動，埋首移動棋盤上的棋子。最後是卡爾故意清了清喉嚨，說：「路易士．派特森，我們可以和你談一會兒嗎？」

派特森抬起頭望向他們，瞬間從極為專注的狀態，跳躍到活絡腎上腺素的好奇心中。他迅速掌握到眼前兩位男子與他人不同之處，最後將之歸類爲警方人員。然後他又垂下目光，繼續下棋。快速下了幾步之後，他問同伴可否稍微停戰一會兒。

「我不認爲這兩位站在這兒是爲了看棋消遣，墨耿斯。」

這男人泰然冷靜到令人驚訝的地步，卡爾心想。派特森的朋友點點頭，便消失於另一邊高台的人群中。

「我早就不再和警方打交道了。」記者從容不迫的玩轉著手中的白酒杯說。

「我們來訪，是因爲你寫了許多寇特．瓦德的文章。」卡爾解釋著。

派特森微微一笑。「原來如此，兩位是警方的祕密特務。你們簡直監視我一輩子了。」

「不是，我們是哥本哈根暴力犯罪小組的人。」

光只是牽動一條皺紋，此人原本溫和從容的表情隨即變得極度警覺。若非累積了長年經驗，誰也不容易注意到他的表情變化，但是那細微改變仍逃不過卡爾法眼。聽到他們的身分，習慣二十四小時追蹤事件的記者應該不會有此反應，反而是雀躍歡喜才對。謀殺和暴力犯罪這類語言背後，往往存在著文章有希望刊登在大型報紙的可能性，更別提隨之而來的豐厚稿酬。然而對派特森來說似乎不是這麼一回事，此種反應在在說明了一切。

「我們來此的目的，是希望了解你撰文討論甚多的寇特．瓦德。可以打擾你十分鐘嗎？」

「當然，我很樂意。不過我五年沒寫與他有關的文章，我已經江郎才盡了。」

嘿，小朋友，眞的是如此嗎？卡爾在心裡問道。既然如此，爲什麼你手中的杯子至少轉了三

注 Backgammon，一種供兩人對弈的遊戲，棋子的移動以擲骰子的點數決定，首位把所有棋子移離棋盤的玩者可獲得勝利。

十次呀？

「我調查過你的資料。」卡爾謊稱說。「你並非依靠救濟金生活。你怎麼維生呢？」

「我受僱於某個機構。」他說，心中忖度著卡爾實際上知道多少。

卡爾點點頭。「是的，這點我們知道。不過你可否進一步說明，那是個什麼樣的組織？」

「唔，你倒是可以先說明，你們正在調查什麼樣的謀殺案。」

「我提過我們正在偵辦謀殺案嗎？沒有，我沒說吧，阿薩德？」

阿薩德搖了搖頭。

「別擔心。」阿薩德說。「我們並未懷疑你有嫌疑。」

雖然是事實，對這男人仍然起了某種作用。

「你們懷疑誰做了哪件事？此外，我可以看一下你們的警徽嗎？」

卡爾高高舉起警徽，順便讓坐在附近的客人也觀賞了一場好戲。

「你也要看我的嗎？」阿薩德大膽的問。

派特森搖頭。看來他並不想，謝天謝地。或許是該給阿薩德弄個什麼合法證明的時候了。任何一種證明都可以，印著警徽的名片應該足以應付了。

「我們目前在偵辦四件失蹤案。」卡爾解釋說。「你對姬德·查爾斯這個名字有印象嗎？她是個護士助理，住在桑索。」

派特森搖頭。

「莉塔·尼爾森呢？維果·莫根森？」

「不認識。」又一個搖頭。「這些人何時失蹤的？」

「一九八七年九月開始。」

他這時笑了一笑。「我那時候才十二歲。」

「那麼你就完全沒有嫌疑了。」阿薩德賊笑說。

「那麼菲力普・諾維格呢?你熟悉這個名字嗎?」

派特森聽了頭一仰,彷彿陷入思考。別想在他面耍這種把戲,派特森全身上下都洩漏出根本知道諾維格是誰。

卡爾笑著繼續說:「爲了方便你了解,諾維格是高薜的律師,住在黑斯森林,以前是界線明確的積極成員——那時候界線明確還不是個政黨,只是政治組織。他在一九八二年被逐出組織,不過你那時候才七歲,所以不會是你的過錯。」

「不,我一下子對這個名字沒有印象。我應該認識他嗎?」

「唔,畢竟你寫過界線明確組織許多文章,不是嗎?或許你曾經看過這個名字?」

「嗯,也許看過,我不太確定。」

爲什麼你會不太確定呢,小朋友?卡爾心裡想著。「吶,從報紙檔案中很容易查到。你一定清楚我們很擅長檔案工作吧。」

此刻派特森頭上的金紅色看起來沒有那麼耀眼了。

「關於祕戰,你都寫了些什麼?」阿薩德問。卡爾內心糾結了一下,這問題來得太快了。

記者搖搖頭,表示沒寫什麼。

「你應該很清楚我們可以輕易查到這些內容,不是嗎,派特森先生?此外,我還要告訴你:你的肢體語言顯示你知道的事情比願意透露的還要多。我不知道那是什麼,或許是無關緊要的事情,不過你最好馬上坦白說明。你是爲寇特・瓦德工作嗎?」

「路易士,還好嗎?」他的朋友墨耿斯靠過來問道。

「沒有問題，這兩位只是搞錯了。」然後他轉向卡爾，冷靜的說：「不是，我和那個男人沒有關係。我幫一個名爲聖俸的獨立組織做事，營運資金主要來自捐款。我的任務是收集丹麥黨和執政黨最近十年犯下的錯誤。這樣交待應該夠清楚了。」

「是的，想必你一定非常忙碌。謝謝你，派特森先生，謝謝幫忙。我們就不再繼續打擾了。但方便的話，可以了解你爲誰收集資料嗎？」

「爲所有希望理解眞相的人。」他站起身。「很遺憾無法幫上忙。假如你們想要更加了解寇特・瓦德，可以查閱我過去寫的一些文章，你們手中應該有這些資料。我目前已著手探討別的議題。關於失蹤案若是沒有其他問題的話，我想我的下班時間到了。」

「事情的發展眞令人意外。」五分鐘後卡爾站在街上說。「要是能稍微了解寇特・瓦德的大概事蹟就好了。那個該死的男人在幹嘛？」

「正忙著打幾通電話。別轉過去看，他正在窗邊觀察我們。我們是不是應該請麗絲調查一下他打電話給誰？」

第二十二章

一九八七年九月

妮特在頭痛中醒來。她不清楚是前一天刺鼻的液體實驗所導致的，還是因爲知道自己將在生命中這重要一天結束時，解決六條性命的關係。

無論如何，她很清楚自己若不趕緊服下治療偏頭痛的藥，一切苦心準備終將化爲烏有。兩顆藥應該夠了，但保險起見，她還是吞了三顆。她不斷看向時鐘，整整等了一個小時，才感覺大腦裡的微血管逐漸安定，不再搏跳疼痛，落到視網膜上的光線也不像電擊般刺眼。

她將茶杯放在客廳桃花木的櫃子上，銀製湯匙一字排開，然後小心將混合著天仙子濃縮液的玻璃瓶擺好，這麼一來才能在不引人注意的情況下將必要的容量倒入杯子裡。

她第十次演練了整個流程，然後坐下來等待，英格蘭立鐘的滴答聲在耳裡迴盪。

明天下午前往馬略卡的飛機將要起飛了，巴爾德摩薩繁茂的植被會撫慰她的心靈，往昔的惡魔終於遠去無蹤。

不過，在這之前必須先把墓室塡滿。

妮特流產之後，別人幫忙父親找到一個寄養家庭，那家庭像收容賤民一樣接納了妮特，而且這種態度似乎永遠不會改變。

寄養家庭的農莊工作繁重，他們將妮特安排在偏遠獨立的房間，與其他家人的接觸僅止於在靜默中進行的用餐時間。有一次她想開口說話，馬上就被制止要保持安靜，或是必須使用得體合宜的語言。家裡有兩個與妮特同齡的女孩和男孩，但他們正眼都沒瞧過她。妮特是個陌生人，家人對待她的態度宛如自己有無限支配權。沒有關心，也沒有半句親切友好，只有永無止盡的命令和警告。

妮特的家距離此處不過二十公里，騎自行車不需要一個小時。但是妮特沒有自行車，只能日日期待父親會來看她。然而他從來不曾出現。

她在寄養家庭待了快一年半，有天被叫到養父母舒適的房間去。有位警察和她的養父開心的在聊天，但是一見到妮特，表情立刻變了。

「妮特．赫曼森，很遺憾通知妳，妳父親上個星期日在家上吊自殺了。這家好心的寄養家庭奉命成爲妳的法定監護人，妳將在此住到二十一歲成年爲止。我相信妳應該會感到高興的。妳父親最後只留下了債務。」

沒有其他的話語，沒有表達遺憾，也沒提及葬禮的事。

他們簡短的對她點了個頭，表示事情了結。妮特的生命就此崩毀。

她一個人在田中哭泣，其他人就在一旁交頭接耳。有時候，她感覺到寂寞啃食得自己隱隱作痛；有時候，她極度渴望一次燒灼肌膚的撫摸。

但是由於連撫摸她臉頰的人都沒有，所以妮特漸漸學會了生活中沒有溫柔。

某個週末，其他女孩搭公車到城裡參加年度市集。她們沒有知會妮特，所以她除了揣著口袋裡兩克朗，站在省道旁豎起大拇指搭便車之外，沒有其他選擇。

停下來載她的卡車上刮痕累累，座椅磨損破爛。但是司機臉上掛著笑容。

看來他不知道她的身分。

他說自己叫作維果·莫根森，來自倫納堡。卡車後頭裝著燻魚，要送到年度市集給擺攤的小商販。兩箱滿滿的魚散發著煙燻味，海洋的味道濃郁撲鼻。

其他女孩在旋轉木馬和遊藝靶場之間發現了妮特的身影，看見她一手拿著蛋，一旁還站了帥氣敏捷的年輕人時，眼裡激射出妮特從未見過的光芒。後來她回想此事了解那是嫉妒，不過當下她只覺得受到驚嚇。而她會有那種感受，不是沒有原因的。

那天天氣和暖，就像她以前和泰格一起度過的夏日一樣。維果描述著大海和無拘無束的日子，生動得妮特差點以爲自己也曾一同親身經歷，而她體內逐漸升起的那股幸福感，讓維果後來毫無阻礙便達到了目的。

所以，他開車送她回家時，她允許他的手攀上肩膀；所以，她充滿期待看著他，當他將車開到一處樹林裡，把她拉過去時，她還羞澀得滿臉通紅；所以，當他套上保險套，說這樣只會更興奮，而且不會有風險時，她也絲毫沒有感受到危險。

然而，他離開她身上的時候卻發現套子破了，美好的感覺頓時煙消雲散。她問說會不會懷孕，衷心希望他回答不排除這種可能，不過他會帶她一起回家。

但是他卻沒有這麼說，也不知道她後來眞的懷孕。但農莊中其他女孩很快注意到了。

她們目睹妮特在田裡頭孕吐，手掩著嘴竊竊私語，簡直笑翻過去。

半個鐘頭後，她站在怒火中燒的養母面前，對方威脅她若不趕快拿掉孩子，絕對讓她吃不完兜著走，而且還會報警。那天稍晚，農莊來了輛計程車載走主人的兒子，免得妮特玷汙農莊的傷風敗俗行爲與他有所牽扯。即使妮特解釋對方來自倫納堡，是她在年度市集上認識的年輕人也無濟於事，因爲看見他們在一起的女孩說那男人是個無賴，純粹爲了尋歡作樂而誘拐女子上床。

於是妮特被下了最後通牒：她當天若不去找以前那個醫生拿掉肚裡雜種，他們就要請求福利局將事情交給警方和當局處置。

「妳應該知道的。畢竟妳曾經拿掉過一個孩子。」養母語氣中沒有一絲同情。之後，養父開車載她到醫生的家前面，要她手術結束後自己搭公車回去，他沒時間把一整天耗在這上面。他並未祝福她順利、幸運，不過笑容裡似乎透露出了些微歉意，或許還有些幸災樂禍。

妮特發現自己完全不了解他眞正的想法。

她在粉刷成綠色的候診室等待，不安的坐在椅子上，雙手輪流壓著膝蓋。空氣中樟樹和藥物的味道令她噁心欲吐，醫療器材和檢查用床也讓她心生恐懼，隨著時間的流逝，其他病患一個個消失在診療室門後，她聽見醫生低沉又平穩的聲音，卻無法使她平靜下來。

她是這天最後一個病人，輪到她的時候，一位比她等待的醫生還要年輕許多的人出現，和她親切握手打招呼。然而他的聲音無法讓她放下戒心。他說自己對她印象深刻，詢問她在新家庭生活得好不好。她只是點了個頭，隨即落入他的權力陷阱中。

他吩咐門診人員下班，然後將門鎖上。妮特並不覺得奇怪，她覺得不對勁的是，站在面前即將幫她看診的是這位年輕醫生，而不是他的父親。除此之外，他還像個相識已久的朋友打量著她。但是除了那次流產，他曾陪同老醫生到她家去過之外，他們就只見過這次面。

「妳很榮幸成為我第一位婦科病人，妮特。我父親剛將他的診所交給我，所以我現在就是妳要稱呼爲醫師先生的人了。」

「可是，我養父打電話聯絡的是您父親，醫師先生。您知道要怎麼醫療嗎？」

妮特不喜歡他站在面前盯著她看的方式，然後他走向窗邊拉上窗簾，又轉過身來看著她。那眼神彷彿告訴她，在白袍和那雙眼睛底下潛伏著非常私密的東西。

他在她對面坐下，目光終於從她的身軀移開。「是的，我知道。只是很遺憾在這個國家仍然不能隨意執行人工流產。因此，妳應該感到高興的是，我和我父親一樣慈悲。不過這點妳很清楚，對吧？」他把手放在她的膝蓋上。「妳一定也知道，今天診斷的過程如果傳了出去，我們兩個都會有大麻煩。」

她靜靜點頭，把信封遞給他。除了她口袋裡五個兩克朗硬幣之外，信封裡裝著她這兩年來攢下的錢，此外還有一張養母支助的百元鈔票，一共有四百克朗。她希望那些錢夠付醫療費。

「妮特，我們還要稍等一會兒。妳必須先躺在診療椅上，內褲可以放在那邊的凳子上。」

她照他的話做，然後瞪著擺腳的架子，心想自己可能沒辦法爬那麼高。然而雖然害怕，她仍然必須爬上去，一切感覺是如此虛幻又怪異。

「喝！」他幫她把腿放在架子上時喊道。妮特躺在診療椅上，下體暴露在外，等了好一陣子依舊沒動靜，讓她心生納悶。

她抬起頭，看見年輕醫生一直盯著她兩腿之間瞧。

「妳必須安靜躺著。」他擺弄著自己下體，好像正要解開褲頭鈕釦，讓褲子滑下來。

下一秒，她理解到自己並未看錯。

她先是感覺到他毛茸茸的大腿貼上來，接著一陣搔癢，隨即感受到下體受到衝撞，整個身體像把玩具弓往下彎後又馬上彈回來。

「哎喲！」她尖叫。他抽回身，接著更猛力的衝刺，一次又一次。他緊箍著她的膝蓋，讓她無法踢動雙腿，也無法轉動身軀。他一句話也沒說，只是睜大雙眼盯著她兩腿之間。

她想要放聲大叫，但喉嚨卻像被人勒住了，最後他整個人趴在她身上，面部緊靠著她的臉，無神的雙眼宛如死去般。這一切一點都不美，和泰格與維果在一起時的感覺完全不同，光是他的氣味就讓她想吐！

過了一會兒，她看見他半閉的雙眼倏地睜開，直瞪著天花板，然後一陣咆哮大吼。

隨後他穿好褲子，緩緩撫摸她濕滑受傷的陰部。

「妳現在準備好了。」他說。「就是這麼做的。」

她緊咬下唇，羞恥感在體內蔓延開來，從此深深扎根不再離開。她感覺身體與思想瞬間成了兩件分裂的東西，彼此不會作用影響；她感覺自己的命運悲慘，心裡氣憤難耐，可是又非常、非常寂寞。

她看見他準備麻醉面罩，心想自己必須離開這裡，但是香甜的乙醚味道已撲鼻而至。她昏過去之前，打定主意只要自己能夠活著離開，一定要用最後十克朗買一張前往歐登塞的火車票，去那兒打聽一個叫「中途之家」的地方。她聽說那裡會幫助像她這樣的少女。她還想，絕對要寇特·瓦德爲自己的所作所爲付出代價。

然而，這個念頭卻埋下了注定她此生災難不斷的基石。

接下來幾天，挫敗接連降臨。中途之家的婦女一開始態度和藹親切，端茶給她喝，還握著她的手，似乎誠心幫助她。但是，當她說起強暴、人工流產，並且最後支付了醫療費之後，她們臉色隨即一沉，變得異常嚴肅。

「妮特，首先妳必須了解，這番話是非常嚴重的指控，而且我們不明白爲什麼妳先做了人工流產才來找我們，整件事情完全不合常理。我們必須呈報當局，請妳理解，我們只能處理法律允許的事務。」

妮特思索了一會兒，考慮是否要告訴他們是寄養家庭安排她接受墮胎手術的。因爲寄養家庭認爲絕不能讓一個受託照顧的少女，因爲她自己的行爲不檢，給農莊裡的孩子和其他的傭人立下不好的榜樣。但是，妮特沒有提起隻字片語，她對寄養家庭仍舊忠心耿耿。然而，這種忠誠事後並未爲她帶來任何好處。

沒多久，辦公室來了兩個穿著制服的警察，請她一起到派出所做說明。不過在此之前，他們先帶她到醫院，檢驗她所言是否屬實。

他們說等檢查完畢，她可以回到中途之家過夜。

檢查進行得很徹底，確認了以前眞的有動過婦科手術的痕跡。穿白袍的男人將手指插入她體內，穿護士服的女人隨後幫她把下體擦乾淨。

醫護人員問了她幾個關鍵性問題，她如實回答後，對方的臉色頓時變得凝重，角落也響起憂心忡忡的低語。

因此，她相信醫生和護士站在自己這邊；因此，當她在派出所審訊室遇見笑容滿面、仍是自由之身的寇特．瓦德時，不由得驚恐萬分。顯然他和那兩個制服警察相談甚歡；顯然他身旁那個自稱菲力普．諾維格律師的男人是來讓她從此過著悲慘的生活。

他們請妮特坐下，然後對走進審訊室內的兩位女子點點頭。其中一位她認識，是中途之家的人，另一位沒有表明身分。

「妮特．赫曼森，我們和寇特．瓦德醫生談過，證實妳的確做過刮宮手術。」那個女子說。「這是瓦德醫生呈給我們的文件。」她將一份文件夾放在妮特面前桌上，封面寫著一個她不認識的字，下面則是數字六十四，她只看得懂這個。

「是的，這是妳在瓦德醫生那兒就診的病歷表。」律師說。「裡頭清楚載明，由於不規律的大量出血，必須爲妳進行刮宮手術，原因很可能要回溯到妳兩年前的流產事件。除此之外，妳的養父母也證實了妳曾和一些陌生男人性交。對嗎？」

「我不清楚什麼是刮宮，但是知道這個醫生對我做了不該做的事。」她抿緊雙唇，努力抑制自己不要發抖，絕對不能在他們面前嚎啕哀叫。

「妮特．赫曼森，我是瓦德醫生的律師，我必須提醒妳，當妳提出無法證明的指控時，務必要小心。」那個臉色灰白，名叫菲力普．諾維格的律師說。「妳說瓦德醫生爲妳進行人工流產手術，而歐登瑟這兒醫院的醫生和護士卻沒有看到手術痕跡。妳要明白瓦德醫生認眞負責，醫術高明，而且樂於助人，絕不會作奸犯科。沒錯，妳做了刮宮手術，但那是爲了妳好，不是嗎？」

他搖晃身體的姿勢彷彿是要拿頭撞她，但妮特沒有被嚇唬住。

「這個好色的公牛躺在我身上幹了我，我尖叫要他停止。他媽的，這就是眞相！」

她環顧四周。剛才那番話簡直是對牛彈琴。

「我認爲妳該小心措辭，避免使用不好的語言，妮特。」中途之家的女子說。「那對妳沒有好處。」

律師甚至意有所指的環顧了周遭人一圈。妮特打從心底痛恨這個人。

「妳堅稱瓦德醫生強暴了妳，」他繼續說，「針對此點，瓦德醫生好心解釋說，麻醉藥對妳作用特別強烈，這種狀況下經常會產生幻覺。妳懂得『幻覺』的意思嗎？」

「不懂，我也完全不在乎。因爲他是在替我戴上面罩之前，幹了不該做的事。」

這時，所有人面面相覷。

「妮特．赫曼森，假如眞要對病人動手動腳，一定會等到對方失去知覺，不是嗎？」那個她以前沒看過的女人說。「我不得不說，要相信妳比登天還難，尤其是現在。」

「但這是事實啊！」妮特東張西望，終於徹底明白在場沒有一個人站在她這邊。

於是她站起來，感覺下體又傳來一陣抽痛，內褲也濕了。「我要回家。」她說，「我自己搭公車。」

「恐怕沒辦法讓妳離開。要不是收回指控，就是請妳留在這裡。」一個警察說完遞給她一張紙，並且指著最下面一行。妮特一個字也看不懂。

「妳必須在這裡簽名，才可以離開。」

他們說得倒輕鬆，妮特必須懂得讀和寫才行。

妮特抬起原本望著桌子的眼睛，看向坐在對面的瓦德。兩人目光相遇時，她看見他眼底閃現一抹嘲諷，體內不禁湧現全力反抗的意志。

「不要，他眞的做了我所說的事情！」她又重複了一次。

他們請她在角落那張桌子旁坐下，然後進行討論。那兩位女子似乎認爲問題非常嚴重，她們轉向寇特．瓦德求助時，只見他多次搖頭，最後他站起身向所有人一一握手。

所以，到頭來能全身而退的人是「他」。

兩個小時後，她坐在某棟屋子裡的一個小房間，不知道自己身在何處。

他們告訴她此案會進行審理，到時候將指派一位律師給她。他們還說她的寄養家庭會把她的東西寄來。

換句話說，他們不希望她回去農莊了。

在控告寇特．瓦德一案開庭前又過了好幾個星期，但政府當局完全沒浪費一丁點兒時間。菲力普．諾維格砲火猛烈的攻擊原告，而法院似乎樂於傾聽他的說法。

妮特被帶去做智力測驗，也傳喚了證人來問訊，這一切全部白紙黑字記錄在報告中。

開庭前兩天，妮特與委派給她的律師見了面。律師六十五歲，人很親切，但是也僅止於此。開庭當天，她置身法庭中，很清楚意識到沒人願意相信她。另一方面，她也逐漸明白，這件案子已經嚴重到不容其他人忽視了。

那些證人在陳述供詞時，沒有半個人想往妮特的方向看一眼。法庭上的空氣似乎凝結成冰。

妮特以前那個可怕的女老師提到她自己掀起裙子、口出惡言、愚笨、懶惰，而且行爲不檢，至於那位幫她同學施行堅信禮的神父則用了「瀆神」和「有惡魔傾向」來形容她。

於是最後得出了結論：妮特是一個反社會、道德敗壞、智能低下的女孩。

在法庭裡的所有人眼中，她毫無疑問屬於失敗者，最好別讓這類人來干擾社會。她說謊成性、奸詐狡猾，而且性格「極不穩定」。沒人爲她說句好話、爲她緩頰，反而全都直接了當指稱她不可教化，會帶壞他人，影響同儕和她一樣叛逆不聽話。她明顯表現在外的強烈性欲也是個問題；隨著性徵成熟，等過了青春期後，她的存在更會對周遭環境造成威脅。當她接受比西智力測驗得到七十二點四的成績後，大家一致認爲瓦德醫生被人汙衊，是惡意中傷與虛假挑撥下的犧牲者。

妮特提出抗議，並且辯稱智力測驗問題很愚蠢，接著又補充說她給了瓦德醫生四百克朗的墮胎費。但是，養父出庭作證推翻了這一切，他說她絕不可能存下那麼多錢。妮特十分震驚，如果不是他說謊，就是養母沒有向丈夫透露自己支援了金錢。妮特大叫要他們去詢問她，看看她說的是不是實話。但是養母人不在現場，況且也沒人有意願去查明眞相。

最後鎮長出現——他親戚的兒子當初曾一同將妮特丟入磨坊水道中——他建議將妮特安排到少女之家或者是感化院，這麼做比爲她找新的寄養家庭有幫助。大家都知道她是隨便和人上床的女孩，之後又自己去撞石頭而導致流產。對一個平和的城鎮來說，她是個不折不扣的汙點。

她對於寇特·瓦德的指控一一被庭上駁回。

妮特看見諾維格眼中閃爍著樂趣和貪婪，似乎非常享受自己的角色和公眾投注在他身上的注意力。而所謂值得信賴的瓦德醫生，臉上從頭到尾始終掛著一抹輕蔑的微笑。

經過幾天的訴訟後，法官在某個寒冷的二月天再次要兩造進行說明。之後，他向瓦德醫生表示遺憾，因爲一個說謊成性、反社會少女的說辭，讓他經歷了一切不堪。

瓦德經過妮特身邊時飛快的對她點點頭，故意讓庭上看見他的慷慨大度。但實際上只有妮特看見他眼裡隱藏著勝利和嘲諷。而在此同時，法官宣判將她這個未成年的十七歲少女交付相關當局，也就是收容智能不足者的機構，讓此一道德腐化的生物接受教育，學習紀律，將來才能成爲有用之人，爲全民福祉貢獻一己之力。

兩天後，妮特被移送到派爾林的凱勒療養院。

療養院的主治醫生向妮特說明，他不認爲她病態反常。如果屆時證明她並非智能不足，他將會親自寫信給鎮長，希望讓她離開療養院。

但是，最後這件事沒有下文。

解決此事的人是莉塔。

第二十三章

二〇一〇年十一月

界線明確的黨代表大會宛如一場慶典活動，寇特．瓦德驕傲的看著集會的群眾，眼中罕見的泛起淚光。在他人生垂暮之秋，終於成功集結力量，創立了一個政黨，眼前將近有兩千位耿直的丹麥公民向他鼓掌致敬。他兒子們生存的國家充滿了希望，若是畢雅特也能一起共享榮耀就更完美了。

「感謝上帝，你及時在那記者毀謗我們造成傷害之前，用智謀騙過了他。」一個地方團體的主席說。

瓦德點點頭。若打算進行會招致阻力和敵人的思想戰爭，身邊勢必要培養能在必要時候派上用場的人手。儘管他這次並沒有借助他們的幫助就解決了麻煩，然而未來要是碰上不得不面對的衝突場面，也有人可以協助他採取粗暴的手段。

幸好此次危機很快解除，接下來的黨代表大會進行順利，他們出色的陳述了競選宣言，參加議會選舉的候選人表現得可圈可點，令人信服。

「寇特．瓦德，你是否意圖建立一個法西斯政黨？」當時那個記者大聲問道，從人群中將錄音筆抵向他。

瓦德只是搖搖頭，面露微笑。與人群非常接近時，他通常會展現出此種態度。

「不對，完全不對。」他回喊道。「不過讓我們在安靜的情況下好好談一談，我會告訴你正確的方向，解釋你希望了解的一切。」

就在保全人員要抓住記者時，瓦德飛快使了個警告的眼色，保全人員趕忙退下，人群於是又將記者淹沒。沒錯，確實應該要提防一般的白痴和鬧事者，但是絕對不能對職責在身的新聞記者動手，這點他得再教育保全人員。

「那個人是誰？」集會大廳的門在身後一關上，瓦德劈頭便問林柏格。

「一個無名小卒，隸屬於幫後方收集砲彈的《自由媒體》，叫作梭倫．布朗特。」

「我知道了。好好盯住他。」

「已經在辦了。」

「我是說，『眞正』盯住他。」

林柏格點點頭。瓦德短促的拍了他一下肩膀，打開一道通往另一個小會議廳的門，裡頭有滿滿一百個人正等待著他。

瓦德步上小講台，掃視這群最忠心的追隨者。他們坐得筆直，雙手爲他鼓掌。「嗯，諸位先生，」他說，「即使這兒禁菸，各位菁英仍舊願意在此逗留嗎？」

許多人開心得笑了，有個人甚至傾身敬了一支雪茄給瓦德，被他笑著拒絕。「非常感謝，不過我得注意健康才行，畢竟我已不再是八十歲的年紀了。」

這句話又讓底下爆出哄堂大笑。和這些人在一起感覺眞好。他們個個是傑出人士，大部分已參與運動多年，全都是値得信賴的自己人。只可惜他現在要講的話，他們可能會覺得刺耳。

「是的，黨代表大會進行得非常順利。若是這兒的氣氛能夠反應多數丹麥人民的態度，那麼我相信，我們絕對可以在下次選舉取得幾個席位。」

這時所有人全部起立，掌聲如雷，喝采聲此起彼落。

過了一會兒，瓦德輕輕比了個手勢請大家安靜下來，然後深吸口氣。「聚集在此處的各位是本黨最重要的核心。多年來，我們完成了必要的工作，是道德和禮節的最前線士兵。我們不僅準備好衝鋒向前推倒路障，也要悄無聲息祕密行動。我父親常說：『願意爲主收割榮耀的人，往往能收穫最大的榮耀。』」

又是一陣震天掌聲。

瓦德簡短的笑了一下。「謝謝。我父親今日若能出席大會，一定非常高興。」然後他低下頭，看著那些離他最近的人。「組織對於那些沒有能力撫養出具有價値下一代的女人，施行結紮與人工流產已有長久的傳統。透過這項工作，相信在場的各位更加意識到冷漠旁觀無法促進美好福祉。」他爲了強調自己說的話，雙手向集會者一揚表達認同與贊許。「在這個會議廳裡的我們，一點也不冷漠無感！」有幾個人又拍起手來。「如今，我們的基本信念已經茁壯成一個黨派，希望在政治之路上創造出一股力量，讓我們至今私底下非法完成的工作得以合法化、在不久的將來成爲一般常見的事務。」

「安靜，聽他說！」有人大叫。

「然而在此之前，我恐怕這個圈子必須中止活動。」

不安蔓延開來。許多人靜靜坐著猛吸雪茄。

「你們已經看到剛才在外頭大廳，那個記者是如何收集早晚會拿來攻擊我們的彈藥，而他不會是唯一的個案。因此，當前的首要之務在於嚇阻這些人的行動，而我們所實行的工作很遺憾必須暫居幕後，停止一陣子。」人群中惶惶騷動，但瓦德一舉起手，全部的人突然默不作聲。「今天上午，我們得知一個最親愛的朋友，來自旬納堡的漢斯．克利斯提昂．德曼——是的，我知道在場有許多人認識漢斯．克利斯提昂——結束了自己的生命。」

他望著大家的臉。某些人臉上現出恐慌，另一些則是若有所思的表情。

「我們知道，最近兩週，漢斯．克利斯提昂的婦產科診所成為衛生局的調查對象。有位年輕女子在他的診所墮胎，之後進行結紮，可是由於手術過程馬虎不當，使得她必須另外求助旬納堡醫院。當然，這種事情不是沒有可能發生，然而那卻是嚴格禁止的！所以漢斯．克利斯提昂承擔了後果，在銷毀所有的病歷表與個人檔案之後走上自我了結的道路。」底下響起不同的評論，瓦德無法將之清楚分類。

「倘若漢斯．克利斯提昂身為祕戰成員的身分洩漏了出去，後果將不堪設想。他心裡也很清楚，我們多年來的工作很可能毀於一旦。」

接下來是一陣靜默，在場沒人開口說話。

「我們既身為界線明確黨的代表，又希望能走入丹麥群眾，無法負擔那樣的風險。」

瓦德致詞完畢後，有許多人向他解釋，即使他剛才如此指示，他們也不打算停止手邊的祕密工作。不過，他們也承諾會仔細審核文件，以免汙衊了此一神聖任務。

那其實正是瓦德所期待的。安全至上。

會議結束後，林柏格問他：「你會參加漢斯．克利斯提昂的喪禮嗎？」

瓦德露出微笑。林柏格是個不錯的男人，擅長抓住別人判斷力上的弱點，就連瓦德也無法置身其外。

「當然不去了，威富立。不過我們會想念他的，不是嗎？」

「的確沒錯。」威富立．林柏格點點頭。瓦德心想，說服一個長年的好朋友吞下安眠藥，對林柏格來說並不容易。

不，他一定很難熬。

他回到家時，畢雅特已經上床睡覺了。

他將兒子送的iPhone開機，發現有許多訊息。

明天再處理了，他心想。他現在累得精疲力盡。

他在畢雅特的床緣坐了一會兒，半覷著眼睛凝望她的臉，彷彿可以能撫平歲月在她臉上留下的粗糙痕跡，彷彿能因此隱沒她的脆弱。然而在他眼中，她依舊美麗如昔。

他親吻她的額頭，然後脫下衣服，走進浴室洗澡。

站在蓮蓬頭底下的他也不過是個年朽老者，軀體隨著逝去的年歲一天天耗弱。他往下打量自己，小腿肚乾瘦無肉，皮膚蒼白沒有光澤，覆蓋著濃密的黑色毛髮。抹在肚子上的肥皀不再如以前那般暢行無阻，手臂幾乎搆不著背後。

他仰起頭，讓強力水柱噴擊臉龐，想要洗去憂愁。

逐漸老去讓人難以承受，然而要放開韁繩也不是件容易的事。確實，他在今天的大會上受到敬重，但是部分原因是因爲他隱居幕後，因爲他被賦與完成的任務。他是名義領袖，只要端坐某處就好，此外無他。從今日開始，代表整個黨派發言的將另有其人，他當然可以擔任諮詢的職務，這點毋須懷疑。但是，黨內的領袖將由黨員大會來決定，誰又能保證他們會永遠遵循他的建議呢？

「永遠。」他大聲說。對一個八十八歲、忽然間體認到「永遠」有其侷限性的人來說，那是個多麼弔詭的語詞啊。

放在馬桶蓋上的褲子傳來手機鈴聲，他將身體上的水隨便擦了一下，小心不讓自己滑倒。

「喂。」他只說了這麼一個字，一邊感覺到腳底下的浴墊瞬間濕透。

「我是赫柏特．旬納司高。我打電話找你一整天了。」

「噢。」他說。「好久沒有你的消息了。是的，請原諒，我今天手機關機，因為我們在措斯楚普舉行黨代表大會。」

對方恭喜他，但是聲音聽起來一點也不愉快。「今天有警察上門來調查幾樁失蹤案，諾維格也是其中一個失蹤人口。對方是哥本哈根警察總局一個叫作卡爾．莫爾克的傢伙。蜜耶多次提到了你的名字，還有祕戰。」

瓦德動也不動站了一陣子。「蜜耶知道什麼？」

「不多。我這邊絕對沒有洩漏半個字，菲力普一定也是。她只是偶然了解到一點狀況。此外，她還提到了路易士．派特森。雖然我提醒她了，但她還是講個不停。她最近這段時間變得有點頑固。」

「她說了什麼？請你盡可能一五一十告訴我。」瓦德全身起了雞皮疙瘩。

他仔細傾聽旬納司高的報告，中途完全沒有打斷他。

「你知道那個調查人員有沒有去找路易士．派特森嗎？」瓦德在旬納司高說完後問道。

「不太清楚。我想要打聽，但是沒有他的手機號碼，畢竟網路上也沒有那麼容易查到。」

瓦德審慎忖度可能的後果，沉默了好一會兒時間。情況很不樂觀，甚至可以說非常糟糕。

「赫柏特，我們的工作從未像現在受到這麼嚴重的威脅，因此請你體諒我接下來的建議。你和蜜耶必須立刻出趟遠門，你聽見了嗎？我會支付一切費用。你必須飛往特內里費島（注），島上

注 Teneriffa，隸屬西班牙的小島，位於靠近北非的北大西洋中。

西岸有個叫作大懸崖的危岩區域，陡峭的岩壁直接延伸到海裡。」

「噢，天啊。」電話那端響起虛弱一聲。

「赫柏特，你聽好！沒有別的出路了。必須將事情處理得看起來像意外，你了解嗎？」

手機另一端只是傳來沉重的呼吸聲。

「赫柏特，你很清楚有什麼風險。我們談的是多年來的辛勤成果與政治名聲。想想你的兄長，想想自己，以及許多朋友、同事與熟人。若是不阻止蜜耶，很多人會一起被拖下水。我們談的是永無止盡的訴訟過程和長年牢獄服刑，刑期甚至久得無法想像，還有毀謗和破產。我們耗費多年建立起來的組織，轉眼間將化爲烏有，幾百個鐘頭和數百萬的捐款也將成爲泡影。我們今天召開了大會，下一次選舉就能取得席次，但假如你不採取行動，垂手可得的成果將承受可怕的威脅。」

依舊只是沉重的呼吸聲。

「你照當初約定銷毀菲力普的檔案了嗎？清除掉會造成負擔的文件了嗎？」

旬納司高沒有回答，瓦德驚恐不已。看來他們必須自己處理這件事，摧毀所有文件。

「寇特，我沒有辦法，我做不來。我不能帶著蜜耶到國外躲避風頭就好嗎？」旬納司高懇求說，那口氣彷彿他不知道這麼做一點用處也沒有。

「兩個持丹麥護照的老人，眞是瘋了。你們要怎麼成功隱身人群中而不被注意？警察馬上能找出你們。就算他們找不到，我們也會辦到。」

「噢，老天爺！」這是唯一的回應。

「你有二十四小時的時間離開。你可以預約明天的星空旅遊，假如沒有直飛班機，就先搭飛往馬德里的固定班機，然後轉西班牙國內線到特內里費島。抵達當地後立刻拍下周遭的環境，每五個小時拍一次，再用電子郵件將照片寄給我，讓我了解你們的行蹤。我不想再聽到這類事情了，清楚嗎？」

旬納司高回答得遲疑不決。「你再也不會聽到了。」

電話連線於是中斷。

我們等著瞧，瓦德心想。接下來得要拿走那棟房子裡該死的文件，一把火燒了。

他查看來電紀錄。旬納司高說得沒錯。他從十二點半開始，每半小時打一通電話過來。之後還有十五通是路易士．派特森打來的。

他媽的，事態不妙。

他並不擔心警方調查菲力普．諾維格失蹤一案，因爲那與他無關。但是蜜耶告訴警方的事情卻讓他惶惶不安。他當初不就警告過菲力普要注意這該死的女人了？他後來不是也警告了旬納司高嗎？

他憂心忡忡的打了許多通電話聯繫派特森，半小時後年輕記者終於回電。

「很抱歉，我每次打完電話給您之後，都會馬上關掉手機，以免被人測定我的位置。」他說。「我只是不想冒險被那個卡爾．莫爾克和他可怕的助手找到。」

「請盡快說明一下情形。」

寇特．瓦德得到了他要的資訊。

「你目前人在哪裡？」瓦德問。

「快到基爾前的一個停車場。」

「你要開到哪兒去？」

「這點您毋須知道。」

瓦德點點頭。

「您別擔心，我將聖俸的資料全帶在身上了。」

優秀的年輕人。

兩人道別後收了線，瓦德穿上衣服。現在還不急著上床。

他走到二樓的複合式吧台與工作室，拉開工作檯底下的一個抽屜，取出裡面的一個塑膠托盤放到吧台上，上面放著一支老舊的Nokia手機。

他將手機插上充電器，裝入晶片卡，撥打卡思柏森的號碼。二十秒後，電話接了起來。

「已經很晚了，寇特。而且你爲什麼用這個號碼打給我？」

「有麻煩了。」他沒有多說廢話。「記下這個號碼，五分鐘後用你的預付卡打給我。」

卡思柏森照做，然後默不作聲聽著瓦德的說明。

「警察總局裡有我們可以信任的人嗎？」瓦德最後問。

「沒有，不過市警局裡有我們的人。」

「與他聯絡，要他阻止一樁案子調查。不計費用。告訴他，我們出手大方，重點是，務必阻止那個卡爾．莫爾克的行動。」

第二十四章

二〇一〇年十一月

雨刷嘎吱嘎吱刷個不停，卡爾將車轉入警察總局的停車大樓，迅速瞥了一眼手錶。三點四十五分。和那個笨蛋心理醫生克里斯約定的時間晚了整整四十五分鐘。唉，今晚到夢娜家，耳根子應該無法清靜了。眞要命，爲什麼一切偏偏無法盡如人意？

「我們最好帶著這個。」阿薩德從副駕駛的門上置物槽拿出一把摺疊傘說。

卡爾拔下車鑰匙，心想不管對方是誰，我才沒心情和人共用一把傘。然而走到出口時，他才發現外頭下著傾盆大雨，能見度大約只有十公尺。

「過來，卡爾，你才剛生了場病啊。」阿薩德叫道。

卡爾覷著眼打量那把小花點雨傘，困惑一個正値壯年的強健男人怎麼會買這麼醜的東西？而且還是粉紅色的？但他還是躲到那把爛東西底下，和阿薩德搖搖晃晃踏過水窪。在滂沱雨水中，一個同事的身影緩緩浮現，臉上掛著詭異的賊笑經過他們身邊，彷彿覺得兩人之間應該不僅止於同事的交情。

卡爾下巴一伸，步出了雨傘遮蔽的範圍邁。不管是拿著粉紅傘，或是喜歡光著上身在草地上享用午餐，他都不是這種類型。

「哇，有個人全身都濕透啦。」卡爾經過警衛室時，有個警衛朝他身後大叫。他的鞋裡進了水，走起路來像支馬桶吸把一樣發出啪噠啪噠的聲音。

「蘿思，妳可以馬上查一下聖俸那個組織的底細嗎？」然後對她說他像隻擱淺的鯨魚、翻倒的浴缸等評論充耳不聞。

他勉強用廁所紙巾湊合著擦一下衣服，暗自發誓要買一台烘手機裝在廁所裡。若有了那種東西，他的體溫現在立刻能回升到零度以上。

「阿薩德，你和麗絲談過了嗎？」用光四分之三卷紙巾後，他跑去問他的助手。不過對方正蜷縮在小小雜物間地板的跪毯上。

「等下做，卡爾，祈禱優先。」

卡爾又看了一眼手錶。是啊，再過一會兒總局裡有一半的人就會回家了，麗絲正是其中之一。畢竟還是要有人遵守上下班時間。

所以他乾脆陷進自己的辦公椅裡，親自打電話給她。

「喂——」那頭響起索倫森歌唱般的聲音。

「麗絲嗎？」

「不是，卡爾，麗絲去看婦產科醫生了。我是卡塔。」

噢，他真不想知道這些訊息。

「啊，你們調查了路易士．派特森三點左右打電話給誰了嗎？」

「查過了，親愛的。」

親愛的？什麼東西？她上的是什麼該死的課程？拍馬屁訓練？

「他打電話給布隆得比的寇特．瓦德，要把他的地址給你嗎？」

他撥了兩通電話給派特森，只得到使用者目前電話未開機的答覆，不過他也沒期待更好的結果。然而，若能質問派特森為何打電話給自己堅稱沒有關係的人，會給卡爾帶來無比的樂趣。

他嘆了口氣，望向布告欄，發現上有張小紙條寫著精神醫師的手機號碼，那絕對不是正常人願意輸進電話簿中的號碼。不過他寧願撥號，也好過在這種鬼天氣中冒雨跋涉到安克．希果街去。

「克里斯．勒．寇爾。」話筒傳來聲音。那是什麼？這男人也有姓氏啊？

「卡爾．莫爾克。」他回答。

「我現在沒有時間，卡爾，隨時會有病人進來。你明天早上打給我好嗎？」

媽的狗屎。那今晚可有他好受了。

「抱歉，克里斯，抱歉、抱歉。」他急忙說。「我很遺憾今天來不及趕過去，誰叫我回警局的路上鋪滿了屍體。拜託你，星期一下午我們約個時間。我知道那對我應該有幫助。」

接下來的停頓，就如「瞄準」與「發射！」之間的靜默一樣恐怖。毫無疑問，這個滿身古龍水的公子哥兒一定會向夢娜如實報告他的狀況。

「嗯，你這麼想嗎？」他終於開口。

卡爾正想說「怎麼想？」之際，頓時明白了他的問題。

「當然，我相信你的治療對我有幫助。」他特別強調說，但心裡想的卻是怎麼接觸夢娜曼妙的身軀，並不太關心心理醫生是否能幫他釐清腦中的思緒。

「那好吧，就星期一，時間和今天一樣，下午三點？就這麼約定了？」

卡爾看向天花板。要不然呢？

「謝謝。」卡爾說完就掛了電話。

第64號病歷
Journal 64

「我有兩件事要報告，卡爾。」他背後響起聲音。

在她開口前，他便聞到了香水味道，宛如衣物柔軟精的香味飄散過來，想要忽略都難。

卡爾轉向蘿思。她腋下夾了一疊報紙，站在門旁邊。

「那是什麼香水？」卡爾心裡很清楚，要是不警醒點，接下來的話將會變成致命的匕首。

「這個？那是伊兒莎的。」

那麼他最好閉嘴。與伊兒莎有關的事，他們絕對得守口如瓶。

「首先，我調查過你們在黑斯森林見到的赫柏特．旬納思高。確實如他所言，他不可能與諾維格的失蹤有關，因爲八月一日到十月十八日期間，他人正在格陵蘭。他以法學家的身分受僱前往，參與當地的地方自治。」

卡爾點了頭，感覺到腸胃開始躁動不適。

「接著還有聖倖。那是個調查分析機構，絕大部分的營運資金仰賴於捐款。除了兩個自由撰稿人之外，還有一個全職記者。給你三次機會猜猜看是誰。沒錯，正是路易士．派特森。聖倖的工作內容就像是Windows裡的『公事包』功能，持續將當下的最新訊息，自動又迅速的更新到登錄服務的政客手機和電腦中，尤其是平民主義之類的資料。如果你問我，那也是捏造的。」

我一點也不懷疑，卡爾心想。

「這機構的主事者是誰？」

「一個叫作莉瑟洛特．西蒙斯的人，她是董事長，妹妹是總經理。」

「嗯，我對這名字沒有印象。」

「我也沒聽過。不過我稍微調查了她們的背景。根據市公所調查到的居住登記狀況，追溯至二十五年前之後，我發現了一件事。」

「什麼事？」

「她們當年在赫勒魯普和一位聲名遠播的婦產科醫生同住一個屋簷下，醫生名喚威富立·林柏格。換句話說，他是兩姊妹的父親。現在事情有趣了。」

「啊。」卡爾往前靠。「怎麼說？」

「因為威富立·林柏格是界線明確組織的成員。你沒在電視上看過他嗎？」

卡爾試圖努力回想，但是腸子阻斷了通往大腦皮層的連結。

「好。那麼妳腋下那疊報紙是幹嘛用的？」

「阿薩德和我又去查了那幾個人失蹤的時間，不過這次查的是其他報紙。我們希望能確保沒有遺漏任何事件。」

「幹得好，蘿思。」他說，一邊在心裡計算得要跑幾步，才能衝到廁所。

十分鐘後，他臉色蒼白站在阿薩德面前說：「阿薩德，我要回家了。我的肚子完全不聽使喚。」

他八成要說「早就告訴你了吧」，卡爾心想。

但是，阿薩德卻從桌底下拿出雨傘遞給卡爾，只說了一句：「沒辦法同時咳嗽又拉屎的單峰駱駝，麻煩可大了。」

見鬼了，那到底是什麼意思呀？

返家的路途就像是在表演以油門為踏板的踢踏舞，加上肚子在鬧脾氣，坐在車內的卡爾宛如參加了一場飆汗派對。假如交警同事將他攔了下來，他會說一切都要歸咎於不可抗拒的力量。他甚至考慮在車頂上放藍色警示燈，因為他最後一次拉在褲子裡是幾十年前的事了，可不希望在這時候破壞這個統計數字。

因此當他發現家門鎖著時，差點氣急敗壞把門撞壞。究竟是誰鎖的？

在馬桶上宣洩了五分鐘，他終於穩定了下來。距離他露出一口白牙，帶著傻笑現身夢娜家，並爲那個外孫小怪物扮演親切大叔還有兩個小時。

他走進客廳時，哈迪醒著，正躺在床上注視從堵塞的排水管濺出的傾盆大雨。

「爛天氣。」他聽到卡爾的腳步聲時說。「我願意付一百萬，到外頭去淋個二十秒。」

「晚安，哈迪。」卡爾坐在床邊，輕輕撫摸他朋友的臉頰。「這段日子所有事情像被下了咒。該死的天氣害我得了腸胃型感冒。」

「眞的？我也願意拿一百萬來換。」

卡爾笑了一笑，順著哈迪的目光望去。

棉被上有個打開過的信封，卡爾立刻認出寄信人。他預期自己不久後也會接到同樣的文件。

「啊，所以你們現在可以離婚了？你還好嗎，哈迪？」

哈迪抿緊嘴唇，努力將視線望向別的地方。只要不是盯著我就好。卡爾心想。哈迪的目光讓人打從心底不好受。

「我不想談這件事，卡爾。」在緘默不語大概一分鐘後，哈迪終於說。

有誰比卡爾了解他呢？哈迪以前的婚姻生活幸福無比，是朋友圈中最美滿的一對。他們原本可以在前幾個月慶祝銀婚的，但那期望被子彈給射滅了。

卡爾點點頭。「米娜親自送來的嗎？」

「是的，帶著我們兒子一起來的。他們兩個過得還不錯。」

哈迪當然能理解。只因爲自己突然間受挫，他摯愛妻子的生活就不能繼續往前走嗎？

「但我今天才稍微升起了一絲希望啊。命運眞是會捉弄人。」

卡爾眉毛忽地往上一竄。然後抱歉的笑了笑，但已經太遲了。

「是的，卡爾，我知道你在想什麼。你認爲我愚蠢無知，不願意正視現實。但是半個小時前，米卡才幫了我，說實話，那眞的痛得要命，莫頓在一旁開心得手舞足蹈。」

「見鬼了，誰是米卡？」

「啊，沒錯。你最近在家的時間眞的不多。要知道米卡是誰，你最好自己去問莫頓。但是記得先敲門，他們兩人正在享受私密時光。」他的喉嚨發出咕嚕一聲，那應該可以歸類成笑聲吧。

卡爾在莫頓地下室的房門前屏住呼吸，沒有發出一絲聲響，等到房內傳來低沉的笑聲才敲下門。他謹愼的走進房間，一想到蒼白肥胖的莫頓依偎在一個叫作米卡的男人身上，不由得叫他頭皮發麻。

他們兩人挽著胳膊，正站在一道敞開的門前，那個房間前身是間三溫暖室。

「哈囉，卡爾，我正帶米卡參觀我的摩比收藏。」

卡爾此時意識到自己看起來有多蠢。莫頓眞的用參觀摩比收藏的藉口把這個深髮帥哥邀到家裡來嗎？這類藉口有許多變化，卡爾隨手抓就是一大把，以前他就常用來釣馬子。

「嘿，你好。」米卡向卡爾伸出手。「我是米卡．約翰森。是的，我和莫頓一樣，也是個收藏迷。」

「啊。」卡爾說不出完整的句子。這傢伙手背上的毛竟比自己的胸毛還濃密！

「米卡不像我收集的是摩比或者健達出奇蛋裡的玩具。不過，你看，這是他送我的。」

莫頓遞給卡爾一個小紙盒，上面標示著「三二一八建築工人」，盒中躺了一個戴著紅色頭盔的藍色小人，手裡拿著一把迷你掃帚。

「嗯，很漂亮。」卡爾說，把紙盒還給莫頓。

「漂亮？」莫頓大笑著推了推他的客人。「那不叫漂亮，卡爾，而是棒透了！從一九七四年開始發售到今日，我終於收集到完整的工匠系列。而且這盒子跟新的一樣耶，簡直難以置信。」

從莫頓三年前搬進來開始，卡爾還沒見過他的房客興奮得口沫橫飛。

「那你收集什麼呢？」卡爾雖然一點興趣也沒有，還是問了米卡。

「我收集與中樞神經有關的古書。」

卡爾想要做出恰當的表情回應，卻不知如何是好，引得眼前如阿多尼斯一般英俊的黑髮男子哈哈大笑。

「是的，我知道那是種怪異的收藏。不過，我是個學有專精的物理治療師，也拿到了針灸師證照，所以有這種收集嗜好應該不算太奇怪。」

「我們是因爲我脖子僵硬而認識。你還記得兩個星期前我的頭根本無法轉動嗎，卡爾？」莫頓眞的有段時間頭卡住不能動嗎？看來他應該是錯過了。

「你和哈迪說過話了嗎？」莫頓問。

「是的，所以我才會下樓來。他說有東西讓他痛得要命。」他轉向米卡。「你把針刺進他眼睛裡了嗎？」

「沒有。我把針刺進他確實出現活動跡象的神經。」

「他有反應嗎？」

「當然，反應很大噢。」莫頓依舊印象深刻。

「我們應該可以幫助哈迪坐起來。」米卡繼續說。「他身上有許多部位都有感覺，肩膀上一處，拇指根部兩處。眞令人振奮！」

「令人振奮？怎麼說？」

「我們之中沒人能理解哈迪有多麼努力激化那些感覺。不過有很多跡象顯示：只要持續再努力下去，他就能學會移動拇指。」

「噢，拇指啊。那又什麼意義？」

米卡笑了。「意義可大了。那表示可以與人接觸、工作、移動；表示有能力自己做決定。」

「你說的不會是電動輪椅吧？」

男子沒有馬上回答。在這段停頓的時間中，莫頓陶醉的凝望心儀的對象，而卡爾的皮膚卻逐漸發燙，心跳加快。

「沒錯，電動輪椅，還有其他事情。我和許多經營醫療器材的業者都有交情。哈迪值得我們爲他奮鬥，我認爲機會非常大。我相信，未來他的生活可能產生劇烈變化。」

卡爾不發一語站在那兒，感覺非常古怪，好似四面牆壁全向他壓了下來。他感到手足無措，目光不知道該看向何方。簡單的說，他像是一個突然間理解全世界的孩子，受到很大的驚嚇，而這種陌生的感覺，讓他除了往前一步擁抱眼前的陌生男子之外，不知道該採取何種行動。他想要表達謝意，但是所有的話語梗在喉嚨裡說不出來。

然後有人拍了拍他的肩膀。「是的。」下凡的天使說。「我能理解你此刻的心情，卡爾。那眞的很讓人激動。」

謝天謝地，今天是星期五，阿勒勒廣場上的玩具店還有營業，讓他可以幫夢娜的外孫買點禮物，不過絕對不能送能拿來打人的東西。

第64號病歷
Journal 64

「你好啊。」不久後，他對站在夢娜家走廊、一副就算沒有武器也會朝他攻擊的小男孩說。他才伸出手，將禮物遞給男孩，一隻手便像蛇似的快速竄來。

男孩拿著戰利品一溜煙跑開，雙手緊抱著禮物，連一根稻草也找不到縫隙插進去。「反應很靈敏。」卡爾對夢娜說。

她渾身散發清香宜人的氣味，秀色可餐。

「你給他帶了什麼？」她問道，連帶親了卡爾一下。天吶，那雙棕色眼眸如此靠近，他怎麼想得起來自己買了什麼？

「呃，那是……我想那東西叫飛盤活力球，可以壓得像煎餅一樣扁平，丟出去時，又會膨脹成一顆球。」

她狐疑的看著他，腦子裡顯然正在想像路威有多少機會能玩這個玩具。

夢娜的女兒莎曼珊顯然準備得比之前好多了：她直接握住他的手，目光不再落到他比較不討人喜歡的身體部位。

哇，她有雙和母親一模一樣的眼睛。怎麼會有人忍心讓這位年輕女神成爲單親媽媽呢？卡爾納悶著，直到她開口說話。

「我們眞心希望你這次不會再把鼻水滴入醬汁裡了，卡爾。」她不得體的笑聲極爲低沉。

卡爾想跟著一起笑，但是聲音完全無法降到那個音域。

晚餐即將開始，卡爾也已做好萬全的準備。他呑了四顆藥房買來的藥丸，終止了腸胃騷動，頭腦變得十分清醒，隨時可以展開反擊。

「路威，」他問，「你覺得飛盤活力球好玩嗎？」

小男孩沒有回答，大概是因爲他正兩手交互將薯條塞進嘴裡的關係。

「他剛第一次丟，就把球丟出窗外了。」他母親回答。「等下吃完飯後，你要去院子裡找回來，路威，聽到了嗎？」

小男孩仍舊沒有回話。至少他的態度前後一致。

卡爾望向夢娜，她只是聳了聳肩，顯然一切只是測試的一部分。

「你被槍射到的時候，頭上的洞有東西流出來嗎？」又塞了一大堆薯條之後，小男孩指著卡爾的疤痕問說。

「只流了一點點。」他回答。「所以我現在只比我們的總理機伶兩倍。」

「這點目前還看不太出來。」他母親在一旁譏笑說。

「我的數學很棒。」男孩說。「你也是嗎？」

這是他第一次正眼看著卡爾，或許兩人之間可以稱之爲建立了聯繫。

「超級厲害。」卡爾謊稱說。

「你知道和一〇八九有關的數學嗎？」小男孩問著。

拜託，這孩子幾歲呀？五歲？卡爾心裡十分詫異他竟然能講出如此複雜的數字。

「或許你需要一張紙，卡爾。」夢娜從寫字櫃抽屜拿出一張紙和一支筆。

「好，現在你隨便寫出一個三位數的數字。」男孩說。

三位數。眞是見鬼了，五歲小孩怎會知道這個詞呢？

卡爾點頭，寫下了三六七。

「現在把數字倒轉過來。」

「把數字倒轉過來，那是什麼意思？」

「哎呀，就是寫下七六三，不難理解吧？你確定腦漿流失得沒有想像中多嗎？」男孩令人捉摸不定的母親問。

卡爾寫下七六三。

「然後用多的數字減掉少的。」金色捲髮小天才命令說。

七六三減三六七。卡爾拿手遮住，免得被別人看到。從他小學三年級練習減法開始，他都會這樣做。

「結果是多少？」路威眼睛閃爍光芒。

「三九六，對吧？」

「然後倒轉數字，和三九六相加。結果是什麼？」

「你是說六九三加三九六？結果是多少嗎？」

「對啊。」

卡爾將數字相加，演算時同樣又用手遮住。

「一共是一〇八九。」他最後說。

卡爾一仰起頭，小男孩開心得又叫又笑。卡爾知道自己臉上露出了詫異的表情。

「竟然有這種事，路威！不管我選哪個數字都一樣吧？得出來的結果都會是一〇八九？」

小男孩一臉失望。「對呀，我剛才不是說過了嗎？可是，如果你寫的是一〇二，第一次相減完會得到九十九。那時，你不可以寫九十九，而是要寫〇九九。別忘記，一定都要三位數才可以。」

卡爾陷入思索緩緩點著頭。

「聰明的小傢伙。」他微笑注視著莎曼珊說。「當然是遺傳自母親了。」

她沒有回他話。看來他說對了。

「莎曼珊是國內最有才華的數學家，不過有很多事情證明路威的才智更勝一籌。」夢娜解釋說，然後將鮭魚遞給卡爾。

好，母親與兒子，果然是同一個模子出來的。百分之十五的天賦，百分之十的急躁，百分之十六的無禮。這是什麼樣的組合啊！

看來要贏得這家人的心，前途多災多難。

在又玩了幾個算數遊戲，並且追加兩份薯條和三球冰淇淋之後，小男孩終於累了，卡爾總算得以喘口氣。母親和兒子道別離去，剩下夢娜兩眼晶亮凝望著他。

「我和克里斯改約星期一。」卡爾趕緊先說。「我打過電話，向他致歉沒趕上今天的約診時間。從一大早開始，我一直在外面到處跑，夢娜。」

「別想這件事了。」她緊擁著他說，害他汗都飆了出來。

「我想，現在做點床上運動對你有益。」她一隻手靈活挑弄著健康男孩整天撫摸的地方。

卡爾從齒縫中倒抽一口氣。這女人觀察力真是敏銳得驚人，或許是從她女兒那兒學來的。

他們愛撫一會兒後，夢娜走進浴室裡，說要「保養」一下。卡爾滿臉通紅坐在床緣，嘴唇腫脹，褲子也變緊了。

這時手機響起。

螢幕上顯現蘿思在警察總局辦公室裡的號碼。她真是不折不扣會挑時機的天才！

「是的，蘿思。快點說，我現在有重要的事要忙。」他口氣有點衝，感覺到剛才升起的驕傲自負慢慢萎縮掉了。

「賓果，卡爾。」

第64號病歷
Journal 64

「賓果？妳爲什麼還在辦公室？」

「我們兩個都在。哈囉，卡爾！」他聽到電話後頭傳來阿薩德的聲音。這兩人是在開睡衣派對嗎？

「我們又挖出另外一樁失蹤案了。不過那樁案子比我們已知的案件晚了一個月才被報導，所以我們第一次搜尋的時候沒發現。」

「噢，而你們馬上把這案子和其他失蹤案連結在一起？爲什麼？」

「這案子叫輕型車案，有個男人跳上輕型摩托車，從菲英島的葡雷登魯普騎到艾比的火車站，他將車子停放在自行車架後再也沒出現了。就這麼消失了。」

「哪天消失的？」

「一九八七年九月四日那天。這還不是全部噢。」

卡爾望向浴室的門，他情慾的憧憬對象正在門後發出女性的聲息。

「好，還有什麼？快說。」

「那個人姓赫曼森，卡爾，泰格・赫曼森。」

卡爾皺起眉頭。所以呢？

「天啊，卡爾，赫曼森耶。」阿薩德在後面大叫。「你不記得了嗎？蜜耶・諾維格提過這個姓氏，說那是她先生和寇特・瓦德合作的第一件案子啊。」

卡爾眼前清楚浮現阿薩德挑動不已的眉毛。

「好。」卡爾說，「我們必須深入挖掘下去。幹得好。不過，你們兩個現在馬上回家去。」

「那麼我們明天一大早總局見囉，卡爾？要不要就約九點？」阿薩德的聲音從電話背景中隆隆傳來。

「哎，明天是星期六耶，阿薩德。你沒聽過放假這檔事嗎？」

接著傳來刮擦一聲，阿薩德顯然拿走了蘿思手中的話筒。

「慢點，卡爾。假如蘿思和我在安息日都能工作，你星期六去一趟菲英島應該也不成問題，對吧？」

這個問題並未要求回覆。那是個誘餌，也是個已經做好的決定。

第二十五章

一九八七年九月

莉塔滿懷期待，輕鬆的坐在長凳上眺望貝林爾湖。還有時間抽兩支菸，之後就要走到那棟灰色磚造住宅前按下電鈴、推開棕色大門、爬上樓梯，面對她的過往。或許她們會恢復聯繫往來？她獨自莞爾一笑。剛好有個穿著運動服的男子經過，她含笑注視著他，對方也大膽回以一笑。她雖然一大清早起床，卻仍感覺精神奕奕，渾身散發自信。

她將一支菸塞進嘴裡，那男人站在二十公尺遠的地方做伸展運動，眼睛卻逗留在她敞開大衣底下的豐滿胸部上。

今天不行，我的小男人，或許改天。她點燃第二支菸時，眼神透露出那樣的訊息。當前只有妮特最重要。況且妮特比大腦只在兩腿之間搖擺的男人有意思多了。

妮特為什麼想見她？從打開信那刻開始，到她今天一大早坐進汽車，開車前往哥本哈根的路上，始終思索著這個問題。她們最後一次見面是很久之前的事情，妮特不是才堅決的說這輩子都不想再見到她了嗎？

「都是妳，都是因為妳，我才會來到這個該死的島上。是妳誘拐我來的。」莉塔抽了口菸，模仿著妮特的語氣，說完後又吸了一口。這段時間裡，穿著運動服的傢伙一直想弄清楚她的意願。

莉塔忽然啞然失笑，回想起一九五五年在東于特蘭精神病院那段寒冷的日子，眞是一段病態的時光。

妮特被送進派爾林療養院那天，有四個輕度智障者受到毆打，慘叫聲在走廊之間迴盪。莉塔最愛這樣的日子，因為總有好戲可看。她並不討厭旁觀他人挨揍，更何況看護人員每一個都精於此道。

警方把妮特押在中間，走進屋內時，她正好站在大門邊。光看一眼，莉塔就知道眼前這個女孩和自己是一樣的貨色。眼睛流露出警覺，但是仍然被眼前的醜陋事物嚇得魂不守舍。不只如此，她還在那雙眼睛中看見了憤怒。新來的人絕對有著頑強堅韌的性格，就像她一樣。

莉塔看重憤怒勝於一切。憤怒始終是她的動力來源，讓她能扒竊某個笨蛋的皮夾，或是將阻擋去路的白痴撞到一旁。她了解憤怒無濟於事，但是那種感覺無與倫比，胸腔中燃燒著熊熊怒火令人覺得自己所向披靡。

他們將新人安置在與她相隔兩道門外的房間。晚餐時，她便下定決心收服女孩。她們兩個應該成為朋友，結為同盟。

她估算對方比自己小個幾歲，屬於天真單純的類型。這種人往往對別人的期待無法招架，但卻有著聰明敏銳的心思。他們對生命和人性所知不多，無法了解一切只是場遊戲。哎，莉塔等不及好好教育她了。

新人若是厭倦成天縫補襪子，或是和看護人員起衝突而感到日子難熬，八成會來找莉塔尋求安慰。這樣的女子就應該受到撫慰。莉塔暗自發誓，山毛櫸再次開花之前，她們兩人要一起逃離這裡，橫越于特蘭，在威爾．桑能登上拖網漁船前往英國。兩個逃亡中的漂亮女孩，一定有漁船會接納她們。誰不想要船艙裡有兩個像她們這樣的美女？沒錯，她們將讓拖網船搖晃擺動。

第64號病歷
Journal 64

到了英國先學英文，接下所有能做的工作，等到學得差不多再往下一步邁進，前往美國。

莉塔早就在腦中安排好計畫了。萬事俱備，只欠一個同伴。

還不到三天，妮特便遇到了麻煩。簡單說，她問的問題太多了。身處在一群嚴重殘疾者當中，妮特顯得特別突出，所以她的問題聽在工作人員的耳裡就被視爲某種冒犯攻訐。

「收斂一點。」莉塔在外頭走廊上警告她。「別讓他們知道妳有多聰明，那對妳待在這兒沒有幫助。照他們說的話做，而且要安靜去做。」然後她將妮特拉近自己。「我答應會讓妳離開這裡。但是有個問題我必須先了解：會有人來于特蘭看妳嗎？」

妮特搖搖頭。

「也就是說，如果他們以後讓妳離開的話，妳也無家可歸了？」

她很明顯被這個問題嚇到。「妳說『以後』是什麼意思？」

「妳沒想過要離開這兒嗎？這些房子看來起雖然討人喜歡，實際上卻是座監獄。妳有空時可以眺望一下海灣和田野，就會發現四周的田溝裡都有鐵絲網。沒有我，妳絕對過不了他媽的鐵絲網，我沒騙妳。」

妮特忽然咯咯笑出聲來。

「這裡不准罵髒話。」她輕聲說，然後用手肘推了一下莉塔的腰。

沒有問題了。

莉塔抽完兩支菸後，看了一下手錶。十點五十八分，該是挺身赴約的時候了。

她猶豫了一下，考慮要不要叫那個靠在樹上的男人等她，但是又想起妮特豐澤的秀髮與玲瓏的身材，於是把這個念頭拋到腦後。男人的陰莖隨時都有，只需彈下手指便呼之即來。

她一開始並沒有認出對講機裡妮特的聲音，不過並沒讓對方察覺。

「妮特，能再聽到妳的聲音眞好！」開門聲一響起，她即刻推開大門。或許妮特眞的生病了，因爲聲音聽起來確實如此。

不過，妮特一打開門現身，先前的短暫不確定感立刻消失，而逝去的二十六年與兩人之間的不愉快，也轉眼間煙消雲散。

「請進，莉塔，妳看起來氣色眞好！謝謝妳準時出現。」

妮特引領莉塔走進客廳坐下。她的牙齒依然潔白，嘴唇豐滿依舊，能在冰冷和暴烈之間立即轉換的獨特藍色雙眸也始終沒變。

妮特背對著她倒茶時，莉塔心裡感嘆著妮特雖已五十歲了，仍然美麗如昔。修長的雙腿包裹在熨出褶痕的褲子裡，窄身襯衫遮住和以前一樣玲瓏緊實的臀部。

「妳保持得眞好，美人兒。我實在不敢相信妳生了重病。說吧，那不是眞的，生病只是妳要我到哥本哈根來的藉口吧。」

妮特一臉誠摯轉過身來，兩手裡端著杯子，沒有回答。

又是這招不發一語的把戲，和當年如出一轍。「我之前還不敢相信妳會想見我，妮特。」莉塔環顧四周說。公寓沒有裝潢得特別豪華舒適，與她對戶頭裡有許多資產的女子期待不同。「但是我經常想起妳，妳應該不難想像。」她看著兩個杯子露出微笑。兩個杯子，不是三個。

所以沒有律師。看來她大有希望。

看護人員很快就看出莉塔和妮特兩個人配合得很好。「兒童院區缺少人手。」看護一邊說，一邊把湯匙塞進她們手裡。

莉塔和妮特餵了幾天重度智障的大孩子，那些孩子需要人照料，否則無法好好坐在桌邊用餐。他們被綁在暖氣機上，場面既可怕又惱人，所以必須另外獨立出來，以免讓人看到餵食的悲慘景象。由於她們兩人表現得熟練出色，也把被餵食的孩子臉部保持得乾乾淨淨，因此被看護人員另外賦與一項任務，要她們同時也把消化系統最底端給清理乾淨，以資酬謝。

莉塔每次都忍不住吐出來，畢竟她以前在家鄉只看過被暴雨淹出下水道的糞便。反觀妮特清理排泄物、擰乾尿布，泰然得彷彿至今只做過這些事。

「糞便就是糞便。」她說。「而我是在糞便堆中長大的。」

她向莉塔描述牛糞、豬糞和馬糞，以及無止盡的勞動日子，相較之下，療養院這兒的工作宛如度假般輕鬆。

但是莉塔從妮特的黑眼圈，從她咒罵醫生拿白痴智力測驗貶低了她的智能等抱怨，明白妮特其實清楚自己並不是在度假。

「妳認為派爾林有任何醫生知道冬天凌晨四點和夏天凌晨四點起床擠奶的差別嗎？」若是有個穿白袍的醫生出現——當然這種情形相當罕見——她便罵道。「妳相信他們聞得出來畜欄裡有母牛子宮發炎，但牠不想自行治好嗎？連妳都不會相信。但是他們卻因為我不知道挪威國王是誰，而把我當成笨蛋，他們只在乎這個！」

她們清理了重度智障孩子的臉龐和屁股十四天之後，得到可以隨時進入兒童院區的許可。莉塔於是開始了她的十字軍東征計畫。

「喂，妳和主治醫生見面了嗎，妮特？」她每天早上都會問妮特。「還是和其他醫生說過話了？啊，主治醫生和鎮長討論過讓妳出院的事了嗎？他檢查過妳了嗎？」這些話像機關槍掃射般在妮特耳旁糾纏不去。

就這樣過了一個星期後，妮特受夠了。

一天午休結束後，妮特環顧四周，只看見斜視的臉龐、佝僂的背、短腿和閃避的目光，終於逐漸明白，自己終將成爲被她擦屁股的這些人一份子。於是她再也無法忍受了。

「我要和主治醫生談話。」她對一個護士說，但對方只是搖搖頭走開。之後她又重複了幾次，可是沒人願意聽她說。她最後站了起來，用盡全身力氣，扯開喉嚨放聲大喊。

此時，莉塔搶在事情一發不可收拾之前說：「妳這樣搞下去，確實很快能見到主治醫生。但是在那之前，妳會先被綁在床上好幾天，他們會給妳打很多針，讓妳閉嘴。這點妳不用懷疑。」

妮特頭一仰，正要使出全身力氣吼出她的訴求時，莉塔抓住了她。

「像妳和我這種女孩要離開這兒只有兩種可能，若不是逃走，就是接受結紮。妳有沒有概念他們能在多短時間內判定誰要結紮，而誰又能離開？我知道上星期主治醫生和心理醫師在十分鐘內就挑出了十五個女孩。喂，妳眞的以爲她們脫身了？別傻了，這些案件如果交給社會局來處理，我向妳保證，大部分的人最後都去了威爾勒的醫院。

「所以我要再問妳一次，妮特。療養院外頭有沒有會想念妳的人？如果沒有的話，和我一起逃走。今晚我們餵完孩子後就走。」

那天晚上，她們偷了兩件白罩衫和裙子，像其他工作人員一樣從大門離開療養院。她們在樹叢裡躲了一陣子，然後走過一個又一個小時，慢慢遠離曾經拘禁她們的地方。隔天上午，她們趁著某個農家裡的人都在馬廄裡忙碌打破了窗戶，迅速偷走了衣服和一些錢後逃之夭夭。

兩個女孩擠在摩托車的邊車中來到施克堡。當她們站在通往維堡的省道打算搭便車時，第一次發現警察的蹤跡。

所以她們連忙從叢林裡的小路溜掉，最後終於安全脫身。兩人在獵人小屋睡了三天，依靠裡頭的存糧過活。

莉塔每晚都想親近妮特，依偎在她如冬日般蒼白的肌膚，撫摸她的胸部。但都被妮特推開。妮特說人分成兩類，如果其中一類想和同類睡覺的話，是不合乎自然的。

第三天，外頭大雨滂沱，氣溫嚴寒，小屋裡所有的存糧都吃光了。她們在路邊站了三個鐘頭，才有一輛冷藏車司機可憐她們停下來。她們坐上副駕駛座想盡辦法擦乾身體，司機當然瞪大了眼睛看，不過他還是把她們送到了威爾．桑能。

到了那兒，她們還真的找到了拖網漁船的卸貨司機。他向她們使眼色，表示願意帶上她們。如果她們乖乖聽話，討人喜歡的話，他甚至很樂意把她們交給一個孤單的英國水手，讓她們順利前往英國。至少他是這麼說的。

不過，他要求在她們身上找點樂子，這提議被妮特搖頭拒絕，所以他只能和莉塔上床。兩人翻雲覆雨了兩小時，之後他打電話給在北斯納擔任警官的兄弟。

等到兩個靈克賓警察局的壯碩傢伙將兩人銬上手銬，送上警車，她們才弄懂發生了什麼事。

隔天上午，她們就被帶回派爾林的凱勒療養院。如今莉塔和妮特果然實現了心願，立刻就和主治醫生說上話。

「莉塔．尼爾森，妳是個反覆無常的卑鄙女孩。」他說。「妳不僅濫用了工作人員的信任，還嚴重傷害了自己的福祉。妳的性格扭曲，資質駑鈍，說謊成性，而且性關係放蕩不檢。若是讓妳這種有害社會的人回到人群中，妳將會隨便與人上床，造成社會的負擔。因此，我今天會在報告寫上妳適合強制治療，在妳變得懂事之前，必須一直接受治療。」

那一天，莉塔和妮特坐在一輛黑色雪鐵龍後座，車門全被鎖上，前面的副駕駛座則放著主治醫生的報告。這趟旅程的目的地是史葡格，那座島專門收容被放逐的女人。

「要是沒有聽妳的話就好了！」車子行駛在菲英島時，妮特抽泣說。「一切都是妳的錯。」

「這東西有點苦，妮特。」莉塔啜了一口茶後說。「妳有沒有咖啡？」

妮特臉上湧現奇怪的表情。彷彿莉塔正遞給她一個禮物，卻在她要伸手收下時，莉塔又瞬間抽了回來。那不只是失望，還包含了更多深沉的意味。

「沒有，莉塔，我家裡沒有咖啡。」妮特回答的聲音平淡無力，彷彿她的世界即將崩毀。她馬上就會建議要重新泡壺茶了，莉塔心想。看見妮特想認眞扮演女主人的角色，讓她覺得很有趣。但是妮特什麼也沒有說，只是在莉塔對面坐著。忽然之間，所有發生的一切宛如慢動作般在進行。

莉塔搖了搖頭。

「哎，隨便啦，妮特。妳有牛奶嗎？我們倒點牛奶到茶裡，應該會好喝一點。」她發現妮特似乎鬆了口氣。

「沒錯！」妮特從椅上跳起來，慌忙衝出客廳。「等一下，我馬上回來。」她叫說。

莉塔望向擺著茶壺的櫃子。她爲什麼不把茶壺放在桌上？不過話說回來，完美的女主人大概不會這麼做吧。莉塔對這種事一點也不了解。

她思索了一下要不要向妮特要杯利口酒，或者是要點茶壺旁邊那個玻璃瓶中的飲料。但是妮特這時拿了牛奶回來，微笑著幫她倒進茶理。那笑容讓莉塔感覺她有點緊張。

「要糖嗎？」妮特問她。

莉塔搖頭拒絕。她感覺妮特忽然間變得很亢奮，好像在趕時間，這點令人好奇。在妮特向她

第64號病歷
Journal 64

伸出手說很高興她接受邀請之前，是否有一定要完成的儀式呢？或者完全是另外一回事？

「哎，妮特，妳信中寫律師也會在場，他人呢？」莉塔努力擠出合乎情境的恰當笑容。妮特沒有同樣回以微笑，不過她也沒有抱持期望就是了。

難道她還不了解妮特嗎？根本沒有律師，她也拿不到一千萬，妮特更沒罹患重症。

當妮特解釋說律師遲到了，不過他隨時會出現時。莉塔對自己說：「當心，她心懷不軌。」事情實在詭異。一個美麗、有錢，卻容易被看透的女人。

這時妮特驀地發出大笑，舉起杯子高聲說：「誰要乾杯？」

老天啊，氣氛真是瞬息萬變。莉塔不禁感到困惑，過往的景象也浮現腦海。

妮特真的還記得嗎？記得那個小儀式？當監視女孩們用餐的守衛難得不在時，她們會在餐廳裡假裝自己是自由之身，想像自己閒坐在年度市集裡，高舉著啤酒杯隨心所欲玩耍。

這種時刻，莉塔總是會大喊：「誰要乾杯？」然後大夥兒便一口氣喝光裝在杯子裡的自來水。除了安靜坐在角落眺望窗外的妮特之外，所有人全部哄堂大笑。

見鬼了，妮特真的記得嗎？

莉塔微笑注視著她，拿起茶杯一口氣把茶喝光，心中突然有種感覺：今天雖然有點詭異，事情應該還是能順利進行的。

「我！」兩個人異口同聲的說完開懷大笑。然後，妮特走到櫃子旁，又倒了杯茶。

「我不用了，謝謝。」莉塔依舊開心笑著。「妳竟然還記得！」接著又是一陣大叫。「沒錯，以前的確有些好玩的事。」

然後她又說了一、兩個以前在島上和兩個女孩玩的把戲。

她獨自點了點頭。眞是令人詫異啊，屋子裡的氣氛竟能喚醒那麼多的回憶，而且喚回的不是只有不好的回憶。

妮特將她的杯子放在桌上，她的笑聲忽然變了，好像除了開心，背後還隱藏著更多東西。就在莉塔有所反應之前，妮特目不轉睛直視她的雙眼，冷冷的說：「說眞的，莉塔，假如沒有妳，我很肯定自己會有個正常的生活。假如妳別來煩我，我也不至於淪落到史葡格島，我很快能適應療養院的生活。如果不是妳毀了一切，醫生會知道我是個正常人，讓我出院。他們將明白我不是反社會，而是成長的環境大有問題。他們也會看出不需要替我擔憂。爲什麼妳就是不能別來打擾我呢？」

啊，原來是這麼回事？這念頭在莉塔腦中一閃而過。妮特正在進行一趟克服過往之旅。不過她可找錯對象了。在她開車回科靈以前，這賤人不僅得爲她這趟旅程好好補貼一筆費用，還要他媽的接受一番教訓。

莉塔清清喉嚨，想要說那茶不是普通的難喝。還有，若沒有接受結紮，妮特當時死也不可能獲釋。史葡格的人不會放她走的，派爾林那邊也一樣。她眞是個蠢豬，自己做的事情必須自己負責。她正想這麼告訴她的時候，卻發現喉嚨裡乾得要命。

她猛然抓住自己的脖子，感覺就像吃了有殼的海鮮，突然引發強烈過敏，或者被蜜蜂給螫了一下。她的皮膚發燙，宛如全身起了蕁麻疹，就連光線都變得刺眼難受。

「那杯爛茶裡面放了什麼東西？」她昏沉呻吟著，眼睛左右張望。媽的該死，現在連食道都灼熱了起來。

坐在對面的妮特起身走近，她的聲音很輕柔，但是卻顯得格外空洞。

「莉塔，妳沒事吧？」那個聲音說。「妳要不要稍微往後靠？別從椅子上摔下來。我來打電話給醫生。妳會不會中風了？妳的眼神好古怪，好像有點失控。」

第64號病歷
Journal 64

莉塔大口喘氣，在她對面櫥櫃上的銅製品開始舞動旋轉。她的心臟先是急遽跳動，接著變得越來越微弱。她想把手伸向眼前那個人，但手臂如鉛般沉重。剎那間，那個人變成了一隻以後腳站立、朝她張牙舞爪的動物。

她的手臂落了下來，下一秒，心跳也跟著停止。

隨著那個人消失在視線之外，光線也隨之熄滅。

第二十六章

二〇一〇年十一月

她叫醒他時，陽光在室內落成一道道光束。他眞想緊緊依偎在她的笑紋裡。

「你得起床了，卡爾。你今天要和阿薩德去菲英島！」

她輕輕吻了他，拉開百葉窗。經過一個狂野之的夜晚後，她的身體顯然變得更爲敏捷靈巧。她沒有提起他昨夜跑了四次廁所，以及他因爲多次踰越界線而出現窘迫尷尬的眼神。她是個內心沉穩的女人，也把他說的話聽了進去。

「吃吧，卡爾。」她把一個托盤放在他旁邊，香味誘人。盤子上躺了一把鑰匙。

「這是給你的。」她幫他倒了一杯咖啡。「謹愼使用這把鑰匙。」

他拿起鑰匙在手中掂了掂。大概重兩公克，他心想，但卻是通往天堂的入口。

然後他把掛在鑰匙上的小塑膠片轉過來，上面寫著：「情人的鑰匙。」塑膠片看起來有點舊了，讓他感覺有點糟。

他們打了四次電話給蜜耶．諾維格，四次都沒人接。

「我們過去看她在不在家。」警務車行駛到黑斯森林附近時，卡爾說。

那棟房子像是一輛準備過冬的露營車，外頭的窗板上了鎖，車棚裡是空的。卡爾打開橡皮管的水龍頭檢查，發現連水也斷了。

第64號病歷
Journal 64

阿薩德湊在屋子後方嗅聞窗板的縫隙，然後說：「這樣也看不出什麼。」媽的可惡！卡爾心裡罵道。那對值得尊敬的公民顯然溜掉了。

「我們可以闖進去。」阿薩德從褲子口袋掏出一把小刀來。

這個人眞是不懂得克制自己呀。

「老天，阿薩德，把那東西收起來。我們回程的時候再繞過來看看，或許運氣會好一點。」其實他心裡對這句話抱持同樣的懷疑態度。

「那兒就是史葡格。」卡爾透過橋的鋼索之間指向史葡格島。

「看起來沒那麼糟糕嘛，完全不像以前會有的樣子。」阿薩德一雙腳擱在儀表板上說。這個人難道沒辦法在車子裡好好坐著嗎？

車子駛過了高架橋，接近通往島嶼的岔口。卡爾說：「我們從這兒下去。」然後轉彎駛出高速公路，最後來到一個柵欄前。看樣子柵欄鎖住了。「來吧，我們把車停在這兒。」

「是嗎，然後呢？到時候回高速公路上時，你就得逆向耶。你瘋了！」

「開回去的時候，我會在車頂放上藍色警示燈，其他駕駛人會自動繞開的。下車吧，阿薩德。我們要是到處打電話徵得同意的話，一天很快就過去了。」

不到兩分鐘，一個女子便朝他們走來。短髮，穿著有反光條的螢光橘色外套，再加上一雙典雅的高跟鞋。這樣的組合眞能刺激人思考。

「這裡不准停車，請把車開走！我們很快會開啓柵欄，屆時你可以開往菲英島，或者調過車頭開回西蘭島，那樣最快。」

「卡爾．莫爾克，懸案組。」他只說了這句話，然後把警徽遞過去。「這是我的助手，我們正在調查一樁謀殺案。請問妳可以帶我們參觀一下這裡嗎？」

這麼做多少產生了點作用，但是她也不是被嚇大的。她往旁邊退了幾步，將對講機拿到耳邊，工作職責似乎沉重的壓在她的肩上。她透過對講機溝通好一陣子後，終於轉過身來。

「請講。」她將對講機拿給他。

「卡爾・莫爾克，哥本哈根警察總局懸案組，請問貴姓？」

對講機另一頭的男子也自我介紹。看來是高薛大帶橋管理處的某個主管。「沒有事先預約，不可以進入史葡格，這點請你諒解。」

「我明白。假如我不是受過訓練的執勤警員，也不能拿著槍瞄準連續殺人犯。世界就是這麼回事，不是嗎？我充分理解你的立場。不過事態緊急，我們正在調查令人厭惡的連續犯罪事件，而最早的源頭顯然是從史葡格開始的。」

「什麼樣的犯罪案件？」

「這點恕我無法奉告。不過歡迎你致電哥本哈根警察總長，兩分鐘之內你就能拿到必要的許可證明。」他的話需要打點折扣，因爲光是透過總機轉接到總長的祕書處，可能就得花上十五分鐘。那些祕書的工作量多得惱人，總是忙碌不堪。

「好的，我想我會這麼做。」

「太好了，非常感謝，那眞是太棒了。」卡爾刻意裝出奉承的聲調，然後關掉對講機，還給女子。

「他給我們十分鐘時間。」他向一身橘得刺眼的女子說。「或許妳可以帶我們四處參觀一下，就妳所知的訊息，稍微講解當年這裡還是療養院時候的狀況。」

第64號病歷
Journal 64

他們的解說員解釋說，這兒經過多次的改建，當年的建築格局早已不復見。

「以前在島的底端有一棟名為『自由』的小屋，女孩們可以在此停留一個星期，但是只有白天能過去。對她們而言，那就是所謂的度假。最早之前，小屋是個檢疫站，收容罹患瘟疫的船員，但是現在已經拆除了。」她帶領他們來到一處鋪磚庭院，四周圍起來成了一個大型空間。

卡爾四下打量。

「女孩們住在那兒？」

她往上指。「那兒，有小閣樓窗戶的地方。不過都改建過了，現在是會議廳之類的地方。」

「女孩們做什麼工作？她們有權自己決定嗎？」

她聳了聳肩。「我想應該不行。她們種植蔬菜、收穫穀物、照顧牲畜。那兒裡頭有間裁縫室。」她指著東廂建築。「智障者非常擅長做手工的。」

「那些女孩全都智能不足嗎？」

「是的，據聞是如此，不過不可能全部智能不足。你們要看一下懲戒室嗎？還有一間留了下來。」

卡爾點點頭，樂意之至。

他們穿越鋪著藍色木鑲板的餐廳，窗外海景一覽無遺，美不勝收。

解說員手一指。「這兒只給女孩用餐，工作人員在隔壁吃飯。這點劃分得很清楚。在那兒後頭，也就是建築物底端，住著院長和她的代理人，不過現在也完全改建了。請跟我到樓上去。」

走過一道陡峭的樓梯後，他們來到一個相對簡樸的環境。狹長走廊的一邊，設置著一長列磨石子洗臉台，另外一邊則有許多扇門。

「這樣的空間住兩個人其實有點小。」她指著一個有著斜牆且屋頂低矮的房間說，隨後又打開一道通往長形頂樓房間的門，房間裡堆滿舊家具，牆上釘著成排的掛勾，每一個都有編號。

「女孩將房間放不下的東西保存在這兒。」

接著橘衣女請他們回到走廊。緊鄰此房的隔壁，有一扇裝了兩道沉重門閂的小門。

「這裡就是懲戒室了。女孩假如不聽話，就會被關在裡面。」

卡爾邁出一步，穿過低矮的木板門，進入一個只能側著身子躺下的狹隘空間。

「女孩們被關在這兒好幾天，甚至可能更久，有時還會用皮帶扣住。碰上有人不馴服的情形則施以藥物。那可不是什麼有趣的消遣。」

卡爾可以找到其他更為貼切的說法來形容這種狀況。這時他轉向阿薩德，只見他眉頭深鎖，神情非常難看。

「阿薩德，你沒事吧？」

他緩緩點頭。「我以前見過這種痕跡。」

他指著門的後面，有些深陷的凹痕沒有被新塗上的顏色掩蓋掉。

「相信我，卡爾，那是抓痕。」

他腳步不穩的走了出去，靠在走廊牆上。

或許他總有一天會稍微透露一點自己的事。

這時，島上解說員的對講機響起。

「是的。」她話才剛說完，下一秒臉色大變。「啊，我會轉達的。」她將對講機放回腰帶，臉上露出深受傷害的表情。「我主管要我向兩位轉達，他說聯絡不上警察總長，而我的同事透過監視器看見我們在裡頭參觀，他要你們離開這兒。我希望你們馬上就走。」

「很抱歉，請告訴他是我們騙了妳。不過，謝謝妳，我們也看得差不多了。」

「你還好嗎，阿薩德？」他們默不作聲駛過菲英島大部分區域後，卡爾問道。

「沒事、沒事，不要理我。」他坐直身子。「你必須走五十五號出口。」他指著衛星導航說。

這台無所不知的衛星機器難道不會通報嗎？

路徑指示這時也正好響起，只聽得導航的金屬聲音說：「六百公尺後請向右轉。」

「你不需要告訴我怎麼走，阿薩德，衛星導航會報路。」

「接下來我們要走三二九號公路到希納瓦。」阿薩德仍然說個不停。「從那兒大概只要再十公里就到葡雷登魯普了。」

卡爾嘆了一口氣。彷彿十公里很遠似的。

接著阿薩德每二十秒報一次路，最後終於指向了他們的目的地。

「那棟就是泰格住的房子。」他在衛星導航響起前兩秒說。

說「房子」其實言過其實了，那不過是一間經過酸洗的黑色棚屋，從地基到風化的白鐵皮屋頂，處處可見歲月的痕跡，此外屋子用千奇百怪的建材搭建而成，從泡沫混凝土和石棉瓦都有。

卡爾下車，拉直褲子時心想，這兒對葡雷登魯普地區而言，應該不是個賞心悅目的風景。

「你確定她在等我們嗎？」卡爾第五次按下電鈴後問。

阿薩德點點頭。「她在電話中聽起來額外殷勤有禮。」他特別強調說。「她有一點口吃，可是我們確實約好了。」

卡爾點點頭。額外殷勤有禮，他又是從哪兒學來的？

他們先是聽到一陣咳嗽，才注意到腳步聲。顯然門後有生命存在。

這類型的咳嗽不外乎是因為吸菸過度或對貓毛過敏，連帶讓這間破爛小屋內充斥著濃烈嗆鼻的酒味。然而，即使有不容辯駁的不利條件，即使房子完全不適合人住，但是名叫玫特．許梅爾的年邁老婦人在屋內移動時，卻像個城堡主人走過高雅的場所。

「是的，哎，泰……泰格和我，我們沒有結……結婚，但是律、律……師認為，如果我想出價買這棟房子的話，或……許我可以拿得到。」她點起一支菸。那絕對不會是今天第一支。

「一九九四年遺……遺產審理程序終於結束，房子要價一……一萬克朗，那是……媽的很多錢。」

卡爾四下張望。就他記憶所及，當年一架攝影機差不多是一萬元，對攝影機來說，那真的是一大筆錢，但是拿來買一棟房子絕對不貴。不過話說回來，寧願買台攝影機，也好過這棟以廢棄建材堆起的房子。

「泰……泰格住在那裡。」她溫柔的將兩隻貓輕輕推到一邊。「我從……沒進去過。那感覺有……有點不對勁。」

她打開貼著許多潤滑油海報的門，裡頭的氣味比他們剛才進來的地方還要難聞。

阿薩德發現了另一扇可通往戶外的門，同時也發現了臭氣來源：床邊角落擺著五個酒瓶，裡頭裝了尿液。從瓶子的外觀判斷，裡頭曾經是滿的，隨著時間過去，尿液蒸發所形成的沉積物，使得玻璃瓶變得模糊不透明。

「嗯，應該……把這些東西丟……丟掉。」老婦人說著同時把瓶子丟到屋前的雜草堆裡。

他們站在一處堆積著自行車、輕型摩托車的工作間裡，床中央擺了許多工具和雜物，床單等寢具和油汙斑斑的地板成了同一種顏色。

「泰格離開時，有沒有告訴您他那天打算做什麼？」

第64號病歷
Journal 64

「沒有，他忽……然變得神……神祕兮兮的。」

「好的。我們可以四下看一下嗎？」

她做了一個「請便」的手勢。

「好，上次村……村警來過以後，這兒就沒……沒什麼東西了。」她拉拉被單說。

「漂亮的海報。」阿薩德指向跨頁的女孩海報說。

「是的，還有女用刮毛器、刺青針和一堆亂七八糟的東西。」卡爾嘴裡嘀咕著拿起一疊紙，就擺在裝滿軸承球的蛋盒上。

實在難以想像在這團混亂中，能找到指引他們關於泰格．赫曼森此人命運的東西。

「泰格當時有沒有提過一個叫寇特．瓦德的人？」阿薩德問。

她搖搖頭。

「噢。您記得他有提過什麼人嗎？」

又是一陣搖頭。「沒提過……任何人。他大部分講的是開立達、普察爾……和ＳＣＯ。」

看得出來阿薩德對那些名字一點概念也沒有。

「都是摩托車品牌，阿薩德，噗、噗，你知道的。」卡爾假裝催動車子油門。

「泰格有留錢下來嗎？」他又繼續問。

「一毛也沒有，沒……沒有。」

「他有敵人嗎？」

她大笑出聲，引發一連串的咳嗽。咳了好一會兒才擦乾眼睛，意味深遠的注視著卡爾。

「你認爲呢？」她指著四周留下來的東西。「這……這一團糟絕不會是一個正……正派規矩的市民樂意在他生活的……環境中看……見的吧？」

「好吧，此地居民或許會希望泰格照料一下住所環境。不過既然從頭到尾沒改變過，所以那不可能是他失蹤的起因。許梅爾女士，您有沒有想到其他可能呢？」

「什……麼也想不起來。」

他看見阿薩德來回翻動著跨頁海報。難道他想帶一張回家嗎？

接著，阿薩德把一個信封遞到他眼前。

「這個釘在那上面。」

阿薩德指著一支釘在裸女海報上方甘蔗板的大頭針說。

「這裡，還看得見洞。信封用兩支大頭針別住，你看見了嗎？」

卡爾瞇起眼睛。如果阿薩德這麼說，八成錯不了。

「有支針掉了下來，不過還有一支大頭針固定著，信封有一半滑進了海報後面。」

「信封怎麼了？」

「嗯，裡頭是空的。不過看一下這裡。」阿薩德回答說。

卡爾讀出上面的字：「妮特．赫曼森，貝林爾—多瑟林路三十二號，二二〇〇，諾勒布羅區，哥本哈根。」

「再看一下郵戳。」

郵戳的顏色褪得差不多了，但依稀可辨認是一九八七年八月二十八日。正好是泰格失蹤前一個星期。

他們當然無法就此斷定這個信封非常重要。找到失蹤者消失前留下的東西，不是家常便飯嗎？畢竟有誰會爲了不節外生枝，清除掉標示著日期的物品？假如有人這樣做，背後應該隱藏著明確的意圖，也一定有人知道他將會失蹤。

卡爾凝視著阿薩德。他的腦中閃過千萬種思慮，全部寫在臉上。

「我打電話給蘿思。」他咕噥著說，然後按下她的號碼。「要她去查信封的事。」

卡爾集中注意力，仔細掃過房間內的每一處。有信封的地方一定也會有信紙，也許藏在某張海報後面，也許丟在床下的垃圾桶裡？他們必須再一次徹底搜查此處才行。

「您知道妮特．赫曼森是誰嗎，許梅爾女士？」他問道。

「不清楚。不過姓赫……赫曼森的話，應該是一家人。」

他們花了一個小時在泰格家仔細翻找了他的東西，又在菲英島行駛了四十五分鐘後，又回到連接菲英島和西蘭島的大橋，今日的橋塔高聳入天。

「我們又回到這個爛地方了。」阿薩德指著浮現海霧中的史葡格島說，然後凝望著伊爾蘭的方向沒再說話。沉默了一陣子後，他轉過來看著卡爾。

「如果赫柏特．旬納思高和蜜耶．諾維格還是不在家怎麼辦？」

卡爾望著靜謐浮在海上的史葡格島。這座島如今成了連結西蘭和菲英兩島橋樑的一部分，白色燈塔矗立在翠綠山丘上，秀氣的黃色建築坐落在背風處，四周布滿草原和樹叢。

蘿思曾形這座島是「地獄的前院」。恍然間，卡爾彷彿真的感覺到邪惡在路邊護欄跳躍，彷彿瞥見了心靈受傷、下腹部有疤痕的舊日鬼魅。丹麥政府眞的允許在專業醫生和救濟機構進行這類侵入性手術嗎？如果眞是如此也未免太過令人費解。但是換個角度來看，今日的丹麥不正存在著類似的治療差異嗎？只是尚未成爲醜聞罷了。

他搖搖頭，踩下油門加快速度。「阿薩德，你剛才說什麼？」

「我問說，如果赫柏特．旬納思高和蜜耶．諾維格又不在家該怎麼辦？」

卡爾把臉轉向他。「你的小刀應該還在吧？」

阿薩德點點頭。兩人意見是一致的。

他們必須在沒有搜索令的情況下，想辦法進入放檔案櫃的地方，查看蜜耶提及的赫曼森案究竟怎麼回事。就算他們去申請搜索令，應該也拿不到。

卡爾手機響起，他按下擴音器。「是的，蘿思，妳人在哪裡？」

「阿薩德打電話來時，我正在要去總局的路上。去上班總比在史坦洛瑟無所事事閒晃有意思多了。我做了一點調查。」她的聲音聽來亢奮激動。「我可以告訴你，我真的嚇了一跳。你想像一下，諾勒布羅區那個地址一直還住著一個叫作妮特．赫曼森的人耶！眞是瘋狂，對吧？」

阿薩德讚賞的舉起大拇指。

「好，不過對方應該要是個老婦人才對。」

「應該是，不過我尚未確認。但是我發現她曾經以同一個地址申報過妮特．羅森這個名字。你不覺得這名字很棒嗎？或許我應該考慮一下改名。蘿思．羅森，聽起來很酷，對吧？搞不好那位婦人可以收養我。她不可能比我母親還糟糕。」

阿薩德幸災樂禍笑了，卡爾咬牙忍著才沒有反唇相譏。他這個助手並不熟悉蘿思的私事，若是讓蘿思發現他和眞正的伊兒莎通過電話，她絕對會得失心瘋。

「很好，蘿思。接下來想辦法取得那位婦人的資料，好嗎？我們正要前往黑斯森林，查看諾維格的檔案櫃。還有其他要報告的嗎？」

「有，我對寇特．瓦德的豐功偉業有更深的認識了，因爲我和一個叫梭倫．布朗特的記者談過，他收集了寇特．瓦德所屬黨派的大量資料。」

「界線明確黨？」

「對。不過我覺得那個瓦德在私領域中並沒有明確劃分界線。總而言之，他看起來是個惡劣的混蛋。多年來，他曾被人控告好幾次，也進行了訴訟審理，但從來沒被眞正判刑，實在很不可思議。」

「妳在暗示什麼？」

「很多。但是我對案子的了解還不夠深入，布朗特會寄更多資料給我。這段時間，我會繼續挖掘讓寇特．瓦德坐立不安的訴訟案件。你們要感謝我，因爲這種工作內容不是我的菜。」

卡爾點點頭。也不是我的。

「還有，以前有個案件控告瓦德強暴，但是最後沒有起訴。之後也有三起案子透過法律諮詢處控告他，分別是在一九六七、一九七四，最後是一九九六年。除此之外，他曾多次因爲法西斯言論受到申訴，並且涉及煽動民眾、非法侵入住宅和侮辱他人等等。只是所有指控都被駁回。不過根據布朗特的看法，反辯中只有幾件提出了義正辭嚴的理由，大部分是因爲證據不足，導致最後案子不成立。」

「有人控告他謀殺嗎？」

「沒有直接控告，但若是間接性的話，有好幾件案子控告他強迫婦女流產。那就是謀殺，對吧？」

「嗯，或許吧。不過若是沒有產婦的同意，要進行人工流產顯然很困難。」

「無論如何，我們手上這個男人一輩子把人嚴格區分成所謂的『下等人』和優良公民。若是被他認爲適合養育下一代的人，因爲想生孩子上門求助，他會是個醫術精良的醫生，盡心盡力幫助對方；反之如果是所謂的『下等人』因爲懷孕問題來找他的話，情況就相反了。」

「會發生什麼事？」卡爾腦中掠過蜜耶．諾維格先前的指涉，事情或許兜得上了。

「就像剛才所說，他從未被判刑。但是衛生局好幾次到他的診所，監督他是否在沒有取得孕婦同意，甚至是在她們不知情的情況下實行墮胎手術。」

卡爾察覺阿薩德開始躁動不安。難道也曾經有人叫阿薩德「下等人」嗎？

「謝謝，蘿思。我們回去之後再繼續討論。」

「等等、等一下，卡爾，還有一件事。旬納堡有一個人始終支持界線明確黨，同樣是婦產科醫生，名叫漢斯．克利斯提昂．德曼，他最近結束了自己的生命。我就是因爲這件事才聯絡上布朗特這個記者的，因爲他在部落格上寫說當年寇特．瓦德的行徑和德曼近年的所作所爲有關。」

「愚蠢的豬玀。」阿薩德說。

這話從阿薩德的口中說出來，絕對是強而有力的至理名言。

黑斯森林那棟房子仍如早上來時一般孤獨寂寥。阿薩德正打算下車繞到屋子後面時，卡爾把他攔了下來。

「再等一下，阿薩德，先坐在車子裡。」然後他把車開到對街的平房前面。

他秀出證件表明身分時，平房女主人一臉驚慌瞪著他的警徽。這種反應他遇到的次數不算少，警徽偶爾還會被吐口水。

「不、不，我不知道赫柏特和蜜耶在哪裡。」

「您與他們有私交嗎？」

這時她才稍微卸下心防。「是的，我們交情很好，每兩個星期會一起打橋牌，你知道的。」

「您完全不知道他們可能會去哪兒嗎？度假小屋？孩子家？或者夏日別墅？」

「沒有，不會的。他們偶爾會外出旅行，若是那時候他們的女兒不在家裡，我先生和我會幫忙他們照顧植物。我們不在家時，他們反過來也會幫我們。」

「窗板全鎖上了，這表示他們一定是出門兩天以上，對嗎？」她抓抓後腦杓。「是的。我們也很擔心。會不會發生什麼不好的事情了？」

卡爾搖搖頭，道過謝後離開。現在肯定有她傷腦筋了，而且還會密切觀察對街的情況。

他回到警務車旁發現阿薩德早已不見人影，幾秒後，他在屋子後面看見客廳的窗板已經開了一半，裡頭的窗戶虛掩著。沒有弄出刮痕，什麼痕跡也沒有。阿薩德絕對不是第一次幹這種事。

「卡爾，過來地下室的門這裡。」阿薩德從裡頭喊叫著。

謝天謝地，檔案櫃都還在。換句話說，屋主失蹤一事和他們昨天來訪可能沒關係。

「我們首先要找的是赫曼森。」他對阿薩德說。

不到二十秒，阿薩德就拿到了檔案。

「檔案就在H那裡。但是沒看見泰格．赫曼森的文件。」

他把檔案夾遞給卡爾，上面注明：「寇特．瓦德針對妮特．赫曼森一案」，檔案中記載了一九五五年的訴訟流程表。卡爾認出了當地法院印鑑與菲力普．諾維格律師事務所的標識。匆匆翻閱之際，「控告強暴」和「主張支付人工流產的費用」等字躍入眼簾，舉證責任看來全落在這個妮特．赫曼森的身上。檔案裡明確記錄著訴訟到最後，寇特．瓦德被無罪釋放，至於妮特．赫曼森的下場則無法從檔案中找到蛛絲馬跡。

這時，卡爾的手機響了。

「現在時間不合適，蘿思。」他說。

「哎，我也這麼認為。聽著，妮特．赫曼森也是史葡格島上一名女孩，她一九五五年到一九五九年待在那裡。你現在有什麼話說？」

「我要說，這點我不太意外。」他拈拈手裡的檔案夾，重量相當輕。

十五分鐘後，他們將所有檔案搬到後車廂。正要關上後車廂門時，一輛綠色貨車從山丘駛近。引起卡爾注意的不是貨車本身，而是車子忽然間改變了速度。

卡爾直起身，正面直視著貨車。司機似乎猶豫不決，無法決定是要停車還是繼續往前行駛。司機一邊開車，一邊張望著周遭的房子。他在找門牌嗎？可是這條街道維護得有條有理，房子的門牌也設置得非常清楚，有什麼困難呢？

貨車經過卡爾身邊時，司機將臉撇了過去，只看得到一頭淡金色的捲髮。

第二十七章

一九八七年九月

西蘭島的景色在火車窗外呼嘯掠過，泰格感覺自己像個國王。這是一趟邁向幸福的旅程，他心想。然後開心的塞了一枚硬幣給一個男孩。

沒錯，國王的時代即將來臨，今日是加冕典禮。在這一天，他最大膽的夢想將要實現。

他想像妮特摸弄著髮型，羞澀的歡迎他的光臨。他甚至能感覺到贈與文件已經拿在手裡。那份注明匯一千萬克朗給他的文件將能滿足國稅局，而且讓他一輩子幸福愉快。

但是等他站在火車站前，才發現自己非但找不到妮特住的街道，離約定時間也剩不到三十分鐘了，心頭不由得襲上一股恐懼。他快步走向一輛計程車，打開車門詢問司機大概費用。他只出得起兩克朗，於是央求對方將他送到這價錢可以抵達的距離。

他把硬幣丟進司機手裡，車子開了七百公尺，司機讓他在維斯特布洛廣場下車，告訴他從戲院通道過去，沿著湖走最快。泰格不習慣走這麼一大段路，側背在肩膀上的袋子不斷撞擊著屁股，過沒多久，身上新買的衣服全被汗浸濕，兩邊腋下沾上一大片暗色痕跡。

你來太晚了、你來太晚了、你來太晚了。這句話不斷在他腦中衝撞。他彷彿是個被追獵的對象，沿著湖邊步道不停往前狂奔，然而各個年齡層的慢跑者一個個從他身邊跑過。

他氣喘吁吁，不禁後悔抽過的每一支菸，喝下的每一瓶啤酒和威士忌，雙腳也隱隱作痛。

他解開夾克，向上帝祈求保佑他能夠趕上。等到終於抵達目的地時，時間已是十二點三十五分。遲到了五分鐘。

妮特打開門後，他按照信裡注明的把邀請函拿給她，感激的淚水在眼眶裡打轉。

但是他一進入美麗的屋子裡，卻又感覺一陣淒慘悲哀。悲哀的是，他一生最愛的妮特已是位風姿綽約的婦女，如今正坐在他面前，伸出雙手接納他。她詢問他的近況，問他要不要喝杯茶，兩分鐘後又問他要不要再來一杯時，他心裡好想哭。

要不是忽然感覺身體不舒服的話，他有好多話想對她說。他想說多年來一直愛著她，但卻拋棄了她，自己簡直羞愧到快瘋掉。要不是體內又湧起一陣強烈的噁心感，害他嘔吐出來，弄髒了新西裝的話，他眞的很想跪下求她原諒。

她問他是否不舒服，要不要喝杯水，或者再來杯茶。

「這裡是不是很熱啊？」他呻吟著想要吸入更多空氣，可是肺部不聽使喚。她走進廚房拿水的時候，他抓住胸口，知道自己就要死了。

妮特打量著身穿醜陋的西裝、斜躺在椅子上的身軀好一陣子。這幾年來，泰格變得比她想像的還要胖。她剛才拉過他的上半身，將雙手撐入這男人的腋下時，沉重的身軀差點把給她壓垮。

她看了一眼時鐘，心想：「天啊，要花的時間太長了，我做不來。」

她把他的上半身往前推向地板，鼻子和額頭碰一聲撞在地上。希望樓下的鄰居不會跑上來。然後她蹲下來，又推、又轉，用盡所有力氣將泰格的身體挪到布哈拉地毯上，費了一番工夫才連同地毯一起拉到通往長型玄關的門檻前。但這時，她發現了鋪在玄關地板上的椰衣墊，心也跟著往下沉。媽的，她爲什麼沒想到！她要怎麼把地毯從另外一面地毯上拉過去？

她使盡全身的力氣拚命拉扯屍體，終於把肥胖的身軀拖到了走廊的角落，停下來大口喘氣。

妮特咬著嘴唇。莉塔雖然比較輕，仍給她添了很多意料之外的麻煩。搬動莉塔時，她的手腳就像個傀儡般朝四面八方擺動，妮特不得不一直停下來把她的手臂放回肚子上，再用自己的手纏住固定。

她厭惡的打量著泰格。那張過度耗損、沾滿汗水的臉和肥肉顫動的手臂，怎麼樣也無法讓她想起曾經與自己度過快樂時光的那個人。

然後，她一口氣使勁讓他坐起來，再把將他的上半身往前推倒，埋在兩腿之間。就這樣，她又將他拖行了半公尺。

她望著玄關走廊。照這種速度下去，她至少還要十分鐘才能抵達餐廳。但是那有什麼用？於是她讓泰格的頭垂到地板，從肩膀處將他翻轉過去。她不斷重複同樣的動作，讓他坐起、往前推倒、從肩膀處翻轉過去。她必須緊緊扶好他的身體，整個流程才能稍微順暢些。

搬運的過程彷彿永無止盡，最後她好不容易把他弄到密閉的餐廳——餐廳裡有張大桌子，周圍擺放著七張椅子——但是她沒有力氣再把他舉起，放在屍體旁邊的椅子上。得等到今晚再處理了。莉塔靠在椅背上，被桌緣和椅子卡在中間，頭往前傾。

泰格睜著眼睛，扭曲的手指不自然的擺在頭旁邊。

她將視線向下看，心裡忽然一驚。那套閃亮得可怕的西裝上，胸前口袋竟然不見了。會不會一開始那兒就少了一塊？她必須查清楚才行。

已經一點四十分了，再過五分鐘，維果就會出現。

她小心把餐廳門鎖好，仔細查看走廊，但並未發現那塊布。或許本來就沒有，只是她沒注意到罷了。畢竟泰格入坐之後，她始終盯著他的眼睛看。

接著，她做了幾次深呼吸，走到浴室稍微梳洗一下。她滿意的凝望自己汗濕的臉頰，心想：

其實她做得還不錯，天仙子濃縮液如期發揮作用，時間也恰到好處。今晚等一切結束後，可以想見她一定會體力不濟，而且審視這些人的角度很可能和現在大不相同。或許她會想起他們曾經是自己愛過的人，曾經承載著她的夢想與憧憬。

現在不是懷念惆悵的時候，絕對不行。她不能亂了分寸，這樣無法繼續動手。

她攏直頭髮，心裡盤算著等下要來的幾個人。維果會不會變得像泰格一樣肥胖？若是如此，他一定要準時上門才行。假如又有個胖子遲到的話，實在不敢設想會發生什麼事。

這時，瓦德壯碩的身軀忽然閃進腦海，以及莉塔的外套也還掛在玄關衣架上。

她把外套取來丟在床上，和莉塔的皮包堆在一起，這時一包菸從外套口袋掉了出來。

好一會兒的時間，她只是瞪著那包菸。

該死的香菸，她心中罵道。莉塔的不良習慣讓她們兩個付出了慘痛的代價。

第二十八章

二〇一〇年十一月

「我首先要把維修部門的技工所講的話轉達給你們聽。星期三之前，你們不可以使用走廊男用廁所，因為他要檢修馬桶。」蘿思雙手扠腰，接著又說：「有人昨天用衛生紙把馬桶整個堵住了。誰幹的？」

她略過阿薩德，直勾勾看著卡爾，兩條眉毛往上抬高，一路抵到漆黑頭髮的髮際。

卡爾擺出一種防禦姿勢。從國際肢體語言來解讀，那叫作：「我怎麼知道？」用他自己的語言來解釋的話，那是：「蘿思，那關妳屁事啊，我可不打算和屬下探討我的衛生習慣和腸胃問題，尤其對方屬於另外一種性別。」

「你們若打算使用女廁，要不是坐著尿，就得尿完後把馬桶坐墊放下。」

卡爾皺起眉頭。

這話題對他來說太私密了。

「蘿思，請妳快速檢查手邊妮特．赫曼森所有資料，列成清單給我。」他換了話題。「但是先給我那個記者梭倫．布朗特的電話號碼。」他歡迎她來挑釁，但不能挑在他放假的時候。凡事總有限度的。

「我已經和他談過了。」阿薩德的聲音響起，他的頭俯向一杯煙霧裊裊，聞起來像焦糖的可疑東西。

卡爾把頭側向一邊。噢，是嗎？

「你說剛才和梭倫．布朗特談過了？」他眉頭深鎖。「希望你沒有把我們偷了檔案的事洩漏給他，沒有吧？」

阿薩德兩手扠腰。「你認爲駱駝會把腳趾頭浸入牠喝的水中嗎？」

「你說了嗎，阿薩德？」

阿薩德放下雙手。「哎呀，只說了一點點啦。我說我們手邊掌握了寇特．瓦德的資料。」

「然後呢？」

「呃，還說了一點界線明確黨那個林柏格的事。」

「我們有他的資料嗎？」

「有的，歸在L的檔案中。林柏格代替瓦德處理了一些事情。」

「我們晚點再來討論這個。那麼，布朗森對此說了什麼？」

「他說他聽過祕戰。他和諾維格的前妻談過，對方告訴他，有些醫生長年將處於社會底層、生活困苦的孕婦，以例行檢查爲由，轉診給祕戰的醫師。所謂的檢查最後往往以墮胎收場，而那些孕婦渾然不知自己涉入了什麼陷阱。是的，這個布朗特手中有一些相關資料——他建議拿此交換我們手中的副本。」

「老天啊，阿薩德，你知不知道自己做了什麼事情呀！假如被人發現我們是闖空門才拿到證據資料，會永遠被掃地出門！把他的電話號碼給我。」

等待對方接起電話時，卡爾升起一股不好的感覺。

「我才和你一個同事通過電話。」布朗特聽完卡爾簡短的開場白後回道。他的聲音相當年輕，還夾雜著好勝的野心。而那是最糟糕的。

第64號病歷
Journal 64

「若我沒有理解錯誤，我的同事似乎和你達成了一項交換協議？」

「是的，那主意太棒了！我手邊正缺乏界線明確黨和祕戰組織之間的人員關係資料。請想像一下，在這些頭腦有問題的人取得權力之前，我們或許可以擋下他們。」

「很抱歉，布朗特先生。但是恐怕我同事承諾太多了。我們必須將所有資料送交檢察官。」

記者放聲大笑。「檢察官？眞是愚蠢。不過我尊重你維護權益的立場。當今丹麥像你這樣的人已經絕種了。請別激動，換作是我，無論如何也不會供出去的。」

聽起來似乎是他的肺腑之言。

「你要知道，莫爾克先生，寇特．瓦德和他身邊的人激進好鬥，不著痕跡殺死尚未出生的孩子。他們有個精確複雜的系統，能抹滅所有的痕跡；他們手中握有數百萬資金，可支付跑腿的走狗。我不建議去挑釁這些人。你認爲我眞的住在戶政事務所登記的地址嗎？當然不是。這點我非常謹慎。若是有人質疑他們人格卑鄙齷齪，或者他們擁護的政策，我向你保證，這些人將不擇一切手段要對方付出代價。你只要想想漢斯．克里斯提昂．德曼就好了。要是問我的話，我認爲有人逼他吞下了安眠藥。因此，我最好閉上嘴巴。」

「直到將這件爛事付梓成書爲止。」

「當然，到那時候爲止。但是爲了保護我的資訊來源，即使得坐牢我也願意。這點你不用懷疑。對我而言，最重要的是逮住寇特．瓦德和那幫無賴。」

「好吧。那麼我告訴你，目前我們正在調查一系列人口失蹤案，失蹤者下落不明，案件顯然和被隔離在史葡格島上的女人有關。是否可以假設寇特．瓦德涉入其中？我知道那是五十年前的事了。不過，或許你知道些什麼？」

他隱約聽見對方深呼吸的聲音，接著一片鴉雀無聲。

「你還在嗎？」

「是的，還在，我不得不冷靜一下。我母親的阿姨就是史葡格女孩，她說過很多變態至極的故事，與寇特．瓦德沒有直接關係，但是有其他和他理念相同的人牽涉其中。我不清楚瓦德是否涉入這件駭人聽聞的敗行，若是有的話，我也不會感到意外。」

「好的。我之前和另外一位記者談過，路易士．派特森。他曾經撰文批評過寇特．瓦德。你認識他嗎？」

「聽說過這個人，當然也知道他發表過的文章。但他現在反而成了正直記者們所對抗的完美典範了。他以前是自由撰稿人，實際上也眞的寫了些很有意思的故事，但是在寇特．瓦德的安排下，他進入了聖俸，想法徹底改變。聖俸是某種形式的通訊社，立場相當鮮明。這絕對是份有利可圖的工作，至少派特森忽然間不再寫批判性的文章了。」

「你也得到這一類的職務了嗎？」

布朗特哈哈大笑。「還沒有。不過那些貪婪之輩我就不清楚了。昨天我在界線明確的黨代表大會上唐突吶喊，瓦德和林柏格可說是大爲光火。」

「啊，既然你提到了林柏格，你對他有什麼了解？」

「威富立．林柏格，瓦德的左右手，也是他寵愛的心腹，還是聖俸幕後經營者的父親、界線明確組織的創辦人之一，特別積極參與祕戰的工作。嗯，你應該出其不意拜訪他，和他私下談話。在我眼中，他和瓦德簡直不折不扣是約瑟夫．門格勒（注）轉世。」

注 Josef Mengele，一九一一～一九七九年，納粹時期將送抵集中營的囚犯進行分類的醫師。

第64號病歷
Journal 64

他們抵達那棟房子之前，遠遠就看到火光照亮了十一月的夜空。

「這一區的房子一定很昂貴。」阿薩德朝周遭的別墅猛點頭說。他們停好車子後，走向林柏格的住所。

它和街上其他房子並無二致，潔白、高傲，有整面的格子窗和釉色屋瓦，不過建築物的位置稍微後面一點，距離街道較遠。屋前有條鋪滿礫石的長車道，只要有人走近，就會發出嘎吱嘎吱的聲音。

「你們在我的土地上做什麼？」一個聲音忽然響起。

他們繞過樹籬，與一個穿著灰色長袍、手戴大型庭園用手套的老人打了照面。

「你們在這兒幹什麼？」他滿臉怒容站在油桶後面，顯然正在焚燒一旁手推車上的紙張。油桶裡亮著熊熊的火光。

「我要提醒您，在庭院中燃燒東西是違法的。」卡爾勸導他說，努力想看清那些紙張上的內容，很有可能是會引起醜聞的文件。

「噢，是嗎？哪一條法律規定的？現在又不是旱季，不是嗎？」

「我們很樂意致電給根措夫特消防隊，詢問地方鄉鎮燃燒廢棄物的法規。」卡爾轉向阿薩德。「麻煩你打電話問一下，阿薩德。」

老人搖搖頭。「老天，搞什麼？這只是些老舊文件，妨礙到誰了嗎？」

卡爾拿出警徽。「如果您正在銷毀可能釐清有關寇特．瓦德和您個人活動等問題的文件，那麼絕對會妨礙到某個人。」

老人接下來的行動出乎卡爾意料，卡爾做夢也想不到會發生這種事。沒想到一把年紀且動作遲鈍的肥胖老人，反應竟然能如此靈敏！

只見老人瞬間抱起手推車中所有紙張，急忙丟進油桶，再拿起草地上裝著燃油的塑膠瓶，打開蓋子將油淋上去。

卡爾和阿薩德本能的往後退了一大步，剎那間兩人面前爆出一陣巨響，火柱沖天，火焰幾乎燒上了庭院中老山毛櫸的樹冠，威力十分驚人。

「怎麼樣。」老人說。「現在你可以打電話給消防隊了。我會被罰多少錢？五千克朗？一萬？那又如何？」

他正欲轉身走回屋子，卻被卡爾緊緊抓住。

「令千金莉瑟洛特知悉她將自己的良好聲譽投注在什麼骯髒事業上嗎？」

「莉瑟洛特？骯髒事業？如果你想一下她聖俸董事長的職務，她絕對以此爲傲。」

「噢，是嗎？她對墮胎、謀殺無辜的孩子感到驕傲？她也繼承了你扭曲的性格嗎？或者你並未告訴她有關祕戰的任務內容？」

連火焰也無法融化林柏格眼裡的寒冰。

「我完全不知道你在講什麼。假如你能提出具體資料，後天上午請打電話找我的律師，他們辦公室八點半就有人了。你若想知道，他名叫卡思柏森，電話簿中查得到他的電話。」

「是啊。」後面傳來阿薩德的聲音。「卡思柏森，這個人我們在電視上看過。也是界線明確的一員，不是嗎？我們非常希望能拿到他的電話，謝謝您。」

阿薩德此次的勇猛攻擊明顯挫了老人的銳氣。

隨後卡爾傾身向前，用幾近耳語的音量對他說：「這次我們先告辭，威富立．林柏格。我相信我們之後會有好一陣子得經常見面，聽到對方消息。請幫我們向寇特．瓦德致意，我們會去探望他住在諾勒布羅的一個女性朋友，『赫曼森案』對他應該不算陌生。」

對警察來說，諾勒布羅是個戰區。快速拔地而起的大樓成了大量社會問題的溫床，犯罪、暴力和仇恨接連在此紮根。此區以前的社會公益主要著重於幫助工作困苦的人多少享有一個有尊嚴的生活，如今已產生了劇烈變化，只有湖邊沿岸才看得到往日的榮光。

在洛德雷服勤的安東森，總是強調湖泊區是城裡環境最好的地方，事實上也的確如此。井然有序的成排雅致房舍坐落在繁茂的高大栗子樹間，隱密幽靜，又能眺望湖面風光，欣賞天鵝成群游過。然而，萬萬讓人料想不到的是，不過距此一百公尺遠的地方，經常可見飆車族和移民幫派出沒。入夜之後，居民盡可能不在附近閒晃。

「我想她就住在那兒。」阿薩德指向樓上的窗戶說。

眼前這棟灰色磚造房舍的所有窗戶都亮著燈，那戶人家也不例外。

「妮特．赫曼森女士，我們是警察。」卡爾緊貼著大門旁的對講機說。「我們想請教您幾個問題，您方便開門嗎？」

「什麼樣的問題？」

「不是特別的問題，只是例行公事。」

「啊，是最近發生在布雷蓋德街上的槍擊案嗎？是的，我清楚聽到槍聲了。不過請您後退一步，把您的警徽給我看一下。我不隨便讓人進門的。」

卡爾向阿薩德做了個手勢，要他留在大門那兒，然後往後退了一大步，讓一樓窗戶的燈光能照到他的臉。

沒多久，他看見上面有扇窗戶開啓，探出一顆頭來。

卡爾伸長手臂將警徽拿高。

三十秒後，響起大門打開的聲音。

他們氣喘吁吁、渾身是汗的走到五樓，看見公寓門已大大敞開。也許這位婦人並非如她所說的那麼害怕。

卡爾和阿薩德走進散發霉味的玄關走廊。

「噢！」妮特．赫曼森看見卡爾背後阿薩德那張深色臉龐時，嚇得驚呼一聲。她會出現這種反應，全要歸罪於門外那些移民幫派粗暴惡劣的行徑。

「他是我的助手，您不用害怕。阿薩德是最沒有危險性的人了。」卡爾撒了謊。

阿薩德伸出手說：「赫曼森女士，您好。」他行了一個禮，就和畢業舞會上的男學生做的一樣。「我叫哈菲茲．阿薩德，不過您叫我阿薩德就好。很高興認識您。」

她遲疑了一下，最後還是握住他的手。

「你們想要喝點茶嗎？」她雖然問道，卻對卡爾搖頭、阿薩德猛點頭的動作置之不理。

和大部分老婦人的房子一樣，這間屋子的客廳裡，擺放著漫長年歲累積下來的可觀家具和紀念品，卻獨缺了裝在相框裡的家庭照。這點格外引人注目。卡爾想起蘿思對於妮特．赫曼森的生平簡報，會缺乏這類照片一定有其道理。

她端著放了茶杯的托盤回到客廳，除了步伐有點跛之外，高齡七十三歲的她風華依舊。一頭淡金色頭髮應該染過，髮型高雅貴氣。金錢果然能造成人與人之間的差異，即使處境艱困也一樣，或許正是因爲艱困才更加明顯。

「很漂亮的洋裝。」阿薩德讚美著。

她沒有回答，但是先把茶端給了他。

「是和上個星期布雷蓋德街上的槍擊案有關嗎？」她在兩個男人之間坐下，將一小盤餅乾推到卡爾面前。

「不是，事情與一九八七年幾位失蹤者有關，他們至今下落不明。我們希望您能幫助我們多少解開一點謎團。」

她微微蹙起雙眉。「好吧，我盡量。」

「我手邊有一份您的生平資料，從中可以了解，您的日子並非一路順遂。在調查過程中，我們發現您和其他婦女受到言語無法形容的對待，爲此感到萬分震驚。」

她高高挑起一邊的眉毛。那讓她不舒服了嗎？有可能。

「請您原諒我喚回了往事，不過失蹤者中，許多人明顯與史葡格島有關。這點我之後會再談到。」他喝了一口茶。茶對他來說有點苦，但是好過阿薩德的糖漿茶。「首先，我們之所以到這兒來，是因爲我們正在調查您堂哥泰格．赫曼森消失於一九八七年九月的失蹤案。」

她垂下頭。「我的堂哥泰格！他失蹤了嗎？我眞的覺得很遺憾，竟然一點也不知情。我已經很久沒有和他聯絡了。」

「噢，我們今天上午拜訪了他位於菲英島葡雷登普魯的工作間，在那兒找到了這個信封。」

他從塑膠套中取出信封給她看。

「是的，沒錯。我邀請泰格來找我。啊，難怪我沒有收到回音。」

「您會不會剛好還有信件副本呢？例如打字留下來的檔案？」

她微微一笑。「噢，沒有，不可能會有。信是用手寫的。」

卡爾點點頭。

「您在史葡格島的那段時間，似乎和一位名叫姬德．查爾斯的護士重疊。您對她還有印象嗎？」

她又皺著眉頭，印堂擠出了皺紋。「是的，還有印象。我不會忘記島上的人。」

「姬德．查爾斯也在那時候不見了。」

「啊？眞怪異？」

「是的，還有莉塔．尼爾森。」

老婦人猛然動了一下。眉頭的皺紋已然消失，另一方面肩膀卻緊繃了起來。

「莉塔？什麼時候？」

「一九八七年九月四日上午十點十分，她在距此兩百公尺的諾勒布羅街上一個雜貨鋪買了包香菸。那是她最後的身影。此外，她的賓士車在卡本路被人發現。兩個地方距離這兒都不遠，不是嗎？」

妮特抿了一下嘴，然後說：「是的，那眞是可怕！那段時間莉塔有來看我，是九月四日吧？我清楚記得是在夏末左右，不過不確定確切的日期。那時我到了想面對過去，和往日和解的生命階段。前兩年我剛經歷喪偶之痛，整個人停滯不前。因此我邀請了莉塔和泰格。」

「莉塔．尼爾森來拜訪了您嗎？」

「是的，就坐在這裡。」她指著桌子說。「我們在這兒聊天喝茶，用的就是您現在的杯子。她大概坐了兩個小時。再度看見她感覺很奇怪，但是也很好，我們彼此坦誠相對，說出心裡的話。當年在史葡格島上，我們並非一直關係良好，這點您應該了解。」

「但是當年曾經公布尋人啓示，爲什麼您沒有通報呢？」

「是的，眞可怕，她究竟發生了什麼事呢？」

她兀自呆愣著。她若是沒有回答他的問題，事情想必不對勁。

「我爲什麼沒有通報？」她重複了一次剛才的問題。「我沒辦法通報。我還記得隔天我就飛到馬略卡去置產，有半年的時間沒有看丹麥電視。冬季我通常會住在桑維達，目前待在這裡是因爲健康因素。我有腎結石，希望能在丹麥把病治好。」

「您應該有房契等文件吧？」

「當然。但是請等一下！我怎麼感覺自己正在接受審問呢？如果我有任何嫌疑，請您直接告訴我。」

「不是的，赫曼森女士。我們只是需要釐清某些問題，而您沒有回應尋人啓示的原因正是其中之一。我們可以看一下您馬略卡房子的文件嗎？」

「嗯，幸好文件沒有放在馬略卡。」她有點氣惱的說。「之前文件一直放在馬略卡，但是去年我們那一區被闖了空門，所以我採取了安全措施。」

她起身去拿文件，顯然非常清楚擺放的位置。她將文件放在卡爾面前的桌上，指著購買日期說：「我是九月三十日買的房子，之前花了三個星期的時間找屋、交涉。前屋主想要欺騙我，但最後沒有得逞。」

「可是……」

「是的，沒錯，我知道那離九月四日有段時間了，不過事實就是這樣。我應該還找得到當時的機票，從機票日期您可以知道我確實不在丹麥。」

「啊，只要給我看一下護照上的戳記，或者是任何一種證明就夠了。」卡爾說。「您也許還保留著舊護照？」

「我還留著，不過您可能要改天再來。我必須先找一下。」

他點點頭。她說的大概沒錯。「您和姬德．查爾斯的關係如何？可以請您描述一下嗎？」

「您爲什麼想要知道呢？」

「這個問法或許不太妥當。是這樣的，我們對姬德．查爾斯所知甚少，認識她的人幾乎已不在人世，所以不容易評斷她是個怎麼樣的人，也就難以理解她失蹤的原因。您會怎麼描述姬德．查爾斯這個人呢？」

這件問題對她來說顯然很困難。囚犯有什麼理由要說看守她的人好話？

「答案對您來說是否太醜陋、可恨了，所以您不好開口？」阿薩德打岔說。

妮特．赫曼森點點頭。「嗯，真的不太容易。」

「因為史葡格是個病態的地方嗎？而查爾斯正是將您困在島上的人？」阿薩德一邊說，目光卻捨不得離開那盤餅乾。

她又點了點頭。「我已經很多年沒有想起她了，也沒想起史葡格。島上發生的事只能用喪心病狂來形容。他們把我們與世界隔離，割斷我們的輸卵管，把我們當成智能不足者胡亂謾罵，而這一切毫無正當理由。姬特．查爾斯即使不是最惡劣的人，至少也沒有盡心盡力幫助我離開那兒。」

「離開島後，您就沒再和她有所接觸了嗎？」

「沒有，感謝上帝。」

「還有菲力普．諾維格。您一定還記得他吧？」

她虛弱的點了個頭。

「他也在同一天失蹤了。」卡爾接著說。「我們從他妻子那兒得知，他那天到哥本哈根赴約。您剛才提到，您有段時間必須與自己的過去和解，菲力普．諾維格某種程度也必須為您的不幸負責，對嗎？他的過錯在於幫助寇特．瓦德從訴訟中脫身。因此他應該也是您必須要與之和解的對象。他也收到了您的邀請嗎，赫曼森女士？」

第64號病歷
Journal 64

「沒有，我只請了泰格和莉塔，沒有其他人。」她搖搖頭。「我不了解。爲什麼這麼多我認識的人全在同一個時間失蹤？怎麼會這樣呢？」

「我們懸案組正是因爲此一原因才會涉入調查。我們負責偵辦的範圍包括懸而未解的舊案，或是牽涉到特別利害關係的案子。這些人在短時間內一起失蹤，已經讓人感到怪異，更何況失蹤者間還有一個共通之處，那就是皆與您有關。」

「我們也開始著手調查寇特．瓦德醫生，以及與他相關的人事。」阿薩德補充說。比卡爾預計說出這項資訊的時間快了一點，不過那就是他的風格。

「他與多名失蹤者之間也有關。」阿薩德繼續說。「尤其是與菲力普．諾維格。」

「寇特．瓦德！」她像隻在自己狩獵範圍內發現鳥兒的貓。

「是的，我們清楚很有可能是寇特．瓦德造就了您的不幸。我們從諾維格的一份檔案中，得知他否認了您的指控，甚至反過來成功控告了您。很抱歉必須如此挖掘過去，但是如果您能提供那些失蹤者和他之間的可能關聯，我們會非常感謝。」

她點點頭。「我會試著從頭到尾把事情想一遍。」

「您的案件很有可能是一長串案件的第一樁。在那些案件中，瓦德爲了自我利益操弄眞相，罔顧爲他人帶來的痛苦。如果他現今受到控告，您有可能被傳喚作爲證人。許多證人的其中一位。不知您意下如何？」

「我成爲控告瓦德的證人？不行，我不願意。那段時間對我來說已經過去了。沒有我的幫助，他也會受到正義的制裁。惡魔早已摩拳擦掌，隨侍在側。」

「我們十分理解您的心情，赫曼森女士。」阿薩德說。他正想再倒一杯茶，隨即被卡爾比了手勢制止。

「我們很快會再見面的，赫曼森女士。謝謝您的款待。」卡爾向主人告辭後，對阿薩德點了個頭，表示會面結束。如果他們動作快點，他還能回家換套衣服，然後去夢娜家裡測試新鑰匙是不是眞的管用。

阿薩德跟著道謝，離開時快速抓起一塊餅乾丟進嘴裡，誇獎餅乾美味可口。忽然間，他豎起了一根手指。「等等，卡爾！還有一個失蹤者！我們還沒問起這個人耶！」他轉向妮特問道：「倫納堡同樣也有個漁夫失蹤了，名叫維果·莫根森。您是否曾經見過他？從倫納堡搭船到史葡格並不遠。」

她露出微笑說：「不認識，我沒有聽過這個名字。」

「卡爾，你一副若有所疑的樣子。你的腦袋裡在想什麼？」

「是若有所思，阿薩德，不是若有所疑。你不覺得有些地方確實需要好好思索一番嗎？」

「當然需要，只是我兜不起來，卡爾。先撇開維果·莫根森不談，這些失蹤案其實可分成兩類：一類是莉塔、姬德、瓦德、諾維格和妮特。堂哥泰格沒算在內，因爲就我們目前所知，他和史葡格島沒有關係。另一類正是泰格和妮特。也就是說，唯一和所有人有關的是她。」

「或許如此，阿薩德，不過我們目前仍無法確定。況且瓦德會不會也和所有人有關呢？我們必須深入調查這個人。無論如何，集體自殺或者同步俱起、無法解釋的意外事故，早就不存在我的行事曆上。」

「再說一次，卡爾，什麼是『同步俱起』，爲什麼會說到『行事曆』？」

「算了，阿薩德。改天有機會再解釋。」

第二十九章

史葡格島，一九五五年

女人們站在碼頭旁揮著手，彷彿妮特和莉塔是她們恭候多時來到島上的朋友。她們像孩子似的成群站著開懷暢笑，高聲呼喊，全身刷洗得乾乾淨淨。

妮特不懂那是什麼意思。有什麼好笑的？尼柏格駛來的船又不是救生筏，也不是諾亞方舟。她即將抵達的地方也不是什麼安全之處。據她所聽聞，事實恰好相反。這艘船是個詛咒。

妮特目光掠過船的護欄，眺望揮舞的手、後方山丘上的燈塔，最後落在嵌著無數小窗戶的紅瓦黃牆的建築物。那些窗戶彷彿一雙雙眼睛守護著島上風景和可憐的人。建築物正中央有扇格子玻璃的雙扉門，這時正好開啓，一位抬頭挺胸的矮小女子從屋裡走出來，站在階梯平台上，手扶著欄杆，如同海軍上將監看著船隊航進安全的港口。事實上較正確的說法應該是：史葡格島上的女王正嚴格監視她麾下一切運行無誤。下決定、支配一切的人是她。

女孩們朝她們喊的第一句話就是：「你們有菸嗎？」甚至還有人爬上登陸處，用力伸長手臂，希望第一個拿到東西。

她們像群聒噪不休的鵝，爭先恐後介紹自己的名字，渴望和新人有所接觸。

妮特擔憂的看向莉塔。但是她卻一副怡然自得的模樣。對啊，莉塔手裡有菸，所以她的地位瞬間攀升到階級頂端。她將菸高舉在空中給她們看，又迅速放回口袋。毫不意外的，她吸引了所有人的注意力。

妮特分配到閣樓一個房間，唯一能讓她想起曾經熟識的自由與遼闊的，是傾斜天花板上的簡陋鐵窗。風從窗框邊的縫隙竄進來，房間寒冷如冰，裡頭放著兩張床和室友的小皮箱，若不是有個耶穌受難十字架和兩張她不認識的電影明星照片，這兒跟監獄根本沒有兩樣。女孩的房間一間緊鄰一間，中間只隔了一道牆，門外就是給她們盥洗用的磨石子洗臉台。

妮特從小幫忙清理畜欄的糞便，不過從來沒人可以說她骯髒、不乾淨、身上有畜欄的味道。因爲從她懂事以來，便經常拿刷子刷洗手臂和雙手，拿海綿清潔身體。

妳是世界上最乾淨的女孩，泰格總是這麼說。

但是在這兒，每天早上洗臉台邊總是一團混亂，很難好好把自己梳洗乾淨。所有女孩同時站在走廊，要在五分鐘內裸露著上身完成盥洗。在派爾林時，裝在牆上小盒子裡的肥皀不是片狀就是小碎屑，這兒也是一樣。所以妮特的頭髮變得黏稠扁平，像頂軍人頭盔，洗完後皮膚的味道比洗前還刺鼻難聞。

史葡格島有著鋼鐵般的紀律和嚴格的日程，一分一秒都需切實遵守。妮特痛恨島上的一切，盡可能躲得遠遠的。當初在寄養家庭便是如此，在此也依然如故。這麼做的好處在於她可以獨自怨天尤人，不受干擾，然而這兒卻有道足以凌駕一切的晦暗黑影——她無法離開此地。假如工作人員中有個善良的人或者她交到了好朋友，日子也許好過一點，可惜那些監管她們的女人低俗粗暴，不時驅使女孩工作，而莉塔又只關心自己。她和人討價還價、欺瞞拐騙、交換物品，不知不覺便爬到體制上層，儼然如同女爵般統治著一群思想狹隘的下屬。

妮特和一個頭腦愚笨的女孩共用房間，對方總是不停講起小孩子的事情，一再重複上帝送給她一個玩偶，如果她好好照顧，總有一天會有自己的孩子，想和她正常聊天根本不可能。不過，其他女孩中仍有一些聰明機伶的人。有個女孩一直要求想閱讀，卻反被工作人員嘲笑「奢侈」，又將她趕回去勞動。

妮特也要勞動。她請求清理畜欄，但是院方沒有答應。莉塔幾乎成天在洗衣房裡煮洗衣服，和其他女孩天南地北瞎扯，妮特則在廚房裡洗菜、清潔鍋子。當她厭煩廚房工作，動作變得越來越慢，看著窗外發呆的時間越來越久時，漸漸成了眾人的攻擊的目標，而且不僅限於工作人員，其他女孩也開始找她的麻煩。有個女孩拿刀威脅她，把她推倒在地，妮特拿起熱鍋蓋反擊，一把朝對方臉上扔去，並在氣急敗壞下將鍋子踹凹。這件偶發事故讓她第一次有了和院長談話的機會。

院長和她的辦公室儼然融為一體，室內裝潢走冷調風格，所有東西安排得井井有條。一邊牆上擺放著大型檔案夾和資料夾，另一邊則是一系列的掛櫃，女孩的命運被成排歸檔在櫃子中，隨時準備拿出來評估、衡量、唾棄。

「聽說妳在廚房製造了許多麻煩。」院長豎起食指說。

「那麼請我將轉到畜欄去，就不會有麻煩了。」妮特回答說，眼睛隨著院長的食指移動。莉塔說過院長的手是通向外界的鑰匙，從她的手上便能看出這個人的想法。莉塔被傳去面談了好幾次，才會清楚這一切。

院長用冷峻的眼神打量著她。「有一點妳必須明白，妮特。來這裡並非要給與妳們特權，讓妳們輕鬆度日。相反的，即使妳們品性不良、腦筋遲鈍、思想無物，也應該學會人生中正是那些不會帶來樂趣的事物，讓人最為獲益良多。妳們來這兒是要學習行為舉止像個人，而非動物。理解嗎？」

妮特靜靜搖頭。

她幾乎沒察覺自己的動作，但是院長卻看在眼裡。那根手指忽然不再搖動。

「妮特，我可以將搖頭解讀爲違抗，不過眼下我認定妳只是頭腦簡單，思慮不深。」她直起身子。她的上半身臃腫，會往那兒張望的男人一定不多。

「我現在將妳調到縫紉室去。雖然按照島上的規矩，是不會輕易變更女孩們的工作的，然而廚房那邊也不希望妳過去了。」

「太好了。」妮特眼睛盯著地板說。

她相信縫紉室的工作不可能比廚房更糟。不過她錯得離譜了。

雖然她不擅長車縫床單的布邊，編織花邊布墊，但工作本身沒有問題。對她而言，糟糕的是和其他女孩接觸太過緊密。她們總是不斷吱吱喳喳嚼舌根，明明前一秒還是閨中密友，下一秒便翻臉成了眼中釘。

妮特心裡明白生命中存在著很多她不懂的事情，例如地方、歷史、普通常識等等。像她這種有閱讀與書寫困難的人，應該多傾聽他人的談話，以便從中獲取一些知識，可是妮特這輩子從未和那麼多理應能充實她生命的人湊在一起。簡單來說，她們聊天時，妮特很容易恍神不集中，然而這在縫紉室是行不通的。女孩們言不及義的談話幾乎令她抓狂，工作的十小時一刻都沒停過，而且還是日復一日！除此之外，她們翻臉像翻書一樣，說話的語調瞬息萬變，還沒弄清楚發生什麼事，語言的毒矢便已萬箭齊發。弔詭的是，爭吵不休的母雞一下子就原諒了對方，從頭講起同樣的事情。每當女孩們拌嘴引發哄堂大笑時，只有妮特沒有加入。她就是沒辦法忍受這種永無止盡的你來我往。

不過，聊天的話題畢竟有限，因此總會繞回香菸缺乏、船上活力健壯的男人和高薛那個執刀醫生的噁心事蹟上頭。

「我在這座可惡的島上快要瘋了！」某天午休前不久，她對著莉塔低聲抱怨。莉塔只是仔細打量著她，好似在評估雜貨商架子上的貨品，最後才開口說：「我去想辦法讓我們兩個住同一間房。我會讓妳開心的。」

那天傍晚，妮特的室友在洗衣房遭受嚴重燙傷，不得不趕緊送往高薛的醫院接受治療。後來有人傳說她太靠近正在煮洗衣物的鍋爐，所以一切都要歸咎於她自己；還說她愚蠢得可以，動作遲鈍不靈活，永遠只想著她的玩偶。

妮特在縫紉室都聽得到那駭然可怕的慘叫聲。

莉塔搬進來之後，笑聲又暫時回到妮特的生命中。莉塔經常會聽到有趣的事情，轉述給她聽時講得活靈活現的，甚至更加誇張生動。但是，第一個晚上妮特便明白，要得到莉塔的陪伴必須付出代價。

不管妮特再怎麼抗議，莉塔撫摸她的手始終沒停過，更何況莉塔強壯有力。最後，當莉塔讓她達到高潮發出嘆息，她也滿足於這種狀況了。

「閉嘴別亂講話，妮特。若是傳了出去，妳就完蛋了，明白嗎？」莉塔低語道。

妮特當然心知肚明。

莉塔不僅身強體健，心理狀態也比妮特穩定。她雖然一樣痛恨島上的日子，不過她始終相信不久後的將來有個美好的生活正等待著她。莉塔非常篤定自己總有一天會離開史葡格，所以在這段期間裡，她比誰都懂得讓自己過得舒適悠閒。

她的工作最輕鬆，在餐桌上總是第一個領到飯菜，常常躲在洗衣房後抽菸，夜晚還與妮特翻雲覆雨，其他時間則是女孩們的首領。

妮特有時候會問她：「妳哪裡弄來的香菸？」但是直到春天某一個夜晚，妮特才知道答案。那一晚，她不動聲色觀察莉塔爬下床鋪，躡手躡腳穿好衣服，從房間溜了出去。

等下整棟屋子就會響起尖銳刺耳的警報聲了，妮特心想。因爲所有門上全都安裝了一根小插銷，只要一打開門，就會彈起觸發警鈴，把島上的工作人員引來。到時候，違反規定的人將被拳打腳踢，送進又稱「反省室」的懲戒室。可是，警報卻沒有響起。

莉塔走過一段走廊之後，妮特趕緊溜下床，查看她無聲無息打開門的方法。原來莉塔拿了一小塊巧妙彎曲的金屬，在開門時插進插銷的洞裡，輕而易舉解除了警報。

妮特不到十秒就套好衣服，按捺著劇烈的心跳跟在莉塔後面溜出去。開門時的嘎吱聲，或是踏在走廊上發出過大的聲響，都足以引起可怕的騷動。不過莉塔似乎早已採取好預防措施。即使是建築物大門，她也毫不費力的開啓。

妮特隱身在不遠處，看著莉塔的形影掠過雞舍，穿越田野。黑暗中，她的動作依然靈活，彷彿熟悉路上每一塊石頭、每一畦水窪。

莉塔無疑正走向西邊那棟被女孩們稱作「自由」的小屋。特別聽話守規矩的女孩可獲准在那兒度過一個星期，但是只有白天能過去。對她們來說，那就是所謂的「度假」。小屋以前是間「瘟疫屋」，早期充當患病船員的檢疫站。這天夜晚，妮特才知道那兒至今仍是座瘟疫屋。

好幾艘裝載著漁網和漁箱的小船被拉上屋旁的海灘，緊密排靠著，屋裡透出煤油燈的光線。

妮特小心翼翼溜到屋旁，從窗戶向裡頭窺視。下一秒，眼前的光景看得她全身一陣驚懼，不由得大口喘息。在小餐桌的一端放著好幾箱香菸，另一端，只見莉塔向前彎身，雙手撐在桌緣，光溜溜的臀部努力往後推，好讓站在身後的男人將陰莖暢行無阻刺入她體內。

男人後面還站了兩個排隊等待的人。他們滿臉油光，面色通紅，目不轉睛看著眼前的活春宮。一共是三個漁夫，而最右邊那個，妮特再熟悉也不過了。

那個人是維果。

她立刻認出對講機裡的維果聲音。她側耳傾聽走上樓來的腳步聲，心臟一邊猛烈跳動。當她一把門打開，隨即理解到此次的任務要比前面兩次艱難多了。

他向她打招呼，聲音低沉，走進玄關的樣子彷彿不是第一次造訪。維果的外表依舊俊俏，很容易喚起當初在年度市集給她的悸動。當年飽受風吹日曬的皮膚變得較爲細嫩，頭髮有點灰白斑駁，感覺很柔軟。

柔軟到她暗自決定殺死他之後，要用手指撫梳他的頭髮。

第三十章

二〇一〇年十一月

卡爾迷迷糊糊醒來，不知今天是禮拜幾，也不明白臥室爲什麼會讓他想起蓋樂魯公園的市集。是傳入鼻子那股混合了阿薩德濃稠的糖漿飲料、不知名沙威瑪和診所氣味所引起的嗎？

他拿起手錶一看，九點二十五分。

「該死！」他猛然從床上彈起。「爲什麼沒人叫醒我？」賈斯柏上學要遲到了，他也是。

他只花了五分鐘梳洗掉前一天的風塵和汗水，套進了稍微整潔的衣服。

「賈斯柏，起來，要走了！」他大叫說，在賈斯柏房門上用力敲了第二次。「你要遲到了，媽的，你自己負責！」

他穿上一隻鞋後，又去猛敲繼子的房門，然後飛也似的跑下樓梯。

「卡爾，你要幹什麼？要去教堂嗎？禮拜十點才開始耶！」莫頓穿著睡衣，外面套著最心愛的圍裙站在爐子邊，看起來像他自己的滑稽版。

「早安，卡爾。」客廳傳來招呼聲。「看來你好好睡了一覺。」

打扮得一身潔白的米卡快活的笑著對他說。哈迪光溜溜躺在他面前的病床上，床旁邊的輪椅放著兩碗冒氣的液體，米卡將一塊布浸入其中一碗裡，然後擰乾，拍打哈迪乾癟鬆弛的軀幹。

「哈迪覺得自己身上很臭，所以我們正在幫他清潔身體，讓他感覺舒服一點。我們使用了樟樹和薄荷等混合液，可以驅散不好的氣味。你說什麼，哈迪？」

第64號病歷
Journal 64

「我說早安。」蒼白瘦弱的身體回答。

卡爾雙眉皺在一起。這時，賈斯柏在樓上憤怒狂吼，罵卡爾是個不折不扣的蠢蛋，而掛在卡爾後腦杓附近的電子月曆正好落到了正確的位置。

眞要命，今天是星期日！他左手往額頭一拍。

「這兒究竟怎麼回事，莫頓？你想爲卡車司機開一家咖啡廳嗎？」他指著一堆鍋盤壺罐說。

然後他閉起眼睛，想要回憶昨晚和夢娜那場不愉快的談話。

她說，不行，他不能過去找她，她要去看瑪蒂達。

瑪蒂達？他問道，誰是瑪蒂達？

話一出口，他便因爲問得愚蠢恨不得賞自己一巴掌。

我的大女兒，卡爾。

夢娜的反應有點冷淡，害得卡爾直到清晨時分還在床上輾轉難眠。媽的眞倒霉。她曾經提過這個女兒的名字嗎？難道他以前問過了？應該沒有。總之，現在出問題了。

他聽見莫頓在身後說話，但聽不懂他在說什麼，只好請他說再一次。

「早餐準備好了，卡爾。美味可口的家常便飯，能滋養飢餓的眾靈魂，其中有兩位彼此相愛。」莫頓說到「相愛」兩字時，睫毛還眨了幾下。

老天爺，這傢伙果眞大大敞開了通往私密內心的大門啊，卡爾心想。也該是時候了。

接著，莫頓一一分送他的精心創作。「請用。煙燻羊肉香腸片和山羊乳酪，放了一點大蒜，還有蔬菜沙拉，加了蜂蜜的山楂茶。」

無所不能的傢伙，卡爾想道，但我或許最好再爬回床上去？

「今天我們會開始訓練哈迪。」米卡站在哈迪床邊說。「希望他能感覺到痛楚，對吧，哈迪？」

「那感覺一定很棒。」哈迪說。

「不過，我們也不要抱持太大的期待，哈迪，懂嗎？」

「我什麼也不期待。我只是懷抱希望罷了。」

卡爾轉向哈迪，對他豎起大拇指，內心十分羞愧。哈迪是這麼實際又堅強，他怎麼好意思坐著頹廢自憐？

「對了，你得打電話給維嘉。」莫頓說。

很好。自憐自艾的感受又回來了。

卡爾坐在餐桌旁，陷入沉思，故意忽略賈斯柏一臉悶悶不樂的表情。事情一旦牽扯到維嘉，絕對沒有好事，事實上他也放棄思索她的事了。但是在咀嚼之間，他忽然想了一個絕妙好計，非常簡單又合乎邏輯，而且還挺刺激有趣。他興奮得無法專心吃完早餐，即使不常品嚐到這種怪異又尷尬的食物組合，仍然客氣的感謝莫頓準備了餐點。

「你打電話來眞好。」維嘉的聲音似乎有點驚慌。

沒想到老是以爲世界繞著自己運轉的她竟會有此反應。話說回來，她尚未與他離婚就決定再婚的日期，難道是他的錯？

「喂，卡爾，你去銀行了嗎？」

「妳也早安，維嘉。沒有，我沒去。看不出有什麼理由要去。」

「啊哈，你不打算告訴我若是不去貸款，要怎麼給我六十五萬嗎？難道哈迪借錢給你了？」

卡爾放聲大笑。她很快就說不出這種尖酸刺耳的話了。

「沒有問題，維嘉，我接受妳要求的六十五萬。妳可以拿到餘額的一半。」

「噢，卡爾！」她顯得非常驚訝。

卡爾在心中興奮得狂吼。她還不了解他內心的盤算，所以這不會是她最後一次感到意外。

「嗯。不過，當然有一些抵銷的費用，我已經計算好了。」

「抵銷的費用？」

「當然啊，親愛的維嘉。妳或許還以爲自己仍活在嬉皮時代，但是，此時此地，我們早就不靠花香和愛情維生了。自私的時代已經來臨，妳別忘了，每個人都會考量自己的利益與立場。」

電話那一頭的沉默眞是美妙動人，她竟然能如此安靜！

「好，事情是這樣的，抵銷的費用產生於賈斯柏住在我這兒的六年時間。他讀了三年高中，花費昂貴，那些錢妳很容易計算出來。至於他有沒有畢業，一點也不重要。剛結束的畢業考準備課程同樣所費不貲。簡單說好了，每一年我們要平分八萬克朗的支出，我相信任何一處的法院進行評估後，都不會認爲這個金額過高。」

「嘿、嘿。」她打斷他的話，彷彿準備好進行戰鬥。「我有給賈斯柏錢喲，每個月兩千。」

現在換卡爾說不出話來了。

「什麼？我希望妳可以證明這件事，因爲我一毛錢也沒看到。」

勢均力敵。如今啞口無言的人又換成她了。

「嗯，維嘉。」卡爾說。「我們的想法應該都一樣，妳那個寶貝兒子私吞了所有錢。」

「混蛋！」她咒罵了一聲。

「好，維嘉，聽好了。木已成舟，過去就算了，我們必須往前走。畢竟妳還是得和妳的古咖啡結婚。所以，我支付妳六十五萬，妳則要給我六年來求學期間的費用，每一年兩人平分後是四萬：高中三年，外加去年一年，以及今年剛結束的準備課程，還有未來一年。妳若是不想支付最後一筆錢，也可以只給我二十萬，然後接他回家，自己付他的課程費用。妳有選擇權。」

電話那一頭的沉默清清楚楚說出了答案。看來古咖瑪和賈斯柏並非什麼親密好友。

「別忘了還有妳現在住的小木屋。我從消費合作社的網站上查到，花園小屋的售價估計約五十萬克朗，因此我們一人可拿到二十五萬。總而言之，我必須支付妳六十五萬，但扣掉二十四萬和二十五萬之後，一共要給妳十六萬。此外，還有一半的動產部分，也就是家具等物品，歡迎妳過來挑選妳要的東西。」

他的目光掠過家具，忍不住想放聲狂笑。

「不，那樣不對。」她說。

「假如妳的古咖啡不熟悉這麼龐大的數字，我很樂意寄一台計算機到伊斯勒給妳。」他說。「作爲回報的是，妳毋須每個月再支付賈斯柏兩千元，他反正拿得夠多了。我會負責讓他念完準備課程的。」

一陣漫長的沉默。電話公司應該會開心得跳腳。

「我不答應。」維嘉終於吐出一句話。

卡爾點點頭。當然囉，她還可能有別的看法嗎？

「妳還記得霍夫街那位親切的女律師嗎？幫我們處理買房事宜的那一個？」

維嘉咕噥了一句。

「她目前在高級法院服務，把妳的要求寄給她。不過妳要想想，維嘉，賈斯柏並非我的親生骨肉噢。況且妳若接他回家住，一定會鬧得不愉快，更別說妳要花的錢是一樣的。」

硬幣持續嘩啦啦掉進電話公司口袋。

「好吧，卡爾。古咖瑪同意了，那麼我也答應你。」

願上帝賜福給這個了不起的錫克教徒，願他的鬍子像加了肥料越來越茂盛。

「不過，有件事我要再提醒你一次。」她繼續說下去，音調裡有一絲不悅。「和我母親的約定有關。我們之前協議你至少每個星期去看她一次，但是你沒有做到。現在我打算寫成白紙黑字，假如你一年沒有去看他五十二次，少一次便扣一千克朗。」

卡爾眼前浮現岳母的影像。一般而言，療養院裡的老年痴呆患者的預後狀況不甚樂觀，可是沒人知道卡拉·阿爾辛往後會如何發展。維嘉提出的這項協議，他很可能辦不到。

「每年要有十二週的假期。」他說。

「十二週！你腦袋脫線了嗎？你以爲自己和那些遊手好閒的議員享有同樣的權利嗎？普通人哪來十二週的假期啊。給你五個星期！」

「十週。」他回說。

「不，想都別想。就說定七個星期了，多一天都不行。」

「八週，否則去找那位律師。」

又是一陣停頓。

「好吧。不過每次至少要待上一小時，而第一次拜訪就從今天開始。此外，我不想要你那些破銅爛鐵的家具。古咖瑪都有六個喇叭的三星立體聲環繞音響了，我拿八二年出產的醜陋B&Q收音機幹嘛？這件事你就別傷神了。」

他將支付數字減少成十六萬克朗，眞是太棒了，簡直難以置信！如此一來他便負擔得起了。

他看了一下時鐘，心裡揣測著，不管夢娜昨晚在瑪蒂達那兒開懷暢飲到幾點，這個時間打電話給她應該沒有問題。

等她接起電話後，聲調卻完全不像沒有問題的樣子。

「我吵醒妳了嗎？」他問說。

「沒有吵醒我，但是吵醒了羅夫。」

該死，羅夫是誰？週日的憂鬱似乎一下子加重了，而且還無法控制的持續向下墜旋。

「羅夫？」他小心翼翼提出問題，但心裡頭有不好的預感。「他是誰？」

「不干你的事，卡爾。我們改天再談。」

哈，我們可以嗎？

「你打電話來有什麼事嗎？爲了不知道我女兒的名字向我道歉？」

眞他媽的冷血。沒錯，他拿到了情人的鑰匙，但誰敢說她沒有給別人第二把、第三把？例如給一個叫作羅夫的傢伙？這件事降低了他原本想分享好消息的興奮心情。

他努力將一個在他的領地嬉戲玩樂、名叫羅夫的健碩男子逐出腦海。

「不是，並非如此。我只是想要告訴妳，維嘉和我達成了離婚協議，我很快會恢復單身。」

「你之前便是如此了。太好了，卡爾。」語氣一點也不興奮。

他結束了通話。手裡揣著手機，垂頭喪氣坐在床邊。

整個人彷彿如墜深淵。

「你幹嘛縮在這裡嘀嘀咕咕的啊，卡樂？」賈斯柏站在外頭走廊上問。

「你母親和我要離婚了。」

「那又怎樣？」

「什麼叫又怎樣，賈斯柏？那對你一點意義也沒有嗎？」

音。

「我告訴你，親愛的小朋友，這件事可重要了。那表示你過去兩年每個月祕密私吞的兩千克朗，從現在開始一毛錢也沒了。」卡爾雙手一拍，讓這少年清楚聽到錢箱蓋子喀一聲關上的聲音。

動作向來粗魯匆忙的賈斯柏一溜煙跑開，用一貫方式回應了這段話。

卡爾的情緒惡劣到極點，決定乾脆去看望未來的前岳母，履行探訪義務算了。

第64號病歷
Journal 64

卡爾沒太在意停車場中央那個身穿藍灰色西裝的男子。雖然他走過時，依靠在敞開車門邊的男子特意將頭轉開，但對方看起來和其他年輕男人沒什麼兩樣，似乎正等待從水泥建築物中現身的女伴，希望享受一下星期天性愛。更何況在吵醒羅夫，惹得夢娜不高興之後，卡爾對什麼都不在乎了。

他開了十五公里的車到巴格斯威的美坡農莊，心思完全沒放在路上交通和十一月泥濘的草地和田野。護理人員讓他進屋時，他看也沒看對方一眼。

「我要看望卡拉．阿爾辛。」他對失智症部門另一個護理人員說，態度粗暴。

「她在睡覺。」對方同樣回答得簡短無禮，很合乎卡爾的心意。

「她真是惹了一堆麻煩。」但護理人員出乎意料的健談，竟繼續說了下去。「她明明知道療養院全區禁止抽菸，卻還在房間裡抽小雪茄。我們完全不了解她的雪茄是從哪兒弄來的。或許你會比較清楚？」

卡爾力陳自己的清白，解釋自己好幾個月沒來了。

「好吧，我們剛才又沒收她一包小雪茄。真是個問題人物。請轉告她，菸癮發作時可以服用尼古丁錠，至少那只會殘害她的錢包。」

「我會記得的。」卡爾回答，實際上沒有很認眞聽對方說了什麼。

「妳好，卡拉。」他對岳母說，但沒有期待對方會回應他。她閉著眼睛躺在沙發上，削瘦的雙腿從和服底下露了出來。卡爾之前見過那件和服，卻沒看過它大大敞開的樣子。

「啊，親愛的。」她睜開眼睛吃了一驚，但表情瞬間轉換到挑逗模式。和她相比，小鹿斑比在眨睫毛上的技巧簡直是個廢物。

「我高大強壯的英俊警察。你是來看我的嗎？你人眞好啊。」

他本想說：「現在開始我會定期來看妳。」但是這女人就如往常般很難讓人插得上話。在哥本哈根絢爛的夜生活中擔任數十年的服務生，讓卡拉磨練出滔滔不絕的口條，而她的女兒也遺傳了同樣的特質。每次當她連續講出一大串句子時，卡爾都很驚訝她究竟要怎麼換氣。

「你要來根小雪茄嗎，卡爾？」她從靠枕底下拿出一包「律師香菸」和火柴，用誇張、熟練的姿態打開菸盒，彷彿覺得這樣很好玩。

「妳不可以在這兒抽菸，卡拉。還有，妳哪兒來的雪茄？」

她彎身靠向他，身上的和服更開了，裡面的風光一覽無遺。不過效果卻是適得其反。

「我讓園丁進來這兒做點事。」她賣弄風情的說，用手肘撞了撞他的腰際。「私密的事，你知道的。」說完又戳了他腰際一次。

卡爾不知道自己是該在胸前畫十字，還是向老人家的性欲鞠躬致敬。

「是的、是的，我知道。」她繼續說。「我應該吞下尼古丁錠。他們老是在我耳邊嘮叨個不停。」說完便拿起尼古丁錠盒，塞了一片進嘴裡。

「他們一開始給我尼古丁口香糖，但是沒有用。因爲會黏住假牙，害牙齒一直掉下來。現在換成了尼古丁錠。」

她點燃小雪茄續道：「你知道嗎，卡爾？抽菸的同時，也可以把這東西好好含在嘴裡喲。」

第三十一章

一九八七年九月

妮特站在櫃子前，正想給維果倒杯茶。

「不了，謝謝，我不喝茶。」他打斷她的動作。

她驚駭的轉過身看著他。什麼？

「不過，咖啡對我應該比較好。兩個小時的旅程讓人累得要命，咖啡可以激起一點活力。」

妮特驚慌失措看著時鐘。這不可能是眞的！已經有兩人想要喝咖啡了。老天爺，她怎麼沒想到這個可能性呢？她只想到現今非常流行喝茶。山楂茶、香草茶、薄荷茶……幾乎沒有人不喝這些東西。當然了，茶有個好處，能遮掩掉天仙子的味道。但是咖啡應該也可以吧？爲什麼她沒想到要準備一杯雀巢咖啡呢？

她用手摀住嘴，不讓他發現自己呼吸忽然變得急促。現在怎麼辦？她沒有時間跑到諾勒布羅街上買咖啡粉、回來煮水，然後沖泡咖啡。完全不可能！

「但是請加一點牛奶。」維果請求說。「現在的胃不像以前那麼強壯了。」他笑道。當年這個笑聲讓妮特對他敞開了自己。

「等一下。」妮特衝進廚房煮水，然後拉開儲物室的門，確認自己眞的沒有咖啡。接著，她的目光落到工具箱上，打開蓋子後裡頭那把鐵鎚露了出來。

她得非常用力才能揮動那把鐵鎚，說不定還會濺出不少血來。不行，行不通的。

於是她一把抓起餐桌上的小錢包，急急忙忙出門，打算詢問隔壁鄰居有沒有咖啡。

她按下電鈴，門後幾乎同時響起了小西藏犬的低吠聲，在等待屋主開門的同時，她忍不住在心裡計算著時間。她也可以將鐵鎚裹在餐巾裡，朝維果的後腦敲下去，至少讓他失去意識，屆時就能將天仙子濃縮液直接滴入他口中，毋須稀釋。

妮特兀自點點頭。她雖然不是很喜歡這個主意，但也不知道還有什麼出路。正打算回家執行時，眼前的門開了。

妮特之前並不十分注意這位鄰居，不過由於現在兩人正視著彼此，她一下子就認出了鄰居憂鬱的容貌和厚重眼鏡後面的猜疑眼神。過了一會兒後，妮特才明白鄰居不知道她是誰。這也難怪，畢竟她們只在樓梯間見過幾次面，更何況這位女士顯然有嚴重近視。

「不好意思，打擾您。我是您的鄰居，妮特．赫曼森。」妮特一邊說，眼睛一邊盯著鄰居腳旁那隻狺狺吠叫的狗。「我的咖啡喝完了，而我的客人只坐一下就要離開，也許……」

「我的鄰居叫作妮特．羅森。」鄰居語氣明顯透露出不信任。「名字就寫在門上。」

妮特深吸口氣。「是的，請您原諒。赫曼森是我原本的姓氏，不久前我改了回來。門旁名牌現在也換了。」

鄰居打量著新門牌。

妮特努力表現出規矩正派、討人喜歡的模樣，內心則絕望得想尖叫。

「當然，我會付錢的。」她克制著自己的呼吸，從錢包中抽出二十元鈔票。

「可惜我沒有咖啡。」鄰居說。

妮特擠出笑容，道過謝後轉身要離開。看來不用鐵鎚不行了。

「但是應該還剩下一點雀巢即溶咖啡。」她身後又響起說話聲。

「我再一秒就過去了。」妮特在廚房叫說，一邊把牛奶倒進牛奶罐裡。

「妳的房子真不錯，妮特。」她聽到維果站在廚房門口說。

他不拘禮數的接過她手中的杯子，害她差點滑了一下。

她僵硬的將杯子抓牢，內心驚慌自問：看在上帝的份上，現在要怎麼滴入天仙子濃縮液？於是決定匆匆從他身邊擠過去。

「不用，我來就好。你來這裡坐下。」她說。「律師來之前，我們還有些事情要處理。」

她聽到他跟著走出來的聲音，但是腳步聲忽然在客廳門口停住了。

她緊張兮兮轉過身看向他，心裡嚇了一大跳。他正彎下腰在門邊鉸鍊上拉扯著什麼。她立刻認出勾在鉸鍊上的東西。那是一塊布，上面帶著閃閃發亮的藍色圖案，也就是泰格西裝上被撕掉的部分。

「妳看這個。這是什麼？」他把那塊布遞給她。

妮特曖昧的聳了聳肩，將牛奶罐放在桃木櫃上裝著天仙子的玻璃瓶旁邊。只要兩秒，她就能將濃縮液滴入咖啡裡，然後再倒入牛奶。

「你也要糖嗎？」她轉向他問。

他只站在距離她幾步之外。「妳有衣物上缺了這塊嗎？」

她拿著咖啡杯走向他，臉上裝出一副思索會是什麼東西的表情。

然後嬌笑一聲，語調可能高亢了點說：「天啊，沒有。誰會穿戴這種東西呀？」

他的眉頭皺在一起，露出她不喜歡的神情，然後走到窗邊，藉著光線仔細端詳手中的布。看得太久、太仔細了。

這時，她手中的杯子和盤子匡啷撞在一起。

他轉過身來，查看是什麼東西發出聲響。

「妳似乎很緊張，妮特，有什麼不對勁嗎？」

「沒有，爲什麼這麼問？」

她將杯盤放在單人沙發旁的桌上。

「請坐，維果，我們要談一談我邀請你來的原因，很遺憾我們時間不多。請喝咖啡，我會告訴你我的想法。」

他爲什麼就是不坐下，別再苦思那塊布的來源呢？

「妳看起來臉色不是很好，妮特，還是我誤會了？」他困惑的將頭歪向一邊。妮特再次指示他坐下來，態度更加強硬。

她緊繃的情緒眞的表現得如此明顯？必須要克制住才行。

「沒有，你沒誤會。」她回答說。「我也在信上寫了，現在的我病得很嚴重。」

「我眞難過。」他不帶同情的說，然後把布遞給她。「妳仔細看一下，那不是男士西裝上的東西嗎？怎麼會卡在門下方的鉸鍊裡呢？」

她接過布仔細觀察。她該說些什麼？

「我大概知道那是什麼，不禁覺得很困惑。」

她迅速抬起頭，動作似乎快了點。

怎麼回事？她心裡尋思道。他知道什麼？

「我說的話讓妳感到驚訝嗎，妮特？我覺得妳好像嚇了一大跳。」維果眉頭深鎖。

他把布拿回來在手裡摩挲，目光則一直盯著她不放，此時眉頭鎖得更緊了。「妮特，我提早一個小時到了這兒，所以先站在栗子樹下抽菸等待。妳知道我看見什麼了嗎？」

她克制自己不要反應過激，所以故意緩緩搖了搖頭，但仍未撫平他額頭上深思的皺紋。

「我看見有個過胖的男人穿著醜陋不堪的西裝快速經過。我這輩子看過的醜陋西裝不算少，但是這一件實在讓人印象深刻。現在聽好了：那件西裝的材質和這塊布十分相像。這塊布眞的很有意思，不是嗎？接著，那個男人按了樓下電鈴。一個裹在同樣西裝布料中的男人……」他指著碎布說，「這種偶然不是很奇怪嗎？妳不這麼認爲嗎，妮特？」

他用力點頭強調自己說的話，接著臉色一變。妮特立刻意識到接下來的狀況十分棘手。

「妳在信中寫著要我準時出現，因爲妳可能還有其他的約會。我自己的解釋是，妳還有其他客人會來。因此我想要問：那個穿著醜陋西裝的男人會不會也是其中之一？若是的話，爲什麼我沒看見他離開這棟公寓？難道他還在這裡？」

她只要稍微顫動，就等於給了他明確的答案。所以她只是微笑看著他，用盡全力穩住身體，然後緩緩起身走向廚房，打開儲物室，彎下身從工具箱中拿出鐵鎚。

沒有時間用餐巾裹住鐵鎚了，因爲維果就站在她後面重複著問題。

光是如此，便足以激發動手的衝動了。她流暢的一旋身，直接將鐵鎚擊打在他的太陽穴上，發出嘎啦一聲。

他動也不動縮成一團，幾乎沒有出血，一發現他還有呼吸，她趕緊將客廳桌上的咖啡杯拿過來，撐開他的嘴，將溫熱的液體倒進去。他咳嗽不止，喉嚨發出咕嚕聲，但是沒有持續很久。

她在他身旁蹲了一段時間，注視著他。假如當年她沒有在路上遇見維果，一切的發展將有所不同。

不過，如今這個人已不復存在了。

妮特那晚在「自由」之屋看到的景象讓她覺得羞恥而痛苦萬分，甚至到了沒辦法隱瞞下去的地步。

莉塔問了她好幾次怎麼回事，但是妮特始終迴避著她。唯有到了夜晚，妮特鑽進棉被底下想入睡時，兩人才有接觸。莉塔藉由翻雲覆雨來鞏固彼此的友誼，彷彿妮特還需要這份友情似的。最後，一道目光出賣了妮特。那是在庭院中屠宰時兩人交換的目光。

那天，一些在田地裡勞動的女孩穿上了工作服，從外面帶回一隻豬，交給庭院負責屠宰的小伙子。莉塔站在洗衣房前，不想錯過好戲，碰巧妮特也正好走出縫紉室喘口氣。莉塔發現妮特在場，把頭轉向她，兩人的目光越過吱吱尖叫的動物交會。

那是妮特眼睛裡噙滿淚水的其中一天。嚮往另外一種生活的渴望，喚醒了她內心深處的愁苦。也是縫紉室裡糟糕的氣氛，讓她心情尤其低落的其中一天。所以，她望向莉塔的目光赤裸不加修飾；所以，莉塔回應的目光盡是懷疑和警覺。

「妳馬上說清楚是怎麼一回事！」當天晚上莉塔在她們的寢室裡大叫。

「妳爲了香菸和人搞上了，我親眼看見的。而且我知道妳用了這個東西。」她把手伸進莉塔的床墊底下，摸出莉塔用來關掉門框上警鈴的金屬。

莉塔從來沒有如此震驚，但是很快又恢復鎮靜。「若是我聽到妳把這件事講了出去，我向妳保證，妳的下場絕對比我還要淒慘。」她的食指指著妮特。「妳要是出賣了我，或者棄我於不顧，妳會後悔一輩子的，聽懂了嗎？」

就是這樣。

莉塔後來眞的實踐她的威脅，而且造成了非常深遠的影響。對她們兩人而言都一樣。

從那時候到現在，四分之一世紀的光陰已然逝去。

如今，莉塔和維果癱坐在密閉的空間中，腰部綁著粗麻繩，眼睛裡不再閃耀著昔日的光輝。

第三十二章

二〇一〇年十一月

自從那兩個警察和赫柏特·旬納司高、蜜耶·諾維格以及路易士·派特森接觸過後，事情就變了樣。多年建立起來的安全網出現了裂痕，毀壞的速度可能比瓦德估計得還快。

長久以來，瓦德都了解他們的活動極度要求謹慎和保密，因此不管面對任何威脅，刻不容緩的採取行動才是首要方針。可惜他們這次時間不多。他沒有料到，糾纏自己的可能是早已塵封的往事，因此感到非常痛苦。

那兩個警探究竟在尋找什麼？旬納司高說和某個失蹤的人有關？之前時間寬裕的時候，他爲什麼沒有仔細詢問旬納司高呢？那是失智症的初期症狀嗎？他不希望自己出現這種狀況。

如今旬納司高和蜜耶從地表消失了。旬納司高未按照事先協議，傳送特內里費島的照片過來，而這只暗示了一種結果。

他早該心裡有數的。他早該知道那個可笑又可鄙的人，會在關鍵時刻臨陣脫逃，沒有勇氣做該做的事。

他搖了搖頭，思緒又飄遠了。不過他提醒自己，以前和現在情況不同。畢竟誰能說旬納司高沒有勇氣了斷蜜耶的性命？或許他只是選擇了其他解決問題的方式？畢竟可能性很多。或許某天會有人發現旬納司高和蜜耶成了溝裡的腐爛軀體？對旬納司高和蜜耶而言，攜手共赴黃泉難道不是最好的結果嗎？只不過，瓦德絕對不會抱持這種希望，尤其是眼前的災難明顯衝著他來。但是，若眞的大難臨頭，他也知道有效無痛的方法，能帶他離開人世。

那有什麼關係呢？他年事已高，而畢雅特臥病在床，兒子們也已成家立業，是立足社會的自由人。那麼，對他而言最重要的是政黨嗎？是阻止丹麥免於淫亂、墮落和痴呆化嗎？界線明確不是他的終身事業嗎？還有祕戰？

是的，可惡，就是這麼回事。在所剩不多的日子裡，他務必護衛自己的價值，盡可能推行這份志業。因爲眼睜睜看著畢生心血被摧毀，等於自己從未生存過，彷彿來世上一遭卻沒留下一絲痕跡；而幾十年來的想法與衝勁將瞬間化爲烏有，白白冒險犯難，更是令他難以忍受。瓦德精神一振，立刻進入戰備狀態，隨時準備開戰。他將不惜任何代價阻止警方的調查，阻斷任何妨礙組織進入國會殿堂的可能性。對他而言，沒有什麼手段是激烈不當的，絕對沒有。

在這個思考脈絡下，他迅速做出了決定，馬上發簡訊給祕戰的成員，指示他們貫徹在黨代表大會後的核心小組會議所做出的決議：燒毀一切資料！病歷表、文件、轉診單與所有通訊紀錄。所有的一切！他們五十年來的工作文件必須在同一天中化爲灰燼。

他不擔心自己手邊的資料外洩，它們安全的保存在舊倉庫牆後的空間中。若是他眞的遭遇不測，也已指示過米凱爾該如何處理檔案資料。他都安排好了。

能發布燒毀資料的指示眞是太好了，他心想，這時電話響起，卡思柏森打室內電話給他。

「我和我們市警局的人談過了。關於那兩個到諾維格家去的警察，得到的消息不太令人振奮。」

卡思柏森報告說，副警長卡爾．莫爾克和他的助手哈菲茲．阿薩德隸屬於警察總局的懸案組。後者顯然並非受過專業訓練的警察，卻擁有驚人敏銳的直覺，已在哥本哈根警界造成話題。

瓦德搖搖頭。一個阿拉伯人！天啊，光是想到有色人種到處刺探他的事情，他便無法忍受。

「根據我們在市警局的人說，卡爾．莫爾克的懸案組有個不太好聽的稱號，『重新調查令人矚目懸案的部門』，對我們來說，是個不容小覷的威脅。我們的人雖然不太樂意承認，但是懸案組的工作績效比其他組別更加優秀。他認爲往好處想，幸好他們至少是獨立辦案，其他組的人員不會知道他們正在調查什麼。」

聽在瓦德耳中的這些話讓他心生警覺，陷入沉思。挖掘過去顯然是這一組的專長。

卡思柏森接著繼續報告他打聽來的兩人弱點。市警局的眼線解釋說，卡爾．莫爾克目前身陷一樁醜陋不堪的案件，最糟的狀況可能導致停職。但是就他們所知，如今這件案子被警察總局高層壓下來，因此不容易從中操弄。即使可以辦到，執行了莫爾克的停職處分，至少也需費時一個星期。然而他們眼下很可能沒有那麼多時間了。

卡思柏森說得沒錯。若要採取行動，就必須立即見效才行。

「卡思柏森，請我們在市警局的人傳幾張莫爾克和那個阿拉伯人的照片給我。」然後瓦德結束了通話。

瓦德開啓電子郵件，仔細打量那兩個警方人員的臉龐。照片上的兩人笑容燦爛，彷如攝影師講了個笑話，或者純粹只是種傲慢。這兩人的外表有如日與夜般南轅北轍，而且看不出實際年齡。卡爾．莫爾克或許比他的助手年長一點，不過瓦德不太能判斷阿拉伯人的年紀。

「這兩個白痴絕對無法阻止我們！」他用左手啪一聲拍打螢幕。就在這個時候，有人撥號到他那支安全手機。

是他的司機。

「喂，米凱爾，你把諾維格家裡的文件弄走了嗎？」

「恐怕我必須說沒有，瓦德先生。」

瓦德蹙起眉頭。「什麼意思？」

「有兩個開著深藍色標致六〇七的人搶先我一步。若說他們是警察，我也不會感到意外，十哩外就聞到他們的臭味了。」

瓦德搖著頭。這不可能是眞的！「是阿拉伯人和白人嗎？」他問道，但心中早已有了答案。

「我必須說是的。」

「他們的外表如何？」

米凱爾描述他們的外貌時，他一邊對照著螢幕上兩人的臉部特徵。所有條件都吻合，簡直是晴天霹靂。

「他們帶走了多少？」

「我不清楚。不過，您告訴我的那四個捲簾檔案櫃都空了。」

沒有比這更糟的狀況了！可怕的夢魘！

「好的，米凱爾。我們再想其他的辦法取回那些資料。最後若是別無他法，一定要讓那兩個傢伙從地表上消失，清楚嗎？」

「好的，我會委託幾個朋友，請他們隨時做好準備。」

「很好。找出他們住在哪裡，二十四小時掌握他們的行蹤。一旦必須出手，我允許你們放手去做，聽懂了嗎？」

兩個小時後，卡思柏森來找瓦德。瓦德從未看過他如此惶惶不安——這個世界上經驗最老道、最詭計多端的律師，即使拿走獨自撫養五個孩子的單親媽媽手中最後的五十分錢，交給她施以家暴的前夫，眼睛眨也不會眨一下。

「瓦德，蜜耶．諾維格和赫柏特．旬納司高若是沒有親自向警方報案失竊的話，恐怕不容易沒收被偷竊的檔案資料。米凱爾當時有沒有拍下犯案現場的照片？」

「沒有，他去得太遲了。否則他早就把資料拿來了。」

「鄰居呢？她會不會知道更多訊息？」

「不會，她只知道是來自哥本哈根的兩個警察。當然，若有必要的話，她也可以指認那兩人。就我所知，他們並非不引人注意。」

「確實如此。不過在沒收之前，檔案恐怕早就消失在警察總局的深處，這點無庸置疑。畢竟我們沒有直接證據證明是那兩人偷走了東西。」

「指紋呢？」

「沒有，絕對沒有用，因爲他們前一天光明正大進入了諾維格家。可惜我們尙且無法分辨不同日期的指紋。」

「好，看來使出最後手段是無可避免了。我已經準備好了。箭在弦上，不得不發。」

「你是說謀殺嗎，瓦德？若是如此，恐怕我得結束這次談話。」

「冷靜下來，卡思柏森，我不會牽連到你。不過你必須心裡有數，在不久的將來，事情的發展可能會變得非常險峻，到時候你要接手處理。」

「你的意思是？」

「就是我所說的意思。假如事情發展眞如我所預料，你將管理一個政黨和布勒畢爾斯特路的遺物，不過我可以保證這些事情不會留下蛛絲馬跡，我所謂的『蛛絲馬跡』的意思是我將無法再被傳喚作爲證人。骰子已經擲出，沒有退路了。」

「但願不會如此，瓦德。我們首要之務是想辦法取回檔案，不是嗎？」卡思柏森根據律師的黃金準則採取行動：不繼續討論的事情，代表不曾提起過。「我會和市警局的內線保持聯繫。假設目前檔案在警察總局，就我所知，懸案組的辦公室位於地下室，那兒晚上不會有人，因此市警局的人要進去拿走諾維格的檔案應該相對容易一點。」

瓦德看著他鬆了口氣。

一旦這事能夠辦成，他們多少又會回歸正軌。

可是他沒有輕鬆太久，因為不一會兒，威富立．林柏格便打電話過來，激動說明有兩個警方人員出現在他家門口。

瓦德按下擴音器，讓卡思柏森同時聽到內容，因為他也面臨同樣的危機。

「那兩個人莫名其妙出現，事先完全沒有通知！我當時正在處理說好要燒毀的文件，要是沒有瞬間反應過來，將所有資料丟進火裡的話，東西一定會被帶走。你要小心這兩個人，瓦德！在你還措手不及時，他們已經出現在你家或者其他重要核心成員的家門前了。你必須盡快放出消息，警告其他人。」

「警方為什麼去找你？」

「不清楚，我猜只是希望了解我是誰。他們看到我全部的行動，現在他們至少可以確定有某件事正在進行當中。」

「我馬上傳簡訊給其他成員。」卡思柏森邊說邊走到一旁。

「他們調查得很徹底，瓦德。事實上我認為他們是針對你來的。相信我，他們雖然沒有說得很具體，但是卻非常熟悉內情。他們只提起了聖俸和某個叫作妮特．赫曼森的人。你對這個名字有印象嗎？他們要去諾勒布羅找她談談。搞不好已經在路上了。」

第64號病歷
Journal 64

瓦德摩挲著額頭，感覺空氣乾燥得令人不舒服。

「我知道妮特·赫曼森是誰，我很驚訝她還活著，不過這件事可以補救。先等等看接下來二十四小時會發生什麼事情，除此之外，我相信你說得沒錯，這件事和我個人有關。我不清楚理由何在，但或許也不一定要弄清楚原因。」

「你的意思是什麼？」

「我只是認爲一切很快就會過去的。你們好好守護界線明確，剩下的事情由我來處理。」

事態的發展讓卡思柏森倍感壓力，他離開後，瓦德立刻打電話給米凱爾，告訴他若是動作快一點，他們可以在諾勒布羅的貝林爾—多瑟林街攔截到兩個警察，從那兒開始進行跟蹤。

一個半小時後，米凱爾回電報告說他們去得太晚了。不過已經派了個男人在卡爾·莫爾克家前的停車場盯梢。卡爾·莫爾克已回到家，但是卻讓哈菲茲·阿薩德溜走了。他登記在海德斯街的住所，裡面完全空無一人。

星期日早上，瓦德急忙打電話請醫生過來。昨晚，躺在他身邊的畢雅特睡得很不安穩，時常呻吟，呼吸不穩。

「瓦德先生，」他認識的這個實務經驗豐富的優秀醫生說，「身爲醫生的你應該了解病況，恐怕你的夫人時間不多了。她的心臟耗弱，目前問題是還剩幾天，甚至是幾個小時？你一定不希望我叫救護車吧，對嗎？」

瓦德聳了聳肩。「叫救護車有什麼用呢？不用了，我希望最後能陪伴在她身旁。謝謝你。」

兩人獨處時，他在她身邊躺下，撫摸她的手。經常摩挲他臉頰的小手，他心愛的小手。

他望向陽台，天色逐漸清亮。驀然間，他眞希望自己有信仰，如此一來便能爲他摯愛的女子卻臨陣退縮了。三天前，他已有心理準備面對終將來臨的事情，也準備好往後將獨自活下去，如今他靜靜祈禱。

他看著那盒藥效強烈、容易吞食的安眠藥。二十秒就夠了，不需要再多時間了。他譏笑自己，當然還需要一分鐘時間去拿杯水啊。

「妳的想法如何，心愛的，我該吃下它們嗎？」他握住妻子的手，在她耳邊低語，彷彿她還能回答。啊，多麼寂寥，多麼死寂啊。

他輕輕撫摸她稀薄的頭髮。以前每當她在鏡子前把頭髮梳得光澤閃耀時，他總是忍不住讚賞。而今，美好的生命卻消逝了。

「畢雅特，我打從心底愛著妳，妳是我生命的光采。若未來的日子還能與妳共度，我絕對不會猶豫，每分每秒都要與妳在一起。妳不能再醒過來一會兒嗎？我就能把心聲告訴妳，我摯愛的妻子。」

他擁抱著她呼吸微弱、枯萎凋零的身體，那具他見過最美妙的身軀。

他醒過來時將近十二點了。他似乎聽到了一聲鈴響。

他慢慢抬起頭，發現畢雅特的胸部依舊微弱起伏著，但他並未鬆了口氣。她爲什麼不能就這麼靜靜死去，別逼他眼睜睜看著她的生命流逝呢？

他搖搖頭，甩掉這個念頭。

振作精神，瓦德！他在心中對自己說。畢雅特不能孤單死去，絕對不可以。

他看向通往陽台的門。十一月的天氣灰濛一片，外頭的風呼嘯吹拂，吹得西洋李的光禿枝椏不停交錯拍擊。

第64號病歷
Journal 64

天候不佳的一天，他心想，一邊去拿兩支手機。是手機吵醒他的嗎？

沒有來電顯示。然而室內電話的來電紀錄上卻有個號碼，他一時認不出是誰。

他按下回撥鍵，但是下一秒，心中陡然升起一股感覺，要他最好不要撥電話。

「我是梭倫．布朗特。」瓦德一聽到聲音，整個人嚇了一跳。

「我們兩個沒有什麼好說的。」他簡短的說。

「我的看法不同。您看過我部落格上那篇有關漢斯．克利斯提昂．德曼自盡的文章了嗎？」

布朗特問完隨即默不作聲等待。

這傢伙眞是個瘟神。網路也一樣。

「我和德曼的遺孀談過。」這個記者忽然又開口說，讓人措手不及。「對她而言，她先生的行徑實在令人費解。您有什麼看法？」

「沒有任何看法。我幾乎不認識這個人。請你聽好，我的妻子來日無多令我悲傷難抑。你若懂得基本的禮貌就讓我靜一靜，我們或許可以改天再談。」

「我深表遺憾。我獲得消息指出您目前因爲幾樁人口失蹤案正受到警方的調查，我猜您現在也不想就此發表任何想法，對吧？」

「什麼失蹤人口案？」瓦德毫無頭緒究竟怎麼一回事，不過他已經聽到兩次了。

「是的，那是您和警方之間的事情。不過，如果我理解正確，警方非常希望以此和我交換祕戰的犯罪情報。因此，我最後一個問題是，您和威富立．林柏格是否意圖將強迫結紮之類的政策收入貴黨派的黨綱中？」

「唉，別再拿這類言論毀謗我了。我會和警方解釋清楚的，這點你大可放心。你打算發表任何言論悉聽尊便，我不會做任何表態，但我敢保證，你會因此付出昂貴的代價。」

「好的，謝謝您。我已經握有充分的證據了。很感謝您的評論，至少我有最新的說法可以引用。」布朗特說完便掛斷了電話。他竟掛斷了電話！瓦德不由得怒火中燒。

他說的是什麼證據？諾維格被竊檔案中的資料難道外洩了嗎？如此一來，這個白痴記者的命運將無可挽回了。他拿起安全手機撥打卡思柏森的號碼。

「卡思柏森，夜訪警察總局的狀況如何？」

「恐怕很不樂觀。我們的人雖然潛了進去，但是他到了地下室後，卻被哈菲茲．阿薩德發現了。他顯然睡在地下室裡。」

「那個該死的人！你的意思是他在看守檔案嗎？」

「恐怕是如此。」

「你爲什麼沒有打電話向我報告，卡思柏森？」

「我打過了，瓦德，今天上午打了好幾次，但不是打到你現在使用的這支電話，是另外一支手機。」

「出於安全考量，我目前停用了iPhone。」

「但我也打了室內電話。」

瓦德按下按鍵，看著顯示螢幕。沒錯，他和梭倫．布朗特通話之前有好幾通未接來電。卡思柏森從八點開始，至少每二十分鐘打一次。

他眞的在畢雅特身旁睡得那麼沉嗎？這眞的是他最後一次躺在她身旁？

他中斷了通話，望著畢雅特，然後他的思緒又飄遠了。

必須收拾掉阿拉伯人、卡爾．莫爾克和梭倫．布朗特三個人才行，沒有其他選擇了。至於妮特．赫曼森的事情可以晚一點再來操心，她和其他三人的威脅不屬於同一個等級。

他又拿起安全手機，這次按下了米凱爾的號碼。

「查到梭倫．布朗特的落腳處了嗎？」

「在霍伏區的一棟夏日別墅。」

「怎麼知道的？」

「那天他擾亂黨代表大會後，我們便一直監視他，才會知道他的住所。」

瓦德今天第一次露出笑容。

「很好，米凱爾，做得非常好。那麼卡爾．莫爾克的狀況呢？他也在你們的監視當中嗎？」

「是的。他剛離開住的地方走到停車場，我們的人正緊盯著他，若有人了解如何跟監非他莫屬。他可是前情報人員。不過，目前還不清楚阿拉伯人住在哪裡。」

「我可以告訴你，他在警察總局地下室裡。在總局對面的郵局悄悄安排一個人，一旦我們的目標離開那個地方，就能及時追蹤。」

「好的。」

「今晚等莫爾克屋裡的所有人全入睡之後，製造一點不幸的意外，理解嗎？」

「火災嗎？」

「嗯，起火點設在廚房，最好造成爆炸和濃密的煙霧。告訴我們的人，離開莫爾克家時絕對不能被人看見。」

「我會親自處理。」

「太好了。找好掩護，辦完事後盡速撤退。」

「我會的。梭倫．布朗特呢？」

「要你底下的人立刻去收拾他。」

第三十三章

二〇一〇年十一月

有人搖晃著他的肩膀。

卡爾在睡夢中睜開眼睛，迷迷糊糊感覺有個人影彎身看著他。他想要起身下床，但是頭暈目眩。忽然間，莫名其妙腿一軟，癱倒在床邊的地板上。

然後，他察覺到風呼嘯掠過，抬起頭看見所有窗戶大開，這時才聞到瓦斯的味道。

「賈斯柏也醒了。」某人在走廊上大叫。「他嘔吐了，我該怎麼辦？」

「讓他側躺著。你窗戶打開了嗎？」站在卡爾旁邊、有著一頭黑髮的人形說。

有人拍打著他的臉頰。「卡爾，看著我，看著我的臉。你還好嗎？」

他點了一下頭，但其實不太確定。

「我們要下樓去，卡爾。樓上的瓦斯味太重了。你可以自己走嗎？」

他慢慢站起來，在走廊上蹣跚往前，然後步下樓梯，卻感覺樓梯永遠走不完。等到有人扶他坐在通往陽台門前的一張椅子上，眼前景物的形狀和輪廓才逐漸變得清晰，才再度有了意義。

他抬頭一望，莫頓的朋友正站在自己身邊。

「要命，」卡爾嘀咕著，「你還在這兒啊？你也搬進來了嗎？」

「我想我們應該對他在這裡感到欣慰。」哈迪就事論事說。

卡爾宛如慢動作似的將頭轉向床的方向。「發生什麼事了？」

樓梯響起隆隆聲，莫頓將賈斯柏拖下樓。賈斯柏的臉色比之前在科斯連續參加十四天的舞會馬拉松後還要難看。

米卡指著廚房說：「剛才有人在廚房鬼鬼祟祟。」

卡爾虛弱的起身走過去，接著立刻注意到放在廚房中央的大瓦斯瓶。那是最新式的塑膠瓶裝，家中根本還沒用過這種型號，庭園裡烤肉用的黃色舊瓦斯仍非常順手。還有，瓶子的軟管上爲什麼另外裝了調準器？

「哪裡來的瓦斯瓶？」卡爾還是昏沉沉的，一時想不起身旁這個年輕人的名字。

「我凌晨兩點下來確認哈迪的情況時，瓶子尚未出現。」年輕人回答說。

「哈迪的情況？」

「是的。他對於昨天的治療出現非常強烈的反應，全身大汗淋漓，頭還會痛。不過，這都是好的跡象，而且還連帶救了我們大家的命。」

「不，救人的是你，米卡！」哈迪從裡面喊說。

原來如此，他的名字是這個。米卡。

「請解釋一下。」卡爾內心的警察本能自動竄了出來。

「昨天傍晚開始，我每兩個小時會來看一下哈迪。我預計再觀察個一、兩天，才能準確掌握他的狀況。大約半個小時前，我的鬧鈴響了，清醒後立即察覺到地下室有股濃郁的瓦斯味，而一樓的味道更是強烈得我差點倒臥在地。我關上瓦斯瓶，打開窗戶，然後發現爐子上有個小平底鍋，裡頭正在冒煙。我仔細四下一看，發現地板上灑了一些橄欖油，而且還有一張稍微焦黑的餐巾紙。煙霧是餐巾紙引起的。」他指向廚房窗戶又說：「我馬上將它丟了出去。」

卡爾向火災鑑識組的同事艾爾林．荷姆點了個頭。嚴格說來，這次意外不是發生在荷姆的轄區，也不屬於他的職責範圍，只是卡爾沒有興致讓希勒羅德區的警方涉入，而荷姆就住在五公里外的林格而已。

「卡爾，這是經過精心策畫的周密行動。只要晚個二、三十秒，餐巾紙燃燒的火苗將會引發瓦斯爆炸。根據瓦斯瓶的重量判斷，當時室內已有大量的瓦斯外洩，有了那個調準器和連接在接頭上的厚軟管，不超過二十分鐘瓶內的氣體就會完全洩光。」他搖了搖頭。「凶手故意不將小平底鍋下的電爐火力開到最強，計畫在餐巾紙竄出火光之前，先讓整棟屋子裡全瀰漫著瓦斯。」

「到時會導致何種結果應該不難預料，沒錯吧？」

「懸案組就得另外找新組長了。」

「爆炸威力非常猛烈嗎？」

「是也不是，不過卻是效率超高的爆炸，所有的房間和家具將會毀於一旦。」

「是的，但是賈斯柏、哈迪和我一定先死於瓦斯中毒。」

「幾乎不會，因爲瓦斯本身沒有毒，但會造成頭痛、噁心。」他賊笑說。這類火災鑑識人員都有種古怪的幽默感，只能隨他們去。「你們將會被瞬間燒焦，地下室裡的人也別想逃過。尤其卑劣的是，事發後，鑑識人員不一定能查出此次火災是蓄意犯案的結果。我們可以找出起火點是瓦斯瓶和平底鍋，但最後很可能歸因於意外和人爲疏忽，這在烤肉時節經常發生。說實話，我認爲犯案者可以全身而退。」

「這不可能是眞的。」

「卡爾，你有沒有任何想法可能是誰幹的？」

「有，拿著萬能開鎖器的人，外頭的門鎖上有非常細微的刮痕。其餘的我沒有什麼頭緒。」

「有可疑的人嗎？」

「當然，從來沒少過。」

卡爾向荷姆道謝。在確認大家都沒事後，他開始探問左鄰右舍是否有看見動靜。大部分的人睡眼惺忪前來應門時，臉上明顯露出不高興的表情，不過話說回來，凌晨五點被人吵醒，任誰也不會開心。但是震驚和同情很快便取代了怒氣，只可惜那對於指認犯案者於事無補。

不到一小時，維嘉就趕來了，蓬亂的頭髮四處亂翹。還有纏著頭巾、滿臉鬍子、有著一口潔白牙齒的古咖瑪也一起過來。

「老天啊，」她哀聲說，「賈斯柏沒事吧？」

「沒事，沒什麼問題，他只是吐在沙發和哈迪的床上，而且長久以來第一次向他母親哀嘆痛苦不舒服。」

「可憐的孩子。」她沒有詢問卡爾的狀況，清楚表現出她對待未來前夫和親生兒子之間的差異。沒多久，他聽到她在後面哄著寶貝兒子。這時，門鈴響起。

「如果是那混蛋拿新瓦斯瓶來的話，」哈迪大叫說，「請轉告他，之前那個瓦斯瓶裡還有剩。或許請他下個星期再來。」

天哪，米卡究竟對哈迪做了什麼？卡爾心裡納悶著，一邊把門打開。

門前站著一個女孩，臉色因為疲勞過度而顯得蒼白，眼睛底下有黑眼圈，嘴巴上掛著唇環，年紀頂多十六歲。

「哈囉。」她回頭指著鄰居肯恩的房子，因為尷尬而顯得有點扭捏。

「呃，我是彼得的女朋友，昨晚我們一起去參加青少年活動中心的舞會。因為我住在布洛斯綽德，舞會結束時已經太晚沒有公車了，所以我去他家過夜。你之前詢問有沒有人注意到附近出現奇怪的事情，所以肯恩到地下室來問我們，並且大致說了事情經過。然後我們告訴他，回家的時候眞的看見了一些事，肯恩就說我應該來跟你說。」

卡爾兩邊眉毛高高挑起。嗯，她滔滔不絕說了這麼一大串話，頭腦不可能不清楚。

「好的，那麼告訴我，妳看見了什麼？」

「我看見你家門前有一個男人。我問彼得認不認識他，但是彼得沒興趣，因爲他那時候很忙。」她咯咯笑著。

卡爾深入追問：「那男人長相如何？妳看清楚了嗎？」

「有，他就站在門前，那邊很亮，給人的感覺好像在開鎖。但是他沒轉過來看我們，所以我沒有看到他的臉。」

卡爾察覺到自己的肩膀微微垂下了幾公分。

「但我清楚看到那個人很高，而且身材保養得很好。他穿著深色的衣服，一件大衣或者是長風衣之類的，戴著黑色連帽T的帽子。就像彼得一樣。我還看見了帽子底下的淡金色頭髮，幾乎是白色的，身旁還有一個很大的瓶子。」

她說淡金色頭髮，幾乎是白色的。她的訊息全部就有這些，但是已經夠了。卡爾若是推測正確，在黑斯森林看見的那個淡金色頭髮男人，不只被派來開貨車。寇特·瓦德的走狗眞是多才多藝。

「謝謝。」卡爾說。「妳是個聰明機伶的女孩，而且警覺性很高，我衷心感到高興。妳能過來眞是太好了。」

她又因爲尷尬有點扭捏。

「妳或許也注意到了他有沒有戴手套？」

「啊，對。」她停止扭動。「當然，他戴著。手套上有洞，這裡，就在指節的地方。」

卡爾點點頭。他的同事不必費心檢查瓦斯瓶上的指紋了。現在只剩下能否找出調準器的來源，不過他十分懷疑，八成是白費力氣。

「這裡要是已經沒事的話，我就去警察總局了。」幾分鐘後，他走進客廳宣布說，但是被維嘉攔了下來。

「你要先在這裡簽名才行。這一份給你，第二份給律師，第三份給我。」她放了三份文件在桌上，文件最上方注明著「財產分配協議書」。

他飛快瀏覽文件內容，一切和前一天講好的一樣。太好了，他不需要自己草擬文件。

「太棒了，維嘉，我不得不說妳的思慮眞周密，什麼都想到了。金錢、探望妳母親，所有一切都含括進去。政府應該很高興得知妳一年給我八個星期的假期，非常慷慨大方。」他嘲笑著說，然後在她潦草的字跡旁邊簽下自己的名字。

「還有離婚證書。」她把看似非常正式的文件推過來給他，他也一樣簽好名字。

「謝謝你，我的老情人。」她的聲音是不是有點哽咽？

那句老情人讓他想起夢娜的羅夫，不過至少維嘉的語氣和善。卡爾以爲忙碌的工作足以排擠掉夢娜引起的失望情緒，事實上卻是深埋內心。畢竟夢娜不是路人甲。

維嘉叫他老情人時，他只是哼了一聲。對於一場像他們這種波濤洶湧、異國風味濃郁的婚姻來說，拿那句話作爲告別話語不會太落於俗套了嗎？

維嘉將文件遞給笑咪咪的古咖瑪。他向卡爾微微鞠躬，像是被命令似的伸出手，表示交易圓滿結束。

「謝謝您送給我這位女士。」纏著頭巾的古咖瑪說。他的措辭讓卡爾覺得有點好笑古怪。維嘉露出淺淺微笑。「我們把文件都搞定了。告訴你，我下個星期會搬進古咖瑪的店裡。」

「是啊，那邊一定比庭園小屋溫暖。」卡爾說。

「此外，我昨天傍晚用六十萬賣掉小屋了。」維嘉繼續說，「賣價比我們之前協議的還多了十萬，我打算自己把錢留下來。你對此有意見嗎？」

卡爾啞口無言。看來這個古咖瑪教會她了生意人的思考邏輯，套句阿薩德的話，而且速度比單峰駱駝還要快。

「幸好遇見了你。」勞森在環形建築物的階梯上對卡爾說。「陪我走上樓？」

「嗯，好吧。我反正要去找馬庫斯。」

「我剛送了點吃的到他辦公室去。他正在開會。怎麼樣，最近好嗎，卡爾？」勞森在通向最高樓層的樓梯上問。

「除了今天是星期一，除了未來的前妻把我像隻聖誕大餐中的鵝一樣吃光抹盡，除了我最心愛的人和別人上床，除了我的房子昨晚差點被轟掉，除了總局這兒的爛事始終有增未減，我非常好。撇開這些鳥事不談，我的狀況很好，至少不再拉肚子了。」

「很好。」勞森走在前面三個階梯上說。從他的回答判斷，他根本沒把那番話聽進去。

勞森說：「我有些事情要告訴你。」此時他們已來到樓上廚房後面，置身冷藏櫃之間的小空間，四周擺放著各式各樣的蔬菜水果。「那張有你、安克爾和被釘槍射殺的死者照片一事，有了最新進展。照片經過所有想得到的各方專家分析，你或許可以感到安慰的是，大部分專家都認爲照片是擷取多張相片後，再經過數位合成的。」

「我早就說過了，整件事是個陰謀，幕後主使者或許是曾經被我傷害過的人。你也知道幫派份子只要被逮過一次，報復的欲望有多強烈。有些人經年累月蹲在牢房裡，一心只想著報仇。這種事情早晚會發生。我根本不認識比特．鮑斯威爾。」

勞森點了點頭。「那張照片幾乎找不到像素，最細微的成分融合在一起。我從未見過這種事。」

「那是什麼意思？」

「意思是說，找不出那些照片拼合在一起的痕跡。很可能是將多張照片相互拼貼之後用拍立得之類的相機翻拍，再將拍出來的照片用其他類似相機拍攝一次，然後沖洗出來。不過也有可能是將照片掃描後，利用電腦中的程式加以模糊處理，隨後列印於相紙上。我們不是很清楚，沒辦法鑑定相紙的來源。」

「一切對我來說簡直像霧裡看花。」

「是啊，沒錯，有太多可能性了。鮑斯威爾還在世時，這些可能性就已存在了。」

「所以一切應該沒有問題，對吧？」

「這就是我要你上來這兒的原因。」他遞給卡爾一瓶啤酒，不過被婉拒了。「目前仍無法得出結論，就連鑑識人員針對照片是否經過偽造也無法取得一致的看法。我剛才說的那番話什麼也無法證明，只能說整件事非常可疑。還有，也有部分的人相信有人試圖掩蓋拼貼的跡象。」

「那又代表什麼意思？他們依舊考慮要冷凍我嗎？你正在警告我可能會被解職嗎？」

「不是。我想說的是，這件事還會拖下去。不過我想最好由蒲羅來告訴你。」他指向餐廳。

「蒲羅在這裡？」

「是的，他如果沒有會議，每天會在同一個時間過來。他是我最忠實的客人之一，對他講話客氣點。」

卡爾在後面角落找到蒲羅。

「太好了，你人在這裡，卡爾。最近要找你眞不容易。勞森告訴你照片的事了嗎？」

「說了。我顯然尙未被宣告無罪。」

「宣告無罪？就我所知，你沒有被起訴吧？」

卡爾搖搖頭。「沒有，不是正式起訴。」

「好。目前狀況是，調查索羅汽車工廠謀殺案的同仁，以及偵查斯悉丹命案的荷蘭警方，將在幾個星期或幾個月後和我一起坐下來開會，共同彙整所有釘槍事件的事實、背景和相應的情況證據。」

「所以你現在的意思是我該成爲證人嗎？」

「不是，我正要告訴你千萬不要這樣做。」

「因爲我面臨某種控告？」

「別緊張，卡爾，你我都明白有人想扯你後腿。所以，不是，你沒有面臨官司。不過等到我們完成所有的報告，我們希望能請你評估。」

「啊哈，即使硬幣上有我的指紋、即使突然冒出那張特殊的照片、即使哈迪認爲安克爾和那個黑人有所牽連，而我或許認識喬治．麥德森？」

「即使是這一切，卡爾。在這種情況下，我仍相信你是最有機會終結此案調查的人。」

他在卡爾的手背上拍了好幾下，幾乎讓人感動落淚。

「這是優秀忠誠的警察貫徹調查工作的企圖心，卡爾，我認爲蒲羅値得我們尊敬。」凶殺組組長說。他的辦公室角落裡飄來勞森的「今日特餐」的味道，索倫森這段時間眞的變得這麼隨和？在馬庫斯用完餐放下叉子，仍放任髒汙的盤子在他辦公室超過五分鐘也不收走？

「是的，是的，沒有問題。」卡爾點頭說。「說實話，我只是覺得有點煩躁，我受夠這件案子了。」

馬庫斯也點點頭。「我和火災鑑識組的荷姆談過，你昨晚家裡來了不速之客。」

「沒什麼大不了的。」

「謝天謝地，幸好沒造成不幸。不過，爲什麼會發生這種事，卡爾？」

「因爲有人想置我於死地。我不相信幕後黑手會是被我繼子拒絕的愛人之一。」

「會是誰，卡爾？」

「一定寇特．瓦德的黨羽，界線明確組織中的傢伙。」

馬庫斯點頭。

「我們擋了他們的路，這也正是我來此的原因。我希望申請監聽瓦德的電話，威富立．林柏格和路易士．派特森的也不能放過。」

「很抱歉，卡爾，我沒有辦法批准這項請求。」

卡爾追問了兩次原因，口中直犯嘀咕，又是火冒三丈，又是一副失望表情，但全都無濟於事。他唯一得到的只有馬庫斯告誡他要愼重提防，外加遇到不尋常的事情要即時呈報。不尋常的事？在這間辦公室裡聽到此話簡直是荒謬弔詭。他們的工作內容本來就不尋常，眞是謝天謝地。

卡爾起身離開。他們使用了依照警察總局標準來看絕對不尋常的作法弄來檔案，存放在懸案組昏黃的辦公室裡，馬庫斯若是得知此事不知道會說什麼？

他走出組長辦公室，祕書處那兩位女士站在兩旁向他打招呼。

「你好啊，卡爾。」麗絲賣弄風情低聲說，十分之一秒後，索倫森宛如鸚鵡學舌般用一樣的聲調說話。句子、重音、燦爛的笑容，無一不複製麗絲的模樣。

究竟是什麼樣一百八十度的大轉變啊？

「哎……卡塔！」他直接轉身面對不久前還讓各個調查人員寧願繞遠路，也不想從她身邊經過的索倫森。卡爾當然也不例外。

「妳可以告訴我那個NLP課程是什麼嗎？什麼叫NLP？會傳染嗎？」

她聳起肩膀，大概是想表達很驚訝竟有人問起，然後她向麗絲淡淡一笑，若有所思的向卡爾走近。

「NLP是神經語言規畫的簡稱。」她的聲音透出某種神祕的音調，彷彿正在講述一個深奧莫測的迷人阿拉伯族長的故事。「要完整講解並不容易，不過我可以舉一個例子。」

卡爾想破頭也想不出接下來會聽到什麼。事實上，他也沒有興趣知道。

索倫森從皮包拿出一支粉筆，光是隨身帶著這東西就顯得古怪莫名。粉筆不是應該放在青少年褲子口袋裡嗎？該死，就算索倫森性別不同又有何差別？

她蹲下來在地上畫了兩個圓圈。幾個星期前她若逮到有人像這樣亂塗鴉，大概會氣得昏過去。然後她在一個圓圈中畫上減號，另一個畫上加號。

「好，一個是積極圓圈，一個是消極圓圈。請你現在先踏入其中一個圓圈，說出一句話，接著再站到另一個圓圈中說出同樣的話。在消極圓圈中，你可以假想自己正面對著某個無法忍受的人，積極圓圈中則想像面前站的是衷心喜歡的人。」

「啊，這就是課程內容？好，那麼我明白了。」

「哎呀，聽一下嘛。」麗絲這時插話說。她雙手抱胸靠近，有誰能抗拒得了呢？

「不要想得太複雜，簡單一點，例如說：『想要剪頭髮。』先用親切的口吻說一次，然後換成惡劣的語氣。」

「我不懂。」卡爾故意說謊，一邊打量眼前髮型並無二致的兩個女人。在如此扭曲的競爭態勢下，他寧可免去這種莫名其妙的換語調把戲。

「我來示範一下積極的方式。」麗絲說。「卡塔負責消極的。」

應該反過來才對吧，卡爾心想，一邊默默移動腳步。

「你想要剪頭髮！」麗絲整張臉漾著笑容。「用這種語氣對你喜歡的人說話。現在輪到妳了，卡塔。」

卡塔臉上綻放微笑，隨後又努力正色說：「是你想要剪頭髮。」說話時神情擔憂畏懼，彷彿又回到以前的她。

然後，兩個女子笑得花枝亂顫。這是什麼手帕交的祥和景象啊？

「啊哈，果然有天大的差異。但是這和課程有什麼關係？」

索倫森先恢復了神色。「很簡單。透過這樣的練習，一方面可以了解說話的語調對周遭環境產生何種影響，進而感受到自己的個性與魅力；另一方面，也能了解自己和他人之間的互動。雖然只是附加作用，但是卻不容小覷。」

「這種互動，也就是以前人所說的『以牙還牙，以眼還眼』吧？」

「有點類似。卡爾，你清楚自己對別人的影響嗎？」

哎，我小學二年級就知道了，卡爾暗自在心裡回道。

「有時候你的態度顯得有點尖銳不友善。」

謝謝妳的恭維，而那背後的原因恰好是因爲妳。卡爾想著，但是嘴巴卻說：「謝謝妳這麼貼心的說出來，我會好好思考。」他只想希望趕快脫身。

「現在該你練習一下了，卡爾。請走進圓圈裡。」麗絲看著地板，示意他應該先踏入哪個圓圈，卻發現卡爾早趁著她們兩人示範角色遊戲時，用鞋尖悄悄抹掉粉筆畫出的線。

「哎，我眞的感到很抱歉。兩位女士，祝妳們有美好的一日。天天開心愉快。」說完立刻腳底抹油開溜。

第三十四章

一九八七年九月

妮特憑窗遠眺。隨著擊打在維果太陽穴上的那一擊，他最後一口虛弱的氣息成爲她靈魂的碎片時，她心中的恨意彷彿也跟著逸散了一部分。

她的目光沿著貝林爾—多瑟林街漫遊，觀察著來來往往享受湖畔晴朗天氣的行人。都是命運作弄！這些人當中，有多少人也抱守著陰暗的祕密呢？

妮特嘴唇不由得顫抖，對自己所做的一切忽然變得無法承受。泰格、莉塔和維果，他們也都是造物者創造的人啊。然而他們全死了，死於她的雙手底下。

她閉上眼睛，剛才的種種又浮現眼前。她打開門時，維果的表情是如此緊張、誠懇，而泰格又是如此銘感五內。接下來將輪到諾維格了。那個當年在她最需要人傾聽的時刻，完全置若罔聞的律師，那個認爲寇特·瓦德的聲譽比她性命重要的人。

但是，難道她便有權利將他當年對她所做的事回敬於他嗎？有權利偷走他的生命嗎？

就在困惑啃食著她的心神的時候，她發現了湖畔站著一個瘦削的男人。

即使過了三十多年，她仍能毫無疑問確定一定是他。他仍舊像以前一樣穿著粗呢西裝，鈕釦是皮製的，腋下夾著棕色公事包。看到這個男人的第一眼會以爲他沒什麼改變，然而從他的肢體動作，她看得出來他已今非昔比。

他的身影一下子在栗子樹間忽隱忽現，一下子又眺望著湖泊，頭抬得筆直。然後他從西裝口袋拿出手帕，在臉上抹了好幾次，好似在擦汗，或者是淚水。

這時，她注意到他穿在身上的西裝明顯過大，肩膀處皺出醜陋的褶痕，褲子的膝關節處也一樣。這套西裝約莫是他景況較好時買的，現下處境透過穿著一覽無遺。

有一會兒時間，她竟同情起這個不知自己已一腳踏上絞刑架的男人。

如果他有愛他的孩子怎麼辦？甚至孫子呢？

孩子，一想到這個詞，她不禁握緊拳頭。她難道就擁有愛她的孩子嗎？而這又都是誰的錯？不，她必須硬起心腸為自己著想。明天下午，此處的生活將被她拋諸腦後，但前提是必須完成計畫才行。她先前寫了信給這位以律師為終身志業的男人，允諾贈與他一千萬克朗。若是沒有兌現承諾，他一定不會就此罷手。

至少菲力普．諾維格這個人不會。

如今他站在她面前，不似她記憶中那般高大，看著她的眼神像隻懊悔的幼犬，額頭擠出深刻的皺紋，眉毛高高挑起，彷彿這次會面和他傳遞出來第一印象非常重要。

當年他在法庭上謊言連篇，逼得她說出一堆傻話時，眼神比現在嚴峻、冷酷得多，自始至終沒有眨過半下眼睛，或者被她的情緒崩潰和眼淚打亂思路。

那眞是同一雙眼睛嗎？妮特請他進屋時，那雙曾經毫不妥協的眼睛，如今不安的看著地板。

那眞是同一個聲音嗎？過去咄咄逼人，如今卻頻頻道謝。

她詢問他要不要喝茶，他很客氣的接受了，羞怯的往她的方向看了一眼。

她把茶遞過去，看著他二話不說將茶喝光，然後眉頭稍微皺了一下。

或許他覺得茶很難喝？她心想，卻見他把杯子遞給她，又要了一杯。

「是的，請您見諒，赫曼森女士，我不得不先補充點體力，因爲我有很多話想說。」

他終於抬頭直視著她，開始娓娓道來。然而那些話不如不要說出口，因爲時機早已錯過。

「我收到信時……」他停頓了一下。「不好意思，我可以直接稱呼『妳』嗎？」

她點了一下頭。以前他根本不會請求她同意，爲何現在要這麼做？

「我收到妳的信時，妮特，頓時理解了長久以來我一直對過去之事感到遺憾，若是可能的話也希望有所彌補。我承認自己是爲了一千萬克朗而來到哥本哈根，因爲我必須藉此拯救自己和家人。我不否認那筆錢對我很重要，但是我來此最主要的目的是想請求原諒。」他清了清喉嚨，又喝下一口茶。

「最近幾年，我不斷想起那個在被強制送進派爾林療養院之前，來尋求法院幫助的絕望女孩。也就是妳，妮特。我捫心自問，怎麼能替寇特．瓦德迴避掉妳對他的所有指控呢？畢竟我很清楚妳說得沒錯。主張妳智能不足、具有威脅性等說法，根本不適用那個在法庭上捍衛自己生命的女孩。」

他垂下頭，等到再次抬起頭時，臉色比先前更加蒼白。

「審判一終結，我便將妳驅逐出腦海，直到那天在報紙上讀到妳的新聞，才又想起妳來。安德列．羅森娶了一位才華洋溢的美嬌娘。」他對妮特點點頭。「是的，我立刻認出妳，忽然之間，過往一切歷歷在目，而我對自己的所作所爲羞愧不已。」

他又啜了口茶。妮特看向時鐘。再過幾秒，天仙子毒素就會發作，但是她不希望如此，不希望是現在。時間不能就此停住嗎？她正在聽人向自己陪罪啊。怎麼能平心靜氣看著他繼續喝下會因此喪命的毒藥？他正在爲自己犯的錯懺悔告白啊。

於是當他繼續往下說的時候，妮特把目光轉開。他信任的眼神清楚讓她意識到自己即將犯下邪惡的罪行。她沒料到會被喚起這種感覺，這種陌生的感覺。

「當時我已經和瓦德合作多年，而那讓人昏了頭。是的，我承認自己沒有他那麼強勢、那麼堅毅的性格。」他搖了搖頭，又喝了一口。「但是我一看到報刊上與妳有關的頭版新聞，便決定重新審視經手過的舊案。妳知道我明白了什麼嗎？」

他沒有期待她回答，因此也就沒有注意到她的眼睛緩緩轉過來看著他，然後搖了搖頭。

「我明白自己長年來被人利用，而且誤入歧途，心底不禁充滿悔恨。一開始要承認自己的過錯並不容易，但當我瀏覽了過去的檔案之後，我越發清楚寇特·瓦德是怎樣用謊言、隱瞞和曲解愚弄了我，又是如何一步步讓我成為他的棋子。」

他又把杯子遞給她。她愣了一會兒，不確定自己是否眞想倒入加了天仙子濃縮液的飲料。她終究再倒了一杯茶，眼角餘光瞥見諾維格開始冒汗，呼吸變得沉重。

而他卻因為積壓了太多心事，倒是沒有察覺不對勁。

「瓦德的任務在於阻止某些族群增加人數，他認為那些人沒有資格和他，以及其他奉公守法的丹麥公民共享這個世界。說出這些話，我感到非常羞愧。這種喪心病狂的理念，讓瓦德不顧孕婦的期望與意願，光是他個人便進行了五百多次的墮胎手術。我相信他也做了同樣次數的結紮手術。」他注視著她，彷彿自己是那個手執著刀的人。

「噢，天啊，眞的非常可怕。但是，不管會有什麼後果，我現在必須說出來。」一聲深深的嘆息從他口中逸出，壓抑多年的祕密灼燒著他的靈魂。「在我管理過幾年的祕戰組織中，瓦德與許多想法一致的醫生交好往來，他們也和他一樣採取相同的行動，整個事件的規模根本難以想像。」

很遺憾，妮特一清二楚。

諾維格眼角噙著淚水，抿緊嘴唇克制自己的情緒。

「妮特，我協助殺害了好幾千個未出生的孩子。」他大聲呻吟，不住喘息，然後用顫抖的聲音繼續說下去。「我協助毀滅了許多無辜婦女的生活，造成許多悲傷與痛苦，妮特，我將自己的生命浪費在這上頭。」他的聲音抖得太劇烈，不得不停下來。

他看著她，顯然在等待她的寬恕，然而在妮特不動聲色的表情底下卻隱藏著瀕臨崩潰的情緒。她不知道自己要說什麼、該做什麼。她對這個男人做的事情眞的合理嗎？

有一會兒她很想握住他的手，表達原諒之意，然後幫助他沉入無意識裡。但是她辦不到，或許是因爲心生羞愧。

「幾年前，我就想公開我所知道的事情。我已經無法再承受了。但是瓦德阻礙了我的計畫，奪走我的一切──律師事務所、名譽和自尊心。我的合夥人赫柏格·旬納司高被瓦德說動，提供了可能會永遠毀掉我的資料。我和他們爭執不下，威脅要供出祕戰的事情，孰料那兩個人反咬我一口，匿名提供警方訊息，說我侵占顧客委託管理的信託存款。雖然那是他們捏造出來的，但藉由相關人士和文件的幫助，他們成功扭轉事實，也造成後來的假象。」

這時，他的頭往前傾，眼睛開始閃爍。「赫柏特，那個可悲的僞君子，一直追著我妻子後面跑。他威脅我若出賣祕戰的話，要將我送進監牢裡。」他搖了搖頭。「我有個女兒，若是事情一發不可收拾，她一定會羞愧一輩子。在他們的脅迫下，我進退維谷。那時候的瓦德是個危險人物，如今也一樣，妮特……聽我說，離這個人遠一點。」

說完這句話後，諾維格整個人往前傾，雖然口中還在說話，但卻變成模糊不清的字句，開始提起瓦德的父親認爲自己是神，以及一些自以爲是、心懷惡意的人。

「即使我破產了，妻子仍然原諒了我。」他忽然又字正腔圓說。「我現在非常感謝神，祂賜我……」他思索了一下合適的字眼，但是忽然咳了起來，又拚命想壓制住。「……祂賜我恩惠，讓我今天能夠與妳見面，妮特。我讚美上帝，從今而後，我將永遠追隨祂。有了妳的錢，妮特，我就能讓家人……」

他忽地倒臥向前，手肘撞到了椅子扶手。他看起來好像要吐了，但實際上只是打了個嗝。接著，他又直起身子，不知所措的四下張望。

「怎麼突然出現這麼多人，妮特？」他似乎顯得恐懼不安。

她想要說些什麼，但話語到了唇邊出不來。

「他們爲什麼都看著我？」他嘴裡含糊不清的唸著，眼睛尋向明亮的窗戶。

他伸出手，在空中又揮又抓，眼淚滑落臉龐。

妮特也跟著一同落淚。

第三十五章

二〇一〇年十一月

阿薩德和蘿思的表情從未那麼相似過，兩人神情陰鬱，不見臉上的笑紋。

「眞是變態神經病！」蘿思罵道。「應該要逼他們一個個坐好，吸進自己準備的瓦斯，撐脹到瓦斯不得不從身上另一個洞洩出，最後連洩也洩不出來！無恥下流得讓人不知道該說什麼，他們爲了想讓你閉嘴，竟打算燒死五個人？簡直令人無法忍受！」

「呸，他們只能做到這樣而已。」阿薩德用食指和拇指圈成一個零。「不過，卡爾，這件事至少證實我們找對了方向，那些畜生果然藏著見不得人的事，而且規模很龐大。」他一拳打在另一手的掌心。掌心中若有根手指，一定早被壓碎了。

「卡爾，我們一定要讓他們露出原形，」他又說下去，「把這個狗屎政黨、祕戰和寇特．瓦德插手的所有一切揭露出來，就算要日夜加班也無所謂。」

「當然要這樣做，阿薩德。但是我怕事情沒那麼容易，同時具有危險性。我想你們兩個接下來兩天最好留在這裡。」他嘴角一揚，笑說：「反正你們也會這麼做。」

「幸好我星期六晚上人在辦公室裡。」阿薩德補充說。「因爲有個人跑下來亂晃，四處窺探。他雖然穿著警察制服，但是我走出辦公室時，他卻吃了一驚。」

話說在大半夜看見阿薩德睡眼惺忪的臉，有誰不會嚇一大跳？卡爾暗忖。「你查出那個人想幹什麼了嗎？哪個單位的人？」

「哎，那個人講了一堆廢話，什麼文獻室的鑰匙之類的鬼話。我確定那個人是來我們這兒找東西的。他那時正想走進你的辦公室，卡爾。」

「瓦德組織的觸角顯然伸得很遠。」卡爾轉向蘿思。「妳把諾維格的檔案藏在哪裡？」

「在男廁裡面。說到這個，請容我再說一次，你們使用女廁時，如果一定要站著小便的話，請上完後務必將馬桶坐墊放下去。」

「爲什麼要那樣做？」阿薩德問道。

光聽這句話就知道凶手是誰了。

「阿薩德，你如果知道我討論這個話題的次數有多頻繁，你現在可能寧願無所事事待在朗格蘭無聊的童軍營中。」

阿薩德滿臉問號，卡爾完全能體會他的心情。

「好吧，應該給你一個討論的機會。所以說，你用完廁所後，並不知道爲什麼應該把馬桶坐墊放下來。」她豎起一根手指。「第一，所有的馬桶坐墊底下骯髒得要命，因爲被尿得到處都是；第二，女士進到廁所，坐在馬桶上之前，一定得碰到馬桶坐墊；第三，那樣很噁心，因爲坐著擦屁股的時候，手指會沾上尿尿病毒，不衛生到了極點。你或許從來沒聽過下體發炎吧？第四，就因爲你們懶得把馬桶坐墊放下來，我們女人上個廁所必須洗兩次手。可以要求女人嗎？當然不行！」她的手握成拳頭扠在腰上。「所以你上完廁所後馬上將墊子放下來是最恰當的，反正你們尿完後本來就要洗手。希望你們至少有洗手！」

阿薩德思索了一會兒。「妳的意思是我小便之前把馬桶坐墊翻上來會比較好嗎？那我在開始尿之前不是也得先洗手，否則手會沾到小便的人是誰？」

蘿思再度豎起食指。「第一，正因爲如此，你們男人應該坐著小便才對；第二，如果你們認爲那樣做一點也不像男子漢，太娘娘腔，就該想想你們男人不是只有膀胱，還有腸子，總有坐下來的時候——除非你不大便。那時就得把馬桶坐墊放下來，我想你們應該不是站著拉屎的吧。」

「如果有位女士在我們之前用了廁所，我們就不必把那東西放下來，因爲它已經在下面了。」阿薩德說。「但妳知道嗎，蘿思？我去拿那雙漂亮的綠色塑膠手套，請我這兩位朋友把男廁打掃乾淨。」他高舉雙手。「他們不僅可以掀開馬桶坐墊，甚至可以深入底下的水管。他們一點也不娘娘腔，龜毛女士。」

眼看蘿思臉上倏地泛紅，正吸進一大口氣準備好好訓斥阿薩德，卡爾本能的伸出手，擋在劍拔弩張的兩人中間，希望就此結束這個話題。感謝老天，他家裡的人教養算好，不會拿這種問題煩他。不過，家裡的馬桶坐墊也用橘色的毛巾給蓋住了。

「喂，兩位，我認爲我們應該回歸到生命中嚴肅的事情。」他打斷兩人的針鋒相對。「也就是我家差點被燒毀，以及夜訪地下室尋找檔案的那個男人。蘿思，妳把檔案放在男廁裡，大家隨時能直接走進去，所以現在的問題是，放在那兒是不是個好主意？我不相信一個『廁所故障』的牌子能阻止小偷進去探頭探腦。」

她從口袋裡拿出鑰匙。「是不行。但是這個或許可以？既然你提到安全性，嗯，除非必要，我不打算留在警察總局，這兒並沒有那麼舒適。更何況我皮包裡放了可以保護自己的東西。」

卡爾想到胡椒噴霧和高壓電擊棒等諸如此類的物品，她很可能沒有取得使用許可。

「嗯。不過妳最好小心一點，蘿思。」

她瞪視著他的表情足以充當殺人武器了，很明顯不想繼續討論這個話題。

「我看完諾維格事務所的所有檔案了，並將各個被告當事人的資料儲存在電腦裡。」她將幾張釘在一起的紙張放在桌上。「這是名單。請你注意一下，有一半的報告是由一個叫作亞博德．

卡思柏森的助理簽署的。為免我的聽眾裡有人不認識此位先生，我特別說明一下，他是界線明確黨裡的先鋒人物，可以預料不久的將來會成為這個政黨的頂尖要角，甚至很可能成為黨主席。」

「好，那個人曾經受僱於諾維格嗎？」

「是的，他任職於諾維格與句納司高事務所。他們結束合夥關係後，卡思柏森便轉往哥本哈根的律師事務所。」

卡爾飛快瀏覽文件。蘿思將資料分類成四個欄目，一是被告當事人姓名，一是受害者姓名，其他兩欄分別是日期與起訴事由。

在「起訴事由」一欄中，與智力測驗有關的過失還不少，而且普遍是醫師造成的人為失誤，這點很不尋常。不過主要的指控仍是針對失敗與不必要的婦科手術。在「被害者姓名」欄目中，不但可見普遍的丹麥人姓氏，也有看起來像是外國人的姓氏。

「我特別深入研究了幾樁案例，」蘿思說，「我生平沒見過這麼具有系統、組織的卑鄙行徑，以及要不得的高人一等心態和差別待遇。如果這些檔案只是浮出水面的冰山一角，那麼這幾個混蛋傢伙對女性犯下的罪行簡直罄竹難書。」

她指著五個最常出現的名字：寇特．瓦德、威富立．林柏格和其他三人。

「根據界線明確黨的網站，其中有四個人屬於影響力無遠弗屆的政黨成員，而第五個人已經死了。現在，各位先生，你們有什麼看法？」

「假如丹麥允許這種言論的話，我向你保證一定會爆發戰爭的。」阿薩德忿忿不平嘀咕著，完全不理會從一大早到現在已經響了十次的惱人電話鈴聲。

卡爾好奇的打量著阿薩德。

相較之前處理過的懸案，這件案子更讓他憤慨，蘿思的情形也一樣。他們會出現如此反應也不稀奇，畢竟兩人都是靈魂上有傷痕的人。不過即使如此，卡爾依舊對阿薩德的投入程度，和他因爲此事導致的情緒起伏感到訝異。

「如果有人能將婦女流放到島上，還能成功粉飾太平，」阿薩德沒理會電話續道。「如果眞有人能大量殺害無辜的胎兒，把婦女結紮，那麼他沒有什麼事做不出來。這就是我的想法，卡爾。而這樣的人也能躋身國會殿堂的話，事態眞的很嚴重。」他皺著眉看向卡爾和蘿思，眉頭簡直糾連在一起。

「阿薩德、蘿思，你們兩個聽好了。我們的首要之務是調查五樁人口失蹤案，對吧？莉塔．尼爾森、姬德．查爾斯、菲力普．諾維格、維果．莫根森和泰格．赫曼森，這五個人在差不多的時間失蹤，至今下落不明。光是時間上的相近，我們便能假設發生了犯罪事實。其他重疊的部分可能有妮特．赫曼森、史葡格島上的女子感化院，接著還有寇特．瓦德這個在政治活動上引起注意的人物。或許我們應該監視寇特．瓦德和他從事的工作，但也或許不重要，無論如何，我們的優先目標始終是偵辦失蹤案，其他的就交給警備總部或是國安局調查。這件案子規模太大，區區三個人根本無法處理，更何況還危險重重。」

誰都看得出來阿薩德不吃這套。「你也看見了史葡格島上懲戒室門後的抓痕，卡爾！你也聽見蜜耶．諾維格怎麼說寇特．瓦德！你自己看這份名單。我們必須找那個老混蛋來問話，要那傢伙把他們幹的骯髒事說清楚。我對這件事情的態度就是如此，你不用多說了。」

卡爾揚起手，而他的手機正好響起。來得正是時候。但是一看到是夢娜來電，他又不做此想了。

「喂，夢娜。」聲音比他打算表現得還要冷靜。

然而她的聲音卻充滿熱情。「好久沒有你的消息了，卡爾。難道你弄丟鑰匙了嗎？」

卡爾退到外面走廊上。「沒有，我只是不想打擾。怎麼了，羅夫還賴在妳臥室裡嗎？」

一陣靜默。

這股沉默雖然不會讓人感到不舒服，卻不禁興起一絲哀傷。他有許多機會可以告訴心愛的女人，自己沒興趣和別人分享她。若是她執意如此，結果大概只有分手一途。

卡爾在心裡讀秒，就在他因爲太沮喪，想要掛斷電話時，話筒另一端傳來一陣抑制不住的笑聲，彷彿奧林匹斯山上的諸神正捧腹大笑，聲音響亮到他耳朵裡的鼓膜撲撲震動。

「卡爾，你眞是敏感甜美的可人兒啊！心愛的，你竟然在吃狗的醋！瑪蒂達去參加進修，這段時間把她的小狗放在我這兒。羅夫是隻凱恩㹴。」

「一隻狗？」他長吁一聲，鬆了口氣。「那妳幹嘛在電話中說『不干你的事，我們改天再談這事』？搞得我神經衰弱，緊張兮兮。」

「哎喲，親愛的，你或許可從這件事學到，在某些女人尚未攬鏡梳妝之前的半個小時，不應該打電話給她，因爲那時候的她根本沒有心情聊天。」

「我怎麼感覺妳想藉此表達我應該學到了教訓。」

她嬌笑連連。「眞是聰明的警探啊，卡爾！觀察力眞敏銳！」

「我通過考驗了嗎？」

「這點我們今晚再說。當然還有羅夫。」

他們從羅斯基勒路轉進布勒畢爾斯特路，左右兩旁高樓大廈拔地聳立。

「布隆得比北區這兒我很熟悉。」阿薩德說。「你呢，卡爾？」

卡爾點點頭。他在這兒巡邏過多少次了？布隆得比曾是座生機蓬勃的都市，三間廣場能滿足城市裡購買力旺盛的每一個居民。但是曾何幾時，大型購物商場如雨後春筍紛紛興起：洛德雷商場、格洛斯楚普購物中心、哈德維夫中心，再加上伊斯亥和胡明聶等地也有幾個商場，整座城市轉眼之間傾頹衰敗，很了解自己販賣產品的零售商大量消失，舊有的氛圍亦蕩然無存。在這個國家的鄉鎮當中，布隆得比或許是經濟活動最爲人所忽略的一個。行人徒步區、電影院和市民中心都消失到哪兒去了？如今此地居民出入都以汽車代步，對周遭環境的依附非常微弱。

這點在布勒畢爾斯特的市集廣場和呂格帝斯廣場上，感受最爲強烈。簡言之，除了當地的足球隊之外，這座供需極度貧瘠的鄉鎮並沒有值得驕傲的事物，而布隆得比北區更是明顯。

「是的，阿薩德，相對來說，我對布隆得比很熟悉。爲什麼這麼問？」

「我相信這裡有許多孕婦逃不過寇特．瓦德歧視的目光，就像集中營裡的醫生一看見運送囚犯的火車抵達便進行挑選一樣。」他說。

這個比喻或許有點激烈，但是當卡爾看見那座跨越鐵軌的橋時，仍不得不點頭認同。沿著街道再往下去，古老的村莊浮現眼前，那是柏油叢林中的綠洲，有蘆葦鋪設的老舊房舍和眞正的果樹，人們在此處享有充足的空間，還有庭園可以烤肉。

「我們必須沿著維斯特街往前開。」阿薩德看了一眼衛星導航說。「布勒畢爾斯特路是單行道，你得一直開到公園街左轉，然後再左轉一次。」

卡爾看向路牌。沒錯，他們走對了。當他們彎進村莊的道路時，卡爾眼角瞥見一輛卡車從旁邊的巷子高速衝出來，還來不及反應，貨車已經撞上他們那輛標致車的右後方，車子整個飛過人行道，撞到水蠟樹籬笆才停下來。車上的擋風玻璃當場碎裂、飛散，被撞彎的金屬匡啷作響，安全氣囊在他們眼前爆開，舉目一片狼藉。最後，混亂終於平息下來，只剩下引擎蓋嘶嘶作響，樹籬後頭傳來一陣叫喊。

車上兩人驚魂未定，面面相覷，但同時也鬆了口氣。安全氣囊最後又收了回去。

他們才一下車，一個年邁的男子便朝兩人走過來。「我的樹籬該怎麼辦？」完全沒問他們是否受傷。

卡爾聳聳肩。「請去詢問您的保險公司，我不是架設籬笆的專家。」他巡視著旁觀的人群。「你們有人看見事發的經過嗎？」

「是的，剛才有一輛卡車從單行道高速衝出來，然後又轉回布勒畢爾斯特路。我想那輛車最後消失在霍伊斯丁大道。」有個人說。

「車子是從布隆得托夫街開過來的。我覺得它好像停了一下，但是我不知道是什麼車種，只確定是藍色的。」另外一個人也說。

「不是，是灰色的。」第三個人開口說話。

「你們大概沒有記住車牌號碼吧？」卡爾檢查車子受損的程度。他可以立即打電話給中央的汽車服務處，讓人把報廢的車子拖回去。不過就他對那兒維修人員的了解，他和阿薩德最後必須自己搭快速火車回去。真是他媽的該死。

如果他們料想得沒錯，即使到布隆得托夫街上詢問有沒有人注意到一輛停在路邊的卡車，應該也只是白費工夫。

這件事故顯然是企圖置他們於死地。絕對不是意外事件。

「這不是眞的吧，寇特·瓦德就住在警察學校對面耶！沒有比這個更能轉移對犯罪活動的注意力了！誰會想到這兒有不可告人的罪行呢？」

阿薩德指著門旁一塊銅製名牌。「卡爾，上面不是他的名字，而是醫學博士候選人及外科醫生、婦產科醫生卡爾—約翰．海寧克森。」

「是的，寇特．瓦德賣掉了他的診所。有兩個門鈴，阿薩德。要不要先試試上面那個？」門後響起類似大笨鐘的低沉悶響。但是兩個電鈴按了好幾次，始終沒人出現應門，於是他們從主屋和一棟刷上黃色石灰的古老倉庫之間走向庭院。

長形的庭院不大，但花壇照料得美輪美奐，庭院四周以木柵和雪莓灌木叢為界，中央聳立著一棟用途不明的木椿建築。

他們走到庭園中四下打量，直到發現屋子裡有個老人站在窗邊注視著他們。那人一定是寇特．瓦德。老人對他們搖頭，接著卡爾把警徽拿高給他看，對方只是又搖了一次頭，顯然沒有請他們進屋的意願。

這時阿薩德走上露台階梯，抓著門用力晃動，最後把門給搖開。

「寇特．瓦德。」他朝著敞開的門大叫。「我們可以進來嗎？」

卡爾觀察著窗邊的老人。他的語氣似乎很氣憤，但是卡爾聽不到他說什麼。

「謝謝。」阿薩德說完立刻踏進屋內。

眞放肆啊，卡爾心想，但隨後也跟上他的腳步。

「這是非法侵入住宅！請你們立刻離開！」老人抗議說。「我的妻子奄奄一息躺在樓上臥室裡，我實在沒有心情見客。」

「有沒有心情對我們來說並不重要。」阿薩德說道。

卡爾拉扯他的袖子。「很遺憾聽到這個消息，瓦德先生。我們不會耽擱您太多時間。」說完便自動坐到一個具有鄉村風格的老舊沙發上，椅子扶手由橡木製成，至於這間屋子的主人仍然站著。

「我們有種感覺，您應該知道我們登門拜訪的理由。您的手下在昨晚和今晨千方百計要除掉我們……總之，我長話短說。」

卡爾特意停頓一下，想要看看瓦德對剛才那番話的反應。然而瓦德完全不動聲色，全身只透露出巴不得他們離開的訊息，而且是馬上。

「我們雖然很樂意討論您在某個組織或政黨中的活動，但是，我們今天來此，其實另有要事請教。一九八七年九月，有好幾個人連續失蹤了，因此我們有興趣釐清的是，您的姓名是否可能牽扯其中？不過，在我提出具體問題之前，您有沒有什麼話要說呢？」

「有的，請你們現在離開我的房子。」

「我不太懂，」阿薩德說，「我拿我的頭打賭，明明是你邀請我們過來的。」

這個阿薩德眞是不受控制，他嘲諷的語氣明顯帶刺。卡爾決定要好好約束他的行爲。

老人家正要發火罵人，卡爾及時舉起手。「正如之前所說，我們只是想請教幾個問題。而你，阿薩德，請你暫時保持安靜。」

卡爾打量著眼前這間有壁爐的房間。露台的門通向庭院，另一道門看起來像是銜接著餐廳，此外還有一道緊閉的雙扉門，所有的門都是六〇年代流行的柚木貼面。

「這扇門後面就是海寧克森醫生的診療室嗎？目前診所是否休息中呢？」

瓦德點頭。這老人保持警覺，而且明顯克制著情緒，一旦他們提出較爲棘手的問題，可以想見他很有可能大發雷霆。

「那麼，從大門進入屋內後應該有三條走道。樓梯可上至二樓，也就是您妻子休息之處，從左邊的門可到診所，右邊的門到餐廳，再往後或許通往廚房。」

瓦德再度點頭。聽到卡爾將房子的格局說了一遍，他心中雖感訝異，臉上依舊裝作若無其事的模樣。

卡爾又再度仔細審視連接他們這個房間的門。如果他們遭到攻擊的話，打手很可能從診所那兒衝進來，卡爾心裡思忖著。因此他特別留意那扇雙扉門，手放在槍套附近。

「你說有人失蹤，是什麼樣的人失蹤了？」老人終於開口說道。

「一個是菲力普．諾維格，就我所知，您曾經與他共事過。」

「是的，但我已經二十五年沒見過他了。你剛提到有好幾個人，其他人還有誰？」

忽然間，他看起來似乎顯得有點緊張。

「和史葡格島或多或少有點關係的人。」卡爾回答說。

「我和史葡格島沒有關係，我來自菲英島。」瓦德回道，露出譏諷的笑容。

「是的。不過，一九五五年到一九六一年間，似乎有個十分活躍的組織，操弄著運作靈活的系統將婦女安排到島上，同時又在許多不尋常的案例中，牽涉到強迫墮胎和強迫結紮等情事，而您正是此組織的代表。」

瓦德臉上的笑容更大了。「這些案子有受到起訴嗎？並沒有，一切都是謬誤。更何況，史葡格島上那些智能不足的人，和你們正在調查的失蹤案件有關嗎？或許你應該和諾維格談一談。」

「諾維格一九八七年時失蹤了。」

「啊對，我在說什麼。不過他這麼做或許自有理由，搞不好他就是你們手中案件的幕後主使者。你不認爲這給與了你們充分的動機去緝補他嗎？」

眞是個自負的王八蛋！

「這些廢話我再也聽不下去了，卡爾。」阿薩德直接轉向瓦德說：「你很清楚我們正往你這裡來，對不對？你剛才完全沒有走到門邊看一眼按電鈴的人，因爲你知道奉你之命埋伏在路邊的卡車，沒有如預期把我們給解決掉。他眞是該死的混蛋，不是嗎？」

阿薩德打算上前逼向瓦德，但是被卡爾搶先一步。還有很多細節需要誘導這隻老狐狸慢慢打開心防，阿薩德這時可不能壞事。

「不要，卡爾，等一等。」阿薩德看見卡爾打算訓誡自己一頓時說。接著，他輕輕扶著比他高出一個頭的老人，將之推坐在壁爐旁邊的單人沙發上。「好了，現在你稍微受到一點控制了。昨天晚上，你企圖炸死卡爾和他的室友，但是失敗了。只能說你運氣好。前天晚上，你則是派了一個不速之客潛進我們位於警察總局的辦公室。除此之外，你還指使別人燒毀文件資料。是啊，沒錯，確實有人可以幫你幹這些髒事，不過，你總不會奢望我們對待你的態度，會比你對我們還親切吧？那麼你可是錯得太離譜了。」

瓦德看著阿薩德，臉上的笑容陰沉，神色卻更加冷靜。

沒有比這更挑釁人的姿態了。

這時，卡爾開口說話，語氣接續了阿薩德咄咄逼人的口吻。「您知道路易士・派特森在哪兒嗎，瓦德先生？」

「誰？」

「哈，您別開玩笑了，裝得一副不認識自己『聖俸』裡的員工一樣。」

「聖俸是什麼？」

「那麼請您解釋一下，爲什麼我們在霍貝克的咖啡廳才問了他幾個問題，不過一轉身，他便立即打電話給您呢？」

那張臉上的笑容消逝了一點。卡爾發現阿薩德也察覺到了。他們才一提出稍微與瓦德自身有關的具體問題，他便有了反應。正中目標。

「還有，為什麼赫柏格．旬納司高最近也打電話給您？根據我的消息來源，他在我們一離開他和蜜耶位於黑斯森林的家，便撥了電話。您對此有什麼說法？」

「沒有。」瓦德兩隻手重重擺放在扶手上，動也不動，一副不打算再說下去的樣子。

「祕戰！」卡爾展開火力。「不久後的將來，丹麥大眾會更加了解這個有意思的怪現象。您對此有什麼話說？您畢竟是創立者，不是嗎？」

沒有回答。但是握著扶手的力量稍微加重了一點。

「您願意釐清您與諾維格失蹤一事的關聯嗎？如此一來，我們才有可能將精神集中在失蹤案，而不是緊咬著您的政黨與您那怪異的祕密協會。」

瓦德的反應將會是重要關鍵。經驗告訴卡爾，不管反應有多細微，他們接下來要拿來對付這個執拗老人的策略都將取決於此。瓦德會不會為了保護政黨，把握機會供出自己？還是寧願明哲保身？卡爾打賭是後者。

但是瓦德絲毫沒有動靜，讓人無所適從。

卡爾望向阿薩德。他是否也注意到了？難道瓦德不認為諾維格一案能讓他從祕戰所引起的麻煩中脫身嗎？他不願意撿起這個小案件，好救下更大的案子嗎？犯罪老手面對此種交易，一秒也不會猶豫，可是瓦德顯然不打算進行交易。換句話說，他真的與失蹤案毫無瓜葛？不能排除這個可能。或者，他純粹只是個機關算盡的演員？

眼下這一刻他們遇到瓶頸了。

「卡思柏森現在還為您工作，是嗎？從林柏格和您以及其他同志毀滅眾多無辜民眾的生活時就開始了？」

瓦德同樣也沒有回答，阿薩德被他相應不理的態度氣得暴跳如雷。

「丹麥人究竟發生什麼事了？全都軟弱無能嗎？人口成長竟會激怒你這種人？不過才區區百分之零點三左右而已。在敘利亞，我們人口成長多出好幾倍，就別提其他南方國家了。不需要什麼偉大的計算達人，也想像得出這個發展吧？」

比起之前費了許多唇舌所說的話，這一番言論顯然大大激怒了老人，看來被這個討厭的阿拉伯人挑釁徹底惹惱了他。

「您派去我家放瓦斯瓶的司機叫什麼名字，那個一頭淡金色頭髮的傢伙？」卡爾繼續砲火攻擊。「還有，您還記得妮特．赫曼森嗎？」

瓦德的肩膀變得緊繃。

「我必須請你們現在離開。」他說得冷淡有禮。「我妻子命在旦夕，我希望你們能尊重我們在一起的最後幾個小時。」

「就像您尊重妮特．赫曼森，把她送到島上那樣嗎？就像您尊重那些不符合您的病態觀念、孩子未出生便死於您手中的婦女那樣嗎？」卡爾問著，臉上譏諷的笑容和瓦德先前一模一樣。

「請別將這兩件事相提並論。」瓦德站起身。「啊，我厭惡極了這種僞善。」他轉向阿薩德說：「你也打算生下那類愚笨無知的黑小孩嗎？讓他們成爲丹麥人？你這個醜陋噁心的矮子。」

「哎，來了。」阿薩德冷笑說。「這個豬玀終於說出來了，醜陋噁心的豬玀寇特．瓦德。」

「給我滾蛋，你這個黑鬼。滾回自己的國家去，你這個下等人。」然後他轉過來看著卡爾說：「是的，我的確參與其中，將具有變態性衝動、會危害社會的蠢女孩送到史葡格。沒錯，她們也被結紮了，而你要因此感謝我。否則她們的後代子孫會像老鼠一樣，在城市裡爲非作歹，你和你刑警同事將負荷不了他們帶來的工作量。現在請離開，兩個人都走，最好直接下地獄去。我若是再年輕一點……」

看起來比電視上虛弱體衰的瓦德對著他們揮拳霍霍，阿薩德顯然也打算讓他試一試。置放在客廳牆邊的組合櫃，擁有長年生活累積下來的錯亂風格，而老人站在前面，擺出大男人的姿態，這幅畫面實在很怪異。但是卡爾心裡有數。老人並不怪異，年老虛弱也僅限於肉體。他真正的武器是思慮周延的頭腦，而且冷酷無情。

於是卡爾抓住助手的衣領，拉著他穿過露台的門，走到庭院中。

「稍安勿躁，阿薩德，他們會讓他乖乖就範的。」卡爾在兩人從布勒畢爾斯特路走向快速火車站時說。

但是阿薩德並未因此冷靜下來。

「**他們**！你說**他們**而不是**我們**。」他發起火來。「我不知道應該阻止他的他們是誰。寇特．瓦德八十八歲了，卡爾。如果我們不做，沒有人能在阿拉的面前逮住他。」

搭乘快速火車時，兩人誰也沒說話，各自沉浸在自己的思緒中。

「你有沒有注意到那個混蛋有多自負？他甚至沒在房子裡裝警報器。」過了一段時間後，阿薩德打破沉默說。「要潛入這種房子輕而易舉，而且在他銷毀重要證據之前，也應該要有人這麼做。」

他沒有進一步解釋他說的「人」是誰。

「阿薩德，你不可以這麼做！」卡爾特別強調說。「一週闖入別人家裡一次已經夠過分了。」不需要再多說一句，何況多說無益。

他們回到總局還不到五分鐘，蘿思便拿著一份傳真來到卡爾辦公室。

「這份傳眞是署名給阿薩德的。」她說。「從對方的號碼判斷，我想應該是立陶宛傳過來的。讓人倒胃口的圖片，是吧？你有沒有頭緒對方爲什麼要傳這個給我們？」

卡爾看了一眼傳眞，然後整個人愣住。

「阿薩德，過來一下。」他大聲叫道。

但是阿薩德不像平常那樣迅速現身。這眞是漫長又辛苦的一天。

「什麼事？」阿薩德終於出現在門口時問道。

卡爾指著傳眞。

「阿薩德，這上面的刺青要應該不太容易搞混吧？」

傳眞上，有顆人頭被砍成兩半，阿薩德鑽研著那尾在頸部斷成兩截的刺青龍，維斯洛瓦司的表情布滿驚懼和訝異。

但是阿薩德臉上沒有任何表情。

「眞慘。」他說。「我和這件事一點關係也沒有，卡爾。」

「所以意思是你也沒有間接參與其中嗎？」卡爾一拳打在傳眞紙上。他也快要崩潰了，而那一點也不令人意外。

「『間接』這種事永遠沒人說得準，這不是我們能意識或插手的。」

卡爾摸找著香菸，他現在迫切需要來上一支。「我相信你，阿薩德。但是爲什麼立陶宛警方，或者隨便哪個人要把這東西傳眞過來通知你呢？他媽的，我的打火機到哪裡去了？」

「我也不清楚爲什麼要通知我，卡爾。但是我可以打電話詢問一下。」阿薩德說出後面那句話時，語氣顯得有點挖苦。

「你知道嗎，阿薩德，我想這件事先等一等。目前我覺得最重要的是，你得盡快回家，或者隨便你稱呼那個家叫什麼，好好關機休息。我看你隨時像要爆炸了。」

「眞奇怪，卡爾，那你自己爲什麼不這麼做啊？不過既然你這麼說，我回家就是了。」他雖然想要遮掩怒氣，但誰都看得出來他火冒三丈。卡爾從未見過他如此憤怒。

阿薩德轉身離開辦公室時秀出後面的褲子口袋，卡爾的打火機正探出頭來耀武揚威。

第三十六章

一九八七年九月

諾維格的頭垂落胸前時，妮特的心中一陣沉靜。她感覺方才死神就站在一旁觀看著她，招呼她走向地獄之火，而現在它又消失不見了。

她從未感覺死神離自己這麼接近，即使是母親去世，或是傷重躺在醫院裡，知道自己的先生在意外中喪生時也沒有。

她跪在單人沙發前，而諾維格瞪大哭過的雙眼坐在沙發上，已經沒了氣息。

過了一會兒，她伸出顫抖的雙手，撫摸他僵直的手指。她想說點什麼，但腦中一片空白。或許她只是想要道歉，可是無論如何都說不出口。

他有個女兒啊！她感覺自己的胃翻攪湧動，一陣戰慄傳遍全身。

他有個女兒。這雙失去生氣的手曾經捧過如今再也撫摸不到的臉龐。

「夠了，妮特！」她忽然放聲大叫，因為她發現這樣下去，結果不堪設想。「你這個可惡的混蛋！」他是到這兒進行懺悔之旅的嗎？他以為那樣做，她的生命就會輕鬆一點嗎？他想要破壞她的報復嗎？先是奪走了自由，然後是母親的身分，現在是她的勝利嗎？

「來吧。」她低聲自語，同時把雙手伸到他兩腋之下，結果卻聞到一股臭味。很明顯他在最後幾秒鐘拉了肚子。她的時間壓力更加緊迫了。

她看了一眼時鐘。四點整。再過十五分鐘，就輪到寇特．瓦德了。雖然在他之後還有一個姬特，不過他才是重頭戲。

她把諾維格拖下沙發，發現沙發墊上沾上了汗漬，而且臭氣薰天。諾維格最後一次在她生命中烙下痕跡。

她拿浴巾包住他的下半身，拖到事先準備好的房間，然後跪在沙發前用力清潔坐墊。客廳和廚房的窗戶雖然全數敞開，但味道始終不去，汗漬也一樣洗刷不掉。這時時鐘指著四點十四分。她覺得房間裡每一個細節都洩露出不太對勁的感覺。

四點十六分。她將單人沙發挪到密閉的房間，原來放沙發的位置空了出來。她考慮是否該把一個餐桌椅放過來，最後決定放棄。但她沒有其他的單人沙發了。

那麼瓦德必須坐在櫃子旁的沙發上，她心中思忖著。倒茶時，我得用身體擋住加了天仙子濃縮液的玻璃瓶。此外別無他法。

時間一分一秒過去，妮特每二十秒就走到窗邊探看，但是瓦德沒有出現。

在妮特被拘留超過一年半之後，有一天，忽然有個男人出現在庭院中往外拍攝海景。一群女孩圍在附近竊竊私語，朝他從頭到腳打量，彷彿他是任人品頭論足的對象。那男人身材高大，體格強健，即使女孩因為太靠近而不小心碰觸到他，也從未流露出不耐。

她父親一定會說那是個正直的男人，紅通通的臉頰，頭髮閃耀著光澤。

四個工作人員注意著他的一舉一動，女孩們若是爭先恐後的推擠、糾纏他，就會受到喝斥，被趕回去工作。妮特躲在庭院中間一棵樹後，等待時機。

那男人四下張望，拿著筆記本記錄。

「我可以和一位女孩談話嗎？」妮特聽見他問道。工作人員大笑說，他若是珍惜自己的清白，最好別太靠近這些女孩。

「別擔心，我會控制自己的行為的。」妮特從後面說，笑容嫣然走向一行人。她的父親總是形容她的笑容「燦爛耀眼」。

她從工作人員的眼神看出自己稍後可能受到非常嚴重的懲罰。

「回去工作！」說話的是被稱爲黃鼠狼的院長祕書，也是四個工作人員中最瘦小的一個。她特意將語氣佯裝得輕柔友善，但是妮特對實際狀況瞭如指掌。她是隻憤世嫉俗的烏鴉，生命中只有冷酷無情的話語和緊繃的雙唇，以折磨他人爲樂。

莉塔老是說沒有男人會要她這種女人。

「不，請妳等一下。」那個男記者說。「我想和她聊聊。她給人的感覺很溫和。」

黃鼠狼氣得七竅生煙，但是也沒有阻攔。

他走近一步說：「我是《攝影》的記者，妳可以和我稍微談一下嗎？」

妮特飛快點點頭，一旁四雙眼睛正惡狠狠瞪著她。

他轉向工作人員說：「我們只要在碼頭那兒談個十分鐘，問幾個問題，拍幾張照片就可以了。歡迎你們留在附近，這樣如果我受到攻擊，無法保護自己的時候，你們便能盡快介入。」說完還哈哈大笑。

一行人邁步走開，有個工作人員在黃鼠狼的示意下快步前往院長辦公室。

我的時間不多，妮特心想。她走在記者前面，快步在建築物之間穿梭，逕直走向碼頭。

這一天，陽光特別熾烈，送記者過來島上的汽艇停泊在碼頭邊。她在其他的場合中看過那位船夫，他向她微笑打招呼。

第64號病歷
Journal 64

妮特為了把握機會登上這艘船，航行回內陸去，構思了大概一年的時間。

「我沒有智能不足，也沒有不正常。」她一轉過來面對記者便快速說著。「我遭人強暴後被送到這座島上。一個叫作寇特．瓦德的醫生強暴了我，您可以在電話簿中找到他的地址。」記者的頭猛然四下張望。

「妳說妳被人強暴？」

「是的。」

「一個叫作寇特．瓦德的醫生？」

「對。您可以調閱法院的紀錄。我當時控告過他，但是沒有成功。」

他緩緩點著頭，但是沒有在筆記本上記錄。他為什麼不寫下來？

「妳的名字是？」

「妮特．赫曼森。」

他記下了名字。「妳說妳沒有不正常，但是據我所知，所有女孩都是經過診斷後才被送來此處的。妳的診斷結果是什麼？」

「診斷？」她不懂那是什麼意思。

他微微一笑說道：「妮特，妳可以告訴我丹麥第三大城是哪裡嗎？」

她眺望遠方種著果樹的山丘，心裡明白這樣下去會有什麼結果。再三個問題，她就會被蓋上戳記了。

「我知道不是歐登瑟，因為那是第二大城。」

他點點頭。「妳是菲英島人嗎？」

「是的，我出生在阿森斯附近幾公里的地方。」

「那麼妳或許能告訴我安徒生的房子長什麼樣子？漆成哪種顏色？」

妮特搖了搖頭。「您不想帶我走嗎？我可以告訴您外面的人對於這裡所不知道的事情，您想都想不到的事。」

「譬如說？」

「您看那三個工作人員。如果有人和善的對待我們，很快就會被送回內陸，所以碰上有女孩不聽話，他們便加以毆打辱罵，甚至把我們關在反省室裡。」

「反省室？」

「嗯，也就是懲戒室，房間很小，裡面只有一張床。」

「哎，話說回來，這裡也不是度假勝地，不是嗎？」

她搖了搖頭。他沒有理解她的意思。

「還有，他們要我們剪掉肚子裡的東西，才允許我們離開這裡。」

他點頭。「是的，我知道。他們這麼做，是不希望你們生下自己無力照顧的小孩。妳不認爲那樣很人道嗎？」

「人道？」

「是的，很合乎人性的意思。」

「我爲什麼不可以生小孩？我的孩子就比其他人更沒有價値嗎？」

他越過妮特看向其他三個工作人員。那三個人一直跟著他們，現正站在幾步遠的地方想要偷聽兩人說了什麼。

「告訴我那三個人當中會打人的是誰？」

妮特轉過身去。「三個都會打人，但是最瘦小的那個打得最嚴重。她喜歡打脖子，讓人好幾天僵硬不太能動。」

「啊，聽著，我看見院長朝這兒走過來了。再多告訴我一些事情，譬如你們不可以做哪些事？」

「工作人員會收走所有調味料，只有在客人來的時候才放上鹽、胡椒和醋等等的東西。」他露出微笑。「如果沒有其他內容的話，我認爲談話差不多了。這裡的食物很可口，是我親自嚐過的。」

「還有更糟的。他們痛恨我們，根本不在乎我們，對待我們的態度滿不在乎，不想聽我們說話。」

他哈哈一笑。「那妳應該認識一下我們總編輯，妳剛才說的人就是他。」

她聽到那群工作人員散開的聲音，沒多久，妮特的手臂就被院長抓住。被拖走的時候，她看見船夫點起小雪茄，轉頭看向釣竿。她的意思沒有傳達過去，至少對方沒有好好聽她說話。之前的祈禱都白費了，她仍是一顆微不足道的渺小沙粒。

妮特被關進了懲戒室。她一開始只是躺著哭泣，等到哭泣沒有用之後，便扯開喉嚨大喊放她出去，對著門又踹又抓。看守人對妮特的大吵大鬧感到厭煩，兩個人衝進來給她套上緊身衣，把她固定在牆上。

好幾個小時過去，她一直維持同樣的姿勢，對著灰白色的牆壁說話，彷彿牆壁會因此倒下，爲她鋪平通往自由的道路。最後房門被打開，院長走了進來，後面跟著纏人的矮小祕書。

「我和《攝影》的威廉先生談過了。他沒有打算發表妳隨口胡謅的無稽之談，妳應該感到高興。」

「那才不是我隨口亂講的故事。我從來不說謊。」

妮特沒看見朝她嘴巴打來的那一擊，但等黃鼠狼再次舉起手時，她已高度戒備。

「好了，好了，葉斯柏森小姐，不需要這樣做。」院長攔阻了她。「這類強辯我已經習以爲常了。」

然後院長又俯視著妮特。那雙眼睛平常還散發了一點人性，現在卻冷若冰霜。

「我打過電話通知寇特．瓦德，告訴他妳始終厚顏無恥的散布有關他的不實謠言。我認爲若是能得知他打算如何處置妳的想法，一定很有趣。他回答說，由於妳頑固不靈、說謊成性，可能關得還不夠久。」她輕拍妮特的手。「雖然他沒有明說，但我還是決定聽從他的建議，先把妳關在這兒一個星期，之後再來視妳的反應來決定。假如妳表現良好，別再大吼大叫，明天就能脫掉妳身上的緊身衣。妳覺得如何，妮特？我們就這樣一言爲定？」

妮特扯動著帶子。

進行無聲的抗議。

他人在哪兒？待在屋子裡的妮特心裡納悶著。瓦德眞的打算讓她白白等候嗎？他眞的傲慢自大到連一千萬也無法將他引出賊窩嗎？她完全沒有料想到這點。

她失望的搖搖頭。這是最不應該出現的狀況。每當她閉上眼睛，諾維格律師絕望凝視她的瘦小身形便浮現眼前，但諾維格僅僅是瓦德的奴才罷了。如果妮特要追究瓦德的責任，他必須先相信眞有贈款一事才行。

她咬著嘴唇，看了一眼英式座鐘，鐘擺無情的來回擺動。

沒有解決完這件事，她能夠飛到馬略卡嗎？不行，想都別想，不可以這樣。瓦德是她計畫中最重要的一部分。

她打起毛線，希望轉移一下注意力。「快來吧，你這隻豬！」她自言自語了好幾次，手中的棒針發出急切的聲響，期間還不斷抬頭望向窗外的湖邊步道。

底下建築物旁的高大男子是他嗎？不是。後面那個人呢？不，也不是。

我現在該怎麼辦？她心想。

這時，門鈴忽然響起，把她嚇了一大跳。但是響起的不是樓下大門的門鈴，而是她公寓門口的電鈴。

她急忙放下手中的針線，再次檢查屋內的狀況是否有異樣。

嗯，濃縮液擺好了，保溫罩已蓋在茶壺上，印好虛構律師資料的文件也放在茶几上。她聞了一下室內的味道，確認諾維格留下的臭味散得差不多了。

於是她走到門邊——眞希望門上裝著有貓眼孔——然後深吸口氣，特意將目光稍微往上，希望一開門就能直視瓦德的眼睛。

「我又找到咖啡了。我眼睛不太好，所以花了點時間。」聲音傳來的方向大約比妮特期待的矮了半公尺。

她的鄰居遞過來一包半滿的咖啡粉，目光努力越過妮特，朝玄關裡窺探。

不過妮特沒有請她進屋來，只是道謝收下了咖啡。「雀巢咖啡雖然很好喝，不過咖啡粉更勝一籌。我可以現在付您錢嗎？因爲我接下來幾個星期要出遠門，沒辦法買新的還您。」

鄰居點點頭。

妮特急忙走回客廳拿錢包。已經四點三十五分，仍然不見瓦德的身影。即使如此，還是要讓鄰居趕快離開，免得瓦德突然按了門鈴，到時候電視上若是出現尋人啓事就麻煩了！像她這種無所事事的婦人成天坐在電視機前面，有時候外頭往來車輛沒有那麼多時，妮特甚至能聽到她的電視聲音。

「您住的地方好溫馨噢。」鄰居說。

妮特像顆陀螺猛然轉過身。這女人竟然跟著她進來！她站在客廳裡好奇的東張西望，茶几上的文件和敞開的窗戶尤其讓她感興趣。

「謝謝您，我住得很滿意。」妮特回答，然後給了她十克朗。「謝謝您的幫忙，您眞的很好心。」

「您的客人走了嗎？」

「呃，沒有，只是去城裡辦點事情。」

「那我們或許可以利用這段等待的時間一起喝杯咖啡？」

妮特搖了搖頭。「很遺憾今天不行，我還有其他的文件要整理。或許改天。」

她臉上擠出笑容，對明顯感到失望的鄰居點點頭，然後挽起她的手臂，陪她走到門外走廊。

「謝謝您，您人眞好。」她又說了一次，然後關上大門。

她在門後靠了半分鐘，聽見鄰居的門發出喀嚓聲才走開。

如果鄰居在瓦德或是姬德來的時候又上門的話，怎麼辦？妮特也必須將她……

妮特搖搖頭。她幾乎已經預見警察上門問東問西了。不行，這樣不行，這女人涉入太深了。

噢，上帝啊，請別讓她破壞我的計畫，妮特低聲呢喃著。

雖然她並非眞心相信有個更高的權力能夠給與幫助。並沒有。她從過去的經驗得知，自已的祈禱總是無法上達天聽。

吃了四天乾麵包和水之後，情況變得特別糟糕。妮特的世界萎縮至小到不能再小，再也容不下淚水或者以前晚上習慣向上帝說話的祈禱。

所以她放聲狂叫，要求給她空氣和自由，尤其想要找媽媽。

「救救我，媽媽，將我抱在懷裡，永遠不要離開我。」她啜泣道。啊，她真希望能窩在家中小花園裡，依偎在母親身邊摘豆子啊，那麼她將多……

外頭傳來搥門的聲音，有人吼著要她閉嘴，讓她停止了抽噎，但搥門的不是工作人員，而是二樓的幾個女孩。忽然間，走廊上鈴聲大作，看來女孩們擅自離開房間，觸動了警鈴。沒多久外頭傳來一陣騷動和院長刺耳的聲音，門鎖也跟著被打開。

接下來的二十秒，妮特被推到房間深處，長長的針頭刺入體內。她不停咆哮掙扎，但隨著頭一仰，眼前的房間也陷入一片黑暗。

醒過來時，她發現自己的手被皮帶綁住，再也沒有力氣放聲大叫。

她就這樣躺了好幾天，一個字也沒說。工作人員來餵她時，她只管把頭撇開，思緒飄向種滿李樹山丘後面的避難所，以及在葉子上舞動跳躍的陽光。她還想起了自己和泰格做愛後在倉庫的乾草堆上壓凹的痕跡。

她拚命回想過去，就怕一不留意，眼前浮現寇特．瓦德高傲的臉，而那讓她難以忍受。

不，她一點兒也不想將思緒浪費在他身上。這個喪盡天良的人徹底毀掉了她的生命，造成永遠無法彌補的過錯。她或許終生無法離開此島，生命也已離她遠去。每次她的胸腔因爲吸氣而撐大時，總希望呼吸能就此終止。

這是我最後一次進食，她暗自發誓。寇特．瓦德這個卑劣行徑的化身，讓她在史葡格島過著生不如死的日子。

在她好幾天不吃東西，也沒有排便之後，他們從內陸請了一個醫生過來。他宛如天使般降臨此地，自稱是「急難的幫手」。但他所謂的幫忙，只不過幫妮特打了一針，然後將她送到高薛的醫院去。

妮特雖然在醫院不斷受人關注。但是一旦她要求同情與慈愛，要求他人應該相信她只是個命運不幸的普通女孩時，所有人都紛紛轉過身去。

只有一次有人願意傾聽她說話，但那個時候她服用和注射了太多藥物，整個人昏昏沉沉。那個人約莫二十五歲，是來探望當天上午被送進院裡的一個重聽小女孩。小女孩就躺在她對面的簾子後頭。妮特聽說小女孩罹患了白血病，雖然她不知道那是什麼樣的疾病，不過明白小女孩可能將不久人世。即使她自己的意識依舊不太清晰，但仍能從走出簾子後面的小女孩雙親眼中看得一清二楚。妮特多麼嫉妒小女孩啊！她即將脫離這個殘酷的世界，身邊還有愛她的人，有比這更好的事情了嗎？那個男人到醫院來唸書給小女孩聽，也讓她自己唸出聲音，藉以減緩在她所剩不多生命中的痛苦。

妮特閉上眼睛，聆聽他撫慰人心的聲音帶領著小女孩清朗的聲音，一字一句幫助她說出有意義的句子。他們的對話非常緩慢，妮特即使頭腦虛弱昏沉，也跟得上兩人的速度。

唸完故事後，男人告訴小女孩明天會再過來繼續陪她。

他經過妮特床前時，對她微微一笑。

那笑容如此觸動人心，讓她當天晚上終於肯吃點東西了。

兩天後，小女孩撒手人寰，妮特也被送回史葡格島。她變得比以前沉默，比以前更縮進自己的世界，甚至莉塔晚上也沒有來煩她。讓人意外的是，莉塔面前出現了截然不同的挑戰，其實島上所有的人都一樣。

因爲將妮特帶回島上的同一艘船，也送來了姬德·查爾斯。

第三十七章

二〇一〇年十一月

瓦德側躺在雙人床上，凝望著摯愛妻子幾近透明的眼瞼，那雙眼已經三天沒有張開了。這段時間，他不斷咒罵著最近幾天發生的事情。

當前一切顯得支離破碎。原本爲了剷除阻礙所設計的安全機制，犯下了嚴重的錯誤，而曾經沉默不語的人，忽然間也開始叫囂謾罵。黨派帶給他的勝利喜悅因一連串的可怕事故蒙上了陰影，他感覺彷彿有許多飢餓的野獸張開大口要撲咬他和他的畢生心血。

爲什麼沒有辦法擺脫掉那兩個警方人員？米凱爾、林柏格和卡思柏森全都誇下海口會盡最大的力氣處理好一切，但是那顯然不夠。

畢雅特的臉龐抽搐了一下，不容易察覺，瓦德卻因此猛然抖動。

他凝視自己撫摸著畢雅特臉頰的手，心中升起異樣的感覺。他的手和畢雅特的臉頰幾乎融合在一起，兩人老化的程度相去不遠，但是再過幾個小時，她恐怕將永遠離開人間，留他獨自在這世上。而他若想要活下去，就必須接受這個事實。當下的他並不希望如此，但是卻不得不然，還有其他必須解決的任務等著他。

等畢雅特長眠後，他會開車去找石匠，挑選一塊能在上頭鐫刻兩人姓名的墓碑。

他聽到一陣刺耳的嗶嗶聲，於是望向床頭櫃。聲音是從iPhone傳來的，不是他目前使用的那支安全手機。他翻過身，點開剛傳進來的簡訊。

第64號病歷
Journal 64

赫柏特．旬納司高傳了一個連結給他。

終於來了，瓦德心想，看來他還是完成了任務。至少解決了一個問題，至少排除了一個危險來源。他還是有理由保持期待的。

他等了好一會兒，連結終於開啓，螢幕上出現一張照片。瓦德驀地坐直身子。

照片上的旬納司高笑容滿面招著手，一旁的蜜耶同樣笑盈盈舉著手，兩人置身在雄偉壯麗的大自然景致中。照片上面橫寫著：「你永遠找不到我們。」

瓦德將連結傳送到筆電，點開照片全螢幕放大。照片是十分鐘前才拍攝的，兩人頭上的天空被落日染得豔紅如火，後面是一片棕櫚樹，背景更遠處看得見黑皮膚的人和蔚藍無垠的海洋。

瓦德打開iPhone中的「Planet」應用軟體，查詢世界各地太陽目前的實際位置，很快便得知除了豐饒多產的熱帶地區以外，太陽剛下山的地方只屬馬達加斯加的南端最有可能，其他在這個落日軸線上的地區若不是公海，就是中東沙漠，要不然則是前蘇維埃帝國的溫帶區。

由於他們兩人背對著落日，所以一定是身處島嶼的西方。那是一座大島沒錯，卻不一定適合充當遺忘的搖籃，何況島嶼也沒有眞的那麼大。他若是派米凱爾到此國家的西南岸，找尋兩位灰髮蒼蒼的老邁斯堪地那維亞人，應該不需要花費太多時間。米凱爾只要匯幾張鈔票過去，就能讓他們的蹤跡湮沒於茫茫大海之中。那兒的鯊魚絕對能派上用場。

這是今天第一個有建設性的想法。

他笑了笑，感覺恢復了一點精力。他父親總說，沒有比無能的決定和散漫的行動力更耗費精神了。眞是睿智的男人。瓦德不太靈活的稍微將身軀往回躺，以便能夠觀看窗外林德角街對面年輕的未來警察進行角色扮演練習。看到未來警探中有黑皮膚的人正在練習逮捕罪犯，讓他感到十分不滿。

躺在床頭櫃上的Nokia手機響起。

「我是米凱爾。我們有個手下，他的名字您不需要知道，七分鐘前看見哈菲茲・阿薩德離開警察總局，他目前正從堤耶耿橋走下階梯到火車站月台去。我們現在該怎麼辦？」

他們該怎麼辦？難道還不夠清楚嗎？

「跟著他。只要一有機會，就將他拿下帶走。別關手機，我可以全程參與。小心，千萬別讓他發現你們的行蹤。」

「我們這裡有兩個人，別擔心，我們會與他保持一定的距離。」

瓦德微笑著。今天的第二道曙光。或許事情即將出現轉機。

他又躺回奄奄一息的妻子身旁，將Nokia手機壓在耳朵底下，生與死正在此激烈衝撞。

他躺了幾分鐘，就在感覺畢雅特的呼吸幾乎停頓時，聽到手機傳來低語聲。

「我們坐上了開往措斯楚普的快車，或許他會帶領我們到他眞正的落腳處。我們兩人分站在火車兩端靠近門的地方，保證他絕對無法脫身。」

瓦德誇讚了米凱爾幾句，然後又看著畢雅特。他將一根手指放在她脖子上，雖然微弱難察，又像死神一樣捉摸不定，仍能感覺手指底下的脈搏在跳動。

他閉上眼睛，在腦海中回想著紅潤雙頰和開懷暢笑的美好回憶，藉此驅走所有的憂愁。她眞的曾經有過如此年輕稚嫩的時候嗎？他一邊想著，慢慢的被睡意籠罩。

「就是現在！」手機傳來聲響，瓦德猛然驚醒。「他在布勒畢爾斯特站下車了。我可以確定他應該是往您家去，瓦德先生。」

究竟過了多久時間了？他在恍惚間搖搖頭，半坐起身，把手機在耳邊拿好。「保持距離跟著他，我會在這裡等候他大駕光臨。你們的行動別太招搖，以免被人發現，對面警察學校裡的小伙子正在演練警察抓強盜的戲碼。」

瓦德臉上露出微笑。呵，他將誠摯歡迎貴客登門拜訪。

他正想告訴畢雅特自己必須離開一會兒，請她耐心等候一下時，才發現她雙眼大睜，頭部有點往後仰。

他屏息了好幾秒之後，喉嚨才緩緩發出呻吟。曾經摯愛、如今已然失去生命的眼睛斜向他剛才躺過的位置，彷彿想在最惡劣的時刻尋求協助。他怎麼睡著了呢？在她最需要他的時候，他竟然沒有守護著她！

他感覺到體內湧起一股莫名的情緒，起初像是胃部傳來微弱的脈動，而後不受控制的震顫穿過身軀，直達胸膛引起陣陣痙攣，最後這些感覺全都化成喉嚨裡的聲音。他的臉部因極度扭曲而隱隱作痛，一聲不易察覺的長噫隨著啜泣一同逸出體外。他握著她的手，好幾分鐘動也不動。然後他闔上她的雙眼，站起來離開了房間，沒有再回頭看一眼。

他在餐廳旁邊的狹小房間找到兒子拿來擊打過數百顆網球的棍棒，用手掂了掂重量後發現棍棒很扎實，接著，他走到庭院，藏身在前身是舊式倉庫的建築後面。

對街未來警察的叫嚷聲陣陣傳來，在此地，他們於演練中盡情實現驅惡護善的夢想，而他則要盡可能朝黑人警察的後腦杓擊下，再以迅雷不及掩耳的速度將屍體拖到房子後面藏起來。等到稍晚天色暗沉，街上萬籟俱寂後，他會要米凱爾和另一人一同幫他將屍體抬進倉庫裡的密室。

口袋裡的手機震動了起來。

「喂。」他放低音量說。「你們在哪裡？」

「我們在維斯特街和布勒畢爾斯特路的岔口。他人消失不見了。」

瓦德雙眉緊蹙。「什麼？」

「在有紅色樓房的住宅區被他溜掉了，之後就再沒發現他的蹤跡。」

他切斷通話，觀察四下的動靜。他所處的庭院角落四周築著與人同高的圍牆，隔開了旁邊那條路。這個位置很隱密，不易被發現，那個人要進到庭院只有一條路，也就是從倉庫旁的入口過來。而他已蓄勢待發。

五分鐘後，他聽見入口處傳來躡手躡腳的腳步聲，那個人摸索過一個又一個花床，朝他步步逼近。瓦德穩穩握住棍棒，完全隱身於角落中。他深吸一口氣後屏住呼吸，直到有個人頭映入眼簾。

就在他要揮棒前十分之一秒，那個人忽然往後跳。

「是我，瓦德先生。」有人低聲說道，聽起來不像那個阿拉伯人的聲音。

接著對方往前一站。原來是舉辦大型活動時，米凱爾偶爾會僱來幫忙的人。

「白痴！」瓦德噓聲罵道。「走開，你會驚動到他。滾到街上去！別讓他看見你！」

他止不住心臟激烈跳動，驚魂未定在藏身處站了一會兒後，咒罵起那些圍繞在自己身邊的沒用傢伙。此時對街警察學校裡的演練似乎已經結束，四周更加安靜了。現在來吧，你這個下流的阿拉伯人，他心中罵道。讓我們解決這個棘手的麻煩。

瓦德腦中的念頭尚未停歇，就聽見後面圍牆邊傳來雜音，接著眼角餘光瞥見了一雙手攀在牆頭上。

他還未完全轉過身，那人已攀過圍牆，靈活得像隻貓似的四肢著地。從對方的眼神可以看出他發現了自己的目標。

「我們必須談一談，瓦德。」阿拉伯人說，但是瓦德已經拿著棍棒襲來。

那個結實的傢伙動作流暢的閃到一邊，同時又從地上躍直身體。只見棍棒打在圍牆上，阿拉伯人竄身向前，制伏住瓦德的上半身。

「我們到屋子裡去，」他耳語道。「外頭有你太多走狗了。」

他把手抓得更緊，抑制瓦德的呼吸，不讓他有呼救的機會。

阿拉伯人扯著他來到後門前的草坪，只差幾公尺就抵達門口，此時米凱爾的身影伴隨一陣急促的跑步聲忽然現身眼前，而攻擊者制伏他的手勁也更加用力，讓他岔不過氣差點昏了過去。接著，完全出乎意料的是，對方放開了他。

瓦德跌倒在地，頭猛力撞在草坪上，並且聽見身後傳來兩種語言的互罵聲以及打鬥聲。

他顫顫巍巍的站起來，拖著沉重步伐走回車庫門旁的圍牆，在那兒發現了棍棒。他撿起棍棒，站直身子，赫然發現阿拉伯人就杵在眼前。

瓦德直覺望向草坪，只見米凱爾已經昏了過去。這個黑皮膚的傢伙究竟他媽的是誰？

「放下！」阿拉伯人語氣尖銳的說。

隨著一個沉悶的聲響，沉重的木棍掉落在花床上。

「你想對我做什麼？」瓦德問道。

「我對你們這種人瞭如指掌，你別不相信。有件事我可以告訴你：你絕對逃不掉的，你這個凶手！」阿拉伯人說。「一五一十把你所有的活動細節交代清楚，然後我要進屋去看看，我肯定我們要找的東西就在裡面。」

他用力抓住瓦德的手腕，拉著他往前走。

眼看就要走到後門，卻傳來刷刷一聲，阿拉伯人的頭頓時側向一邊，蜷縮著身體倒在地上。

「他再也無法傷害您了。」瓦德背後有個聲音說，那人是米凱爾的助手。

瓦德打電話請他在診所的接班人過來，沒多久就聽到鑰匙插進門鎖的聲音。

「謝謝你這麼快過來，卡爾－約翰。」瓦德說完便帶著他到臥室去。

卡爾－約翰．海寧克森完成瓦德請他所做的檢查，最後他放下聽診器，嚴肅的凝望著瓦德。

「我眞的覺得很難過，瓦德，她已經永享天年了。」

海寧克森塡寫資料開立死亡證明時，手顫抖不止，情緒似乎比瓦德更加激動。

「你接下來打算怎麼做，瓦德？」

「我和卡斯倫德一家信譽良好的殯喪業者談好了，他會幫忙處理喪禮。我今天傍晚會過去找他，明天去找神父，畢雅特應該要安葬在布勒畢爾斯特教堂的古老墓園區。」

瓦德收下死亡證明。海寧克森表達哀悼之意後，與他握了握手。

一段漫長的人生篇章就此結束。

眞是紛擾不安的一天。

他凝望著自己的妻子心想：生命是多麼短暫易逝啊！

他匆忙打掃臥室，將遺體梳洗安頓好。畢雅特身體的溫度比之前更低了。然後他拿起車鑰匙走到倉庫，按下按鈕讓金屬活門牆滑向一旁，門後的空間露了出來，躺在水泥地上的那具黑色軀體仍有生命跡象。

「給我安分一點，下流胚子！若我從殯喪業者那兒回來，你還沒死掉的話，我會幫助你上路。」

第三十八章

一九八七年九月

距離哥本哈根越來越近，姬德腦子的計畫也逐漸成形。

一千萬克朗不是筆小數目，但是妮特擁有更可觀的資產。像姬德已屆五十三歲之齡的人來說，區區一千萬克朗根本不夠她度過餘生，不夠支付她的花費和夢想。假如她好好照顧自己，未來不要耽溺於酒精，少說還能再活個三十年、四十年。不需要是個算數大師，也能知道一千萬克朗真的不敷使用。

因此姬德思索著，最好能接收妮特的所有財產，那件事絕對值得放手一搏。她還不知道該如何下手，必須視情況而定，如果妮特仍像以前一樣容易操控，事情就不會太過棘手。或者妮特真如她信中所說已病入膏肓，那麼只要將自己變得不可或缺，直到她大限之日來臨就行了，那時她應該已經弄到遺囑和簽名等文件。

妮特若是不願意配合她的想法，她還可以採取激烈的手段。事實上，姬德不希望事情走到這個地步，但是也不需要一開始就排除此種可能性。她也不是第一次搶先在命運賦與的生命期限尚未終止之前，讓無法治癒的重病患者提早晉見他們的造物主。

當年第一個發現姬德喜歡女生的人是莉塔．尼爾森。每次當莉塔頂著一頭被汗浸得濕漉漉的捲髮，努著豐滿的嘴唇靠近她時，姬德總不由得口乾舌燥。由於姬德屬於管控規矩的工作人員那一方，因此只要她心血來潮，就有權力命令莉塔到沼澤草地去。這種事當然是嚴格禁止，然而莉塔緊繃的上衣總是不時誘惑著她。

因此，莉塔若是樂意配合，滿足她對女性軀體的渴望，對姬德而言簡直是美妙絕倫。一直以來，莉塔始終非常服從聽話。但是有一天傍晚，她坐直身子，扣好上衣的釦子，一切都結束了。

「我想離開這裡，妳要幫我。」莉塔說。「我希望妳告訴院長，我已經變好了，因此妳建議讓我離去。」

那完全不是姬德習慣從女孩們身上聽到的說話口吻，而她也不願意吞忍下那種語氣。姬德只要發火怒罵，女孩們便乖乖聽話，事情應該就是如此。女孩們尊敬她，也害怕她的專橫壓榨。她只要興致一來，不管何時何地，隨時會施展暴行。

沒有人像姬德一樣送過那麼多女孩進反省室，也沒有人會因爲女孩愛插嘴搶話，就大聲臭罵。其他工作人員覺得那樣很好，甚至還仰慕她。畢竟她是個護士，而且頗具姿色。

姬德思索著要不要毆打莉塔，懲罰她的大膽放肆，不過她猶豫了很久，久到一個響亮耳光迎面打在她臉上，令她驚訝得忘了呼吸，整個人往後翻倒。這個蠢鵝竟敢對她動手？

「妳知道我可以毀掉妳的生活。我可以說出妳身體的每一吋細節，妳要是不幫我，我就向院長揭發妳。」莉塔兩腿岔開，站在她旁邊冷靜的說。「如果我告訴院長妳怎麼逼迫我幹這種下流勾當，並且描述妳的身體特徵，她一定會相信我說的是實話。所以妳最好把我送回內陸去！我知道做決定的人是醫生，但是妳一定可以辦到的。」

姬德遙望一群排成V字形飛過樹梢的鵝，點了點頭。讓莉塔回內陸去，也要她甘心了才成。

隔天上午，姬德故意把自己的臉頰抓得又紅又腫，然後跑去用力猛敲院長的門。院長嚇了一大跳，完全沒有心理準備會看到眼前的景象。

「老天爺啊，查爾斯小姐！發生什麼事情了？」

姬德屏住呼吸，故意站得讓院長能夠看見她被撕破的白色罩裙，以及裙底下沒有穿內褲。姬德斷斷續續描述莉塔．尼爾森這個神智不清、性慾強烈的精神病患，如何在洗衣房後面撕破她的衣服，逼迫她雙腿分開躺在地上，任她怎麼抵抗也沒有用。她故意讓聲音顫抖，還假裝感到萬分羞愧似的垂下目光。

「所以我希望能將莉塔．尼爾森關在反省室裡十天，並且取消她所有的權限。」說話時，姬德特別觀察院長躁動不停的手指，並從她驚恐的目光判斷，院長應該受到不小的驚嚇。

「我們應該考慮將她結紮，並且讓她離開。她的性慾非常旺盛，如果我們不採取行動，長久下去，恐怕會對社會造成負擔。」

院長的手指蜷縮了起來，目光緊緊盯視著姬德脖子上的髒汙痕跡。

「當然，查爾斯小姐。」她只說了這句話，然後站起來。

莉塔反抗得非常激烈。但是不管她對於姬德如何指控歷歷，全都被駁回。她感到十分震驚，她的詭計不僅失敗了，甚至還出現不利於她的結果。

「就像妳說的，妳當然會熟悉姬德的身體特徵。」院長反駁說。「畢竟妳侵犯了她。妳這廢物。麻木不仁又卑鄙下流，現在還扭曲事實。但是妳別想欺騙我。我很清楚對妳這種精神有問題，而且過往行徑極不光采的女孩應該抱持什麼期待。」

侵犯事件如野火燎原迅速傳了開來，一天尚未結束，感化院圍牆裡所有人都知道了這件事。莉塔在反省室裡暴跳如雷，憤怒咆哮，但好幾天過去，她只是被注射了更多藥物。姬德許多同事，甚至是其他一些女孩，卻在心裡頭暗自幸災樂禍。

莉塔嘴巴裡罵個不停，就連自己也無法控制，後來她終於被放出了懲戒室，但是持續不到一個星期，她又被關進去用皮帶綁住，整個人激動氣憤得大嚷大叫。

「妮特．赫曼森是個好女孩，不應該和那個墮落者共用房間。」姬德向院長建言。沒多久，莉塔的東西便被收走，妮特忽然間擁有了自己的房間。

從此以後，妮特看待姬德的目光便不一樣了，姬德也很快察覺到這點。根據她的觀察，妮特是那種期望與人建立聯繫的單純女孩——而且很符合姬德的心意。

一天，他們從船上卸下煤炭袋，其中有個女孩不小心拐了一下，把腳給扭傷，痛得像隻掉進公牛群中的狗一樣嚎叫哀號，其他女孩紛紛圍過來，目瞪口呆看著工作人員朝她毆打怒罵。在吵嚷聲中，妮特和姬德不知不覺站在一起。

「我不應該被送進來這裡的。」妮特眼神堅定看著姬德低聲說著。「我並不愚笨，也很清楚這裡很多人都一樣。我不是他們說的那種輕浮隨便的人，難道不能重新再審理我的案子嗎？」

姬德眼裡的妮特美得令人屏息，嘴唇豐滿，身材玲瓏曼妙又結實，和島上其他女孩有如天壤之別。姬德渴望得到她已經很久了，如今機會來了。

四周喧騰吵鬧，棍棒亂飛，而這個護士竟然願意傾聽她說話，光是這點，便足以讓妮特感動落淚。這時，姬德執起她的手，將她帶回庭院裡。這個動作深深觸動著妮特，一陣顫抖掠過她全身，彷彿注意力與碰觸是通往一切之鑰。姬德輕柔的拭去她臉頰上的淚，緩緩將她帶往沼澤草地，每到一個岔路，便示意她要前往的方向。

走到沼澤之前，一切仍然是那麼純潔，不到十分鐘，姬德完全贏得了這個女孩的信任。

「在我能力所及的範圍內，我會盡力去做，不過我無法保證會有結果。」姬德說。

第64號病歷
Journal 64

她從未在一張臉上看過如此信服的笑容。

然而事情並不像姬德想像的那麼簡單。雖然她在走向沼澤的路上費盡了唇舌，但是怎麼也無法說服妮特委身於她。

最後是燈塔看守員的貓咪米奇某天間接幫了姬德一把。

好幾天夜裡，看守員一家被兩隻爭啼不已的公雞吵得不得安寧，因此要家裡的伙計到田裡和草地中收集天仙子，再用焚燒藥草後的煙霧迷昏聚集在一起的公雞，然後抓住其中一隻，將脖子扭斷。

收集來的多餘天仙子被丟到了水窪裡，浸泡在水中好一陣子，最後腐爛發酵的味道引來了貓咪，張口就水猛喝。

一個小時後，看守員一家人發現貓咪在樹木間瘋狂的追獵亂跳，最後又追著自己的尾巴打轉了兩圈，才終於在儲藏室前面倒地不起。

除了看守員的妻子之外，大家都把這件事當成茶餘飯後的消遣，罕見草藥的故事最後傳到了姬德的耳裡。這種植物在史葡格島上生長繁茂，而且擁有驚人的效用。

她從內陸弄來了一些相關書籍，很快便摸熟了這種草藥的特性，進而得以親自實驗。

一直以來，姬德都沉迷於能夠掌控生命的權力，而天仙子正好賦與了她這項特權。沒多久，她就在一個莽撞冒失的女孩身上進行測試。姬德將一支菸浸入天仙子濃縮液中，等菸乾燥後，找了個恰當的時間將菸偷偷放入女孩的罩裙口袋。沒有多久時間，那支菸就在一根古老的石柱後面被抽掉了。據說那根石柱是用來標示西蘭島和菲英島的中間點。後來，島上所有人都聽見那女孩怪異的尖叫聲，但是叫聲忽然中斷安靜時，並沒有人感覺奇怪。

那個年輕女孩雖然生存下來，不過再也不是原來那個人了，而且時時刻刻恐懼著自己會死。

太棒了，姬德心裡歡呼著，終於找到壓制妮特的方法了。妮特此刻終於看清了姬德的眞正意圖，生命也遭受要脅。她震驚萬分，訝異得哭不出半滴眼淚。救命天使露出了邪惡的眞面目，讓她總有一天能夠回歸正常生活的夢想轉眼成空。妮特的錯愕驚訝著實遂了姬德的心意。她握住妮特的手，再三保證只要取悅她，一定會在院長面前幫忙說好話，最後終於讓妮特點頭順從了自己。這段關係維持很久，雖然姬德不願意承認，但她簡直不可自拔的陷了進去。和妮特在一起，讓生命變得可以忍受，讓她每天身處憤世嫉俗、報復心強的同事之間的日子得以持續下去。是的，兩人的關係甚至打消了她離開島上的念頭。

躺在高高的草叢間，有妮特在身邊，她便能驅除其他惱人的事情，在這座監獄裡自由呼吸。

一如預料的，最後介入兩人之間的果然是莉塔，但是姬德後來才發現此事。

莉塔終於從反省室被放出來那一天，院長心裡頭對姬德產生了一絲疑惑。因此她對姬德說：「關於結紮一事，我必須詢問過主治醫生的意見。他很快會到島上來，到時候我們再看看。」但是主治醫生總是相隔很久才會來訪，因此莉塔徹底利用了這段時間進行報復。她讓妮特睜開雙眼看清楚絕對不可以信賴姬德這個人。她們離開島上的唯一方法只有逃跑。

從此以後，戰爭眞正開始了。

第三十九章

二〇一〇年十一月

「卡爾，我已經打了十五次電話給阿薩德了，仍然沒有聯絡上他。我想他應該關掉了手機。但是爲什麼？他以前從來不會這樣啊！」蘿思眞的憂心忡忡，非常擔心。「你也眞是個白痴！他離開辦公室前說，你指責他應該爲立陶宛人遇害負責。」

卡爾搖頭說：「我根本沒有那樣說，蘿思。但是那張附上屍體照片的傳眞確實存有許多疑點。事情若眞是如此，沒有人能保護我們。」

蘿思兩手握拳扠在腰上。「你給我聽好了，你的猜疑讓我想吐！阿薩德若說他和那個立陶宛瘋子這輩子無法再拉大便沒有關係的話，那就是沒有關係。就這樣！卡爾，主要的癥結在於你給我們太大壓力，完全沒有顧慮我們的心情。這就是你的問題。」

老天，這女人平常沒這麼口若懸河啊，而且她又把所有事情亂湊一通了。這種特質若是用在辦案上，可能對釐清案情有所幫助，一旦涉及私人事務，純粹只是讓人神經緊張罷了。但這個節骨眼他最好克制自己別譴責她。

「是的、是的，蘿思。就我的判斷，妳和阿薩德兩個人很懂得調整自己的情緒。不過，很抱歉，我現在沒時間在這兒多愁善感，我得上去見馬庫斯，準備聽一頓訓。」

「你說徹底報銷了嗎？而你想要再配一輛新車？」凶殺組組長無計可施的看著他。「現在十一月了，卡爾。你聽說預算的事了嗎？」

「有意思的是，到目前爲止我聽說的不多。我只記得每年批准給懸案組的預算是八百萬，對嗎？那些錢他媽的去哪兒了？」

馬庫斯嘆了一口氣。「又要開始討論這件事了嗎，卡爾？你不是不知道，預算是分配給我們兩個組運用的。」

「沒錯，正是如此，我這個組的預算不是大概可以拿到五分之一嗎？你不認爲我們是丹麥這個國家所負擔的便宜小組嗎？」

「哎，別這樣，事情還可能更糟。總而言之，沒有辦法給你新車，因爲我們目前沒有經費。你不知道我們手上有多少複雜的案件要處理。」

卡爾當然心知肚明，但是事情一碼歸一碼。

馬庫斯又開了一包尼古丁口香糖，整張嘴都快被塞滿。自從感冒痊癒後，口香糖迅速成了香菸的替代品，而香菸則被收到了櫃子上，對他而言總是好事一件。

「我想我們的車輛調配場還有一輛標致六〇七。」馬庫斯說。「不過到下個預算年度之前，你必須和其他人一起共用，可以嗎？」

「門兒都沒有。」

馬庫斯深深嘆了氣。「好吧，有話快說，你有五分鐘的時間。」

「五分鐘不夠。」

「試試看。」

十五分鐘後，馬庫斯有種被人吊起來的感覺。「你們潛入諾維格家中，偷走了檔案櫃裡的資料；又強行進到一個公眾人物家裡，對方的妻子正躺在床上壽命將盡。而那些在你們幹的好事中可能只是冰山一角！」

「誰知道是不是眞的有人蒙主寵召了呢？難道你迫切想請一天假時，不曾杜撰一位阿姨，拿她的喪禮當藉口嗎？」

馬庫斯差點沒把嘴裡的口香糖吞下肚。「上帝明鑑，我從未做過這種事，我非常希望你也沒用這種理由搪塞過我。卡爾，立刻把文件搬上來我這兒，阿薩德回來後，要他像當初進來時一樣迅速滾出警察總局。除此之外，你們不准再碰這件案子了，這個命令即刻生效！否則最後出了差錯，我可沒那工夫收爛攤子。」

「啊，但是若要我們擱置此案，你下一年度的預算就會短缺六百四十萬了。」

「那是什麼意思？」

「意思是，若要我們放棄這些案件的話，我們對於整個懸案組也可以同樣比照辦理。」

「卡爾。我只是想告訴你，你涉入了一個不安全的領域，但我不能透露太多。我認爲你應該安安靜靜坐在辦公桌前，尋找寇特．瓦德和其黨派主要成員犯罪活動的證據。拜託你別再和那些人扯上關係，懂嗎？」

卡爾點了點頭。哈，原來如此。一切脫離不了政治。

「我們已經扯離了汽車的話題了。」

「好，這件事我會處理。現在去把文件資料搬上來。」

走向祕書處時，卡爾邊走邊踹四周的牆板。眞是爛透了的談話。

「喂、喂，卡爾。」麗絲叫著，她正把某些文件遞給一個穿著警察冬季夾克、有一頭黑色捲髮的傢伙。

對方轉過來看向卡爾，對他點點頭。那張臉似曾相識。

「薩米爾！」沒錯，正是阿薩德最愛的仇敵！「怎麼了，你們洛德雷那兒也有麻煩了嗎？還是安東森終於退休，把所有案件資料都帶回家了？」

卡爾明白自己說了個糟糕的冷笑話，不過薩米爾還是咧嘴一笑。

「謝謝關心，我們很好。這裡只是一些必須交流的文件罷了。」

「哎，薩米爾，既然你人在這裡了，你和阿薩德究竟有什麼問題呢？別說沒什麼，告訴我怎麼一回事，你知道那對我有幫助。」

「既然你說對你有幫助，也就是說，你應該明白他有多麼揣揣不安了。」

「揣揣不安？言下之意是？他沒有不安啊。你這麼說有什麼根據？」

「請你自己問他，那不關我的事。不過阿薩德這個人眞的神智有問題，而我也告訴過他了，他顯然無法忍受。」

卡爾上前抓住他的手臂。「聽好了，薩米爾。我不知道他能忍受什麼、又不能忍受什麼，但是我的直覺告訴我你知道，對嗎？你和阿薩德兩個人若是不自動吐實的話，我會用其他方法讓你從實招來的。」

「太棒了，卡爾，儘管出招吧。」

他掙脫了卡爾後轉身離開。

麗絲凝視著卡爾的目光中混雜了同情與擔憂。「別因爲車子的事情不高興，卡爾。我已經找到解決方案了。」

在總局裡，謠言傳播的速度簡直可媲美光速。

「阿薩德還是沒有消息嗎？」

蘿思搖了搖頭。她眞的看起來非常擔憂。

「蘿思，妳爲什麼突然這麼擔心他啊？」

「因爲他最近幾天多次情緒不穩，他從來沒有這個樣子。」

卡爾知道她的意思。蘿思既聰穎又有判斷力。

「蘿思，我們要把諾維格的檔案搬到三樓去。」

「你自己慢慢搬吧。」

卡爾緩緩深吸一口氣，免得大發雷霆。「妳脾氣爲什麼這麼大啊，蘿思？」

「哎呀，卡爾，這你就別費心了。你現在沒有時間浪費在多愁善感上。」

他在心裡數到十，然後冷靜的一字一句說，如果她不立刻去搬那些該死的檔案，請她回家去，換伊兒莎過來上班。

這一刻，他打從心底是認眞的。

蘿思蹙起眉頭說：「你知道嗎，卡爾？我眞的覺得你瘋了。」

接著他聽到她去搬檔案的聲音，他則趁著空檔又撥了幾次阿薩德的手機號碼。他整個人焦躁浮動，坐立難安。阿薩德之前開的打火機玩笑眞可惡，他現在若是不趕緊抽支菸，兩條腿很快就要抽搐了。

「哎，你保重啦。」走廊忽然傳來一聲。卡爾轉過來面向辦公室門，正好看見蘿思穿著大衣經過，粉紅色的大袋子往肩膀上一拋。顯然她要下班了。

這下可好。

簡直胡鬧！卡爾一想到接下來幾天便感到害怕，從明天開始，蘿思保證會把她另外一個人格伊兒莎送來。眞是太棒了！

放在桌上的手機發出震動。是麗絲打來的。

「嗯，車子事情已經解決了。你到國安局的停車場時，我會派一個人過去告訴你是哪一輛，並把鑰匙交給你。」

卡爾點點頭。也他媽是時候了，現在只要阿薩德出現就行了。事實上，他的情緒也被蘿思那種古怪愚蠢的不安給感染了。

兩分鐘後，卡爾站在停車場中，困惑的四下張望。沒有標致六〇七等著他，周遭也看不見有人拿著鑰匙。他眉頭緊鎖，正想要打電話給麗絲時，看見不遠處有輛車子閃動著車頭燈。

卡爾伸長了脖子，只見蘿思就坐在副駕駛座上，而那輛車子甚至還沒有他褲子口袋一半大。他嚥了一口唾液，車子鮮豔的顏色讓他想起兩個月前便放在冰箱裡的乳酪。

「這是什麼鬼東西啊？還有，見鬼了，妳在這裡做什麼？」他從敞開的駕駛座車窗叫道。

「這是輛福特卡。還有，你要去找阿薩德，對吧？」

他點了點頭。眞的不得不佩服這個從頭黑到腳的女人直覺。

「我當然要一起去。這輛車是馬庫斯幫你借來的，供你今年剩下的時間使用。」他看見她努力忍著不要大笑出聲。沒多久，她恢復正色說：「走吧，卡爾，快上車，天色要暗了。」

他們兩人蹲在阿薩德位於海德斯街的家門前信箱交替往內看。一如預期，裡頭不見家具，同樣也沒有阿薩德的蹤影。

卡爾上次來此時，遇見兩個名字拗口、二頭肌驚人的刺青兄弟，但這次只有眾多住戶傳來的吵雜聲，以及可能是塞爾維亞語或是索馬利亞語的叫喚聲。怪異的微宇宙。

「別問我為什麼，不過，他住在國王路很長一段時間了。」當他們又擠進像鞋盒一樣大的車子裡準備再度上路時，卡爾解釋著。

車子行駛了十五分鐘，兩人一句話也沒有說。最後來到國王路與通往畢斯楚普區的街道的交叉口，面前出現一棟石灰刷白的農舍，屋舍似乎隱沒在樹林邊緣。

「卡爾，他一定不在這裡。」蘿思說。「你確定地址正確嗎？」

「至少這是他給我的地址。」

兩人看著門牌上兩個道地的丹麥名字。或許屋主將房子租給了阿薩德？這年頭誰不認識手上有兩棟房子，卻因爲房市景氣降到谷底而被套牢的人呢？一切還不是思慮不周的財政部長和唯利是圖的銀行家造成的惡果。

他們按下了門鈴，十秒不到，面前即出現一個活潑開朗的黑髮女子。她一副無所謂的口吻保證說，如果她們認識一個叫作阿薩德的無家可歸者，願意無條件提供家中沙發讓他睡兩天，只可惜她和她的女朋友不認識這個人。

卡爾和蘿思兩人呆站在路邊。

「你究竟知不知道自己的員工住在哪裡啊？」兩人又擠進小車裡時，蘿思譏笑說。「我一直以爲你送過阿薩德回家。眞沒想到你竟然拋棄了這方面的好奇心，毫不在意。」

卡爾不太能嚥下這種侮辱。「嗯，那麼妳對阿薩德的家庭狀況了解多少，自以爲是小姐？」

她愣怔望著擋風玻璃前方。「不太多。剛開始他偶爾會提到太太和兩個女兒，不過那是很久以前的事情了。說實話，我不認爲他仍然和她們住在一起。」

卡爾緩緩點著頭，他也老早有同樣的想法。「交友狀況呢？他曾經提過某個朋友嗎？他有沒有可能住在朋友那兒？」

她搖搖頭。「不管你信不信，但我感覺阿薩德根本沒有家。」

「爲什麼？」

「我印象中他都睡在總局裡。我猜爲了製造假象，他晚上會離開辦公室幾個鐘頭，不過由於我們上下班沒有規定要打卡，這只能說是推測，無法確定。」

「衣服怎麼辦？他每天並未穿著同樣的衣服，一定得在家換洗吧？」

「我們可以查看他在總局裡的抽屜和櫃子，或許他的東西都放在裡面。至於洗衣服的問題，城裡到處都有洗衣店。說到這個，我忽然想起來了，我好幾次看見他拿著袋子進來，只不過我一直以爲裡頭裝的是中東店買來的東西，你知道的，就是那些辣得要命或是黏呼呼的甜食。」

卡爾嘆了口氣。不管阿薩德袋裡面裝了什麼東西，對他們目前的狀況一點幫助也沒有。

「妳等著看吧，他總有一天會透露困擾著他的隱情。他搞不好已經回到總局了，再打電話回辦公室看看，蘿思。」

她的眉毛又如往常般抬高到「你自己爲什麼不做」的譴責位置，不過她還是撥了電話號碼。

「你知道他的新電話上設有答錄機嗎？」她把手機壓在耳朵旁邊問道。

卡爾搖頭表示不清楚。「答錄機說了什麼？」

「上面說阿薩德目前外出洽公，預計六點前回辦公室。」

「現在幾點了？」

「快七點了。他應該在一個小時前就回來才對。」

卡爾拿起手機打電話給警衛室。

沒有，沒人看見阿薩德。

「外出洽公」，答錄機上這麼說。眞奇怪。

蘿思闔上手機，用手抹了抹臉。

第64號病歷
Journal 64

「你的想法和我一樣嗎，卡爾？這案子讓他如此心神不寧，很有可能會產生那種想法。」對向車道的車燈迎面照來，刺眼的光線讓卡爾不得不瞇起眼睛。

「是的，我也擔心會如此。」

他們把那輛設計給矮子開的破車停到特衛街上的警察學校對面，寇特・瓦德的地產就在這條寧靜安逸的鄉村街道底部拐角處。從現在的位置目測，房子裡一片死寂。

「希望不大。」卡爾說。

「嗯。不過我很高興自己全副武裝，因為我心中的警鈴正嗚嗚作響。」卡爾拍拍自己的槍袋。「是的，帶上了這傢伙，我也感覺做好了萬全的準備。話說回來，妳袋子裡又裝了什麼？」

他指著蘿思粉紅色的大袋子，那東西一定來自於她的親姐姐伊兒莎。

蘿思沒有回答，反而大力將袋子甩過頭，匡啷一聲撞上了居民放在街旁的綠色塑膠垃圾桶。兩人一確認撞擊造成的損害規模，便趕緊一溜煙跑走。只見垃圾桶被摔出四公尺外，裡面的垃圾全部散了出來。在那家人門口的燈光亮起前，兩人早已拐進了轉角。

「老天啊，蘿思，妳袋子裡裝了什麼呀？石頭嗎？」卡爾站在布勒畢爾斯特路，也就是瓦德家入口處低聲說。

「不是，只是莎士比亞作品集，皮革精裝版。」

一分鐘之後，卡爾今天第二次站在瓦德的庭園裡，從窗戶望進那個有壁爐的房間，只不過這次身邊的人是蘿思。他們神經緊繃，窺視黑暗中的動靜。

蘿思表現得焦慮不安。天色漆黑，四下一片陰森，就連星星也黯淡了幾分，不見半點光芒。

卡爾搖晃了一下露台的門。門是鎖上的，但是門框感覺不是十分牢固。是阿薩德造成的嗎？他心想。然後又劇烈搖晃著門，直到木框發出嘎啦嘎啦的聲音。

他用力握緊把手，深呼吸了幾次，接著一隻腳頂在牆壁上猛力一拉。只聽見肩膀發出喀一聲，整個人便抓著把手摔下階梯，在草地上跌個四腳朝天。

眞是笨到了極點，而且媽的痛得要命。

蘿思檢查了一下，發現門和鎖雖然沒有掉下來，但是玻璃已出現裂痕，於是下了結論說：「已經可以了。」她用靴底小心翼翼壓向玻璃。

成功了。玻璃只發出些微的碎裂聲便掉進屋子裡。希望阿薩德認爲屋內未設有保全裝置的觀察是正確的，卡爾在心裡盤算，要成功說服趕過來的保全人員說玻璃是自己破掉的可能性應該不高。

「爲什麼警報器沒有響？」蘿思耳語說。「屋子裡畢竟有個診所啊。」

「診所應該做好安全措施了。」卡爾低聲回答。

眞是未經思考的大膽舉動啊，卡爾心想。爲什麼要闖入一個阿薩德很可能不在的屋子呢？難道他也逐漸受到女性直覺的驅使了嗎？還是說，他想享受讓那個變態的人嘗嘗他自己苦澀藥物的樂趣？

「現在呢？」蘿思壓低聲音又說。

「我想上樓查看一下，我感覺應該能找到線索，有助於釐清我家發生的瓦斯瓶事件。今天上午寇特·瓦德說他妻子躺在樓上已陷入彌留，如果他所言屬實，爲什麼現在不在家呢？誰會把臨終的妻子一個人留在黑暗的屋子裡？沒人會這麼做，對吧？我的直覺告訴我樓上一定有蹊蹺，他想要隱瞞不讓人發現。」

他們藉著手電筒的燈光走過餐廳和玄關走廊，門旁邊的窗戶以花色捲簾遮住了外界好奇的目光。接著，卡爾來到通往診所的門邊，這扇門不僅堅實，還狡猾的裝上了鋼板和其他機關，只要擅自將門打開，馬上會引發聲響。

卡爾一邊走上樓梯，一邊仔細觀察周遭的狀況：樓梯兩旁架著平滑的柚木扶手、樓梯間擺放著三角櫃、腳下的灰色地毯拐了個彎便往上延伸。卡爾三步併兩步奔上了二樓。

這兒的裝潢沒有一樓迷人。牆壁上裝設了內嵌櫥櫃，還有一條又長又暗的走廊。一邊的房間裡，彷彿孩子們才離開家沒多久，擺設著便宜的沙發床和印花圖案的床組，斜頂天花板上仍貼著偶像明星的海報。

他發現走廊盡頭的一扇門底下透出微弱光線，於是關掉手電筒，抓住蘿思的手臂。

「瓦德或許在裡面，不過我覺得可能性不高。」他在蘿思耳邊低語，距離近得碰到了她的耳朵。「否則我們壓迫玻璃時，他應該會現身。哎，誰知道，或許他屬於那種拿著來福槍在房內守株待兔的類型，這也挺適合他的。跟在我後面，隨時準備好發動攻擊。」

「如果他人在裡面，手裡沒有拿武器，你要怎麼解釋我們兩人出現在他家裡？」

「就說有人報警。」他輕聲說，心裡祈禱日後不需要向馬庫斯複述這個理由。

他緊挨著柚木貼皮的門上，屏住氣息，手摸向手槍。

一、二、三，他在心裡數著，然後一腳把門踹開，隨即迅速躲避到牆後面。

「寇特．瓦德，我們接到這裡有人報警。」他叫說。就在這時，他察覺到閃動的光線。

雖然明白自己會暴露在危險當中，卡爾仍舊小心翼翼的將頭探出去查看房內動靜。一具瘦小的身軀伸長四肢躺在床上，腰部以下蓋著白色被單，肚子上放著一束已然枯萎的花。床頭櫃上有支點燃的蠟燭。

蘿思走進房間。房裡萬籟俱寂，沒有一絲聲響。這是死亡的作用。

他們默默站著注視著死者。一會兒後蘿思輕嘆說：「卡爾，我想那是她的新娘花束。」

卡爾用力嚥了一口唾液。

「蘿思，我們趕緊離開這裡，別被人發現。我們來這裡眞是白痴。」卡爾站在庭園中那扇毀壞的門前說。然後撿起金屬門把，拿手帕徹底擦掉上面的指紋，又丟回地上。「我希望妳沒有在屋裡到處留下指紋。」

「你說什麼蠢話！我一直在留意有沒有人攻擊你，準備隨時拿袋子打回去。」現在連蘿思也開始變得悲天憫人了嗎？

「手電筒給我。」她繼續說。「我最討厭走在後面什麼也看不見。」

她像個夜遊的小學生拿著手電筒朝四周照射，即使是站在遠方的白痴，現在也看得出來有人闖空門了。希望垃圾桶被打翻的那家主人，並未在一旁埋伏準備逮捕肇事者。

「把光線照向地面。」卡爾提醒說。

她照著他的話做。

忽然間，她停在原地站立不動。

草坪邊緣有片血跡驀地躍入手電筒的光束中，雖然不大，但是絕對不會弄錯。她拿手電筒照往附近，又在房子轉角旁的入口處發現另一塊血跡。從此處開始，好幾滴明顯的血跡一路延伸到旁邊一棟非常古老的附屬建築。

卡爾的直覺頓時湧現。

第64號病歷
Journal 64

如果他們闖入屋內前看到血跡就好了！馬上可以請求支援。可惜現在事情沒有那麼簡單。

他飛快思索了一下。

或許對他們來說，有許多的跡象顯示這兒不太對勁是個有利的條件，畢竟誰能指證闖入者是他們呢？至少他們自己不會。

「我打電話向格洛斯楚普警方報案。」他說。「我們可能需要支援。」

「你不是說馬庫斯嚴厲指示你別招惹寇特・瓦德嗎？」蘿思一邊問，一邊拿手電筒照向附屬建築物的三道門。

「沒錯。」

「那你要怎麼解釋到這兒來的目的？」

「妳說得沒錯，不過我還是得打電話。」他從口袋拿出手機。格洛斯楚普的同事一定知道寇特・瓦德開哪種車，可以即刻展開追捕。因為瓦德也許開著後車廂裝了傷者的車子在街上到處換晃；因為受傷的人很可能是阿薩德。卡爾的想像力一下子翻騰了起來。

「等一下，你看那裡！」蘿思說。

她將燈光鎖定在古老建築物中間那道門上的掛鎖。那是個普通掛鎖，花十塊錢就能隨處買到。掛鎖的黃銅表面上有兩枚引人注意的指紋。

她把頭湊向前看，然後點了一下。沒錯，確實是血跡。

卡爾從槍套中拔出手槍。直接拿槍射擊自然是比較容易的作法，但是他決定採用另外一種方式，也就是改用槍托敲打。最後螺絲終於壞掉，不過卡爾的手指也軟了。現在鎖頭鬆脫，鎖梁也被掀開，蘿思罕見的在卡爾肩上拍了一拍，表示讚揚。

「可以了。」她按下門旁的電燈開關。

光線跳動了幾下，冷冽的日光燈照亮了一個空間，讓卡爾想起家鄉的古老農舍。靠在牆邊的櫃子上擺放著不用的盆罐，還有老舊的大花盆和許多長久沒有栽種的乾癟球莖，另一頭有個冷凍櫃嗡嗡作響，前方架著一座金屬梯，透過一個小窗孔通往上方的閣樓。

卡爾拾級而上，查看堆滿物品的閣樓，裡面只有一盞頂多二十五燭光的燈泡微弱點亮。牆壁上貼著許多海報，地板放了數個床墊，還堆著好幾個裝滿衣物的黑色塑膠袋。

他拿起手電筒照亮罩著麻袋的斜屋頂，心想，很酷的地方。這兒顯然收藏著瓦德孩子的青少年時期。「天啊，卡爾！」底下傳來蘿思的叫喚聲。

她的手扶著開啟的冷凍櫃門，但是身體卻一直往後縮，盡可能遠離眼前的景象。卡爾的心臟開始猛烈跳動。

「噢，噁心死了。」她五官扭曲的哀叫道。

幸好，他鬆了口氣。如果裡頭躺著阿薩德的話，她應該不會這麼說。

卡爾來到冷凍櫃旁邊往內一看，發現裡頭擺滿裝著人類胚胎的透明塑膠袋。他數了一下，一共有八個生命還未成形的小生物。他不會說「噢，噁心死了」這種話，因爲袋中物品引發的情緒主要不是噁心，不過每個人的感受不同。

「蘿思，我們不了解狀況。」

她一臉作嘔的搖頭，嘴唇緊抿，顯然深受震撼。

「我們在外面看見的血很可能來自於這些袋子，或許其他的醫生在入口沒拿好，拾取時血滴了下去。這也可以解釋掛鎖上的指紋。血跡來自於這些袋子。」

但蘿思搖頭不認同。「不是，外面的血還很新鮮，而袋子裡的血都凍住了。」她指著那些讓人毛骨悚然的東西。「你看見冷凍櫃上有血，還是某個袋子破洞嗎？」

第64號病歷
Journal 64

眞是觀察入微。他的大腦運作現在變得有點緩慢。

「聽我說，我們需要支援來處理這邊的狀況。」他說。「我評估了一下，有兩種作法，其一是趁著還來得及的時候，趕緊離開這兒；或者，打電話給格洛斯楚普警方，告知我們的懷疑。而我認爲後者才是正確的選擇。此外，我們再打一次電話回阿薩德的辦公室，或許他已經回去了。」他點點頭，彷彿事實正是如此。「嗯，他的手機可能已經充好電了。」

他拿起自己的手機，卻只見蘿思搖頭。「你難道沒聞到嗎？這裡好像有燒東西的味道。」

卡爾搖搖頭，接著聽見手機裡傳來阿薩德辦公室的答錄機聲音。

「你看。」蘿思指向上方的閣樓地板。

卡爾按下了阿薩德的手機號碼，然後把頭一抬。在微弱燈光中飄動的是煙霧？還是上揚的灰塵？他看著蘿思爬上梯子，耳邊響起目前撥打號碼未開機的說明。

「冒煙了！」她在上面叫道。「煙是從下面飄上來的！」

眨眼間，她已經爬下了金屬梯。「雖然上面有斜屋頂，但是整個空間比這裡還要深。煙霧是從下面某個地方冒出來的。」她指著比較狹窄的區域說。

兩片像是石膏板的東西組合成一道牆面。

如果後面還藏有另一個空間，從這兒應該無法進去。卡爾揣度著，一邊望向從牆板縫隙湧出來的煙霧。

蘿思跑到牆壁邊敲打。「你聽！這片板子聽起來很堅實，另一片卻有隆隆聲，感覺像金屬板。卡爾，這是活動門！」

他點點頭，然後四下張望。門若不是透過遙控器控制，那麼附近一定有某種裝置。

「我們要找什麼？」蘿思問。

「開關，安裝在牆壁上看起來不太尋常的東西，或者線路、電線之類的。」卡爾體內陡然升起一陣恐慌。

「像這樣的嗎？」蘿思指著冷凍櫃上方的牆面叫道。

卡爾循著她的目光望向她說的東西。牆壁上有一條線，顯示曾經進行過修繕。

他沿著線往下看見冷凍櫃正上方有面古老的黃銅板子，板子以前一定屬於某艘船或是大型機械。他取下銅板上的釘子，露出後面一道金屬活門。

「該死！」從縫隙竄出來煙霧越來越濃。活門上沒有開關，而是螢幕和按鍵。見鬼了，他們要怎麼找出開啟活門的密碼呢？

「一般人都是用孩子的名字、妻子生日、身分證號碼、幸運數字組合自己的密碼。拜託，我們怎麼可能有進展？」卡爾東張西望，找尋適合用蠻力破壞牆壁的工具。

但是蘿思卻開始運作起她的灰色小細胞。

「我們從手邊的線索開始，卡爾。」她靠近按鍵說。

「我只記得媽的狗屎，蘿思。這男人叫作寇特．瓦德，今年八十八歲，就這樣。」

「我一起跟來是對的。」她頂嘴道，然後開始輸入。界線正確，不對；祕戰，也沒作用。

她在腦海中迅速回想過去幾天從公文、報告以及剪報上，閱讀到和寇特．瓦德牽扯在一起的名字。她甚至記得他的生日和他太太的姓名。

她若有所思，默不作聲站了好一會兒。這個時間，卡爾的注意力全放在縫隙中冒出的煙霧，以及不斷駛過建築物旁邊的車子所投射出來的燈光。

蘿思忽然抬起頭，塗得濃黑的嚴肅眼睛告訴他，她找到靈感了。

卡爾聚精會神的跟著她指尖每一個動作。

第64號病歷
Journal 64

只見她鍵入「赫——曼——森」。

喀啦一聲，牆板滑了開來。大量煙霧從後頭湧了出來，由於氧氣的作用，幾秒間即刻竄出熊熊大火。

「他媽的該死！」卡爾大叫奪走蘿思手中的手電筒，蒙著頭衝進被隔出來的空間。

卡爾不太關心一旁的冷凍櫃和放滿文件的書櫃，因爲他的目光和所有感官全聚焦在那具仰躺在地，沒有生命跡象的軀體上。

卡爾將阿薩德拖出去時，火焰已經竄上了阿薩德的褲腳。他對蘿思吼叫，要她過來用身上的大衣蓋住阿薩德，把火熄滅。

「噢，天啊，不要！天啊，他幾乎沒有呼吸了！」她尖叫說。卡爾再度把頭伸進小密室，驚訝的發現裡面的地板上幾乎用血寫滿了「阿薩德在這裡」幾個字，而且小冷凍櫃上面有個打火機，和幾個小時前還躺在他辦公桌上那個一模一樣。火勢已經蔓延開，那些文件再也救不回來了。

他們一人一邊用肩膀撐起阿薩德，拖著他迅速離開建築物。

急救人員比醫生還快抵達現場，他們小心翼翼將阿薩德放到擔架上，幫他戴好氧氣罩，希望能爲他注入生命。

蘿思整個人呆若木雞，要不了多久就會崩潰。

「請告訴我他沒死！」卡爾追問急救人員，整個人快被情緒狂潮給淹沒，以前他從來不知道自己體內存在著這些情緒。

他抬高眉毛，想要抑制住眼淚，但淚水仍然滑落下來。該死，阿薩德，老傢伙，你要撐住。

「他還活著。」急救人員說。「但是煙霧中毒可能造成嚴重的後果，尤其灰塵若是阻塞住肺葉的話。最好有心理準備。而且後腦的傷口也不太樂觀，判斷應該是遭受了猛烈一擊，頭骨很有可能斷裂。若是如此，將會引發大量顱內出血。你認識他嗎？」

卡爾只能點頭。他難以接受眼前無情的事實，難過得快要喘不過氣，但是一旁的蘿思似乎馬上就要崩潰了。

「我們只能保持希望了。」急救人員說。

此時消防人員喊著指令拉出水線，卡爾一隻手環抱住蘿思，感覺到她渾身發抖。

「阿薩德會撐過來的，蘿思。」卡爾說，他自己也聽得出這句話有多麼空洞。

一分鐘後，急救醫師趕到現場，立刻撕開阿薩德的襯衫，想要檢查他的心跳和肺部，但是有東西擋住了他的身體。下一秒，醫師便從阿薩德襯衫底下扯出一些文件，丟到一旁。

卡爾彎身撿起文件。

一份是裝訂在一起的紙張，標題寫著：「祕戰會員名冊」。

另一份則是：「第六十四號病歷」。

第四十章

一九八七年九月

五點二十分了，妮特手中的毛線已經編織了好幾排。

窗戶大大敞開著，底下街道人來人往，有老有少，偶爾還有人在屋前停下腳步，但始終不見寇特·瓦德的人影。

妮特努力回想兩人最後一次談話，儘管她那時處於憤怒的情緒中，但仍確切感覺到他已經上鉤。看來她誤會了。

他若是躲藏在樹下觀察著入口怎麼辦？或者他看見了諾維格走進大門，後來卻沒有離開？少了瓦德，計畫便不算圓滿，無法得到真正安寧。她揉揉脖子，感覺後腦杓越來越緊繃，若是不趕快服藥，偏頭痛又要發作了。她沒有時間、也沒有精力頭痛，現在比過去任何一個時刻還必須保持頭腦清晰、精神專注。

她強忍著太陽穴的疼痛走到浴室的醫藥箱拿出藥罐。罐子裡只剩下一顆藥，幸好放桌巾的櫥櫃裡還有另外一瓶。她站在走廊上，猶豫不決的瞪視著緊密闔上的餐廳門。這樣做沒有用，她仍然必須進去面對銀餐具、玻璃瓶、水晶杯和已經享用過人生最後一餐的冰冷屍體。

她迅速打開密閉餐廳的門，閃身進去後又立刻將門關上。裡頭的臭氣撲鼻襲來，主要是來自諾維格身上。

她怨懟的看了屍體一眼。處理完所有屍體之前，她還得忍受好一陣子。

妮特拿了藥罐，在餐桌另一端坐下，看了一圈桌旁的人。除了像隻擱淺的鯨魚躺在地上的堂哥泰格之外，莉塔、維果和諾維格都規規矩矩坐在桌邊。她給自己倒了杯水，雖然明知這樣的劑量太過，還是在嘴裡塞了三顆，然後舉起水杯。「乾杯，各位先生、女士。」她對著垂著頭、眼神空洞的軀體說，喝水將藥吞下。妮特想起她灌進這些沉默客人嘴裡的福馬林，忍不住放聲大笑。希望那能夠稍微減緩腐爛的速度。

「嗯，你們還會有東西喝，不過必須再等一等，有個同伴會來陪伴你們。你們有些人已經認識這位女士了，她就是姬德．查爾斯。是的，你們沒有聽錯，正是那個將我們其中幾個人在地獄之島上的生活變成永恆夢魘的金髮惡魔。她曾經擁有美麗綽約的外表，希望她能夠保持下去。我不希望她降低了這兒的水準。」

妮特笑聲更加嘹亮放縱，直到緊繃的脖子發出了警告。接著，她站起身，向眾位賓客一鞠躬離開了餐廳。

不能讓姬德．查爾斯等她。

用過早飯後，莉塔將妮特拉到一旁。「聽著，妮特。哪天等姬德厭倦了，一定會把妳甩掉，到時候妳就嘗到後果了。妳也看見我發生什麼事。」

她挽起袖子，露出赤裸的手腕，讓妮特看手上的針孔。妮特數了數，共有五個。比她自己還多了四個。

「我在這兒的生活簡直像地獄。」莉塔繼續說，眼睛始終警覺的觀察四周動靜。「那些賤女人不斷警告我最好閉上狗嘴，只要稍微不注意就找機會毆打我。我必須洗廁所和月經布，一天到

第64號病歷
Journal 64

晚和最糟糕的白痴們一起幹最糟糕的活兒。

「這樣還不夠。那些賤人動不動就對我發火，不斷罵說：『妳不准這樣，不准那樣。我們知道妳的把戲，有人說了如何如何。』但是那些都不是眞的，妮特。我只是被抨擊的目標，一切都是姬德的錯。妳看。」

莉塔轉過身，解開連身工作服的帶釦，脫下褲子，露出大腿上好幾條交錯的青紫色瘀痕。

「妳以爲那是自動出現的嗎？」

然後她又轉回來，豎起食指對妮特說：「我很清楚下次主治醫生來的時候，她一定會說服他把我結紮。我必須離開這兒，妮特，而妳得跟我一起走！我需要妳。」

妮特點點頭。一來是姬德拿天仙子威脅她，二來是姬德這個人冷酷無情，即使女孩在她驅使下不停勞動，表現得唯命是從，勤奮努力，她還是任意讓她們接受結紮手術。就連妮特也害怕姬德陰晴不定的情緒。

「我們要怎麼逃走？」妮特問。

「這件事交給我。」

「妳需要我做什麼？」

「妳必須幫我們弄錢來。」

「錢？怎麼做？」

「去偷姬德以前工作攢下來的錢。之前她還喜歡我的時候，總愛對我吹噓。我知道她把錢藏在哪裡。」

「在哪裡？」

「她的房間裡啊，妳這個呆頭鵝。」

「妳為什麼不自己去偷？」

莉塔指著自己身上的服裝笑說：「穿這種工作服的女孩到主屋去做什麼？」然後她又恢復嚴肅的表情，「必須趁著姬德白天在外頭瞎攪和的時候去偷。妳知道她的鑰匙藏在哪裡，妳自己告訴過我的。」

「要我白天去偷？我辦不到！」

莉塔立刻手握成拳，然後又抓住妮特用力搖晃。她氣得臉色刷白，下巴不住抖動。

「妳當然辦得到！如果妳不想看輕自己就必須做到，妳懂嗎？而且現在就去，晚上我們才有機會逃走。」

姬德的房間在縫紉室二樓。妮特一整個上午坐立難安，嘴唇上方不停冒汗，等待著可以溜出去一、兩分鐘的時機。但是時機始終沒有出現。今天的工作並不費神，看守人自己也坐在窗邊靜靜編織，四周安靜得令人咋舌，這一天沒有人爭吵，也沒有額外的任務。

妮特四下張望，心想必須想辦法引起騷動。問題在於該怎麼做，什麼時間又最恰當。

這時，她忽然靈光一現。

她正前方坐了兩個以前在哥本哈根賣淫的墮落女子。大家叫她們貝蒂和貝狄，因為她們從早到晚三句不離自己崇拜的好萊塢明星貝蒂．戴維斯和貝狄．葛萊寶，還因此模仿兩人的穿著和一言一行。妮特從未看過電影，不認識那兩個沒大腦的演員，只對她們絮絮叨叨講個不停感到厭煩。

坐在妮特後面正在編織的是皮雅，也是妓女，年紀稍微大一點，來自歐胡斯。相對於其他人，皮雅沒那麼愛聊天，或許是因為腦袋不太靈光的關係。貝蒂和貝狄知道很多紅燈區的事情，不過只有趁看守人不在的短暫時間才會講一些。她們會敘述不同陪睡種類的價格、各種臭氣沖天的男人，或是繪聲繪影的形容如果男人不付錢的話，如何在他們下體用力踹上一腳。

妮特轉過頭去，歐胡斯妓女也抬起頭對她微笑。她懷孕過三次，但每次孩子一生下來就被送給別人領養，種種跡象都指出：她很快就會被送到高薛醫院結紮。妮特很清楚，因爲那始終是女孩們談論的話題。只要精神病院的主治醫生提出請求，社會局便會在當事人不知情的情況下發布結紮許可，所有人都知道不定時炸彈隨時會在她們當中爆炸，皮雅也不例外。所以她行爲低調安靜，不太與人往來，夢想能夠離開。島上每個人都有夢想，大部分與家庭和孩子有關。

皮雅也是一樣。還有妮特。

妮特稍微傾身靠近皮雅，用手摀住嘴巴低聲說：「我很不願意說出來，皮雅，但是貝蒂和貝狄在背後說妳壞話。她們告訴看守人，妳說自己只要幫男人口交，就可以在一個上午賺好幾百克朗。而且，等妳離開這裡以後，還會繼續老本行。我只是想警告妳，因爲……哎呀，姬德．查爾斯一定也聽說了。我覺得好難過噢。」

織布機聲音停了下來，皮雅兩手放在大腿上。她需要一點時間才能眞正消化妮特那番話，明白事情的嚴重性以及產生的結果。

「她們還說，妳會因此拿剪刀捅死姬德耶。」妮特輕聲說。「是眞的嗎？」

這時，她身後的女人似乎激動得思路中斷，不到幾秒鐘，她便證明了歐胡斯的女孩動作有多敏捷靈活。三個女人瞬間扭打成一團，看守人四處呼叫幫忙，其他女孩也紛紛加入戰局，妮特則趁亂離開了縫紉室。

其他看守人從廚房和儲藏室紛紛趕來，有個人緊急拉響院長辦公室前的警鈴。轉眼間，各處陷入混亂，尖叫聲、咆哮聲和不堪入耳的髒話此起彼落。

不一會兒，妮特已經來到姬德的房門口，從門框上拿下鑰匙。

她從沒來過這個房間，屋裡打掃得非常乾淨，牆上貼著漂亮的圖畫，床鋪也鋪得整整齊齊。姬德將她少數的私人物品放在一個斗櫃中，裡頭還有一雙妮特沒看她穿過的外出鞋。

妮特在其中一隻鞋中找到了將近五百克朗和一只戒指，戒指上刻著：「阿利斯托·查爾斯—歐琳納·顏森，托爾斯港市，一九二九年八月七日。」

她把戒指放了回去。

那天晚上，地下室和二樓的懲戒室裡關滿了在縫紉室打架鬧事的人。

在這樣的夜晚，用餐時大家通常噤聲不語，不希望自己過於顯眼。先前的鬥毆中，看守人在許多人身上打出了瘀血，整個氣氛就像空氣中蓄滿了電，很容易擦槍走火。

莉塔目不轉睛望著妮特輕輕搖頭。事情發展出乎她的意料。

然後，她伸直十隻手指，隨後又比了兩隻大拇指，表示將在午夜十二點展開行動。不過妮特一點頭緒也沒有，不知道她們要如何逃出這個地獄。

妮特萬萬沒料到的是，莉塔竟然引火燒室友的床。雖然感化院中嚴格管制火柴的使用，但是莉塔不愧是莉塔，只要一根火柴和一截從廚房偷來的包芯線就夠了。她一整天把東西夾在豐滿的胸部下面，等到智能不足的室友熟睡便將火引燃。

室友被滿屋子的煙霧驚醒，放聲尖叫，沒多久，所有人全部跑了出去。島上以前也曾經發生過火災，畜欄被燒掉好幾次，幾年前那次甚至所有設備皆毀於大火之中。燈塔看守人和他的助手襯衫還來不及扣上，吊帶褲也沒有穿好，便飛奔過來指揮大家拿水桶救火，讓水泵運作抽水。

莉塔和妮特在菜園後面碰頭。她們回頭望時，看見莉塔的房間窗戶爆裂開來，煙霧向外冒出，在清朗的星空下盤旋湧升。

大家應該很快就會懷疑是莉塔搞的鬼，搜尋她的下落。時間十分緊迫。

正如妮特所預料，「自由」那棟小屋的煤油燈下出現了水手的身影。但她沒想到維果也在其中，而他竟然沒有認出妮特，更是令她萬分驚訝。

妮特熟悉他打量她時所露出的笑容，之前他和朋友在旁看著第三人從後面上莉塔時，臉上正是這副表情。那是種希望能在愛人唇邊看到的微笑，但絕非是出現在全然陌生的男人臉上。而此刻的維果，正是個陌生人。

雖然她告訴他，自己就是年度市集上那個女孩，他卻完全想不起此事，只是大笑說既然他們已經做過了，何不再續前緣呢？

妮特頓時覺得心碎成了兩半。

維果的朋友在一旁數著錢，然後嚷嚷著錢不夠。如果她們想要同行的話，就躺在桌上，將兩腿大大張開。這項要求顯然不在協議之內，只聽莉塔尖聲大叫，用力搥打對方。但那樣的舉動似乎是不智之舉。

「妳給我留在這座島。」他回敬她一拳說。「滾開，滾出這裡。」

妮特看著維果，希望他能夠幫忙緩頰，但他沒有任何反應。看來沒有他置喙的餘地，而且他對此一點也不以爲擾。

莉塔改變了主意，把衣服掀高。但是，幾個男人卻意見一致認爲，既然有了新貨色，爲什麼還要玩已經上了許多次的狂妄蕩婦呢？他們毫不修飾的這麼說。

「走，妮特，我們回去。把錢還來。」莉塔叫喊。但男人只是笑得更大聲，私下把錢分掉。

妮特嚇得不知所措。姬德一定知道除了妮特，沒人能偷走她的錢。更何況，她們今晚怎麼能回到感化院呢？那兒一定像人間地獄一般。

「我……我躺下。」妮特支支吾吾說的爬上桌子，其他男人這時把莉塔趕出了屋外。莉塔在外面大聲叱罵，詛咒對方祖宗八代，但是不一會兒，四周便安靜了下來。妮特聽到的唯一聲音，只有身上那個陌生男人的喘息。

輪到維果上場時，妮特覺得自己從此再也哭不出來了。在這一刻，她的生命被徹底奪走。即使在情緒最陰鬱、最消沉的時候，她也想像不到世上竟存在著這麼多的背叛，這麼多的邪惡。

當維果在她身上滿足自己的欲望，妮特的目光滑過窄小的屋子，在心中向史葡格島，還有她曾經置身的這間小屋道別。

隨著維果的身體開始抽搐，窩在角落的朋友縱聲發出怪叫，忽然間，門被踹飛開來，莉塔的手指正指控著妮特，姬德蝥人的目光也牢牢盯在她身上。

幾個男人瞬間一哄而散，但是妮特的身體彷彿被人釘住，只能裸露著下體躺在桌上。

從這一刻開始，妮特的恨意如野火燎原，燒得無邊無際。她痛恨死那兩個女人；痛恨死自詡爲男子漢，實際上卻是個豬玀的維果。

第四十一章

二〇一〇年十一月

瓦德人還在布勒畢爾斯特路上教堂的轉角處，便已察覺到騷動和不對勁。外頭氣溫低寒，但到處站著圍觀的群眾，有的在馬路上，有的在他家門前。

等到他看到消防車的藍色閃光，聽到叫喊聲和泵車的嗡嗡抽水聲，一陣寒氣即打從腳底升起。這是場惡夢。

「這裡是我家，發生什麼事了？」他大聲叫道。

「請您去問警察，他們剛才在這兒。」有個消防人員回答他，然後繼續埋首救火。「我們剛才趕到的時候，在這裡的那個警察叫什麼名字？你還記得嗎？」他詢問一個正要捲開水管的同事。

「是不是叫莫爾克？」他搖搖頭，顯然不太確定。

無所謂，瓦德已經聽到他該知道的資訊。

「算您走運，」拿著水管的消防員說，「我們若是再晚個兩分鐘，這棟倉庫一定會燒毀，甚至波及特衛街那棟蘆葦屋頂的房子。很遺憾在火場中發現了一個傷勢嚴重的人，看起來像吉普賽人，可能是流浪漢偷闖進去，想要找個可以睡覺的地方。我們認爲火災應該是他引起的，但是目前尚無法斷定。他燒掉了房子裡所有文件，或許是想要取暖。不過，一切都只是推測。請您詢問警方，他們比較清楚狀況。」

瓦德克制自己不要點頭。沒有更合乎心意的結果了。

他在老舊倉庫的入口處，拿手電筒照向冷凍櫃後面的牆壁。隱藏式的活門已經滑向一旁，後面空間中的地面上到處是灰燼和汗水，令人看得膽顫心驚。

等待消防人員離開後，瓦德煩亂不安的踩著汗水走進去。什麼都沒有了，一點兒東西也沒留下。

然後，他看見了地上的字：「阿薩德在這裡。」差點暈了過去。

「所有文件都沒了。」他用安全手機打電話給林柏格說。「所有的一切。會員名冊、基金會檔案、地址簿和病歷表，全在那場火中被燒毀了。」

「我希望你是對的。」林柏格說。「雖然發生這起不幸事情，我仍衷心希望大火清除了所有紀錄。你說最後看見那個阿薩德的時候他還活著，我們是否已經釐清警方如何找到他的呢？有沒有可能是因為手機？」

「不可能，我們沒收了手機，而且也關機了。米凱爾和其他人正在研究晶片，裡頭應該存有重要的資料。不過手機被我們取走後就一直處於關機狀態，所以不可能是手機的關係。我無法告訴你卡爾·莫爾克是怎麼找到他的。」

「給我十分鐘，我來詢問醫院那邊的狀況，等下回電給你。」

瓦德既憤怒又哀傷，激動得全身發抖。他要是早點回來就好了。為什麼還要喝第二杯咖啡呢？葬儀社的老闆娘為什麼花那麼久的時間表達哀悼之意？但是，現在想這麼多又有什麼用？事情已經發生了。

按照計畫進行就對了！

計畫很簡單，等他們一除掉阿拉伯人，接下來就輪到他的同事莫爾克。等到莫爾克也被剷除後──很可能在明天──他們在市警局裡的人，就能到警察總局地下室搬走諾維格的檔案加以銷毀。

如此一來，那些可能損害政黨的威脅即可一一避免。整個計畫大致上如此。

事實上，懸案組裡還有一個女員工。「那個女人頭腦有點不正常。」他們在市警局裡的內應說。他向他們承諾，沒有必要多費心思在她身上，就算這項估計失準，他也能在最短時間內讓那女人犯錯出醜，被趕出警察體系。

就瓦德所知，梭倫．布朗特也不再是個眼中釘了。此外，等到這兒事情辦妥後，米凱爾將會飛到馬達加斯加，解決掉蜜耶．諾維格和赫柏特．旬納司高。

事成之後，唯一潛在的威脅就只剩下妮特．赫曼森。

必須讓一切看起來很自然，在她死後隨即開立死亡證明，迅速處理完喪事。整起事件便可劃下句點。

他衷心期待事情順利結束。

如今手邊的文件已經燒毀，就像祕戰其他同志可能會引發醜聞的檔案一樣，因此，等到卡爾．莫爾克和哈菲茲．阿薩德一死，警方的調查行動便不再是威脅──假使懸案組真的是獨立辦案的話。他們的政黨將安然成立、茁壯，畢生的心血終將收穫甜美的果實。

瓦德點點頭，把整件事思索了一遍。他十分篤定不會造成傷害，甚至恰恰相反。

現在就等林柏格報告阿拉伯人的住院狀況了。

瓦德走到二樓，在他摯愛女子的身邊躺了一會兒。

她的皮膚蒼白如雪，感覺溫度更加冰冷。

「我心愛的畢雅特，讓我給妳一點溫暖。」他將不會再順從聽話的屍體擁入懷中。就在他和無關緊要的外人一起喝著咖啡時，她的屍體逐漸變得僵硬。他怎能這麼做！

這時手機響起。

「喂，林柏格，你找出他們將那個人送到哪兒去了嗎？」

「是的，在哈德維夫醫院，情況不太樂觀。事實上，他的傷勢非常嚴重。」

瓦德鬆了一口氣。

「誰和他在一起？」

「卡爾・莫爾克。」

「嗯。你知道他是否從密室拿走任何東西？」

「不太可能。即使眞的拿了，應該也不是什麼重要的物品。我們的內應目前就在醫院裡，我打電話問問他是否知道什麼，請等一下。」

他聽見林柏格在電話那頭講話的聲音，沒多久他又回到這支電話上。

「嗯，很難講，因爲他沒辦法太接近莫爾克。他說莫爾克手中似乎有份名單，不過也有可能是醫院給家屬的照護資料，看起來像那類文件。」

「名單？」

「是的……你別擔心，瓦德，一定不會有事的。暴風雨已經過去了，老友。雖然從歷史的角度來看，我們的會員資料，以及與祕戰成立歷史有關的所有文件全數被銷毀，確實讓人惱火。不過繼我們的文件之後，你的檔案也付之一炬，或許這件事冥冥中自有道理。除了這些事之外，你還好嗎，瓦德？」

「不好。」他深吸一口氣。「畢雅特死了。」

第64號病歷
Journal 64

一陣漫長的沉默籠罩在兩人之間。

瓦德清楚林柏格和組織元老對畢雅特的觀感，他們認爲她不僅是傑出能幹的領導人物，也是位風情萬種的女人。

「致上我對她的敬意與懷念。」林柏格只說了這句話。

顯然他不知道還能說些什麼。

他和喪儀社老闆約定明天上午過來將畢雅特接走，因爲他們說最好別停靈太久。眞是多災多難的時機點。

瓦德哀傷的凝望著死去的妻子，他本來打算今晚跟隨她去，而喪儀社的人明天來的時候，會發現他們需要跑兩趟。

但是，現在計畫變了。

他必須先確定卡爾．莫爾克和哈菲茲．阿薩德永遠消失，以及觸霉頭的莫爾克在病房裡閱讀的資料，並非無論如何絕對不能落入他手裡的文件。

於是他撥打米凱爾的號碼。

「那個腦袋受了一擊的哈菲茲．阿薩德還活著，放火燒了密室的人很可能是他，不過幸運的是，他應該撐不了多久。接下來幾個小時，我們可靠又忠實的內應會隨時提供最新訊息。對方是一位以前經常幫助我們的護士，現在也願意提供協助。因此，我認爲不需要在他身上浪費精力，眼前的問題是卡爾．莫爾克。」

「好的。」電話另一頭傳來簡潔又肯定的回答。

「米凱爾，這次一秒也不能讓他離開你的視線。他目前人在哈德維夫醫院，務必寸步不離的跟著他，聽到了嗎？你們要想盡辦法讓他從地表消失，不擇手段把他解決掉。重要的是，你們下手一定要俐落，而且越快越好。」

第四十二章

二〇一〇年十一月

救護人員在急診室前將救護車上的阿薩德抬下來。蘿思站在一旁愣視著阿薩德失去血色的臉龐，救護車閃爍的藍色光不斷落在她身上。卡爾擔心，在診斷結果出來前漫長一夜的焦心等候，會讓蘿思承受不住。她的精神狀態已經瀕臨崩潰。

「妳可以自己開車回家嗎？」他問道，然後把車鑰匙交給她。就在這時，他忽然記起了她瘋狂的駕車風格，不過已經太遲了。

「謝謝！」她給了他一個擁抱，時間久到似乎有點踰矩。放開他後，她朝著阿薩德的擔架揮揮手，緩緩走向停在一旁的汽車。

謝天謝地，這個時間路上車子不多，卡爾心想。蘿思若是發生了什麼意外，他別想繼續當警察了。哎，或許他早就不是了。

醫生將阿薩德推入手術室，卡爾坐在候診室裡等待。最後，有個醫生臉色凝重過來告知他診斷結果。他說阿薩德的肺部傷勢幸好不嚴重，但是由於顱骨骨折造成內出血，目前仍無法評估可能造成的傷害，簡言之，他們無法做出任何承諾。由於患者的傷勢相當嚴重，他們建議最好盡快將阿薩德轉到王國醫院，那兒的急診室已經準備好了。王國醫院的醫生會再徹底檢查他的傷勢，很有可能需要開刀，隨後再轉進加護病房觀察。

卡爾點點頭，心情苦澀。他不可以告訴蘿思這個消息，否則她會大受打擊，一蹶不振。他緊緊抱著阿薩德藏在襯衫底下帶出來的文件，發誓要寇特．瓦德爲此付出代價。他們若無法透過合法管道讓他就範，那麼還有其他方式可用。他媽的，他豁出去了。

「我剛剛得知不幸的消息。」就在此時，一個熟悉的聲音穿越走廊而來。馬庫斯正迎面朝他走來。

看見他出現，卡爾心裡又悲傷、又感動，眼眶不由得泛起淚光。

「馬庫斯，我們回總局。」卡爾建議。「我現在沒有辦法回家，有太多事情需要解決了。」

馬庫斯看著後照鏡，把它稍微調正。

「嗯，奇怪，後面那輛車跟著我們很久了。」他說，然後看著卡爾。「我了解你的心情。但即使是英雄也需要睡眠，還有吃飯、喝東西。」

「好，我們到了總局之後，你可以花錢買一瓶老丹麥保藥酒給我。至於睡覺和吃飯，你的建議不錯，不過目前得先等等。」他簡短爲馬庫斯說明一整天發生的事情，最後也無法隱瞞他和阿薩德的私下行動。

「我早就嚴格告誡過你們不要接近寇特．瓦德了，卡爾！你看看現在發生了什麼事！」

卡爾只能點頭。他不得不承認組長這番評論說得沒錯。

「但是，幸好你沒有聽我的話。」馬庫斯又說道。

卡爾凝視著他。「謝謝你，馬庫斯。」

馬庫斯再三斟酌後接著說：「卡爾，在你繼續追查下去之前，我必須先和幾個人談過。」

「嗯，恐怕我沒有辦法等那麼久。」

「那麼很遺憾，我不得不將你停職，卡爾。」

「你若是這麼做，那些混蛋會從他們所幹的勾當中全身而退。」

「什麼勾當，卡爾？你家發生的那件攻擊事件？他們對阿薩德做的事？或者是那些失蹤案件？還是他們政黨的基本主張？」

「我指的是所有的事！」

「我告訴你，卡爾，假如你不先等我和幾個人討論過這件案子，寇特．瓦德和他那幫人絕對會逃過法律制裁！你就達不到你期望的結果了！你先在辦公室等我的消息，就這麼一言爲定了？」

卡爾聳了聳肩，不置可否。

他們將車子停進了漢布羅斯街旁的總局停車場大樓。兩個男人心事重重佇立在水泥建築前，凝望對街的警察總局，再三反芻這陣子發生的事情。

「卡爾，你身上有菸嗎？」

卡爾想起他組長的口香糖，不由得笑了。「我有，但是我沒有打火機。」

「這個我有，等一下。」馬庫斯說。「車子的置物箱中有打火機。」

他轉過身，才走了兩步，一輛原本斜停在總局旁邊亮著大燈沒熄火的深色車子，忽然間加快速度，直接朝他們衝過來。

卡爾縱身跳向一旁，在人行道上滾了好幾圈，車子撞上路緣的力道讓車頭幾乎完全撬起，差點翻了過去。卡爾只聽見猛烈的金屬撞擊聲，接著，車子緊急煞車甩尾一圈，倒退時引擎嘎吱作響。過度扭轉的輪胎，在地面摩擦出燒焦的橡膠味。

他們聽見槍聲響起，但搞不清楚從哪個方向射擊出來，僅知道那輛車子似乎改變了行徑路線，差一點失去控制，不過仍舊歪歪斜斜繼續行駛在馬路上，最後猛力衝向一輛停在路邊的便衣刑警的車子。

不久後，他們看見一位摩托車警察，全副武裝，拿著槍朝總局方向跑過來。卡爾第一次聽見凶殺組組長在短短幾秒內飆出那麼多的髒話和詛咒。

當新聞發言人和馬庫斯窮於應付媒體時，卡爾抓緊時間研究肇事者的資料。肇事者身上自然找不到證明身分的文件，但是卡爾只需要拿著那人脖子被射出圓形彈孔的照片到處詢問一下，就查出了對方的名字。

「這人是歐勒．克利斯提昂．施密特。」三樓C組的一個同事說。知道了這個名字，卡爾也多少有了頭緒。他曾經是個激進的右派份子，因爲重傷害罪進了牢房，不久前才剛被放出來。犯罪紀錄中，施密特曾毆打社會主義黨的一名女性理事，另一次則是狠狠揍了迎面走來的移民青年，雖然稱不上成果豐碩，卻足以讓人審愼面對他可能造成的威脅。

卡爾看著牆上的液晶電視。從他在辦公椅坐下，TV二台便持續不斷播報著新聞。馬庫斯和發言人完美處理了此樁槍擊案，沒有提及正在進行的調查，也沒洩漏一句可能與案件有關的背景，聽起來只是一樁突如其來的意外事件罷了。偶爾經過的摩托車警察，果斷堅毅攔阻了一位顯然精神狀況不穩定的人，因此救了兩位同僚的性命。

卡爾點點頭。這次的插曲可以看出寇特．瓦德走投無路，被逼入了絕境，不過另一方面也清楚表示事情尚未結束。等馬庫斯回到辦公室後，他們必須趕緊商議如何進行逮捕。

電視螢幕上的畫面換了，主播簡短讚揚了馬庫斯的功績，不過卻也抱怨警方並未公布死者與開槍警員的姓名。

第64號病歷
Journal 64

畫面再度轉換，但是一旁主播的表情依舊沒變：

上午九時許，一位駕駛帆船者受到了莫大的驚嚇。他從漢緒出航，前往塞耶育島上的塞耶比時，在半路上在發現了一具漂浮在水面上的屍體。根據我們的消息來源，死者為三十一歲的記者梭倫．布朗特，死因研判應是溺斃。家屬已經收到了通知。

卡爾震驚萬分，趕緊放下手中的咖啡杯，瞪著電視螢幕上布朗特那張露出笑臉的照片。難道這是個沒完沒了的惡夢嗎？

「卡爾，你應該認識馬維，對吧？」馬庫斯問道，然後請他兩位客人坐下。

卡爾點頭，向對方伸出手。克爾．馬維是警方保安隊裡冷酷的老傢伙，他當然認識他，而且比大部分的人還熟。

「好久不見了，卡爾。」馬維說。

這樣說也沒錯。自從離開警察學校後，他們便分道揚鑣，不再有交集。馬維忙著在保安隊封閉的天空中扮演流星的角色，曾經英挺俊秀的外型也傳出他逐漸失去了先天魅力的流言，可能是因為那套千年不變的深色西裝，或者是因為日漸膨脹的過度自信。但是無論如何，卡爾一點也不在乎。

「你好啊，水母。」他對保安隊員打招呼。對方聽到從遺忘迷霧中冒出的綽號明顯嚇了一跳，卡爾很高興看到這個反應。「保安隊的人也加入此案啦。不過，我一點也不感到意外。」他看著馬庫斯的方向意味深長的說。

馬庫斯正在找他的尼古丁口香糖。「卡爾，話先說在前頭，馬維在保安隊中負責設法與界線明確黨和包括寇特・瓦德在內的核心成員建立互動，涉入調查此事已經四年的時間，所以你應該可以了解……」

「我全都明白。」卡爾打斷他的話，然後轉向馬維說：「我是你的人，水母，說吧！」

馬維點點頭，先是對阿薩德發生的意外表達哀悼之意。或許「表達哀悼之意」不太恰當，所以下一秒隨即又補充說，總之他打從心底感到遺憾。

接著馬維毫無保留的說明了他的調查工作，看得出來他因這個案子備受折磨。他顯然涉入非常深，接觸了到底部沉渣，看見人類披著道貌岸然的外衣，行邪惡之實，讓他內心激動翻騰。

「我們有系統的針對這個黨派具有影響力的重要成員，以及參與祕戰的多位人士進行監聽，因此得知了部分棘手問題，也就是你向馬庫斯報告的內容。當然，我們取得了證人的證詞，和能夠支持我們調查工作、隨時可溯及既往的文件資料。但是，你們在諾維格家……」他雙手比了個引號，「『發現』的檔案，我們花了一整天研究，可惜沒有找到什麼新的事證，都是病人控告祕戰成員的舊資料，相關文件在轄區警局的檔案室自然也有存檔。不過，我們以前倒是不知道寇特・瓦德會派遣他底下打手從事犯罪活動，某種程度而言這件事對我們有利，如此一來，很容易讓大眾明白，爲什麼必須阻擋這些人和他們所擁護的理念。」

「是的，卡爾。」組長突然打岔說。「你有理由生氣我沒有早點知會你關於保安隊的調查工作。但是，我們不能隨便亮出底牌啊。只要想想媒體和大眾一旦發現政府密集調查一個新興民主黨派，監聽他們的聯絡往來，甚至滲透進組織的話，醜聞將會一發不可收拾。你幾乎可以預見標題會怎麼寫了吧？警察國家、開業禁令、法西斯主義！這類標題既不符合我們採用的手段，更與我們的調查內容無關。」

卡爾點點頭，說：「謝謝你們的信任。我相信我們應該能閉緊嘴巴，不過也無所謂了。你們知道他們也殺死了梭倫．布朗特嗎？」

馬庫斯和馬維面面相覷。

「看來你們尚未得到消息。梭倫．布朗特是我一個消息來源，今天上午被人發現溺斃在塞耶育海灣。我想你們應該知道布朗特這個人是誰吧？」

馬維和馬庫斯組長面如死灰的注視著他，兩人表情如出一轍。看來他們果然知道。

「你們可以相信我，那是樁謀殺。布朗特一直擔心自己有生命危險，他甚至不願意向我透露他的藏身處。但是，這麼做顯然也無濟於事。」

馬維望著窗外。「很好。一個記者？他們竟然殺害了記者！」他權衡著可能的結果。「這麼一來，媒體會站在我們這邊，丹麥沒辦法忍受像烏克蘭和俄羅斯那種侵犯記者的事件。這件事情應該很快能解禁，不需要祕密進行了。」他直視著兩人，臉上似乎帶著一抹微笑。若不是整件事發展至此讓人難過的話，他很可能會喜不自勝開懷大笑。

卡爾默不作聲凝視著兩人，過了一會兒，才終於丟出手上的王牌。

「有些事情我願意轉交你們負責，不過相反的，我要自由偵辦手上正在進行的調查，直到案情水落石出爲止。我懷疑瓦德與一系列人口失蹤案脫不了干係，根據我的評估，若能釐清案情，寇特．瓦德將再多背上幾樁控訴。成交嗎？」

「你當然能獨立偵辦你說的案子。不過，我們絕對不允許你在追查瓦德時，拿自己和其他人的生命冒險。」馬庫斯注視著卡爾的目光清楚透露著：你那是什麼莫名其妙的想法？

卡爾也用眼神回答：「不是你想的那樣。」接著他把文件放在桌上說：「看看這個，祕戰成員的會員名冊。」

馬維的眉毛倏地飆高，眼睛瞪得像牛眼那麼大。他做夢也不敢奢想竟然會有這種東西。

「是的，我可以告訴你們，整件事眞是瘋狂。許多著名醫生、多位警官——其中一個還是市警局的人——護士、社工人員等，都是行業中的翹楚。不過，更棒的是，我們已經詳細調查過這些人的底細，其中還包括瓦德底下的打手。這裡有一整列他們的資料。」

他指著名單說。寇特·瓦德充分發揮日耳曼性格，不僅記錄了會員姓名、配偶姓名、住所、電子郵件、工作地點、身分證字號、電話號碼和傳眞號碼，還鉅細靡遺記載了個人在組織中發揮的功用。「資訊收集」、「轉診」、「調查」、「焚化」、「法律支援」、「聯絡當局的中介者」……這些只是名單上眾多稱呼的一小部分，其中當然還有「田野工作」，不需要是身經百戰的警察，也知道這個說法背後所代表的意義。

至少絕對和馬鈴薯沒有關係。

「歐勒·克利斯提昂·施密特就出現在『田野工作』那欄底下。」卡爾在那名字上敲了敲。「馬庫斯，你看起來一臉困惑。這個人就是先前要取我們性命的人。」

馬維看起來手指發癢，似乎迫不及待想奪走卡爾手上的名單。卡爾幾乎可以想見馬維衝回他們單位辦公室，宣布調查有了不可逆轉的突破性發展。只不過卡爾沒有心情分享馬維的喜悅，因爲爲了取得這份資料，付出太高的代價了。

阿薩德還在王國醫院裡與死神搏鬥。

「根據身分證字號，可以看出被分類到『田野工作』的人，年齡層與其他組別不同，例如施行墮胎手術的人。」卡爾又接著說道。「這些人年紀都不會超過三十歲。我建議將他們逮捕起來，爲過去幾天的所作所爲吃點苦頭。這樣一來，我向你們保證，馬上就能阻止攻擊和謀殺的發生。而這段時間，你們保安隊同時可以進行文書工作。」

卡爾將會員名冊收了回來。「或許到後來事情可能演變成，我的好朋友兼同事阿薩德爲了取得此份文件付出了生命。所以，除非你們保證剛才說的交易成立，否則別想拿到名單。就是這麼簡單。」

馬維和馬庫斯彼此又交換了目光。

「蘿思，我只是想要轉告妳，阿薩德恢復了一會兒意識。」卡爾在電話中說。

另一頭沉默無聲。這個消息當然沒辦法讓人鬆口氣。

「醫生說阿薩德睁開眼睛四下看了看，然後露出笑容說：『他們找到我了！』沒多久又昏了過去。」

「噢，老天。」蘿思終於說。「卡爾，你覺得他會不會好起來？」

「我不知道。時間會證明一切的。這段期間，我會繼續調查此案。蘿思，妳就給自己放個假吧，早就應該如此了。我想補假一個星期對妳應該有好處。我知道這陣子很辛苦。」

話筒另一端傳來沉重的呼吸聲。「好吧。不過，我發現了一些事情，必須讓你知道才行。」

「什麼樣的事？」

「我開車回家時，發現阿薩德從寇特．瓦德密室偷帶出來的檔案還放車子裡，所以乾脆帶回家研究了一遍。你知道，就是那份第六十四號病歷的檔案。」

「是的。有什麼發現？」

「我終於明白爲什麼阿薩德會認爲這份檔案很重要，在放火之前預先藏到襯衫底下。他一定翻閱過整個密室的檔案，才能精準的拿走這份病歷表和你手上的會員名冊。幸好他偷了你的打火機，否則在暗得伸手不見五指的地方根本看不見東西。」

「檔案裡記載寇特．瓦德幫妮特．赫曼森做了兩次墮胎手術。」

「兩次墮胎手術？」

「是的。她十五歲因爲掉入溝裡導致大量出血，請了醫生到家裡治療。根據醫生的說法，她出血的原因是流產。你知道那個醫生是誰嗎？就是寇特．瓦德的父親。」

「可憐的孩子，她那時候還很年輕啊！根據當時的道德觀念，她和家人一定羞愧萬分。」

「或許吧。不過事實上引起我注意的，是我們從諾維格檔案獲知的案件：妮特．赫曼森控告寇特．瓦德強暴，還收下了幫她實行手術的錢。」

「病歷表中幾乎沒有提到什麼第二次手術。」

「沒錯，但是至少這裡頭出現了有意思的東西。」

「究竟是什麼，蘿思？別賣關子！」

「檔案中出現了讓她懷孕的男人姓名，那個男人是整起事件的開端。」

「然後呢？」

「那份檔案怎麼了？」

「那男人就是維果．莫根森。幾天前你們去找妮特時，她說她不認識的人。」

第四十三章

一九八七年九月

妮特遠遠就從姬德．查爾斯的身影認出了她。她從湖濱亭閣那兒走過來，走路的姿態依舊很有個性，手臂的擺動方式也沒變，完全和當年一樣。妮特瞬間起了雞皮疙瘩。她有三十多年沒看見這幅景象了，現在仍不由自主握起了拳頭。她再次掃視過了房間，確定一切準備就緒。爲了及早完成這件事她必須確保所有步驟順利進行。只可惜她雖然服了藥，頭痛並未因此減弱，腦後反而像有把剃刀抵著。她覺得自己就快吐了。

該死的偏頭痛，她心裡咒罵著。解決掉不斷讓她想起人生被奪走的事情後，偏頭痛會不會跟著消失無蹤？

嗯，她一定要離開幾個月，到時候一切會變得不一樣。甚至還可能釋懷被瓦德逃掉一事。沒錯，按照他目前的行事風格，他的過去早晚會逮住他。

這個想法忽然令人感到安慰，賦與了她接待最後一位客人的力量。

火災和逃脫嘗試不幸失敗後經過了四天，兩個穿制服的警察來把莉塔和妮特帶走，完全沒有說明她們做了什麼事。不過大家都知道姬德．查爾斯多麼想要報復，因此毫無疑問是她搞的鬼。莉塔和妮特飄洋過海來到內陸，被推進救護車送往高薛的醫院。兩人宛如步上斷頭台的囚犯般全身綁著皮帶，當她們看見手臂毛茸茸的男護士走近，感覺自己即將被處刑，被押送進護理站時奮力掙扎、放聲號叫。莉塔和妮特被綁在床上等待，她們肩並肩躺著，祈禱、咒罵，爲以後再也沒有機會出生的孩子哭泣，而醫院的護理人員表現得漠不關心，他們處理過太多「道德淪喪」的婦女，所以對她們的眼淚和哀求無動於衷。

最後，莉塔瘋了似的狂亂咆哮。先是要求和主治醫生談話，接著是警察，甚至要人找高薛市長來。但不管她怎麼叫囂都沒有用。

而妮特則是深受打擊，萬分震驚。

後來，兩對醫生和護士走了進來，兩人一組，默不作聲分別站在莉塔和妮特的床邊，準備進行注射。然後他們說——可能只是安撫她們——這麼做是最好的安排，之後她們便能擁有正常生活了。妮特眼前浮現自己無法孕育的小孩列隊離去，劇烈跳動的心臟簡直快要裂開。當針頭注射入體內時，她感覺心臟幾乎停止跳動。沒多久，她暈了過去，放棄了自己和她的夢想。

幾個鐘頭後，妮特甦醒，全身只剩下下半身的疼痛和繃帶，其他一切都被奪走了。

妮特整整兩天沒有開口說半個字，即使後來她和莉塔被送回史葡格，也始終緘默不語。

「這個蠢婆娘不再張開嘴說話，想必學到了教訓。」工作人員嘲諷著說，聲音大到妮特可以聽見。她整整一個月一個字也沒說。有什麼好說的呢？

然後某天，她被釋放了。

不過莉塔還得繼續留在島上。據聞理由是，對社會而言，無論如何仍應有所分際。

妮特佇立在甲板上，凝望島嶼四周海浪拍岸，看著燈塔緩緩隱沒在地平線後。她心想，其實我也可以繼續留在島上，反正我的生命已然消逝了。

她抵達的第一個寄養家庭中，家庭成員有鐵匠、鐵匠妻子和三個都是技工的兒子，他們依靠

第64號病歷
Journal 64

各式各樣的勞動和交易維生。在妮特過去的經歷中，沒有一個家庭像他們一樣成天謾罵，大呼小叫，還很喜歡使喚別人做事。所以妮特來得正好。她被吩咐操持家務，收拾滿地鏽跡斑斑的機械零件，還要幫忙脾氣暴躁的女主人。女主人唯一的娛樂就是刁難他人，尤其是妮特。

「賤人、吉普賽人、蠢蛋。」女主人只要一逮到機會就會這麼譏諷她。

「妳這頭笨牛，看不懂上面的字嗎？」女主人指著洗衣粉包裝背後說。妮特真的看不懂，所以後腦杓吃了一記，遭到羞辱。

「妳不認得丹麥文嗎，蠢豬？」成了屋裡的慣用語。妮特變得越來越萎靡，完全失去信心。

至於那三個兒子則是隨心所欲撫摸她的胸部，鐵匠甚至威脅想要更進一步。她盥洗時，他們一個個湊過來，像狗兒在門口窺探，或是毫無廉恥的淫亂鬼叫。

「讓我們進去，妮特。我們會配合妳的身分，讓妳像豬一樣吱吱叫的。」

日子就這樣度過，到了夜晚尤其糟糕。所以妮特總會鎖上門，拉來藤椅抵在門把下方，然後睡在床邊的地板上。如果他們有人成功闖入，她會用一張空床和她從庭園裡撿來的沉重鐵棍給與適當款待。她會拿鐵棍死命抵抗，就算把他們打得半死或者真打死了也無所謂。還有什麼地方比這裡更糟呢？

她曾經考慮過，要不要拿島上帶出來的天仙子混到他們傍晚喝的咖啡裡。但是她沒有勇氣，而且那樣做也無濟於事。直到有一天，女主人又賞了她先生一個巴掌，男主人再也忍無可忍，抓起來福槍，對準妻子的頭射擊。

事發後，警方鑑識人員從牆壁上掏出子彈和屍塊，妮特孤零零的坐在廚房裡不停前後晃動。大約傍晚，妮特才獲悉了自己接下來的命運。

有一個非常年輕的男子出現在妮特面前，年紀約莫只比妮特大六、七歲。男子向她遞出手說：「我叫作艾力克．漢司德宏，我妻子瑪麗安娜和我受託照顧妳。」

「照顧」一詞聽在妮特耳裡非常怪異，彷彿久遠前聽到的歌曲微弱回音，同時卻又像是種警訊。她曾經渴望聽到這種話，但只是一而再、再而三失望。在這棟可怕的房子裡，她更是一次也沒聽過。

她打量著眼前的男子。他看起來親切和善，但她隨即否決了這種感覺。男人的親切和善讓她吃了太多苦頭。

「那就這樣吧。」她無所謂的聳了聳肩。否則還能說什麼？她沒什麼話好說。

「瑪麗安娜和我在布雷德布洛共同教導失聰的人。雖然我們住在比較落後一點的于特蘭，但是，也許妳有興趣到我們家去？」

這個時候，她才用正眼看他。她有多少機會能夠選擇自己的住所？就她記憶所及，一次也沒有。而且，以前有人和她講話時會使用「也許」和「妳有興趣」嗎？可以確定的是，自從母親過世後，就沒人對她這樣說了。

「我們曾經見過一次面，不過已經是好幾個月前的事。」男人解釋說。「我在高薛的醫院和一個重聽的生病小女孩一起唸書，那時妳就躺在對面的病床上。妳還記得嗎？」

眞的是他嗎？

「妳以爲我沒發覺妳有多麼專注聽我們唸書嗎？我注意到了。那雙湛藍的眼睛沒那麼容易讓人遺忘。」

然後他小心翼翼伸出手，而不是直接握住她。他的手在她的手前停住，懸在空中耐心等待。

注 丹麥語中有二十九個字母，多出æ、ø、å。

第64號病歷
Journal 64

直到她緩緩伸出手指，握住那隻手。

在布雷德布洛的公家宿舍中，妮特的生命出現了翻天覆地的變化。抵達第一天，她躺在床上做好心理準備。苦日子將要開始了，生活中又會出現不堪入耳的話語，以及她從過往經驗中唯一學習到的背信忘義。

但是，事情並不如她想像。瑪麗安娜．漢司德宏這位年輕女子帶著她到學校，指向一個板子說：「妳看一下，妮特。我等下會問妳幾個問題，妳可以慢慢思考，不用急著回答。」

妮特看著板子上的字母。她的世界眼看又要崩毀了，她很清楚會有什麼結果。以前在村子學校裡，板子上的字是會帶給她噩運的東西。人很難忘記籐條忽然咻的一聲打在後腦杓的感覺，也忘不了直尺打在手指上的疼痛。如果這個瑪麗安娜．漢司德宏發現板子上的字妮特認識不到四分之一，而且沒辦法拼寫成字詞的話，她將在反掌之間被趕回原來出身的爛泥堆，就像其他人老是掛在嘴邊的那樣。

妮特抿了抿嘴，說：「我希望自己能認得字，漢司德宏太太，可是我看不懂。」

兩人默默相視不語。妮特等著頭上要挨一記。不過瑪麗安娜只是溫柔的笑了。

「相信我，親愛的，妳可以的，只是可能認識的字不多罷了。妳可以告訴我，妳認得哪些字母嗎？我會非常高興的。」

妮特蹙眉。除了女子面帶微笑指著板子之外，什麼事也沒發生。於是她畏畏縮縮站起身，走到板子前面一指，說：「我認得這個。這是個N，我名字開頭第一個字母。」

漢司德宏太太高興的拍手大笑。「這樣一來，我們只剩二十八個（注）字母要學習，太棒了，對不對？」她擁抱妮特開心的說，「等著瞧，我們會讓他們好看。」

誠心誠意的擁抱讓妮特不由自主全身發抖。漢司德宏太太緊擁著她，輕聲低語說一切都會好轉的。眞是令人無法置信。

妮特終於壓抑不住情緒，身子不停抖動，眼淚也簌簌滾落下來。

艾力克正好走了進來，看見妮特哭泣的雙眼和緊緊高聳的肩膀，不禁爲之動容。

「妮特，盡情哭吧，親愛的，妳現在不需要再自己承擔一切，可以放下了。」他說。然後又用耳語補充了一些話，逐漸驅走她多年來經歷的苦楚與災難。

他說：「妳很優秀，妮特。永遠別忘了：妳很優秀。」

一九六一年秋天，她在布雷德布洛一家藥房前面遇見了莉塔。妮特還沒來得及有所反應，莉塔劈頭就說：「他們關閉了史葡格的感化院了。」妮特一臉震驚，惹得莉塔哈哈大笑。

接著，她隨即臉色一正。

「大部分人分配到寄養家庭，爲了有得吃、有得住做牛做馬，情況和在島上差不多，沒有多大改變。從早到晚被人呼來喝去，掙不到給自己買點零食吃的錢。我很快就厭煩了，妮特。」

妮特點點頭。她很熟悉這些情況。

她試著直視莉塔的眼睛，但是很困難。她怎麼也想不到還會再看見那個眼神。

「妳到這兒來做什麼？」妮特終於開口問道，不過她其實不確定自己想聽見答案。

「我工作的牧場距離這兒只有二十公里，那個歐胡斯來的妓女皮雅也在。我們從早上五點工作到晚上，我告訴妳，那眞不是人幹的。所以我過來問妳要不要和我一起離開。」

一起離開？和莉塔？天啊，別這樣！光是想就令人害怕。莉塔做出那樣的事後，怎麼還有臉來找她？要不是莉塔冷酷無情、自私自利，很多事情的結果會大不相同。或許妮特早就離開了史葡格島，而且還有機會生育小孩。

「來吧，我們走，妮特，讓我們離開這兒！妳還記得我們的計畫嗎？先到英國，然後再去美國，到一個沒人認識我們的地方。」

妮特目光瞥向一旁。「妳怎麼知道我的住所？」

莉塔大笑不語。看來香菸又發揮了作用。「妳以爲姬德·查爾斯會放過妳嗎？妳是白痴啊！那個賤貨故意告訴我，說妳生活得自由自在，每日每夜折磨我。」

姬德·查爾斯！光是聽到這個名字，妮特背脊就一陣發麻，手不由自主握成拳頭。「查爾斯！她現在人在哪裡？」

「要是讓我找出來的話，願老天保佑她！」莉塔語氣冷酷的說。

妮特審視著她好一會兒，明白莉塔什麼事都幹得出來。她看過莉塔拿洗衣棒毆打島上的女孩，只因爲對方拿了她的菸但不想付錢。莉塔還故意重重打在不容易被人看到的身體部位。

「滾開，莉塔。」她果斷的說。「我不想再見到妳，懂嗎？」

莉塔抬起下巴，譏諷的盯著妮特瞧。「哎呀，現在變得清高了啊。妳這小賤人，和我說話，有辱妳高貴的身分了嗎？是這樣嗎？」

妮特在腦海裡點頭。

多年來她學到，若想透徹了解生命的話，便不能不清楚兩種眞理。一種是她兄長對於世上分成兩種人的說法，另一種是生活教會她的——人的一生就像是在欲望的懸崖邊保持平衡，只要踏錯一步，就可能墜落萬丈深淵。

眼下她正面臨著握拳揍人的巨大誘惑，想要狠狠打醒莉塔的傲慢。但是，妮特做了個深呼吸，然後轉過頭去。如果要有人成爲欲望的犧牲品，那也絕對不是她。

「一路順風，莉塔。」她背對莉塔說。但是莉塔沒那麼容易打發。

「妳最好哪兒也別去！」她抓住妮特的肩膀叫說，目光轉向一旁拿著購物袋往這兒瞧的家庭主婦。

「妳們眼前看見的是兩個史葡格島來的賤人，願意爲了十克朗和妳們的先生上床，讓他們快活得死去活來。而這個女的，是最糟糕的一個。」她喊道，用力將妮特的臉轉到家庭主婦的方向。「仔細看清楚這婊子的臉。妳們不認爲自己的先生寧願和她上床，也不想和妳們這些醜陋的老烏鴉做愛嗎？她就住在這一區，妳們最好小心一點。」

莉塔瞇起眼睛注視著妮特。「妳現在要一起來了嗎，妮特？妳若是不從，我會一直站在這兒叫嚷，把警察都引來。相信我，到時妳在村子就有許多樂子了。」

她待在自己房間裡垂淚哭泣。門上響起敲門聲，養父一臉嚴肅走進來。

他沉默了好久，沒有說話。

他會要我收拾東西離開，她心想，我又得繼續上路了。這次他們一定又會把我交給一個不懂得禮義廉恥的家庭，防止我接近其他正派的人。

這時，艾力克小心翼翼握住她的手說：「妮特，妳應該知道，村子裡的人談論的都是妳面對狀況時所表現出的得體行爲。他們都看見了妳雙手握拳，但是並沒有動手打人，反而用語言的力量捍衛了自己。那是好事。」

「現在大家都知道了。」妮特說。

「知道什麼？他們只知道妳冷靜理性，用語言反擊挑釁妳的女子。妳不是說了：『妳有什麼資格叫我婊子？哎呀，莉塔，停止吧，別老是想和別人扯在一起。妳下次若是又出現在此隨便謾罵毀謗，這些女士會拿把鏡子給妳照照的。走妳自己的路吧，別再回來，否則我會報警。』」他點了點頭。「許多婦人這麼告訴我。這就是她們知道的事。而那會怎麼樣嗎？」

他微笑注視著妮特，她終於卸下心防，不再擔憂。

「還有一件事，妮特，我有東西要送給妳。」

他在背後摸索了一陣。

「是這個。」他遞給她一份文憑證書，上面的字寫得很大，妮特花了點時間才漸漸了解文憑上的意思——可以讀懂這些字的人不是文盲。

他碰碰她的手臂說：「將文憑掛在牆上，妮特。等妳讀完了我們書架上的書，做完我們給失聰學生練習的數學題後，妳就能上實用中學了。」

轉眼間時光飛逝，她進入實用中學，然後接受研究員進修培訓、成爲眞正的研究人員，後來進入了實驗貿易公司，最後嫁給安德列．羅森。美好的往昔時光，是她的第二種人生，是她嫁給羅森之前的生活，更是距離她在這棟屋子裡犯下四樁謀殺案前的久遠時光。

她心想，等到姬德一死，第三段人生即將開始。

這時，對講機鈴聲嗡嗡響起。

妮特打開通往樓梯間的大門，姬德像根大理石柱般映入眼簾。她依舊擁有亮麗的外表、身材高大，但是歲月仍然在她身上留下了不可磨滅的痕跡。

「謝謝妳邀請我來，妮特。」姬德邊說，邊像一條蛇鑽入鼠窩似的溜進屋內。

她站在玄關四下打量，把外套交給妮特，然後趁著妮特掛外套時，逕自走進客廳。她眼神晶亮閃爍，在心中一一記錄下每一把銀湯匙，估量每一幅畫的價値。

然後她轉向妮特。「我真的非常遺憾聽見妳生病了，妮特。是癌症嗎？」

妮特點頭。

「確定沒有辦法治療了嗎？」

妮特又點了點頭。這個態度果敢的女人弄得她手足無措。妮特好不容易開口請姬德坐下，但是接下來的程序她忽然想不太起來了。

「不對，妮特，要坐下的人是妳啊，讓我來照顧妳。我看見茶已經泡好放在那兒了，我幫妳倒一杯。」

她輕輕的將妮特推到沙發坐下。

「加糖嗎？」她站在桃木櫃旁問。

「不用，謝謝。」妮特說著，站了起來。「我來泡壺新的，那壺茶冷掉了。那是上一個客人來時泡的。」

「上一個客人？還有其他人來過嗎？」姬德好奇的打量著她。然後不理會妮特的阻攔，還是將冷茶倒進杯子裡。

妮特不知所措。那個問題是什麼意思？姬德知道了什麼？還是猜到了什麼嗎？難道她觀察到什麼跡象？不可能，妮特親眼看著她走過來的，絕對不可能碰見其他人。

「是的，在妳之前，有兩個朋友來過。妳是最後一位。」

「啊哈。」姬德把茶杯遞給妮特，也給自己倒了一杯。「所有人都有同樣的優惠待遇嗎？」

「不是，不全都一樣。此外，我的律師在下班前還有事情要處理，所以要請妳耐心等候一會兒。妳沒有急著要走吧？」

這問題惹得姬德發出不尋常的笑聲。時間完全不屬於姬德眼前最需擔心的問題。

我必須繼續應付下去，直到她讓我幫她倒茶。但要怎麼做？妮特的頭倏地又痛了起來，感覺就像有人拿內襯硬刺的頭盔倒扣在她頭上。

「眞不敢相信妳病得這麼嚴重，妮特。我還以爲歲月對妳特別友善。」姬德攪動著杯子說。妮特搖了搖頭。

她看得出來兩人在某些方面非常相似，歲月其實對誰也沒手下留情，她們都有皺紋、皮膚長斑、頭髮灰白……同樣度過了困難重重的艱苦日子。

妮特試圖回想她們在島上共同擁有的時光。如今風水輪流轉，兩人角色互換了，令她心中升起一種怪異的感覺。她們閒聊了一陣後，妮特拿起兩人的杯子，像之前幾次那樣走到桃木櫃前，問道：「還要再喝杯茶嗎？」

「不用了，謝謝。我不喝了。」姬德回答說。這時，妮特悄悄將天仙子濃縮液倒進曾經折磨她的人的杯子裡。「不過，妳給自己再倒一杯啊。」

妮特故意忽略她說話的語氣，心想，在那個地獄之島上，她就是用那種口氣指使她們。所以她故意把倒滿茶的杯子放在姬德的位置上，自己也拿了一杯。偏頭痛和隨之而來的血壓升高，導致她耳朵嗡嗡作響，光聞到茶的氣味，便讓她作嘔欲吐。

「我們可以換一下座位嗎，姬德？」她感覺自己馬上要吐出來了。「我頭痛得厲害，沒辦法面對窗戶坐著。」

「噢，老天爺。」姬德站起來，這時妮特將茶杯推了過去。

「我現在沒體力說話，必須閉眼休息一會兒。」

兩人交換了位置，妮特閉上眼睛，腦中急切的想著辦法。姬德假如不喝茶的話，鐵鎚就得再次派上用場。可以藉口要請她喝咖啡，然後取來鐵鎚，朝她太陽穴敲下，最後再靜靜等候頭痛退去。當然，一旦採用這種殘忍的方案勢必會見血。不過那有什麼關係呢?反正姬德是最後一個人，等到事情辦完，她有的是時間洗潔地毯。

她聽見向她走近的腳步聲，忽然間，姬德輕輕扳過她的身體，把手放在她脖子上。妮特嚇了一大跳。

「別激動，妮特，我很擅長這些事。只是妳坐的位置不太方便，坐在這張椅子會比較好。」姬德的聲音在她頭上方響起，手指深深陷入她脖子的肌肉裡。

妮特似乎聽見了聊天的聲音，但是話語模糊難辨。她的丈夫也曾經如此幫她按摩，那時候她感覺舒適快意，撩人情慾。但是如今這個碰觸卻只讓她厭惡痛恨。

「最好停下來。」她擺脫姬德的手。「否則我要吐了。我已經吃了藥，很快會發揮效用，讓我坐一下就好。妳喝點茶吧，姬德。等律師來了之後我們再談。」

妮特微微張開眼睛，看見姬德彷彿被電擊似的縮回手，然後繞過桌旁，輕手輕腳在沙發上坐下。過了一會兒，她也聽見茶杯輕聲碰撞的聲音。

妮特仰起頭半覷著眼，觀察姬德將茶杯拿到嘴邊。姬德看起來有點緊張、不安、鼻翼歙張，她嗅聞了一下茶，喝下一大口。接著，只見她眼睛驀地瞪大，露出猜疑和警醒的表情。她審視著妮特好幾秒，然後又嗅了嗅茶。

等她放下了杯子，妮特才完全張開眼睛。

「我感覺好多了。妳的按摩還眞有效，姬德。」妮特說，一邊揣測著姬德腦子裡的想法。

快起身，到廚房去拿鐵鎚!她體內轟轟喊叫著。趕快解決這件事!把福馬林灌進屍體喉嚨之後，妳就可以躺下來休息了。

「我得喝口水。」妮特小心翼翼站起來。「我吃了太多藥，嘴巴好乾。」

「那就喝口茶吧。」姬德把杯子拿給她。

「不用了，我不喜歡冷掉的茶。我再泡壺新的，不會花太多時間。我想律師應該隨時會出現。」說完她迅速閃進廚房，打開櫥櫃，彎身要去拿鐵鎚。

這時，她聽見姬德的聲音在身後說：「如果妳問我的話，妮特，我才不相信會有律師過來。」

第四十四章

二〇一〇年十一月

警察總局就像一組上了潤滑油、運作良好的齒輪，即使是位於最遠處的一顆小齒輪，依舊感應良好。或者，也像以莫名的方式與驚人的速度，傳遞訊號到各個通道的蟻窩。一旦有嫌犯打算逃脫、弄丟物證，還是有同仁生了重病、警察總長和政客出現齟齬，全部的人馬上都能得知消息。

這一天，總局裡很熱鬧。警衛室接待了許多客人，總長那一層樓似乎人聲嘈雜，檢察官的辦公室一直有人來來去去。

卡爾知道原因何在。

祕戰和其背後的人員就像是炸藥一樣。若不嚴陣以待，處處留心，一旦炸藥爆炸，威力將十分驚人。因此所有人全都戒慎恐懼處理既有資料，進行調查。

根據統計，這天針對此案告發了四十件案子，每件都需要盡速提供具體事證，以便簽發逮捕令。列車已經啓動了。所有名字出現在寇特．瓦德機密名單上的警方人員，全部遭到約談。總局裡進行的調查倘若外洩，將會引起軒然大波。

卡爾知道所有部門和組別都派出了適當的人選參與此項任務，那些人在過去證明了自己的能耐。但是，卡爾也很清楚，即使做好了嚴密的預防措施，百密總有一疏。即使瓦德底下最外圍的打手目前並不重要，但是這些人仍能形成某種網路，很可能造成辦案上的漏洞。一定要阻止這類事情發生。不可以讓擁有權力、能綜覽一切的謀略者和智囊事先得到風聲。若想釣上大魚，勢必要如履薄冰般的耐心審訊小魚，以免打草驚蛇。

但是問題在於，卡爾本來就比別人沒有耐心。

醫生對於阿薩德病況的診斷並未改變，如果他能活下來，只能說是運氣好。拜託，面對這樣的情況，卡爾怎麼可能有耐心？

他坐在辦公室裡苦思最佳良策。就他看來，兩件案子或許可以說同一件，也或許不是。一九八七年的人口失蹤案是其一；而數十年來殘暴對待無數婦女，最後暴力對付阿薩德和他，則是另外一件。

但是蘿思把他給搞糊塗了。一直以來，他們偵辦的焦點都放在寇特．瓦德身上，將妮特．赫曼森視為瓦德的受害者，只是意外成為連結失蹤者之間的重要環節，僅僅如此罷了。但是蘿思的報告卻敲響了卡爾心中的警鐘。

眞該死，妮特．赫曼森為什麼要欺騙他和阿薩德？為什麼能坦承認識其他的失蹤者，唯獨否認了與維果．莫根森的關係？畢竟維果是導致她陷入一連串悲慘生活的始作俑者啊？懷孕、墮胎、被強姦、遣送到感化院，最後是強制結紮。

卡爾怎麼也想不透。

「轉告馬庫斯，若要找我，請他打我的手機。」他對值班員警說，決定再次拜訪妮特．赫曼森，探一探狀況。

他的腳朝著停放警務車的停車大樓走去，但沒多久，腦袋發現錯誤，更正了前進的方向。他眞是蠢斃了，車子讓蘿思開走了，他根本沒車可用。

他望向對街郵局，對幾個剛開走車的便衣刑警點點頭。何不步行過去呢？那兒距此不過兩公里，對一個壯年男子而言實在不足掛齒。但是他只走了幾百公尺，到達火車站後，平日沒什麼運動的身體便開始抗議，一旁的計程車也散發著誘惑。

「請到湖邊的寇斯街底。」他對計程車司機說，然後轉過頭查看。附近人群駢肩雜遝，不容易辨識是否有人跟蹤他。

他摸向槍套，確認身上帶了手槍。這一次，不能讓人逮到他私下做壞事。

在對講機中，老婦人清楚表露出聽到電鈴聲的驚訝之情。不過她認出他的聲音，所以請他進入公寓，但讓他在家門口等了一會兒。幾分鐘後，妮特．赫曼森終於打開門，歡迎他進屋。她穿了件百褶裙，頭髮明顯剛剛梳整過。

「請您見諒。」卡爾說，注意到空氣中有股比上次來時更加強烈的味道。屋子似乎不像給人感覺的那樣經常通風。

他站在玄關隨意打量，發現置放在走廊底端的靠牆斗櫃，下方地毯起了皺摺。固定用的平頭釘似乎鬆了，好像被人拉扯過。然後他望著客廳，她立刻明白他沒馬上離開的意思。

「我很抱歉沒有事先通知就上門打擾您，赫曼森女士。我正在調查一、兩個疑點，希望能就此和您談談。」

她點點頭，請他到客廳去。廚房傳出滋滋聲，像是水滾後會自動關閉的煮水壺發出的聲音。

「我來泡茶，也差不多是喝下午茶的時間了。」她說。

卡爾點頭。「如果您有咖啡的話，我很樂意來一杯。」他忽然間想起了阿薩德黏呼呼的飲料。如果現在面前擺著那種飲料，他一定會猛抛飛吻熱情喝下。一想起以後可能不會再有阿薩德的茶時，不由得悲從中來。

兩分鐘後，她站在他背後的桃木櫃旁倒了一杯即溶咖啡。

她面帶微笑將杯子遞給他，然後給自己倒了杯茶，在他對面坐下。

「我能幫上什麼忙呢？」她兩手交疊在大腿上問道。

「您還記得我們上次到這兒來調查失蹤案時，曾經提到一個叫作維果．莫根森的人？」

「是的，我記得。」她笑著說。「雖然我已經七十三歲了，但是感謝上帝，我並沒有衰老到那種程度。」

卡爾沒有回應她的笑容。「您說過您不認識他。有沒有可能是您弄錯了呢？」

她聳了聳肩膀，意思應該是：他想問什麼？

「您無疑認識其他的失蹤者，當年代表寇特．瓦德的諾維格律師、您的堂哥泰格．赫曼森、在史葡格島工作的護士姬德．查爾斯，以及與您同一時期待在島上的莉塔．尼爾森。這些人您無法否認不認識他們。」

「當然不行，我有什麼理由這麼做呢？事實就是如此。而且和他們再次見面的感覺很特別。」

「但是，我們初次來訪時，您卻告訴我們不認識其中一位失蹤者。我猜想您或許是希望能轉移我們的注意力。」

她沒有反應，不置可否。

「事實上，我們來此的那個星期六，我曾經告訴過您，我們正在查訪寇特．瓦德和您的關係。因此您大概認為自己不是我們調查的焦點。但是，赫曼森女士，我們已得知您欺騙了我們。您不但認識維果．莫根森，甚至對他非常熟悉，畢竟他是導致您一切不幸遭遇的罪魁禍首。您曾因為和他發生關係而懷孕，才不得不去找寇特．瓦德，讓他幫您進行非法人工流產。我們從寇特．瓦德爲您開立的病歷表獲悉這些訊息。您必須明白，目前我們已經取得了這份檔案。」

他預估她應該會訝然得說不出話來，或者淚水潰堤，甚至整個人垮掉。沒想到她反而舒服往後靠，啜飲著茶，然後輕輕搖了搖頭。

「我能說什麼？我很遺憾主張了與眞相不符的事情。沒錯，正如您所了解的，我確實認識維果．莫根森。您說得也沒錯，我不得不說自己不認識這個人。」

她疲倦無神的眼睛直視著他。

「因爲我和這件事情無關，但是所有一切卻似乎指到我頭上。我除了保護自己之外，還能怎麼辦呢？我並未涉入此事。完全不清楚那些可憐的人發生了什麼事。」

她擺出否認的姿勢，然後又指著卡爾的杯子說：「喝點咖啡，再一次把全部的事情講給我聽，不過請您慢慢說，一件一件來。」

卡爾皺起眉頭。對一個老婦人而言，她還眞是非常直接了當。講話完全沒有多加斟酌，也沒有任何問題，而且毫不猶豫直接對他提出要求，要他從頭再講一遍。

爲什麼？爲什麼要慢慢說？她想爭取時間嗎？他剛才等在她家門前等了一會兒，是不是爲了警告某人？某個可以幫助她擺脫麻煩的人？

卡爾想破頭也不懂。因爲她絕對不可能和她的死敵寇特．瓦德掛勾同謀啊。

不，若說這兒誰有問題，那個人就是卡爾。只是他還想不透是哪些問題。

他搔搔下巴。「您是否願意讓我查看一下您的屋子呢，赫曼森女士？」

這時候，她的目光飛快往旁邊看了一下。那是種企圖逃離當下情境的反應，細微且不容易察覺，他在辦案生涯中看過許多次了。對他而言，這種難以察覺到的訊號反而比千言萬語透露出更多訊息。

現在她要說「不行」了。

「嗯，好吧，如果您認為有此必要，您就隨意看看吧。不過，請您不要翻看我抽屜裡的東西。」

她故意賣俏的說，但是沒有百分之百成功。

卡爾滑向椅子前端說：「是的，我認為有此必要。不過，我必須先提醒您，您親口答應讓我查看您所有房間，翻閱我想要調查的東西。您必須明白，我會搜查得非常徹底，所以可能花費許多時間。」

她露出一笑。「您先喝點咖啡吧，您將會需要很多精力。這棟房子說小也不小。」

他啜了一口咖啡，但是味道糟得可怕，他很快又把杯子放下。

「我先打電話給主管，我想請您親口向他確認您允許我們這麼做，可以嗎？」

她點點頭，然後站了起來，走到廚房。她一定是要平復一下心情。

沒錯，卡爾相當肯定事有蹊蹺。

「喂，麗絲，」電話響了一會兒，才有人接聽。「請轉告馬庫斯……」

他忽然察覺背後的影子，迅速轉過身。

正好看見對準他後腦杓敲下來的鐵鎚。

第四十五章

二〇一〇年十一月

瓦德整晚和隔天上午一直握著心愛妻子的手，撫摸它，親吻它，緊握著它，直到葬儀社的人上門。

葬儀社的人安頓妥當後，再次請他進房間。他凝望著妻子躺在棺木裡的雪白絲綢中，雙手交握著新娘花束，激動得不住顫抖。他的生命之光，他孩子的母親，丟下他離開了人世。

「請你們等一下，讓我再和她獨處一會兒。」他請求葬儀社的人說，然後看著他們一一離開房間，最後把門關上。

他跪倒在她前面，最後一次輕撫她的頭髮。

「啊，我的寶貝，我的愛人。」他想要說出這些話，但是聲音拒絕了他；他擦拭眼睛，但淚水彷彿有自己的意識似的不聽使喚。他清了清喉嚨，悲慟的情緒緊緊梗在喉嚨。

他在她的臉上方畫個十字，輕柔親吻變得冰冷的額頭。

放在旁邊地板上的醫生包裡有他所需的一切：十二瓶二十毫升的普洛福麻醉劑，其中有三瓶已經裝入針筒中。這些充足的麻醉劑可以讓任何人失去行動能力，根據他的專業知識，甚至能奪走五至六條人命。若是情況需要，他手邊也有氟馬西尼，能解除普洛福的麻醉效用。他已做好充分準備。

我們今晚再見，我的愛人，他心想，然後站起身來。他必須再等一、兩個人死亡之後，才能讓自己永歸寧靜。

現在就等電話響起。

卡爾．莫爾克究竟躲到哪兒去了？

他在距離妮特．赫曼森位於貝林爾—多瑟林住所兩棟房子的地方，和跟監的人見面。對方就是擊倒阿薩德的人。

「我本來以為他會一路步行，所以只是慢慢跟著他到火車站，沒有急著採取行動。」那男人抱歉著說。「那兒是將人推去撞向公車的絕佳地點，可惜我沒有機會這麼做，因為他搭上了計程車。之後我也上了另一輛計程車，保持著一段距離跟著他，等我的車轉過彎來時，他正要走進那棟公寓。」

瓦德點著頭。這個白痴顯然沒有辦法好好完成任務。

「他進去裡面多久了？」

男人看了看手錶。「剛好一個鐘頭。」

瓦德仰望樓上的住家。妮特．赫曼森顯然還像多年前寫信邀請他來時一樣，住在同一棟房子裡。她給自己找了個還不錯的地方。地段居中，擁有良好的視野景觀，周遭環境蓬勃、機能方便。

「你把工具帶來了嗎？」

「是的，使用它需要一點技巧。我很樂意展示給您看。」

瓦德點頭，和他一起走到大門口。

男人說：「這扇門用的是路高鎖，有六支釘栓。看起來很複雜，實際上不會。基於技術原因，您可以假設樓上那位婦人家裡用的也是同一種鎖。」

他從口袋取出一個小皮套，然後四下查看了一下。除了一對相擁著在湖邊漫步的年輕情侶之外，附近沒有其他人。

「這裡需要使用兩把細薄的萬能鑰匙。」他把鑰匙插進去的時候解釋說。「請您注意，最上方和最底下的釘栓之間有空隙，您使用開鎖槍時，可以先壓下去。您看，將擊針稍微推入鎖孔中間偏下的地方，直接就在圓柱釘栓底下。您應該能清楚感覺到。」

只見他壓下把手，轉動擊針，毫無困難打開了大門。

他點了點頭，把工具交給瓦德。「現在您可以進去了。您做得來嗎？還是要我一起上去？」

瓦德搖頭婉拒。「不用，謝謝。你現在可以回家了。」

他希望能獨自完成自己的計畫。

樓梯間裡幾乎鴉雀無聲，若不是妮特鄰居家中傳來的電視聲響，瓦德差點以爲此棟建築裡沒半個人在家。

瓦德靠在妮特的家門上，期待聽到裡面的聲音，不過什麼也沒聽見。

他小心翼翼從醫生包中拿出兩管針筒，確認針頭插穩了，再把針筒放到外套口袋。

第一次使用開鎖槍的嘗試失敗了。他注意不碰到上面的釘栓，又再試了一次。

幸好鎖沒有偏掉，來回動了幾次之後，終於有了反應。他用手肘謹慎的按下門把，把擊針拿穩，然後打開了門。

一股特別的霉味撲鼻而來，像是從多年未曾開啓、裡頭擺了樟腦丸的衣櫥氣味。

進了玄關後，他眼前出現一道長廊，兩旁有好幾扇門。長廊底端一片黑漆，不過最靠近他的幾扇門敞開，並且映照出了燈光。根據微微閃動的刺眼光線研判，右邊那道門通往廚房，天花板上應該裝設著日光燈，而走廊另一邊稍微昏黃的燈光，八成是來自數量可觀的燈泡。歐盟沒多久應該會全面禁止使用那類產品。

他朝走廊走了一步，將醫生包放在地上，摸了摸外套裡兩管針筒。

如果妮特和卡爾·莫爾克兩個人都在裡面，必須先收拾掉卡爾·莫爾克，只消用針筒快速往那男人頸靜脈一插，他很快便會失去行動能力。假如莫爾克抗拒掙扎的話，他就得往心臟刺下去，但是他不希望出現這種狀況，因爲從死人身上拿不到他要的資料。那些資料一旦流通出去，將會對界線明確黨以及祕戰造成不可磨滅的傷害。

他從不懷疑妮特打算對自己展開報復，所有跡象都與這個猜測吻合。先是多年前特別邀請他來，然後是和卡爾·莫爾克掛勾。瓦德必須查清楚這間屋子裡是否保存著會威脅他畢生心血的東西。在替妮特和莫爾克注射恰當的麻醉劑量之後，他們就會從實招來，等他們招供之後，其他祕戰成員沒有他也能繼續奮鬥下去。

接著，他聽見靠湖那邊的房間傳來腳步聲。那是有點拖著腳走的輕微聲音，絕對不可能來自卡爾·莫爾克那種體型的男人。他躡手躡腳走進房間，活生生把妮特·赫曼森嚇掉了半條命。瓦德迅速掃視了客廳一眼，看來莫爾克應該在另外一個房間。

「晚安，妮特。」他目不轉睛盯著她說。她的雙眼變得比較無神，透露出一絲困惑，以及身材也不似往日靈活有彈性，臉龐不再緊實細緻。似乎所有事情全隨著年紀變了樣。歲月不饒人。

「很抱歉。大門開著，而妳沒聽見我的敲門聲，所以我乾脆自己進來了。」

她緩緩搖著頭。

「哎，我們不是老朋友嗎，對吧？寇特·瓦德永遠是妳家的座上賓吧，妮特。」

看見她困惑不已的眼神，他臉上露出微笑，然後從容不迫仔細打量客廳。除了桌上有兩個杯子，和莫爾克不在這裡的事實之外，沒有引人注目的怪異之處。他走近要詳細檢查杯子，發現妮特從他身邊退開，而且打算離開客廳。啊哈！一個杯子裡是黑咖啡，幾乎還是滿的；另一杯裡面的飲料看起來是茶，已經喝了一半。兩杯飲料都還有點溫熱。

「卡爾．莫爾克人在哪裡？」

這個問題似乎讓她驚嚇萬分，彷彿莫爾克就在屋內某個角落監視著他們。瓦德又朝四周打量一番。「他在哪裡？」他重複了一次。

「他已經離開一會兒了。」

「他沒有離開，妮特。否則我會看見他離開了公寓。我再問一次：『他在哪裡？』妳最好老實招來。」

「他從廚房的階梯下去了。我不知道他為什麼從那兒離開。」

瓦德好一陣子動也不動站著。難道莫爾克發現公寓前跟蹤他的人了嗎？他一路上始終搶先了他們一步？

「帶我去看廚房後面的階梯。」他說，指示她走在前面。

她的手緊抓著胸部，猶豫不決的經過他身邊，走進廚房。

「在那裡。」她指著角落一道門說。瓦德可以體會到她明顯感覺不舒服。

「妳說他從這裡離開了。若是如此，他得先費力將瓶瓶罐罐、蔬果籃和垃圾袋移到一旁，而妳之後必須同樣費力將所有東西移回原處。很抱歉，我不相信他從這兒離去。」

他抓住她的雙肩，猛然將她轉過身來。

這女人仍然說謊成性！從小到大始終謊言連篇。

「卡爾‧莫爾克人在哪裡？」他又問了一次，同時從口袋拿出針筒，熟練的移開針頭蓋，將針頭架在她脖子上。

「他從廚房樓梯下去了。」她近乎耳語說。

他將針頭刺進她的脖子，注射了半瓶藥劑。

沒多久，她便開始搖搖晃晃，頹然無力縮成一團。

「好，我完成了原本便打算對妳做的事。妳有什麼要招供的嗎？儘管說吧。那些話只能到我這兒，不可以洩漏出去。妳聽見了嗎，妮特‧赫曼森？」

但是妮特沒有任何反應，於是他放開她回到走廊，傾聽是否有不屬於此處的細微聲響，像是呼吸聲、嘎吱聲或者窸窣聲。但是沒有任何活動的跡象。接著，他再度來到客廳。基本上，從牆壁上的壁飾來看，這裡原來應該有兩個房間。最後面的房間以前應該還有一扇門通向走廊，但是現在卻不見了。

這棟屋子給人的印象就是一般老婦人的家，並非太過時，但也說不上時髦。一座有鐘擺的英式座鐘擺在附有收音機功能的CD播放機旁邊，有一些古典音樂CD，也還有一些流行歌曲。不過，那些對瓦德來說無關緊要。

他最後又回頭檢查桌上兩杯飲料，碰了一下咖啡，然後坐下。他一邊思索著卡爾‧莫爾克可能發生何事，要怎麼才能再找到他，一邊拿起咖啡喝了一口。但是味道太過苦澀，讓他覺得噁心，於是又放了回去。

他取出褲子口袋裡的安全手機。或許應該派個人到警察總局，看看莫爾克是否溜回去了。他望向時鐘。不對，應該是派人到莫爾克家去，時間已經很晚了。

瓦德垂著頭好一會兒，疲憊感忽然間籠罩全身，年邁造成的影響不容人小覷。這時，他的目光落在紅棕色花紋地毯一塊小汗痕上。看起來像新沾上的，感覺很可疑。他用食指去碰碰汗漬。是濕的。

瓦德看著指尖，想要弄清楚來龍去脈。

爲什麼妮特的地板上會出現新鮮的血跡？這兒究竟發生什麼事了？卡爾．莫爾克還有可能在這裡嗎？

瓦德一躍而起，急忙走進廚房，查看還躺在地板上的妮特。忽然間，他感覺嘴巴極度乾渴，體內湧上噁心感。他抹抹臉，打開水龍頭喝了幾口水，用水拍額頭試圖清醒一下。雖然如此，他還是必須靠在餐桌上才撐住自己。最近幾天，他工作量確實太大了。

好一會兒之後，他取出第二支普洛福針筒，檢查一下後又放回口袋。一旦有必要，他瞬間就能抽出針筒。然後他離開廚房，躡手躡腳沿著走廊前進。他打開了下一道門，看見一張沒有整理的床，以及一堆鞋子和靴子。緊鄰臥室的隔壁房間是個雜物間，大衣、外套、皮包和曾經讓人愛不釋手的各式配件不是吊在掛勾上，就是堆在架子上。

什麼也沒有，他心想，然後走向下一道門。這時，他又聞到那股一進門便注意到的刺鼻霉味，只是現在味道更加強烈。

瓦德四處嗅聞著，確認味道應該是來自於走廊最角落的櫃子後面。不過可能性不是很大，因爲櫃子上幾乎是空的，只有一些過期的《讀者文摘》和一小疊畫刊。

瓦德站在櫃子前面，深吸一口氣。聞不太出來是什麼味道，有點像前一天煮過魚或咖哩後殘餘不去的氣味。

也有可能櫃子後面有隻死老鼠，否則還有什麼可能？

他轉過身，想要回去徹底搜查客廳時，腳底突然絆了一下。

他看向地板。腳底下的椰子墊皺起不平整，但是那個皺摺看起來很奇特，好像在開門時一直受到推擠，而且在墊子中間也有血跡。不是乾掉的棕色血漬，是暗紅色的新血。

他的目光循著墊子一路檢查到櫃子旁，然後一手抓住櫃子右後方，往前一拉。櫃子很輕，幾乎感覺不到重量。下一秒，瓦德眼前便出現了一道門，門上有掛鎖，就隱藏在櫃子後面。

他的心臟開始劇烈跳動，幾乎感覺有些亢奮，好似這道隱藏的門後面，是他用一輩子圍繞起來的小商店，保存著有關不配擁有生命的孩子和下等人的祕密，還有他引以爲傲卻不可告人的作爲。沒錯，很詭異，然而事實就是如此。雖然他喉嚨嚴重乾渴，四周的景物似乎扭曲變形，肩膀異常沉重，但站在這道祕密之門前面，他感覺非常棒。

他把不舒服的感覺拋到腦後，歸咎於過度疲累的結果，然後扯了扯鎖頭，結果一下子就順利打開了。他輕輕壓下把手，門嘎噠一聲鬆了開來，那股氣味立刻變得更加濃郁。瓦德打量著貼上強力密封膠帶的門框，然後稍微推開門，意外發現門其實非常重。那不是一道普通的門，也並非是因爲多年未開啓的關係，從椰子墊上的皺摺和門本身就看得出來。

瓦德屏氣凝神，全神貫注，手中也拿好針筒，以便隨時派上用場。

「卡爾．莫爾克。」他輕聲喚道，沒有期待會聽到回答。

然後他用力把門打開。映入眼簾的景象差點讓他崩潰昏了過去。

氣味果然從此處湧出，而且不難發現產生氣味的原因。

他的目光掃過眼前詭異的景象，從躺在地上動也不動的卡爾．莫爾克，到五具散發霉味的乾燥死屍。屍體臉上表情凍結，圍坐在擺好餐具、宛如要召開盛宴的長桌旁，彷彿正在等待他們最後一頓餐點。灰白、醜怪的頭部布滿灰塵，頭髮已乾癟枯萎，嘴唇全往後縮，露出暗黃的牙齒。

瓦德從來沒見過可與之比擬的景象。屍體空洞的眼窩瞪視著桌上的水晶杯和銀餐具，瘦骨嶙峋的骨頭和粗大的肌腱上覆蓋著透明的皮膚，再也無法拿取物品的扭曲手指抓著桌緣，指甲早已變成深棕色。

他嚥下一口唾液，走進屋內。味道雖然濃郁，但是聞起來不像腐爛的氣味。忽然間，他想起這種味道像什麼了，就和打開陳列鳥類標本的玻璃櫃一樣。在這裡，死亡與永恆相互並存。

五具木乃伊和兩個空位。瓦德走向比較靠近自己的那個空位，看見在餐具底端的桌緣上擺著一個名牌，上面用娟秀的字跡寫著「妮特．赫曼森」。至於另外一張空椅爲誰準備並不難想像。除了他，還會有誰呢？

這個妮特．赫曼森眞是殘忍狡猾的傢伙啊！

他蹲下身，查看躺在地上的警官。他的頭髮和太陽穴沾滿了血，還有血不斷滴到地上，但是一息尚存。瓦德處碰他的頸動脈，滿意的點點頭。一方面是因爲妮特用黏地板的寬膠帶將他手腳確實捆住，另一方面是因爲他的脈搏依然規律持續的跳動著。卡爾．莫爾克的失血狀況並不嚴重。他無疑挨了一記，但是擊打的力道不大，只造成了輕微腦震盪。

瓦德又望向那張爲他準備的空位，心中慶幸當年沒有接受邀請。他試著推算當時至今過了多少年，但是要算得清楚並不容易。總之，至少有二十年了。難怪長餐桌旁的客人看起來有點疲累。

他經過走廊，回到失去意識的女主人旁邊時，獨自放聲大笑。

「哎喲，小妮特，現在宴會終於要開始囉。」

他把她拖進密閉空間，拖放在寫著她名牌的座椅上。

不舒服的感覺又向瓦德襲來。他呼吸沉重，在桌旁站了一會兒，然後振作精神，走到門口去拿醫生包。他像大部分醫生一樣，隨意將醫生包擺在妮特的餐具旁，從中拿出未用過的針筒和一瓶氟馬西尼。只要打一針，妮特就會恢復意識。

他刺下針頭，把藥物打進她體內時，她微微動了一下。不久後，她眼皮顫動，遲疑緩慢的張開眼睛，彷佛知道現實馬上會將她擊潰。

瓦德微笑注視著她，輕拍她的臉頰。只要再幾分鐘，她就能開口說話了。

「我們該拿卡爾．莫爾克怎麼辦？」他自言自語說著，同時四下張望。「啊，我們這兒還有個舒服的座位。」他對著僵硬陰森的客人點頭說，然後將坐墊上有深色汙漬的單人沙發拉到妮特那張扶手椅旁邊。

接著，瓦德蹲下來，從腋下抱住給他找了很多麻煩的魁梧副警官，將他拖到沙發上。

「請您見諒。」瓦德向一位生前應該是個男子的人形微微傾身說，然後從他面前橫過桌面取起水瓶。「我們的客人迫切需要一點冷飲。」

他將水瓶拿到卡爾的頭上方，拔起玻璃瓶塞，將已有二十三年歷史的舊水倒在卡爾頭部淌血之處。沒有生氣的蒼白臉上，露出了一塊閃耀紅色光澤的小型三角洲。

第四十六章

二〇一〇年十一月

不一會兒，卡爾恢復了意識，不過並未完全清醒過來。他先是感覺到臉上的水，然後是頭部的疼痛，還有因爲抵擋鐵鎚而痛得要命的手肘和手腕。他的頭往前低垂，眼睛仍舊緊閉，直到身體前所未有的劇痛終於逼迫他回到現實。他想要狂吐，嘴巴乾渴難耐，眼前連續閃換刺眼的畫面。總而言之，他感覺糟糕透頂，而且非常篤定即使睜開了眼睛，也不會比較好受。

這時，他聽到了聲音。

「清醒吧，莫爾克。你的傷勢沒有那麼嚴重！」

這個聲音應該不屬於他現在置身的地方才對。

他慢慢張開眼睛，辨認出一道人影，隨著影像逐漸清晰，最後跳出寇透．瓦德乾癟的臉龐。他垂著下巴，彷彿正要喊叫。

現在他完全清醒了。但是一看到眼前一具具的乾屍，不由得倒抽了口氣。他眼睛的功能尚未完全恢復，看到的一切物體全是疊影，更是駭人。

「是的，莫爾克，你正身處一群上流高貴人士之間，怎麼樣？」卡爾聽到同一個聲音說。

卡爾試著轉動脖子肌肉，但是簡直難如登天。他媽的，這兒究竟發生什麼事了？四周都是突出的牙齒和棕色的肉體。他人在哪裡？

「讓我來幫你。」一隻手抓住他的頭髮，一把往後扯。他的末梢神經齊聲哭喊著救命。

第64號病歷
Journal 64

俯看著他的年邁老人和圍繞長桌的屍體看起來沒有多大的區別，皮膚乾澀粗糙，皺紋滿布，臉上毫無血色，昨天還銳利凶狠的眼神如今已死氣沉沉。不到一天的時間，寇特．瓦德產生了巨大的變化。

卡爾想說些「見鬼了，您在這兒幹嘛？」或「您果然和妮特．赫曼森掛勾」，但是一個字也吐不出來。話說回來，他有什麼好問的呢？瓦德出現在此，即已回答了一切。

「吶，歡迎光臨盛宴。」老人嘲諷的說，手放開了頭髮，卡爾的頭隨即倒向一側。

「莫爾克，你看，你的女伴是女主人喲。她仍在呼吸，沒有比這更棒的事了吧！」

卡爾看向他另一側的妮特．赫曼森。她整張臉垮了下來，嘴唇、眼袋、下巴無一例外，彷彿顏面麻痺似的。然後他將目光移到她的身體。她也和自己一樣，手腳都被地毯寬膠帶綁住。

「妳可能坐得不太舒服，妮特。」瓦德說著拿起一卷膠帶。卡爾聽到撕開膠帶的聲音，妮特的手臂接著便被牢牢固定在扶手上。「眞好，妳給自己挑了張最棒的椅子。」瓦德大笑說，然後在唯一一張空椅上重重坐下。

「各位女士、先生，上菜了，請享用！」

他舉起空杯，向在場人士舉杯。

「妳或許可以幫我介紹一下妳的客人，妮特？」然後他對著桌子另外一端穿著褪色粗呢西裝、面頰凹陷的屍體點點頭。

「嗯，菲力普我很熟悉了。乾杯，老友。審訊時，只要有菲力普．諾維格在場，事情就萬無一失，不是嗎？」他發瘋似的狂亂大笑，令人作嘔。

瓦德又將目光轉回卡爾的女伴身上。「聽著，妮特，妳不舒服嗎？或許妳還需要再來一劑氟馬西尼。妳看起來累垮了，我以前看過妳狀態比較好的時候呢。」

她低聲說了一句。卡爾不太確定自己是否聽清楚了，好像是說：「我並不如此認爲。」

老人沒聽見那句話，不過他的臉色忽然一變。

「現在樂子結束了。就我所看到的，妳已經替我們大家都做好了計畫，妮特，因此我特別開心能夠參加此次的聚會。首先，請兩位詳細說明，你們對外人透露了我哪方面的行動，如此一來，我才能評估可能造成的傷害，思考如何重建對於我們神聖任務的信心。」

卡爾注視著他。他仍然覺得頭昏目眩，所以試著用不同的方式呼吸，等到他嘗試用嘴角吸氣，效果似乎才好一點，能稍微控制體內怪異的變化。現在呑嚥的感受清楚多了，脖子和喉嚨的麻痺感也開始消退。他終於能夠多吸進一點空氣。

「媽的，我才不在乎！」他低語說。

瓦德聽見了，不過只是露出微笑。

「莫爾克，你可以說話了，多棒啊！我們時間多的很。就從你開始吧。」他看了一眼放在桌上的醫生包。「今晚是你們的最後一夜，這點我不想隱瞞。但是，如果兩位乖乖配合的話，我答應讓你們死得痛快一點，不會有太多痛苦。要是不……」只見他手伸進醫生包，掏出一把手術刀。「我不需要說明得太詳細。你們只要知道：使用這把刀，我一點也不陌生。」

妮特又喃喃說了些話，不過她似乎仍舊有點麻痺，神智沒那麼清楚。

卡爾看著手術刀，試圖集中注意力扯動手腕上的膠帶，但是他的手臂虛軟，掙扎了一會兒仍然無用。接著，他又想晃動沙發，但是身體同樣沒有反應。他哭笑不得，又想痛哭，又想大笑。見鬼了，我究竟怎麼了？他問自己。腦震盪會造成這種後果嗎？

他偷瞟瓦德一眼。他鼻梁流下來的是汗水嗎？他是因爲疲勞過度雙手才顫抖不止嗎？

「妮特，你們兩人怎麼聯絡上的？妳去報警了嗎？」瓦德擦拭額頭，然後大笑說。「不，應該不可能。妳根本負擔不起讓這兒的事情曝光。」他下巴努向一圈屍體。「除此之外，這些要和我一起共赴黃泉的可憐傢伙到底是誰呢？例如，那是個什麼樣的渾小子？」

他指著對面那具屍體。屍體雖然被固定在椅子上，但是並沒有筆直坐好。那具軀體形狀怪異，而且雖然乾癟了，仍顯得龐大臃腫。

瓦德莞爾笑著。忽然間，他的手驀地抓著脖子，彷彿被火燒灼或者呼吸不到空氣。要不是雙手被綁住的話，卡爾也很想做一樣的動作。接著，瓦德清了好幾次喉嚨，又一次拭去額頭上的汗水。「莫爾克，現在告訴我，你從檔案室拿到了什麼樣的文件？」他順手將手術刀對準桌子，割破了桌巾，完全毋須懷疑刀子的鋒利程度。

卡爾閉上眼睛。他沒興趣死掉，更不想死於這種情況，但是倘若非死不可，也要死得有尊嚴。這個混蛋別想從他身上挖出他不願意透露的事情。

「很好，你不肯說。等我收拾了你們，就打電話聯絡我的人，讓他們清理你們的屍體，雖然……」他瞪視著房間深吸了好幾口氣，顯然感到很不舒服，然後解開襯衫最上面一顆鈕釦。「雖然很可惜必須破壞這場盛宴。」

卡爾沒聽他說話，全神貫注在呼吸上。從嘴角吸氣，從鼻子呼氣。透過這個技巧，感覺房間沒有旋轉得那麼快了。

「哈！原來您……喝了咖啡！」這幾個字說得又輕又沙啞。妮特看向瓦德的目光冰冷無情。

老人僵了一下，只見他將陳年舊水倒進玻璃杯裡，一飲而盡，然後特別用力呼吸了一、兩次。他顯得非常困惑，不知所措。卡爾能清楚體會他的感受。

妮特哼了一聲，應該是種笑聲。「我本來還不太確定，但沒想到那東西真的還有效。」

老人惡狠狠瞪著她，彷彿想置她於死地。「咖啡裡放了什麼？」

她啞然失笑。「放開我，我就告訴您裡面有什麼東西。只是我不確定那對您是否有幫助。」

瓦德拿出口袋裡的手機，按下號碼，眼睛始終沒有離開妮特身上。「限妳立刻告訴我咖啡裡放了什麼！否則我要動用手術刀了，懂嗎？我一個助手馬上會抵達，給我服用相關的解毒劑。快說，我會放妳走，然後我們就扯平了。」

他將手機拿在耳邊，但電話顯然沒有接通。他慌張的闔上手機，隨即又馬上打開，再按下另一個號碼。同樣沒有人接電話。他急躁的撥打了第三個號碼，仍舊沒有結果。

卡爾感覺胃部翻攪，必須盡量讓自己吸入空氣，身體也痛得抓狂。不過，他吐出氣後，頸部肌肉和舌頭的壓力慢慢消失。不錯的感覺。

「你就慢慢打電話給你所有的走狗吧。」卡爾說話時，不住呻吟。「但我恐怕你只是白費力氣，因爲你根本聯絡不上他們任何人，你這個老小丑！」卡爾直視瓦德的臉。對方顯然一點兒也聽不懂他在講什麼。

卡爾忽然笑了起來，他實在無法忍住不發笑。「他們全被逮捕了。」他解釋說。「我們在那間爛密室裡找到祕戰的會員名冊。」

瓦德表情忽地籠罩上一道陰影，臉部抽搐。他吞了兩次口水，閃爍的目光掃過房間，臉上的自負傲氣也一點一滴消逝。他咳了一下，然後凶狠的瞪著卡爾。

「我很遺憾，妮特，但我不得不剷除掉妳一個客人。」他忿忿說。「等我了結此事之後，妳就得說出妳給我下了什麼毒，清楚嗎？」

他直起瘦骨嶙峋的身子，將椅子往後推了一點，那把手術刀緊握在手中，手指節全都泛白了。卡爾垂下目光，不希望那個瘋子將刀刺向自己時讓他看見眼睛，以免給那瘋子帶來樂趣。

「請您停止用『妳』來叫我。」卡爾身邊的女子沙啞著說。「寇特．瓦德，我不允許您對我如此親暱。您根本就不認識我。」她的呼吸越發無力，但是話語卻非常清楚。「既然您都站起來了，我認爲您應該先向身邊有點失去光澤的女伴自我介紹，這樣才有禮貌。」

老人的雙眼頓時一暗。他轉過頭，看著已故女伴的座位名牌，然後搖搖頭說：「姬德．查爾斯。我不認識。」

「啊哈。我認爲您應該再看仔細一點。快啊，混蛋豬玀，您還在等什麼！」

卡爾抬起頭，看著瓦德慢動作靠向他鄰座的客人。老人彎身伸過桌面，好看清楚那張臉。他彎曲的手指抓住那具木乃伊的頭，猛力將它轉了過來，發出嘎啦一聲。

他倏地放開了手。

瓦德的頭緩緩轉向卡爾的方向，嘴巴大張，眼睛直愣愣呆視著。

「可是……那……是妮特啊。」瓦德抓著胸膛，想要集中心神。

然而在此之際，他再也無法控制臉部肌肉，表情瞬間扭曲變形，肩膀下垂，身形似乎也矮了一截。

他仰著頭，拚命想吸進空氣，下一秒整個人便往前一翻。

卡爾和女主人默不作聲，等待他的痙攣過去。瓦德仍在呼吸，但肯定持續不了多久了。

「我是姬德．查爾斯。」女主人注視著卡爾說。「妮特是在場唯一被我殺害的人。當年不是她死，就是我亡。那不是謀殺，而是拿鐵鎚簡單敲一下罷了。那一擊本來是她要打向我的。」

卡爾點點頭。所以他從來沒和妮特說過話。這樣一來，便釐清了幾個問題。

「我想，」卡爾說，「不需要藉助座位名牌，我應該清楚桌邊這些人的身分。不過，其中您認識哪些人呢？」

「除了妮特，我只認識莉塔。」她向一具比較像掛著、而非坐著的屍體點點頭。「您上次登門詢問過我之後，我才將座位名牌和這些與妮特生命交錯的眞實人物連結起來，而我是其中之一。」

「我們如果從這兒逃出去的話，我必須逮捕您，這點您應該清楚吧？因爲您想拿鐵鎚打死我，用不管加了什麼東西的咖啡毒死我。」卡爾說。「事實上，您或許很有可能成功擺脫我。」他朝著瓦德的方向點了一下頭。年邁加上驚嚇，充分發揮了毒藥雞尾酒的藥性。

嗯，瓦德的時間應該不多了，卡爾心想，但他媽的，我一點兒也不在乎。至少得拿寇特·瓦德抵阿薩德的命。

他旁邊的老婦人搖了搖頭。「您幾乎沒有喝什麼咖啡，我相信您不足以因此喪命。那些混合毒藥已經太古老了。」

卡爾訝異的打量著她。

「姬德，您用妮特·赫曼森的身分活了二十三年。您是怎麼辦到的？」

她努力擠出笑容。「我們兩人看起來有些相似。當然，我年紀比較大，而且事發當年，我的狀態非常糟糕。不過，我讓自己回復健康與精力了。在馬略卡度過幾個月後，我恢復到不錯的狀態，頭髮閃耀發亮，衣著時髦，也適應得很好。妮特的生活過得比我好太多、太多了。我當然也會畏懼，例如在檢查護照時，或者害怕被銀行員還是隨便某個人揭發身分。但是您知道嗎？我後來逐漸確定哥本哈根沒人認識妮特。或許除了鄰居之外，不過他們也沒有深交。我只需走路故意一拐一瘸就行了，否則可能會引起某人注意。至於規規矩矩坐在此處的客人，嗯，我在廚房裡找到了大量的福馬林，一下子就猜到妮特的計畫。所以這兒所有人全被灌下適量的福馬林，以免屍體快速腐爛，等到晚上鄰居全都入睡，且空氣乾冷時，我會強力通風，讓臭味、濕氣出去，新鮮空氣進來。您親眼看到成果了。各位女士和先生仍維持當年被擺在椅子上時的坐姿。」

哎，與其說福馬林的功用，倒不如說是因爲這些屍體沒有長蟲吧，卡爾心想。

「我還能怎麼辦呢？」姬德繼續說。「難道要我把他們剁成塊，將屍塊丟到垃圾桶裡嗎？一定早晚會被發現。不行、不行，妮特已經詳細計畫好了。而現在，我們兩人被迫和他們待在這兒。」

她笑得歇斯底里，而背後原因不難猜測。二十多年來，她完美扮演了另一個身分。但是，對現在的她有什麼用？他們被困在與外絕對隔離的空間中，不管多麼用力嘶吼，也不一定有人聽得到。有誰找得到他們呢？何況又會在什麼時候找到？蘿思是唯一能推測出卡爾身在何處的人，不過他讓她放假一個星期了。

卡爾望向老人，就在他們談話期間，他倏地睜大眼睛瞪著他們，眼神出乎意料警醒銳利。接著老人身體一陣戰慄，好像最後一次蓄積起力氣似的，只見他猛然旋過身，全身一陣抽搐，用手撞向卡爾旁邊的女人。

卡爾聽見瓦德死去的聲音，先是口齒不清喃喃一陣，接著在吐出最後一口氣倒地不起，那雙數十年來將人分成「有用」和「無用」的眼睛，僵直的瞪著天花板。

卡爾持續深呼吸著，或許是鬆了口氣，也或許是感覺虛弱無力，瀕臨失去意識的邊緣。他把頭轉向身旁微微顫抖的女伴，看見那把手術刀正深深插在她的脖子上。她沒有發出任何聲音。

四下一片死寂，闃靜無聲。

他和七個死人待在一起已經兩天。每一秒，他的思緒都飄向遠處，憶及自己喜歡的人，阿薩德、夢娜、哈迪……嗯，甚至還有蘿思。他比想像中還喜歡他們。

等到第三天仍躺在毫無生氣的陰暗中時，他放棄了。放棄，沒有那麼困難。只要睡著就好，永遠沉睡下去。

有人猛搖他的手臂，將他搖醒，周圍鬧哄哄一片。他不認識搖醒他的人，對方表明身分，是保安警察。有個人觸摸他的脖子，感覺到脈搏跳動，認爲卡爾非常虛弱。

他們給他喝了點水後，卡爾才放鬆下來，感覺自己眞的倖免於難。

「怎麼……」卡爾在別人拆掉他腳上的膠帶時，費盡力氣問道。

「怎麼找到您的嗎？我們大舉逮捕了許多人。跟蹤您到此處，並通知寇特．瓦德的那個人，終於開口招供。」

跟蹤我？卡爾困惑不已。究竟怎麼回事？

難道他已經老到無法察覺有人跟蹤自己嗎？

後記

二〇一〇年十二月

陰鬱討厭的十二月天，街道因融雪而泥濘濕滑，聖誕樹的蠟燭映照在四周人群的眼睛裡，而這一切都讓卡爾心生厭煩。聖誕節下雪了，有什麼好開心的？不過是水變成白色罷了。將蓄積下來的能量耗費在可怕百貨公司裡的購物人龍上，究竟哪裡值得高興？

卡爾痛恨愚蠢聖誕節，他的情緒煩躁不耐。

「你有訪客。」蘿思站在門口通知說。

他轉過身，正要開口抱怨他媽的訪客來得還眞是時候。

柏格．巴克現身門口。看見他，沒有讓卡爾心情開朗起來。

「該死，你到這兒幹嘛？你找到可以朝我背部刺一刀的新匕首了嗎？你究竟……」

「我帶艾絲特來，」巴克說，「她想要表達謝意。」

卡爾猛然住嘴，看著門口。

巴克的妹妹披著彩色圍巾，遮住脖子和頭頂。她緩緩露出自己的臉，先是一邊幾乎沒什麼變色、腫脹的臉頰，接著是動過多次美容手術的另一邊。臉上有焦痂而顯得暗沉，有大半面積依舊覆蓋著紗布。艾絲特．巴克一眼晶亮注視著卡爾，另一眼卻用手遮住，當她把手放下時，動作緩慢，彷彿不想嚇到卡爾。接著便出現一隻黯淡沒有生氣的乳白色眼睛，不過眼角泛著笑意。

「柏格告訴我您如何讓李納斯．維斯洛瓦司從地球上消失。我要向您致上十二萬分的謝意，否則我以後絕對不敢隨便出門。」

她手中拿了一把花束，卡爾正想表達謝意然後伸出手時，她卻問可不可以見一下阿薩德。卡爾溫順的朝蘿思點個頭。她去請阿薩德過來的這段時間，卡爾、巴克和巴克妹妹三個人沉默不語等候。

這就是感謝。

阿薩德終於出現。艾絲特上前自我介紹，說出她的來意。阿薩德沒有說話。

「所以，非常感謝您，阿薩德。」她最後再次道謝，把花送給了他。

阿薩德花了點時間抬起左手，也花了同樣的時間把花束拿穩。

「我很高興。」阿薩德說。說話時，身體仍舊微微顫抖，不過已經比之前好多了。他露出受到傷勢影響而顯得怪異的笑容，一邊想要伸出右手致意，但是沒有成功。

「阿薩德，我來把花插好。」蘿思說。

艾絲特迅速擁抱了阿薩德一下，然後向大家告辭。

「我們很快會再見的。明年一月起，我開始在證物室工作，登記被竊物品，這任務已帶有點警察工作的味道了。」巴克臨走前丟下這番話。

柏格．巴克到地下室來眞是他媽的令人厭煩。

「這是今天的郵件，卡爾。有張明信片是寄給你的，你應該會很喜歡上面的圖案。等你理解卡片上每一個字的意義後，我們就出發了，聽清楚了嗎？」

蘿思把明信片拿給他。卡片的主要圖案是兩顆被陽光曬黑的碩大奶子，上面印著「在泰國的愜意時光」，其他還有枝葉扶疏的棕櫚沙灘和五彩繽紛的燈籠。

卡爾心裡有種不好的預感，翻過卡片一看：

第64號病歷
Journal 64

親愛的卡爾！

失聯許久的堂哥送上來自芭堤雅的誠摯問候。簡單通知你，我已經寫完與父親有關的我（們）的故事。現在只缺出版社合約。你知道誰會有興趣嗎？

再見囉，羅尼

卡爾搖了搖頭。這個男人散播歡樂的搞笑能力看來並沒有退化。

他猛力一丟，將卡片扔到垃圾桶裡，然後站起身。

「我們爲什麼一定要到那兒去啊，蘿思？我不太懂意義何在。」走廊上，蘿思站在阿薩德後方，幫他穿上外套。

「因爲阿薩德和我需要去一趟，懂嗎？」

「你去坐後座。」五分鐘後，蘿思把那輛縮水福特車開出來，停在總局前面時說。卡爾咒罵了兩聲，在努力嘗試兩次後，才成功把自己塞進如錫罐大小的座位中。他媽的馬庫斯和他的預算去死吧。

他們在繁忙的車陣中橫衝直撞，驚心動魄開了十分鐘。蘿思在路上實驗新的交通規則，斷斷續續在方向盤和排檔之間來回動作，其他車輛全都畢恭畢敬閃到一旁。

最後她終於飆進卡本路，車子一甩尾，迅速閃進兩輛倒楣停錯地方的車子之間。她拔出鑰匙，宣布到達亞希思登墓園時，臉上甚至露出了微笑。讚美上帝，謝天謝地，讓我們安然無恙沒有發生意外，卡爾心想，然後彷彿脫下一層殼似的鑽出車外。

「她就躺在那兒。」蘿思說道，牽起阿薩德的手。

阿薩德在雪上緩緩走著，動作已較前兩個星期靈活了一些。

「就在那兒。」蘿思指著約五十公尺外的一個墓碑。「阿薩德，你看，他們立好了墓碑。」

「很好。」他說。

卡爾點點頭。妮特．赫曼森一案讓他們三人大受震撼，或許到這兒來做個了結，對他們來說是有幫助的。第六十四號病歷檔案必須結案，而蘿思最後決定藉助聖誕飾品——一點聖誕樹枝葉、彩帶和彩球來爲此劃下句點。否則還能有什麼？

「那個人是誰？」蘿思嘴裡說的是個白髮蒼蒼的老婦人，正從一條小路走向那塊墓碑。

老婦人年輕時應該很高，但是年歲和生活壓彎了她的脊椎，她的脖子向前突出，幾乎與肩膀一樣平。

他們駐足原地，觀察老婦人在塑膠袋裡搜找著，最後從中拿出某個東西。從遠處看，看起來有點像是紙箱的蓋子。

她在墓碑前彎下身，將像蓋子的東西斜靠在上面。

「她在那兒做什麼？」蘿思大聲說，拉著兩位男士往前走。

在十公尺開外，已能清楚看見墓碑上的名字，「妮特．赫曼森，一九三七至一九八七年」。沒有出生日期，沒有死亡時間，也沒注明她曾經冠過羅森這個夫姓，或者是「息止安所」的墓誌銘，這一切是遺產管理處經過考慮後做出的決定。

「您認識她嗎？」蘿思詢問正看著泥濘雪地搖頭嘆息的老婦人。

「還有比墓碑上沒有鮮花更加淒涼悲慘的嗎？」老婦人回答說。

蘿思走向她說：「請。」然後把用彩帶等材料做成的可怕花飾遞給她。「因爲是聖誕節的關係，所以我想這個應該不錯。」

第64號病歷
Journal 64

老婦人慈愛的笑了，彎下去將花飾放在墓碑前。

「嗯，請您原諒，您剛才問我是否認識妮特。我的名字叫作瑪麗安娜．漢司德宏，以前是妮特的老師。我很喜歡她，這是我來此的原因。我從報上獲悉一切，得知了那些被逮捕的可怕人物，以及導致妮特不幸日子的幕後元凶。我很遺憾和妮特失去了聯絡，人總是很容易就從他人的生命中消失。」她對他們點點頭，眼神柔和，笑容動人的注視他們。

「我們就是找到她的人。」蘿思說。

「不好意思，請問您剛才放在那兒的東西是什麼？」阿薩德靠近墓碑問道。

「啊，只是幾個字罷了。我認為她應該帶著它上路。」

老婦人再度吃力的彎下身，拿起像蓋子的東西，接近一看才發現是片木板。或許是塊老舊的砧板。老婦人翻過板子，遞給他們。

上面寫著：「我很優秀！」

卡爾點點頭。

沒錯，她一定曾經如此。

曾經。

附錄

書中描述感化院收容牴觸法律以及當時通行的倫理道德的女子，或者基於「腦筋遲鈍」被剝奪行爲權利的女子一事，在一九二三年至一九六一年間確實存在於大帶海峽上的史葡格島上。而無數婦女唯有簽署結紮同意書才能離開感化院，進而離開史葡格島，這件事也的確屬實。結紮一事是根據當年通行的優生學而來，二十世紀的二〇至三〇年代足足有三十個西方國家公布實行——主要是那些社會民主政府和有新教性格的國家，當然也包括國家社會主義的德意志帝國。

在丹麥，從一九二九年到一九六七年，共有一萬一千人被結紮，估計當中約有一半是強迫結紮。和挪威、瑞典和德國等國家不同的是，丹麥王國至今仍未賠償這些人的人權遭受侵犯所受到的損失，也沒有向受害者道歉。

謝辭

誠摯感謝漢內・阿德勒・歐爾森無時無刻的鼓勵、腦力激盪與聰明睿智的意見。

此外，我想感謝艾爾瑟貝斯・瓦倫斯、弗雷迪・米爾頓、艾迪・基蘭、漢內・彼德森、米卡・許馬勒斯提和卡羅・安德森等人詳細又珍貴的評論，以及眼神銳利、簡直有三頭六臂的安・C・安德森。

另外感謝尼爾斯和瑪麗安娜・哈柏、吉特和彼得・Q・萊內斯以及丹麥作家與翻譯人員中心的熱情款待；以及萊夫・克里斯滕森警官大方分享搜查經驗，並不吝賜教警務相關常識。

同樣誠心感謝聲音與大帶公司、丹麥廣播公司檔案中心、瑪麗安娜・符萊、寇特・雷德、畢特・福立－尼爾森、巫拉・于勒、弗麗達・圖駱、菊樂・卡柏、卡爾・拉文和索斯・諾維亞等人，在我研究史葡格女子感化院上，提供了珍貴的幫助。

名詞對照表

A

Aabenraa　奥本羅
Aalborg　奧爾堡
Aarhus　奧胡斯
Aberdeen　亞伯丁
Acantilado de los Gigantes
大懸崖
Ahlgade　艾洱街
Albert Caspersen
亞博德．卡思柏森
Alistair Charles
阿利斯托．查爾斯
Allerød　阿勒勒
Amager　亞瑪格島
Anand Karaj　阿南德．卡拉支
Andratx　安德列茲
Andreas Rosen　安德列．羅森
Anker Heegaards Gade
安克．希果街
Anker Heinningsen
安克爾．海寧森
Antonsen　安東森
Ar Raqqah　拉卡
Århus　歐胡斯
Assen　阿森
Assens　阿森斯
Assistens　亞希斯登墓園

B

Bagsværd　巴格斯威
Bakkegården　美坡農莊
Ballerup　巴勒魯普
Beate　畢雅特
Bellahøj　布拉霍伊區
Bent Lyngsøe　班特．林塞
Bette Davis　貝蒂．戴維斯
Betty Grable　貝蒂．葛萊寶
Billund-Airport　比隆機場
Birger Mørck　畢格．莫爾克
Birkelse　比克爾塞
Bistrup　畢斯楚普
Blans　布嵐斯村
Blågårds Plads　布雷蓋德廣場
Blågårdsgade　布雷蓋德街
Blocksberg　布羅肯峰
Blovstrød　布洛斯綽德
Bogense　博恩瑟
Børge Bak　柏格．巴克

Bornholm　柏恩霍姆

Brandur Isaksen
　布朗度・伊薩克森

Bratislava　布拉提斯拉瓦

Bredebro　布雷德布洛

Brejning　派爾林

Brenderup　葡雷登魯普

Brøndby　布隆得比

Brøndbyøstervej
　布勒畢爾斯特路

Brøndbytoften　布隆得托夫

Brønderslev　布朗德斯勒夫

Buchara　布哈拉

Bujutsukan　布玖厝坎

C

Camilla　卡蜜拉・漢森

Cecilie　西西莉亞

Christian Keller
　克利斯提昂・凱勒

Christopher Hale
　克利斯多福・哈爾

Costa Brava　布拉瓦海岸

Costa del Sol　太陽海岸

Curt Wad　寇特・瓦德

D

Daell　戴爾百貨

Daniel Hale　丹尼爾・哈爾

Dronning-Louises-Brücke
　朵琳—路易斯橋

E

Egon Olsens Vej
　艾貢・奧爾森路

Eilande　伊爾蘭

Ejby　艾比

Enghavevej　英園路

Enter the Drangon　龍虎鬥爭

Erik Hanstholm
　艾力克・漢司德宏

Erling Holm　艾爾林・荷姆

Eskildsgade　艾斯基德街

Esther Bak　艾絲特・巴克

Euphrat　幼發拉底河

F

Falster Insel　法爾斯特島

Färöern　菲歐恩

Fist of Fury　精武門

Flumazenil　氟馬西尼

Fredensborg　弗雷登斯堡

Frederikshavn　腓特烈港

Fünen 菲英島

G

Gellerup-Park 蓋樂魯公園
Gentofte 根措夫特
Georg Madsen 喬治・麥德森
Gitte Charles 姬德・查爾斯
Glostrup 格洛斯楚普
Gran Canaria 大加納利島
Grönland 格陵蘭島
Großen Belt 大帶海峽
Guldborgsund 古博松
Gurkamal Singh Pannu
古咖瑪・辛・帕努
Guru Nanak 那納克宗師
Gyldenløvesgade 哥倫魯斯街

H

Haderslev 哈易斯勒夫
Hadsten 哈士騰
Halmstadgade 赫姆司德街
Halsskov 黑斯森林
Hambrosgade 漢布羅斯街
Hans Christian Dyrmand
漢斯・克利斯提昂・德曼
Harz 哈茲
Havngaard 杭苟莊園
Havnsø 漢緒
Heimdalsgade 海德斯街
Hellerup 赫勒魯普
Herbert Sønderskov
赫柏特・旬納司高
Hillerød 希勒羅德區
Hindevad 希納瓦
Hirtshals 赫茨哈斯
Hjørring 約林
Højstens Boulevard
霍伊斯丁大道
Holbæk 霍貝克
Høve 霍伏區
Hovedgade 霍夫街
Hotel triton 特理東旅館
Hundinge 胡明聶
Hvide Sande 白沙港
Hvide Sande 威爾・桑能
Hvidovre 哈德維夫

I

Ishøj 伊斯亥
Istedgade 伊斯德街

J

Jakob Ramberger
雅各柏・朗博格

Jesper　賈斯柏
Jespersen　葉斯柏森
Johnny huurinainen
　強尼・胡寧內能
Josef Mengele
　約瑟夫・門格勒
Jütland　于特蘭
Jylinge　于林

K

Kagerup　卡格魯普
Kalundborg　卡倫堡
Kandaloo　康達魯工坊
Kapelvej　卡本路
Karl Madvig　克爾・馬維
Karla Alsing　卡拉・阿爾辛
Karl-Johan Henriksen
　卡爾—約翰・海寧克森
Karlslunde　卡斯倫德
Kaunas　卡納斯
Kiel　基爾
Købmagergade　君梅爾街
Kolding　科靈
Kongevejen　國王路
Korsgade　寇斯街
Korsør　高薛
Kos　科斯
Kreider-Florelt　開立達
Kretas　克里特島
Kris la Cour
　克里斯・勒・寇爾
Kulhuse　古扈斯

L

Langeland　朗格蘭
Lars Bjørn　羅森・柏恩
Lars Hermansen　拉斯・赫曼森
Lasse Bjerg　拉瑟・畢格
Linas Verslovas
　李納斯・維斯洛瓦司
Lindebjerg Lynge
　林柏格・霖格
Lindehjørnet　林德角街
Liselotte Siemens
　莉瑟洛特・西蒙斯
Lise-Marie　莉瑟—瑪麗
Lolland　羅蘭島
Lone Rasmussen
　駱娜・拉絲慕森
Louis Peterson
　路易士・派特森
Louise Ciccone
　露易絲・西科尼
Ludwig　路威

Lundeborg　倫納堡
Lyngby　林比
Lyngbyvej　林比路
Lynge　林格

M

Maarup Kirkevej
馬魯普教堂路
Mads　馬茲
Mae　小梅
Mallorca　馬略卡
Marianne　瑪麗安娜
Maribo　馬利堡
Mathilde　瑪蒂達
Mette Scmall　玫特・許梅爾
Middelfart　米德法特
Mie Hansen　蜜耶・韓森
Mika Johansen　米卡・約翰森
Mikael　米凱爾
Mogens　墨耿斯
Mona Ibsen　夢娜・易卜生
Morten Holland　莫頓・賀藍

N

Nete　妮特
Nielsen　尼厄瑟
Nordby Kirke　諾比教堂
Nordseeland　北西蘭島
Nørre Aby　北艾比
Nørre Å　北川
Nørre Snede　北斯納
Nørrebro　諾勒布羅
Nørresundby　諾桑比
Nyborg　尼柏格
Nygårds　呂格帝斯
Nykøbing Falster
尼科賓・法爾斯特

O

Odder　歐德爾
Odense　歐登瑟
Ole Christian Schmidt
歐勒・克利斯提昂・施密特
Oline Jensen　歐琳納・顏森
Øster Brønderslev
東布朗德斯勒夫
Ostjütland　東于特蘭

P

Parkallee　公園街
Pattaya　芭堤雅
Peblinge Dossering
貝林爾—多瑟林

Peblinge-See　貝林爾湖
Pete Bosewell
比特・鮑斯威爾
Peter Bangs Vej　彼得・旁斯路
Philip Nørvig
菲力普・諾維格
Pia　皮雅
Pilsner brachte　皮爾森啤酒
Pollenca　波耶卡
Porto Cristo　克利斯托港
Punher　普察爾
ProPofol　普洛福麻醉劑
Punjab　旁遮普邦

R

Ringkøbing　靈克賓
Rio Bravo　布拉沃餐廳
Rita Nielsen　麗塔・尼爾森
Rødovre　洛德雷
Rolf　羅夫
Rønneholtpark　羅稜霍特公園
Ronny　羅尼
Rørvig　洛維格
Roskilde　羅斯基勒
Roterdams　鹿特丹

S

Samantha　莎曼珊
Samsø　桑索
San Telmo　聖特爾莫
Santa Ponsa　聖彭薩
Sara Julie　莎拉・尤麗
Schiedam　斯悉丹
Seeland　西蘭島
Sejerby　塞耶比
Sejerø　塞耶育島
Sigrid Nielsen
希格麗・尼爾森
Silkeborg　施克堡
Skagen　斯卡恩
Skårup-Strand　史高魯普海濱
Son Vida　桑維達
Sønderborg　旬納堡
Søren Brandt　梭倫・布朗特
Sørensen　索倫森
Sorø　索羅
Sprogø　史葡格
Stenløse　史坦洛瑟
Stokkemarke　史托吉馬克
Stormgade　史東街
Sundby　桑比
Svenne　史凡

T

Tage Hermansen
泰格・赫曼森
Tamilen 泰米爾人
Tåstrup 措斯楚普
Tåstrupgård 塔斯魯普莊園
Teneriffa 特內里費島
Terje Ploug 泰耶・蒲羅
Thisted 提斯特德
Thorshavn 托爾斯港市
Tietgensbro 堤耶耿橋
Tivoli 蒂沃利大廳
Tranebjerg 查內畢爾
Trekant-Viertel 三角區
Tværgade 特衛街

V

Valldemossa 巴爾德摩薩
Vallensbæk 維倫斯貝克
Vanløse 凡洛塞
Vejle 威爾勒
Vesterbro 維斯特布洛
Vesterbro Torv
維斯特布洛廣場
Vestergade 維斯特街
Vestre Fængsel 西部監獄
Viborg 維堡
Vicky 維琪
Viggo Morgensen
維果・莫根森
Vivaldi 韋瓦第
Vilnius 維爾紐斯
Viola 薇歐拉
Virum 威倫

W

Warnemünde 瓦倫明德
Westjütland 西于特蘭
Wildenskov 維登思科夫
Wilfrid Lønberg
威富立・林柏格

Y

Yrsa 伊兒莎

奇幻基地書籍目錄

http://www.ffoundation.com.tw/

BEST 嚴選

書 號	書 名	作 者	定價
1HB004X	諸神之城：伊嵐翠	布蘭登．山德森	520
1HB009	最後理論	馬克．艾伯特	320
1HB013	刺客正傳 1：刺客學徒（經典紀念版）	羅蘋．荷布	299
1HB014	刺客正傳 2：皇家刺客（上）（經典紀念版）	羅蘋．荷布	320
1HB015	刺客正傳 2：皇家刺客（下）（經典紀念版）	羅蘋．荷布	320
1HB016	刺客正傳 3：刺客任務（上）（經典紀念版）	羅蘋．荷布	360
1HB017	刺客正傳 3：刺客任務（下）（經典紀念版）	羅蘋．荷布	360
1HB018	2012：失落的預言	麥利歐．瑞汀	320
1HB019	迷霧之子首部曲：最後帝國	布蘭登．山德森	380
1HB020	迷霧之子二部曲：昇華之井	布蘭登．山德森	399
1HB021	迷霧之子終部曲：永世英雄	布蘭登．山德森	399
1HB025	方舟浩劫	伯伊德．莫理森	320
1HB027	血色塔羅	尼克．史東	380
1HB028	最後理論 2：科學之子	馬克．艾伯特	320
1HB029	星期一，我不殺人	尚—巴提斯特．德斯特摩	320
1HB030	懸案密碼：籠裡的女人	猶希．阿德勒．歐爾森	320
1HB031	迷霧之子番外篇：執法鎔金	布蘭登．山德森	320
1HB032	2012：降世的預言	麥利歐．瑞汀	320
1HB033	彌達斯寶藏	伯伊德．莫理森	320
1HB034	颶光典籍首部曲：王者之路（上）	布蘭登．山德森	499
1HB035	颶光典籍首部曲：王者之路（下）	布蘭登．山德森	499
1HB036	懸案密碼 2：雉雞殺手	猶希．阿德勒．歐爾森	320
1HB037	末日之旅．上冊	加斯汀．柯羅寧	399
1HB038	末日之旅．下冊	加斯汀．柯羅寧	399
1HB039	懸案密碼 3：瓶中信	猶希．阿德勒．歐爾森	380
1HB040	刀光錢影：戰龍之途	丹尼爾．艾伯罕	380
1HB041	懸案密碼 4：第 64 號病歷	猶希．阿德勒．歐爾森	380

幻想藏書閣

書　號	書　　　名	作　　者	定價
1HI001C	靈魂之戰 1：落日之巨龍	瑪格麗特・魏絲等	480
1HI002C	靈魂之戰 2：隕星之巨龍	瑪格麗特・魏絲等	480
1HI003X	靈魂之戰 3：逝月之巨龍（新版）	瑪格麗特・魏絲等	480
1HI004	黑暗精靈 1：故土	R・A・薩爾瓦多	380
1HI005	黑暗精靈 2：流亡	R・A・薩爾瓦多	380
1HI006	黑暗精靈 3：旅居	R・A・薩爾瓦多	380
1HI007	南方吸血鬼 1：夜訪良辰鎮	莎蓮・哈里斯	280
1HI010	南方吸血鬼 2：達拉斯夜未眠	莎蓮・哈里斯	280
1HI012	南方吸血鬼 3：亡者俱樂部	莎蓮・哈里斯	280
1HI029	南方吸血鬼 4：意外的訪客	莎蓮・哈里斯	280
1HI031	尼伯龍根之戒	沃夫岡・霍爾班等	360
1HI032	南方吸血鬼 5：與狼人共舞	莎蓮・哈里斯	280
1HI033	南方吸血鬼 6：惡夜追琪令	莎蓮・哈里斯	280
1HI034	南方吸血鬼 7：找死高峰會	莎蓮・哈里斯	280
1HI035	南方吸血鬼 8：攻琪不備	莎蓮・哈里斯	280
1HI036	黑暗之途 1：無聲之刃	R・A・薩爾瓦多	380
1HI037	南方吸血鬼 9：全面琪動	莎蓮・哈里斯	280
1HI038	邪馬台國戰記 II：炎天的邪馬台國(完結篇)	桝田省治	399
1HI039	南方吸血鬼 10：噬血王子的背叛	莎蓮・哈里斯	280
1HI040	黑暗之途 2：世界之脊	R・A・薩爾瓦多	380
1HI041	黑暗之途 3：劍刃之海	R・A・薩爾瓦多	380
1HI042	南方吸血鬼番外篇：我的德古拉之夜	莎蓮・哈里斯	299
1HI043	獵人之刃 1：千獸人	R・A・薩爾瓦多	399
1HI044	南方吸血鬼 11：精靈的聖物	莎蓮・哈里斯	280
1HI045	獵人之刃 2：獨行者	R・A・薩爾瓦多	399
1HI046	獵人之刃 3：雙劍	R・A・薩爾瓦多	399
1HI047	地底王國 1：光明戰士	蘇珊・柯林斯	250
1HI048	地底王國 2：災難預言	蘇珊・柯林斯	250
1HI049	地底王國 3：熱血之禍	蘇珊・柯林斯	250
1HI050	地底王國 4：神祕印記	蘇珊・柯林斯	250
1HI051C	龍槍編年史 I：秋暮之巨龍	崔西・西克曼&瑪格麗特・魏絲	480
1HI052C	龍槍編年史 II：冬夜之巨龍	崔西・西克曼&瑪格麗特・魏絲	480
1HI053C	龍槍編年史 III：春曉之巨龍	崔西・西克曼&瑪格麗特・魏絲	480
1HI054C	龍槍傳奇 I：時空之卷	崔西・西克曼&瑪格麗特・魏絲	480
1HI055C	龍槍傳奇 II：烽火之卷	崔西・西克曼&瑪格麗特・魏絲	480
1HI056C	龍槍傳奇 III:試煉之卷	崔西・西克曼&瑪格麗特・魏絲	480
1HI057	靈視者哈珀康納莉 I：觸墓驚心	莎蓮・哈里斯	280
1HI058	靈視者哈珀康納莉 II：移花接墓	莎蓮・哈里斯	280
1HI059	靈視者哈珀康納莉 III：草墓皆冰	莎蓮・哈里斯	280
1HI060	靈視者哈珀康納莉 IV：不堪入墓	莎蓮・哈里斯	280
1HI061	地底王國 5：最終戰役	蘇珊・柯林斯	250

書　號	書　　　名	作　　者	定價
1HI062	死亡之門 1：龍之翼（全新封面）	崔西．西克曼&瑪格麗特．魏絲	360
1HI063	死亡之門 2：精靈之星（全新封面）	崔西．西克曼&瑪格麗特．魏絲	360
1HI064	死亡之門 3：火之海（全新封面）	崔西．西克曼&瑪格麗特．魏絲	360
1HI065	死亡之門 4：魔蛟法師（全新封面）	崔西．西克曼&瑪格麗特．魏絲	360
1HI066	死亡之門 5：混沌之手（全新封面）	崔西．西克曼&瑪格麗特．魏絲	420
1HI067	死亡之門 6：迷宮歷險（全新封面）	崔西．西克曼&瑪格麗特．魏絲	420
1HI068	死亡之門 7：第七之門（完）（全新封面）	崔西．西克曼&瑪格麗特．魏絲	360
1HI069	南方吸血鬼 12：神祕的魔法鎖	莎蓮．哈里斯	280
1HI070	滅世天使	蘇珊．易	280
1HI071	天使禁區	麗諾．艾普漢絲	250

魔幻之城

書號	書名	作者	定價
1HF012	時光之輪 2：大狩獵（上）	羅伯特．喬丹	300
1HF013	時光之輪 2：大狩獵（下）	羅伯特．喬丹	320
1HF025	時光之輪 3：真龍轉生（上）	羅伯特．喬丹	320
1HF026	時光之輪 3：真龍轉生（下）	羅伯特．喬丹	320
1HF030	時光之輪 4：闇影漸起（上）	羅伯特．喬丹	320
1HF031	時光之輪 4：闇影漸起（中）	羅伯特．喬丹	320
1HF038	時光之輪 4：闇影漸起（下）	羅伯特．喬丹	320
1HF044	時光之輪 5：天空之火（上）	羅伯特．喬丹	320
1HF045	時光之輪 5：天空之火（中）	羅伯特．喬丹	320
1HF046	時光之輪 5：天空之火（下）	羅伯特．喬丹	320
1HF050	時光之輪 6：混沌之王（上）	羅伯特．喬丹	320
1HF051	時光之輪 6：混沌之王（中）	羅伯特．喬丹	320
1HF052	時光之輪 6：混沌之王（下）	羅伯特．喬丹	320
1HF068	時光之輪 7：劍之王冠（上）	羅伯特．喬丹	320
1HF069	時光之輪 7：劍之王冠（下）	羅伯特．喬丹	320
1HF080	時光之輪 1：世界之眼（上）	羅伯特．喬丹	360
1HF081	時光之輪 1：世界之眼（下）	羅伯特．喬丹	360
1HF085	時光之輪 8：匕之道 （上）	羅伯特．喬丹	380
1HF086	時光之輪 8：匕之道 （下）	羅伯特．喬丹	380
1HF087	時光之輪 9：寒冬之心（上）	羅伯特．喬丹	380
1HF088	時光之輪 9：寒冬之心（上）	羅伯特．喬丹	380
1HF089	時光之輪 10：光影歧路（上）	羅伯特．喬丹	400
1HF090	時光之輪 10：光影歧路（下）	羅伯特．喬丹	400
1HF091	時光之輪 11：迷夢之刃（上）	羅伯特．喬丹	480
1HF092	時光之輪 11：迷夢之刃（下）	羅伯特．喬丹	480

少年魔法城

書號	書名	作者	定價
1HY006	奇幻小百科：勇者鬥怪物教戰手冊	周錫	180
1HY007	奇幻小百科：奇幻冒險夢幻隊伍	黃美文	180
1HY008	奇幻小百科：中世紀城主你來當	米爾汀	180
1HY020	傳說的勇者的傳說 1：午睡王國的野心	鏡貴也	200
1HY021	傳說的勇者的傳說 2：宿命的兩人三腳	鏡貴也	200
1HY022	傳說的勇者的傳說 3：無情的睡眠妨礙	鏡貴也	220
1HY023	傳說的勇者的傳說 4：肅清的宴會	鏡貴也	220
1HY024	傳說的勇者的傳說 5：一時衝動的善後處理	鏡貴也	220
1HY025	Slayers! 秀逗魔導士	神坂一	99
1HY026	Slayers! 秀逗魔導士 2：亞特拉斯的魔導士	神坂一	200
1HY027	傳說的勇者的傳說 6：暗殺西昂的計畫	鏡貴也	220
1HY028	傳說的勇者的傳說 7：失蹤的真相	鏡貴也	220
1HY029	Slayers! 秀逗魔導士 3：賽拉格的妖魔	神坂一	200
1HY030	Slayers! 秀逗魔導士 4：聖王都動亂	神坂一	200
1HY031	傳說的勇者的傳說 8：忘恩負義的失蹤者	鏡貴也	220
1HY032	Slayers! 秀逗魔導士 5：白銀的魔獸	神坂一	200
1HY033	Slayers! 秀逗魔導士 6：威森地的黑暗	神坂一	200
1HY034	傳說的勇者的傳說 9：完美無缺的國王	鏡貴也	220
1HY035	Slayers! 秀逗魔導士 7：魔龍王的挑戰	神坂一	220
1HY036	傳說的勇者的傳說 10：孤軍奮鬥的國王	鏡貴也	220
1HY037	Slayers! 秀逗魔導士 8：死靈都市之王	神坂一	220
1HY038	傳說的勇者的傳說 11：面目丕變的國王（完結篇）	鏡貴也	220
1HY039	Slayers! 秀逗魔導士 9：貝賽爾德的妖劍	神坂一	220
1HY040X	Slayers! 秀逗魔導士 10：索拉利亞的謀略	神坂一	220
1HY041	Slayers! 秀逗魔導士 11：克里姆佐的執迷	神坂一	220
1HY042	Slayers! 秀逗魔導士 12：霸軍的策動	神坂一	220
1HY043	Slayers! 秀逗魔導士 13：降魔征途的路標	神坂一	220
1HY044	總之就是傳說的勇者的傳說 1：脫力的英雄傳說	鏡貴也	240
1HY045	總之就是傳說的勇者的傳說 2：無力的交叉拳擊	鏡貴也	240
1HY046	Slayers! 秀逗魔導士 14：瑟倫狄亞的憎惡	神坂一	220
1HY047	總之就是傳說的勇者的傳說 3：充滿暴力的第一次接觸	鏡貴也	240
1HY048	總之就是傳說的勇者的傳說 4：魔力大拍賣	鏡貴也	240
1HY049X	Slayers! 秀逗魔導士 15：屠魔者（完結篇）	神坂一	220
1HY050	總之就是傳說的勇者的傳說 5：過熟的魅力	鏡貴也	240
1HY051	總之就是傳說的勇者的傳說 6：卯足全力的舞會	鏡貴也	240
1HY052	總之就是傳說的勇者的傳說 7：努力的時間限制	鏡貴也	240
1HY053	總之就是傳說的勇者的傳說 8：權力的樂園	鏡貴也	240
1HY054	總之就是傳說的勇者的傳說 9 全力脫離組織	鏡貴也	240
1HY055	總之就是傳說的勇者的傳說 10：能量下載	鏡貴也	240
1HY056	總之就是傳說的勇者的傳說 11：滯留的意識力量（完結篇）	鏡貴也	240

境外之城

書號	書名	作者	定價
1HO003	天觀雙俠．卷一	鄭丰（陳宇慧）	250
1HO004	天觀雙俠．卷二	鄭丰（陳宇慧）	250
1HO005	天觀雙俠．卷三	鄭丰（陳宇慧）	250
1HO006	天觀雙俠．卷四（完）	鄭丰（陳宇慧）	250
1HO018	筆靈 1：生事如轉蓬	馬伯庸	199
1HO019	筆靈 2：萬事皆波瀾	馬伯庸	240
1HO020	靈劍．卷一	鄭丰（陳宇慧）	250
1HO021	靈劍．卷二	鄭丰（陳宇慧）	250
1HO022	靈劍．卷三（完）	鄭丰（陳宇慧）	250
1HO023	筆靈 3：沉憂亂縱橫	馬伯庸	240
1HO024	筆靈 4：蒼穹浩茫茫	馬伯庸	240
1HO025	神偷天下．卷一	鄭丰（陳宇慧）	250
1HO026	神偷天下．卷二	鄭丰（陳宇慧）	250
1HO027	神偷天下．卷三（完）	鄭丰（陳宇慧）	250
1HO028	五大賊王 1：落馬青雲	張海帆（老夜）	280
1HO029	五大賊王 2：火門三關	張海帆（老夜）	280
1HO030	五大賊王 3：淨火修練	張海帆（老夜）	280
1HO031	五大賊王 4：地宮盜鼎	張海帆（老夜）	280
1HO032	五大賊王 5：身世謎圖	張海帆（老夜）	280
1HO033	五大賊王 6：逆血羅剎	張海帆（老夜）	280
1HO034	五大賊王 7（上）：五行合縱	張海帆（老夜）	280
1HO035	五大賊王 7（下）（終）：五行合縱	張海帆（老夜）	280
1HO036	三國機密（上）：龍難日	馬伯庸	320
1HO037	三國機密（下）：潛龍在淵	馬伯庸	320

謎幻之城

書號	書名	作者	定價
1HS005Y	基地（紀念書衣版）	以撒·艾西莫夫	280
1HS007Y	基地與帝國（紀念書衣版）	以撒·艾西莫夫	280
1HS010Y	第二基地（紀念書衣版）	以撒·艾西莫夫	280
1HS000U	基地三部曲（經典書盒版）	以撒·艾西莫夫	840
1HS011Y	基地前奏（紀念書衣版）	以撒·艾西莫夫	420
1HS012Y	基地締造者（紀念書衣版）	以撒·艾西莫夫	420
1HS000V	基地前傳（經典書盒版）	以撒·艾西莫夫	840
1HS013Y	基地邊緣（紀念書衣版）	以撒·艾西莫夫	420
1HS014Y	基地與地球（紀念書衣版）	以撒·艾西莫夫	450
1HS000W	基地後傳（經典書盒版）	以撒·艾西莫夫	870

日本名家

書號	書名	作者	定價
1HA019	僕僕仙人：千歲少女	仁木英之	260
1HA021	禁忌的樂園	恩田陸	350
1HA022	弒魂詩	川田千秋	280
1HA023	昔年往事	三浦紫苑	260
1HA024	燃燒世界的女孩	恩田陸	300
1HA025	少年·坡的奇妙旅程	石井慎二	320
1HA026	艾比斯之夢	山本弘	380

F-Maps

書號	書名	作者	定價
1HP001	圖解鍊金術	草野巧	300
1HP002	圖解近身武器	大波篤司	280
1HP004	圖解魔法知識	羽仁礼	300
1HP005	圖解克蘇魯神話	森瀨繚	320
1HP006	圖解吸血鬼	森瀨繚／靜川龍宗	300
1HP007	圖解陰陽師	高平鳴海	320
1HP008	圖解北歐神話	池上良太	330
1HP009	圖解天國與地獄	草野巧	330
1HP010	圖解火神與火精靈	山北篤	330

聖典

書號	書名	作者	定價
1HR009X	武器屋（全新封面）	Truth in Fantasy 編輯部	420
1HR014X	武器事典（全新封面）	市川定春	420
1HR026C	惡魔事典（精裝典藏版）	山北篤等	480
1HR028C	怪物大全（精裝）	健部伸明	特價 999
1HR031	幻獸事典（精裝）	草野巧	特價 499
1HR032	圖解稱霸世界的戰術——歷史上的 17 個天才戰術分析	中里融司	320
1HR033C	地獄事典（精裝）	草野巧	420
1HR034C	幻想地名事典（精裝）	山北篤	750
1HR035C	城堡事典（精裝）	池上正太	399
1HR036C	三國志戰役事典（精裝）	藤井勝彥	420

城邦文化奇幻基地出版社
Fantasy Foundation Publications
http://www.ffoundation.com.tw
TEL：02-25007008 FAX：02-25027676

BEST嚴選 041
懸案密碼4：第64號病歷

國家圖書館出版品預行編目資料

懸案密碼4：第64號病歷 / 猶希.阿德勒.歐爾森（Jussi Adler-Olsen）著；管中琪譯 - 初版 - 台北市：奇幻基地, 城邦文化出版：家庭傳媒城邦分公司發行；2013.04（民102.04）
面：公分. -（BEST嚴選：41）
譯自：Journal 64
ISBN 978-986-5880-08-8（平裝）

881.557　　102003448

原著書名／Journal 64
作　　者／猶希・阿德勒・歐爾森（Jussi Adler-Olsen）
譯　　者／管中琪
企劃選書人／王雪莉
責任編輯／李幼婷
行銷業務經理／李振東
行銷企劃／周丹蘋
業務企劃／虞子嫺
總 編 輯／楊秀真
發 行 人／何飛鵬
法律顧問／台英國際商務法律事務所　羅明通律師
出版／奇幻基地出版
城邦文化事業股份有限公司
台北市 104 民生東路二段 141 號 8 樓
電話：(02)25007008　　傳真：(02)25027676
網址：www.ffoundation.com.tw
e-mail：ffoundation@cite.com.tw
發行／英屬蓋曼群島商家庭傳媒股份有限公司城邦分公司
台北市 104 民生東路二段 141 號 11 樓
書虫客服服務專線：(02)25007718・(02)25007719
24 小時傳真服務：(02)25170999・(02)25001991
服務時間：週一至週五09:30-12:00・13:30-17:00
郵撥帳號：19863813　　戶名：書虫股份有限公司
讀者服務信箱 E-mail：service@readingclub.com.tw
歡迎光臨城邦讀書花園　網址：www.cite.com.tw
香港發行所／城邦（香港）出版集團有限公司
香港灣仔駱克道193號東超商業中心1樓
電話：(852)25086231　　傳真：(852)25789337
e-mail : hkcite@biznetvigator.com
馬新發行所／城邦（馬新）出版集團
【Cite(M)Sdn. Bhd】
41, Jalan Radin Anum, Bandar Baru Sri Petaling,
57000 Kuala Lumpur, Malaysia.
Tel: (603) 90578822　Fax:(603) 90576622
email:cite@cite.com.my
封面設計／莊謹銘
排　　版／浩瀚電腦排版股份有限公司
印　　刷／高典印刷有限公司
■2013 年（民 102）4月2日初版
■2016 年（民 105）11月21日初版6.5刷

售價／380元

ISBN　978-986-5880-08-8

廣　告　回　函
北區郵政管理登記證
台北廣字第000791號
郵資已付，免貼郵票

104台北市民生東路二段141號11樓

英屬蓋曼群島商家庭傳媒股份有限公司城邦分公司 收

請沿虛線對摺，謝謝

奇幻基地

每個人都有一本奇幻文學的啓蒙書

奇幻基地官網：http://www.ffoundation.com.tw
奇幻基地粉絲團：http://www.facebook.com/ffoundation/

書號：1HB041　　書名：懸案密碼4：第64號病歷

奇幻基地創社11年

奇幻戰隊好讀有禮集點贈獎活動

活動期間，購買奇幻基地作品，剪下封底折口的點數券，集到一定數量，寄回本公司，即可依點數多寡兌換獎品。

點數兌換獎品說明：

5點 **奇幻戰隊好書袋一個**

10點 **2012年布蘭登·山德森來台紀念T恤一件**
有S&M兩種尺寸，偏大，由奇幻基地自行判斷出貨

15點 **【蕭青陽獨家設計】典藏限量精繡帆布書袋**
紅線或銀灰線繡於書袋上，顏色隨機出貨

兌換辦法：

2013年2月～2014年1月奇幻基地出版之作品中，剪下回函卡頁上之點數，集滿規定之點數，貼在右邊集點處，即可寄回兌換贈品。

【活動日期】：即日起至2014年1月31日

【兌換日期】：即日起至2014年3月31日（郵戳為憑）

其他說明：

＊請以正楷寫明收件人真實姓名、地址、電話與email，以便聯繫。若因字跡潦草，導致無法聯繫，視同棄權

＊兌換之贈品數量有限，若贈送完畢，將不另行通知，直接以其他等值商品代之

＊本活動限臺澎金馬地區讀者

【集點處】

1	6	11
2	7	12
3	8	13
4	9	14
5	10	15

（點數與回函卡皆影印無效）

備註：為提供行銷、客戶管理所需之目的，您所提供之會員資料，視同同意本公司（城邦文化事業股份有限公司）使用該資料作為宣傳、行銷之名單。於營運期間及地區內，將以mail、傳真、電話、簡訊、郵寄、或其他公告方式利用您提供之資料。利用對象除本公司外，亦可能包括相關服務的協力機構。唯本公司不會將資料以贈送、販售或其他任何方式，提供給外部機關行號。

個人資料：

姓名：＿＿＿＿＿＿＿＿＿＿ 性別：□男 □女

地址：＿＿＿＿＿＿＿＿＿＿

電話：＿＿＿＿＿＿＿＿ email：＿＿＿＿＿＿＿＿

想對奇幻基地說的話：＿＿＿＿＿＿＿＿＿＿

＿＿＿＿＿＿＿＿＿＿

請剪下右側點數，貼於背面的集點處，集滿5點以上，即可寄回兌換抽獎

Denmark Police's Mystery

懸案密碼

Denmark Police's Mystery

懸案密碼